ZEHN

Bist du bereit

für die

Wahrheit?

Wer es gemacht hat
(Impressum)

JUHRmade – Daniel Juhr – Waldweg 34a – 51688 Wipperfürth
www.juhrmade.de – www.13zehn.de

Lektorat: Volker Maria Neumann

Satz: JUHRmade

Korrektorat:
Susanne Stierhofer, Nadja Biermeyer, Jessica Reif, Harry Cremer und Daniel Juhr

Cover-Artwork: Stefan Heilemann, www.heilemania.de

Druck: GGP Media GmbH, Pößneck. Printed in Germany.

ISBN: 978-3-942625-51-7

Was dich erwartet

Wie es beginnt

Ich bin in der Hölle.

Er liegt da, auf dem Rücken. Keucht, zittert. Der Himmel ist ein Spiegelbild der Welt. Unaufhaltsam prallen Wolkentürme aufeinander, fressen sich gegenseitig auf. Der Himmel weint. Abgeplatzte Rinde, tiefe Krater im feuchten Waldboden, umgestürzte Bäume, von Einschusslöchern übersät. Überall riecht man den Tod. Gott wendet sich ab.

Ich bin in der Hölle.

Er dreht sich auf den Bauch, würgt das brackige Bodengemisch herunter. Rechter Arm vor, Bein nachziehen, Stiefel in die Erde rammen. Tiefste Gangart. Vor ihm liegt ein Hügel, den er schwerfällig nach oben robbt, den Kopf geduckt. Rechts und links zischen Geschosse vorbei. Sie treffen ihn nicht, aber er kann sie spüren.

Deckung. Sie lauern überall. In den Baumkronen. In Gräben. Der Lärm ist ohrenbetäubend. Alles auf Anfang. Der reine Instinkt. Überleben.

Er legt an. Sie sind überall. Minen. Scharfschützen. Baumkrepierer. Seine klammen Finger umschließen das Gewehr, der Zeigefinger am Abzug. Bevor er abdrückt, muss er sichergehen, dass er durch den Schuss nicht seinen Standort verrät.

Ich bin in der Hölle. Seit sieben Tagen schon. Und ich werde in diesem verschissenen Wald sterben.

Er hat Utah Beach überlebt, den Durchbruch bei Saint-Lô, die Schließung des Kessels von Falaise. Aber seit sieben Tagen weiß er, dass die Hölle ein Wald in Deutschland ist. Seine Kameraden haben ihn den „Hurt-genwald“ getauft. Unaufhörlich fällt Regen, tränkt mit dem Blut der 9. US-Infanteriedivision das Erdreich. Ihm ist schwindelig, die Konturen verwischen. Der Feind sei müde, hat man gesagt. Die letzte Offensive. Befehle. Schreie. Detonationen. Er ist der einsamste Mensch der Welt inmitten verfeindeter Armeen. Sein ausgezehrter Körper krampft sich zusammen.

Ich bin in der Hölle. Seit sieben Tagen schon. Und ich werde in diesem verschissenen Wald sterben. Aber nicht heute.

Man sei technisch überlegen, wurde gesagt. Doch hier gilt das nicht. Für Artillerie und Luftwaffe ist es unmöglich geworden, in diesem unwegsamen Gelände Ziele auszumachen. Die Fahrzeuge bleiben stecken. Der Wald ruft. Mann gegen Mann. Hinter den Bäumen lauern sie. In den Kronen kauern sie. Man sieht die Deutschen vor lauter Bäumen nicht.

Sein gesamter Körper fühlt sich wie eine große Wunde an. Die Muskeln brennen. Die Glieder sind bleischwer. Seine Augen müde. Für einen kurzen Augenblick ruht die Welt. Atmet aus. Um ihn dann mit voller Wucht in die furchtbare Realität zurückzuschleudern. Es tut weh. Auf einmal. Er rollt sich zur Seite, in den Schatten einer Wurzel. Es klingt wie ein Knarzen, wenn er ein- oder ausatmet. Pfeifend. Rasselnd. Er streift das Gewehr ab, knöpft die Jacke auf. Der Stoff seines T-Shirts saugt gierig das nasse Rot auf. Erst jetzt explodiert der Schmerz.

Dieser Wald ist die Hölle. Seit sieben Tagen bin ich schon hier. Und heute werde ich sterben.

Ein Ruck durchfährt seinen Körper, er spürt den harten Griff um die Knöchel. Sein Hinterkopf schlägt auf die Erde. Jemand schleift ihn über das kalte Nass. Der heiße Schmerz verbrüht jedes Gefühl. Er will reden. Um Hilfe schreien. Angst und Panik ziehen in die Schlacht. Doch in ihrer Mitte dehnt sich eine tiefe Ruhe aus. Seine Augenlider flackern. Sanitäter. Eine willkommene Ohnmacht breitet ihre Arme aus.

Über das Geschrei, das Donnern, die Schläge legt sich ein sattes Brummen. Es schwillt an. Helle Lichtflecke mischen sich in das dichte Schwarz. Leuchtsterne. Er fällt. Tiefer. Immer tiefer.

Plötzlich ist da ein Licht. Grell. Blendend. Daraus treten Schatten hervor. Der eine Umriss wölbt sich, er vernimmt einen rasenden Herzschlag. Einer der dunklen Flecke liegt neben ihm auf dem Boden. Er scheint krank zu sein. Brabbelt unverständliches Zeug. Und da, da ist sie. Er weiß, dass es eine Sie ist. Er kennt sie. Liebt sie. Dass sie hier bei den anderen Schatten ist, bricht ihm fast das Herz. Sie beugt sich zu ihm herab. Fast berühren ihre dunklen Strähnen sein Gesicht. Ein letzter Schatten ist zu sehen. Er redet zu ihm, ein tiefes Timbre. Nein, er spricht nicht. Er singt. Vom Vermissen, vom Wiedersehen, von einem Regenbogen. Sie alle bilden einen Kreis, fassen sich an den Händen, verschmelzen. Tränen steigen in seine Augen. Das Brummen verändert sich zu einem rhythmischen Rattern. Die Gestalten lösen sich auf. Zerfließen.

Ich bin in der Hölle. Seit sieben Tagen schon. Und ich werde in diesem verschissenen Wald sterben. Aber nicht heute. Denn heute ist mein Geburtstag.

Rosebud

I would tell you about the things they put me through,
the pain I've been subjected to,
but the lord himself would blush
Depeche Mode, Walking in my shoes

We are the nobodies,
wanna be somebodies,
when we're dead, they'll know just who we are
Marilyn Manson, The Nobodies

1

9,81. Kein Stoßgebet, kein Bibelvers, nicht einmal ein Fluch kommt ihm in den Sinn, sondern bloß dieser Wert. 9,81 m/s^2, der Wert der Beschleunigung eines Menschen im freien Fall.

Zuerst erscheint es, als schwanke er. Aber es wirkt unnatürlich. Der Impuls, diesem Menschen etwas zuzurufen, ihn zu warnen, keimt in ihm auf. *Scheiße, er wird mich nicht hören.*

Stephan steht am Fuße der fast fünfzig Meter hohen Staumauer aus Gussbeton. Zu seiner Rechten schlängelt sich das Wasser der Agger in den Wald hinein, das abgeworfene, feuchte Laub häuft sich zu den Füßen. Der Herbst hat das Oberbergische Land fest im Griff. Ein rauer Wind treibt ihm Regentropfen ins Gesicht.

Er hat nur wenige Minuten zuvor seinen Wagen auf dem Parkplatz des Thailänders abgestellt, ist den angrenzenden, abschüssigen Weg nach unten gegangen, um sich an dessen Ende umzudrehen und einen Blick auf die Mauer zu werfen. So wie immer. Immer dann, wenn sich das vertraute, stete Rauschen in seinen Ohren in ein eindringliches Flüstern verwandelt.

Stephan braucht diese Mauer. Für ihn bedeutet das 230 Meter lange Bauwerk mehr, dient nicht nur der Stromerzeugung oder dem Hochwasserschutz.

Er kommt hierher, um zu erkennen, dass sie hält. Das ist ihm wichtig. Standfest, entschlossen und undurchdringbar. Ihre Attribute sind im Laufe der Zeit zum Symbol seiner selbst geworden. Denn genau wie für die Mauer gilt es auch für ihn, standzuhalten, unüberwindbar zu sein für die Dämonen seiner Vergangenheit und rigoros ihren Versuchungen zu widerstehen.

Es besteht kein Zweifel daran, dass der Beton keinen Tropfen durchlässt. Kein einziger Riss ziert die Oberfläche. Spürt Stephan nur einen Hauch von Zweifel, kehren die Stimmen nur für einen Moment zurück, kommt er hierher. Die Mauer, bei deren Bau gegen Ende der 1920er Jahre einige Arbeiter ihr Leben ließen, erscheint ihm vertraut und sie hält stand. Jedes Mal, wenn er sich am Fuße aufhält und seinen Blick hinaufschweifen lässt, ebben die Stimmen ab.

Nur heute ist es anders. In diesen Minuten büßt die Mauer an Stabilität ein. Sie wird in ihren Grundfesten erschüttert.

Anfangs hat er die Person gar nicht wahrgenommen. Immer wieder kommt es vor, dass Wanderer oder Touristen am Geländer der Mauer lehnen und über das Tal hinwegschauen. Doch die Gestalt, die er eben bemerkt hat, scheint zu leuchten. Er findet kein passenderes Wort dafür. Es wirkt, als würde sie das trübe Licht des Herbsttages reflektieren. Von innen heraus. Dabei rudert sie mit den Armen. *Was macht der denn da?* Dann fällt sie.

Alles um ihn herum scheint zu verstummen, als bewundere die Natur das Spektakel. Den reglosen Körper, der die Staumauer der Aggertalsperre hinabfällt.

Stephan braucht einen Moment, um zu erfassen, was er sieht. Er hält unmerklich die Luft an, taucht kurz danach aus dem Schock auf und rennt los.

Hastig eilt er am Wasser entlang, schwenkt rechts über die kleine Brücke in Richtung der alten, schwarzen Lok.

Ihm ist bewusst, dass kein Mensch in der Lage ist, solch einen Sturz zu überleben. Dennoch verdrängt er die Vorstellung von dem, was ihn erwartet.

Er verlangsamt den Schritt, schaut sich suchend um, presst die Luft aus seinen Lungen.

Wie kann das sein? Wo?

In seinem Schädel hämmert der Puls. Da war kein Aufprall.

Stephan geht an einer niedrigen Steinmauer entlang, die ein Füllbecken umrahmt, und erreicht eine verschlossene, grüne Tür, die in das Innere des Bauwerks führt. Er legt den Kopf in den Nacken, schaut nach oben.

Da ist kein Vorsprung oder so etwas in der Art, wo der Körper hängengeblieben sein könnte. Da ist nur die glatte Betonfläche. *Ich habe ihn doch gesehen.*

Er tritt ein paar Schritte zurück. Nichts.

Wenige Meter links von ihm führt eine Metalltreppe hinunter in das Becken. Ein Schutzgitter und eine abgeschlossene Tür verhindern, dass man sie ohne Weiteres betreten kann. Stephan stellt sich auf die Steinmauer, klettert daran vorbei und steigt die

Stufen hinab. Zu seiner Rechten klatscht aus einem schweren, rostigen Rohr Wasser auf den Boden. Sonst nichts.

Nachdenklich schüttelt er den Kopf.

Das gibt's doch gar nicht.

Nervös fährt er sich durch die Haare. Hat er sich den Sturz eingebildet? Wiederholt legt er seinen Kopf in den Nacken und schaut nach oben. Das oberbergische Regenwetter lädt nicht gerade zu einem Spaziergang auf der Staumauer ein, und trotzdem erkennt er einen Wanderer, der den Blick über See und Tal genießt.

Stephan klettert zurück, rutscht auf den feuchten Metallstufen aus, stößt sich den Ellbogen schmerzhaft an dem Geländer und steht wieder auf dem laubbedeckten Waldboden.

Eilig rennt er den kurvigen Pfad hinauf zum Plateau der Mauer. Völlig außer Atem greift er in den Arm des Mannes.

„Haben Sie ihn auch gesehen? Den Mann? Hier ..."

Mit einem heftigen Kopfschütteln und einem verständnislosen Blick reißt dieser sich von ihm los und sucht das Weite.

Das kann doch nicht wahr sein!

Hat es in Wahrheit niemanden gegeben, der hier oben gestanden hat und hinabgestürzt ist? Er tritt an die Stelle, die er glaubt, von unten erkannt zu haben, fasst das Geländer an, kniet sich davor und sucht nach irgendeinem Beweis dafür, dass hier jemand gewesen ist.

Ich bin doch nicht verrückt!

Stephan steht auf, lehnt sich über die Brüstung. *Da ist nichts!* Vorsichtig schwingt er sein rechtes Bein über das Geländer, setzt sich rittlings ab, zieht dann das linke nach. Einen Moment bleibt er auf dem Metall sitzen. Atmet durch. Die schwindelerregende Höhe löst ein mulmiges Gefühl in ihm aus. Der Wind packt ihn an seinem Jackenkragen. Er schließt die Augen, spürt sein Gewicht auf dem Geländer, umklammert es mit den Fingern.

Der Herr ist mein Licht und mein Heil; vor wem sollte ich mich fürchten? Behutsam lässt er die Füße auf dem schmalen Rand der Brüstung ab, hält sich mit den Armen hinter seinem Rücken an dem kalten Geländer fest.

Der Herr ist meines Lebens Kraft; vor wem sollte mir grauen?

In seinem Rücken bremst abrupt ein Wagen auf der Straße, der Fahrer lässt die Seitenscheibe nach unten und schreit ihm entgegen: „Hey du, was hast du vor? Du machst hier keinen Scheiß, okay?"

Stephan schluckt. Erst jetzt wird ihm bewusst, wie laut die Stimmen in seinem Kopf klagen. Feine Risse bilden sich auf der Oberfläche der eigenen Mauer. Stephan sammelt sich schnell, schwingt das linke Bein zurück, setzt die Füße hinter dem Begrenzungsgeländer ab und tritt an das Auto heran.

„Alles okay, ich dachte, ich hätte was gesehen ...", murmelt er, leicht in den Wagen gebeugt.

„Na, dann ist ja gut", entgegnet der Fahrer und fährt an.

Stephan taumelt zurück, schüttelt immer wieder den Kopf. Dann schreitet er noch einmal den gesamten Weg ab. Auch wenn es unmöglich erscheint, dass er den Körper des Menschen bisher nicht gesehen hat.

Während er sich den rechten Ellbogen reibt, erfasst sein Blick einen glänzenden Gegenstand. Er liegt nur einen Steinwurf entfernt. Stephan erreicht ihn nach wenigen Schritten, kniet sich in den Dreck und wühlt mit den Fingern die feste, nasskalte Erde auf.

Was ist das?

Nur ein Bruchteil des Objektes ist erkennbar, Stephan gräbt immer tiefer, seine Finger schmerzen. Er stößt die durchgefrorenen Glieder in den lehmigen Boden, bis es ihm endlich gelingt, den Gegenstand aus der Erde zu drehen. Er steht auf, reibt und klopft vorsichtig den Dreck davon ab. Auf einem silberfarbenen, nostalgisch verzierten Sockel thront eine Glaskugel. Stephan zieht einen Ärmel über seine Hand und streicht über das Glas. Er erkennt im Schnee versunkene Häuser, entdeckt eine von Tannen gesäumte Kirche. Im unteren Bereich des Sockels gibt es eine Auslassung, in der eine Lokomotive zu sehen ist. Es erscheint ihm unerklärlich, wer die Schneekugel an dieser Stelle in der Erde vergraben hat. Sie wirkt abgenutzt, aber trotzdem nicht alt.

Stephan lässt sie in der Hand kreisen, dreht sie. Auf der

Unterseite entdeckt er einen kleinen Kippschalter. Er räuspert sich kurz, schiebt ihn dann zur Seite. Die Kugel leuchtet auf. Auf der Außenseite des Sockels ertastet er einen kleinen Aufziehmechanismus, dreht den feinen Schlüssel.

Sleigh bells ring, are you listening …

Stephan erkennt die Melodie sofort.

Winter wonderland.

Er hält die Kugel vor seine Augen, die Lokomotive in der Auslassung, die jetzt ebenfalls erleuchtet ist, dreht störrisch eine Runde. Stephan schmunzelt, schüttelt dabei ungläubig den Kopf. Als er nach oben blickt, rieseln wahrhaftig feine Schneeflocken zur Erde. Sein Blick fällt auf das Geländer der Staumauer.

Das gibt's nicht!

Mit offenem Mund steht er genau unterhalb der Stelle, an der er die Gestalt erkannt hat. Er kneift die Augen zusammen, senkt den Kopf und schaut auf das Loch vor ihm im Boden.

Gone away is the bluebird, here to stay is a new bird, he sings …

2

Living easy, living free, season ticket on a one-way ride …

Nach knapp zwanzig Sekunden speit ihm Bon Scott die ersten Worte des Songs entgegen. Ein Gemisch aus Rotz, Wut und Revolution. Er nickt leicht mit dem Kopf zu dem sich wiederholenden Riff, dem treibenden Beat. Sitzt zusammengekauert da, eingeschlossen, nur bei sich selbst, ohne sich fühlen zu können. Der Kopfhörer verhindert, dass er die Geräusche um sich herum hören muss. Sie überfordern, ängstigen ihn.

Seine zitternden Finger. Die abgekauten Nägel. Trotzig zieht er die Nase hoch, hebt den Blick. Sieht die unzähligen Beine, die an ihm vorbeigehen, durch den fettigen Strähnenvorhang. Er glaubt, ihre Verachtung zu spüren, fast zu hören. Ein Murmeln, das sich unter die Musik mischt.

Asking nothing, leave me be, taking everything in my stride …

Sie kennen ihn nicht. Wie sollten sie auch? Er kennt sich ja nicht einmal selbst. Das neuronale Feuer in seinem Körper flammt auf, beginnt zu wüten. Ihm ist übel. Er streicht sich die Kapuze von den langen Haaren, um sie direkt danach wieder überzuziehen. Zäher Schleim sammelt sich in seinem Mundraum. Als er ihn auf den Beton spuckt, auf dem er sitzt, zieht sich sein Magen zusammen.

Don't need reason.

Den Versuch, die Arme zu strecken, bricht er schnell wieder ab. Seine Gelenke schmerzen zu sehr. Es fühlt sich an, als würden sie brennen.

Don't need rhyme.

Zeit und Raum verlieren an Kontur, an Wichtigkeit. Er hört die Schreie. Das wütende Poltern. Sein Oberkörper beginnt zu wippen. Er ermahnt sich selbst, flucht vor sich hin, ganz egal, ob ihn irgendjemand hört. Es gilt durchzuhalten, nur ein bisschen. Die Intensität der Schreie nimmt zu. Sie sitzen zwischen seinen Rippen. Krallen sich in die Organe. Sich dagegen zu wehren, dagegen anzukämpfen, ist sinnlos. Ein Kampf ohne Sieger. Nur Verlierer. Zu oft schon hat er verloren.

No stop signs, speed limit. Nobody's gonna slow me down.

Widerstand ist zwecklos.

Sein Mund ist trocken. Die Augenlider flirren. Stoisch kratzt er sich den Schorf an seinem Schienbein unter der schwarzen Jeans auf. Das Blut sickert in den Stoff, verklebt. Er spürt es kaum.

Like a wheel, gonna spin it. Nobody's gonna mess me around ...

Die Spanne verkürzt sich jedes Mal ein wenig mehr. Es bleibt kaum mehr Zeit.

Hey Satan, paid my dues ...

Er dreht die Lautstärke weiter auf. Die Musik verzerrt. Die Schreie erklimmen seinen Hals, drängen sich durch die Luftröhre. Ihm ist so verdammt übel.

Hey mama, look at me. I'm on my way to the promised land.

Unter einem gewaltigen Stechen zieht sich sein Magen zusammen und er erbricht grüne Galle. Der bittere Geschmack der Wahrheit. Es wird Zeit.

3

Stephan hat die Zeit vergessen. Das Display des neuen Smartphones, das er sich bei der Vertragsverlängerung mit seinem Mobilfunkanbieter hat aufschwatzen lassen, zeigt 13:10 Uhr an. *Verdammt.*

Er überquert die Straße, eilt zu seinem Auto und lässt es an. Die Schneekugel legt er vorsichtig auf den Beifahrersitz. In knapp zwanzig Minuten hat er einen Termin in Nümbrecht wegen einer anstehenden Aussegnung. Die Witwe des Verstorbenen hat ihn am Morgen kontaktiert und darum gebeten. Die Gemeinde bietet den Gläubigen die Möglichkeit einer kurzen Andacht für die Trauernden am Totenbett an. Stephan hasst es.

Gemeinsam mit der Trauer der Hinterbliebenen, die hochdosiert wie ein Gas in der Luft zu liegen scheint, steht man dabei meist in engen Räumen und nimmt Abschied. Die Menschen setzen derweil die irrationale Hoffnung in seine Worte, dass es dem Verstorbenen dort besser gehe, wo er sich jetzt befinde. Als sei er, der Pfarrer, der Leumundszeuge des Toten vor Gott. Die Auferstehung, für die die Menschen beten, existiert in Stephans Vorstellung nicht. Er weiß, dass das blasphemisch klingt. Ein Pfarrer, der nicht an die Auferstehung der Toten und das ewige Leben glaubt? Die Beweggründe dafür, warum er Pfarrer geworden ist, liegen nicht in seinem Glauben.

Es ist die Vergangenheit, seine Geschichte, die ihn zu dem hat werden lassen, der er heute ist. Auch deswegen gilt er nicht als Vorzeigepfarrer, doch genauso wenig sieht man in ihm einen kirchlichen Reaktionär. Zu selten entscheiden Menschen sich dafür, Diener Gottes zu sein, somit respektiert man Stephan, bevorzugt dennoch innerhalb der Gemeinde seinen Kollegen. Ein selbstverschuldetes Verspäten würde die zukünftigen Aufgaben in der Pfarrgemeinde sicher nicht vereinfachen.

Er lenkt den Wagen über die Staumauer in Richtung Bundesstraße. Unterwegs versucht er, sich an die Worte zu erinnern, die er während der Andacht sprechen muss. Es gelingt ihm nicht, sich zu konzentrieren. Einerseits fällt sein Blick immer wieder auf das seltsame Fundstück neben ihm, andererseits nervt ihn das monotone Klackern des Kleiderbügels mit seinem schwarzen Talar gegen die hintere Seitenscheibe des Wagens.

Die Ereignisse, der vermeintliche Sturz, der Fund der unversehrten Schneekugel, drängen sich immerzu in seine Gedanken.

Ich bin die Auferstehung und das Leben. Wer an mich glaubt, der wird leben ...

An vielen Tagen fällt es ihm schwer, die Institution und ihre Inhalte zu repräsentieren. Tage, an denen er sich zurückerinnern muss, warum er diesen Schritt gegangen ist. Sein unstetes Leben, die dunklen Tage seiner Vergangenheit, schmerzhafte Erinnerungen. Stephan versteht sich seit jeher selbst als Suchenden. Religion kann erklären, stützen, helfen. Aber sie beantwortet immer nur Teile seiner Fragen, im Kern bleibt auch sie im Suchmodus. Ihr Schöpfer scheint unerreichbar. Ein einseitiger Telefonanschluss ... *und wer da lebt und glaubt an mich, der wird nimmermehr sterben. Glaubst du das?*

4

„Ich habe schon nicht mehr daran geglaubt, dass Sie kommen!"

„Es tut mir leid, aber ich wurde dienstlich aufgehalten", entschuldigt Stephan sich halbherzig, öffnet die Hintertür des Wagens und fummelt den Kleiderbügel aus dem Haltegriff.

„Dienstlich aufgehalten, soso."

Er bemerkt ihren Blick auf seinen verdreckten Händen, versucht, sie rasch hinter dem Rücken zu verstecken. „Ich ... es tut mir wirklich leid, aber jetzt bin ich ja da."

Sie verzieht das Gesicht. Stößt einen Seufzer aus.

„Dann zeige ich Ihnen wohl erst einmal, wo das Bad ist."

Stephan folgt ihr. Sie nickt in Richtung einer Tür neben dem Eingang. „Wir warten im Schlafzimmer. Die zweite Tür rechts."

„Danke."

Stephan zieht die Tür hinter sich zu und betritt das rosa geflieste

Badezimmer. Hat er eben die Zeit noch verflucht, so scheint sie hier definitiv stehen geblieben zu sein. Er dreht den Wasserhahn auf, wäscht sich ordentlich die Hände, klatscht etwas Nass in sein Gesicht und betrachtet sich kurz in dem kleinen Wandspiegel.

Diese Menschen brauchen dich jetzt. Reiß dich zusammen.

Bevor er die Klinke in die Hand nimmt, atmet er tief ein, öffnet dann erst die Tür des Schlafzimmers. Verweinte Augen, gespannte Blicke, Trauer, Angespanntheit, Argwohn.

„Der Friede Gottes sei mit uns allen."

Amen.

Langsam schreitet er auf die Witwe zu, nimmt ihre Hände in seine, drückt sie. Durch die dunklen Ränder scheinen ihre Augen tiefer in den Höhlen zu liegen. Sie blinzelt, ihre Lider sind gerötet, von unzähligen Fältchen umgeben.

„Leben wir, so leben wir dem Herrn; sterben wir, so sterben wir dem Herrn. Darum: Wir leben oder sterben, so sind wir des Herrn. Denn dazu ist Christus gestorben und wieder lebendig geworden, dass er über Tote und Lebende Herr sei."

Ihre Augen füllen sich mit Tränen, sie nickt, er spürt ihre runzelige Haut, während sie seine Hände sanft tätschelt. Stephan nickt ihr ebenso kurz zu, stellt sich dann neben die kleine Frau. „Herr, unser Gott, dein sind wir im Leben und im Sterben. Du hast durch Jesus Christus dem Tod die Macht genommen. Wir bitten dich: Sei in dieser schweren Stunde bei uns mit deinem Trost und deiner Gnade."

Amen.

Dann wendet er sich dem Toten zu, der in dem alten Ehebett liegt. Darüber mittig ein Kreuz. Keine Fotos. Allein ein Abreißkalender an der Wand, der eine große, schwarze Vierzehn zeigt. Einen kurzen Moment irritiert ihn die falsche Zahl, dann gleitet sein Blick wieder zurück zu dem Verstorbenen. Der Mann wirkt friedlich, mit sich und der Welt versöhnt. Ein ruhevoller, tiefer Schlaf im Nirgendwo. Die blütenweiße Bettdecke liegt glattgestrichen bis zum Bauch, seine Hände ruhen gefaltet darauf. Er trägt einen blauen Pyjama. Vermutlich zum ersten Mal im Leben. Und zum letzten Mal. Stephan tut einen Schritt nach vorne, stutzt. Eine Träne. Sie läuft aus dem Auge des Toten. Stephan schluckt. Dann öffnet die Leiche die Augen, ihre Blicke treffen sich. Die trockenen, bläulichen Lippen beben. Hektisch schaut Stephan sich um. Die Angehörigen stehen weiter um das Bett herum, die Augen geschlossen. Die Hand des Toten ergreift ihn, zieht ihn zu sich.

„Schwiegermuttergift", flüstert er rau.

Stephan taumelt rückwärts, ein kurzes Raunen erfüllt den Raum.

„Herr Pfarrer? Alles in Ordnung?"

Sein Puls rast. „Ich ..."

Die Witwe steht jetzt vor ihm, drückt seine Hand. Als Stephans Blick auf den Toten fällt, liegt er genauso friedlich unter dem strahlenden Laken wie zuvor.

„Entschuldigung", stammelt er, schließt kurz die Augen, zieht den Talar zurecht. Im Anschluss nickt er kurz den anderen zu, um zu zeigen, dass es ihm bessergeht. Stephan schaut den Toten an. Die Augen geschlossen. Friedlich. Keine Träne.

Ich brauche Luft.

„Der Herr behüte deinen Ausgang und Eingang von nun an bis in Ewigkeit."

Amen.

5

„Nein, ihr werdet nicht sterben. Gott weiß vielmehr: Sobald ihr davon esst, gehen euch die Augen auf; ihr werdet wie Gott und erkennt Gut und Böse."

Der Blick des Mannes mit den trüben Augen trifft ihn, er hebt die Arme, scheint zu zittern. Er trägt einen langen Mantel, der ihm bis zu den nackten Knöcheln reicht, ein zerzauster Bart verdeckt die Hälfte seines Gesichts, die knochigen Finger sind schwarz vor Dreck.

Er hat dich durchschaut ...

Dieser Wahnsinnige predigt jeden Donnerstag hier, zur selben

Zeit, am selben Ort. Reckt dabei ein Pappschild hoch, auf dem geschrieben steht: *Jesus rettet.* Er wirkt desorientiert, verwirrt. Man sagt über ihn, er sei früher Lehrer gewesen. Doch habe er nie den tragischen Unfalltod seiner Eltern überwunden. Seit diesem Tage stehe er hier mit dem Schild in den Händen und zitiere aus der Bibel. Bei Wind und Wetter wird man unfreiwillig zum Zeugen seines Verfalls.

Heute ist etwas anders, der wässrige Blick fester. Er hat das Gefühl, diesen im Nacken zu spüren, wie er sich anschmiegt, ihn verfolgt, weiß, was er in der Bauchtasche seines Kapuzenpullis krampfhaft mit der Faust umschließt. Das kleine Päckchen türkischer Honig.

Der Prediger verstummt, folgt ihm mit seinem Blick, lässt die Augen nicht von ihm ab. Er schluckt, versucht, den Kopf abzuwenden, seinen Schritt zu beschleunigen. Er muss hier weg, ihn beschleicht das Gefühl, alle anderen Menschen drehten sich zu ihm um, wüssten, warum der selbsternannte Priester verstummt ist.

Er hat dich durchschaut ...

Jeder weiß es, alle erkennen, was er vorhat.

Ich scheiße auf euch, ihr wisst rein gar nichts!

Seine Hände schwitzen, klarer Schleim läuft ihm aus der Nase, den er sich unbeholfen mit dem Unterarm aus dem Gesicht wischt. Die Sonne strahlt, ihm ist kalt. Am Ende des Weges wartet die Wärme, die Vertrautheit, wenn auch die Glut von heute nur ein Rest des Feuers von damals ist.

Endlich sitzt er da. Zittrige Finger umschließen das Metall. Konzentration. *Gleich. Bleib ruhig. Gleich.*

Der vertraute, heiße Schmerz an der Spitze des Daumens. Windstille. Ruhende Flamme. Der Duft von Zitronen.

Es wird still in ihm, wie so oft, wenn er weiß, dass er es gleich geschafft hat. Der kurze, aber doch spürbare Druck auf dem Arm. Schatzsuche. An etlichen Stellen wurde bereits gegraben.

Hier, ja, hier ist gut ...

Eine alte Stelle, vor nicht allzu ferner Zeit erst zugeschüttet, wird wiederholt freigelegt.

Mein Gott, wie ich auf euch alle scheiße!

Er wird nicht wie Gott, geht vielmehr begierig auf die Einladung des Teufels ein, Gut und Böse verschwimmen zu einer unförmigen Masse.

Wieder ein Tag geschafft. Es ist Zeit.

6

Die letzten Minuten im Hause der Hörters sind Stephan endlos lang vorgekommen. Endlich steht er draußen, an die offene Tür des Autos gelehnt, und atmet durch.

„Ein echter Klassiker!"

„Bitte?" Erschrocken dreht Stephan sich um und steht vor einem älteren Herrn.

„Der Film", meint der Alte.

„Entschuldigen Sie, ich glaube, ich verstehe nicht." Noch immer zittern seine Beine leicht, Tausende Gedanken rasen durch den Kopf.

„Der muss aus den 40ern stammen, oder?" Der Mann fährt sich mit der flachen Hand durchs Gesicht, als könnte er so die Erinnerung vom Staub befreien. „Na ja, wie auch immer. Hat es der Alte endlich geschafft?" Er nickt in Richtung Hauseingang.

„Sie meinen Herrn Hörter?"

„Der plagt sich ja nun schon eine ganze Weile mit der Frage herum, ob er seine Josefine allein lassen kann oder nicht." Er lacht laut auf.

„Ja, Herr Hörter ist leider heute Morgen von uns gegangen", versucht Stephan es ernster. *Zumindest glaube ich das.*

Der alte Mann zieht die Nase hoch. „Tja, irgendwann erwischt es jeden von uns, nicht wahr, Herr Pfarrer?"

„Ein Jegliches hat seine Zeit, und ..."

„Alles Vornehmen unter dem Himmel hat seine Stunde", unterbricht er ihn. „Schon tausendmal gehört. Das ist nur Blabla, wenn Sie mich fragen. Der Hörter, der hat die ganze Zeit darauf geachtet, nach den Worten des Herrn zu leben. Und? Hat es ihm was gebracht? Sehen Sie mich an. Ich habe mit der Kirche nix am Hut, habe zwei wunderbare Kinder, mittlerweile den ersten Enkel und erfreue mich bester Gesundheit. Und der Hörter? Kinderlos, krank, tot."

„Vielleicht lag seine Erfüllung in anderen Dingen." Bekümmert erinnert sich Stephan an die karge Einrichtung des Zimmers. Wo liegt der Unterschied zwischen Leben und Existieren?

„Sicher. Ein ziemlich schwacher Trost, wenn Sie mich fragen. Aber lassen Sie uns wieder über Citizen Kane sprechen."

„Citizen Kane?" Stephan blickt ihn verständnislos an.

„Die Schneekugel." Der alte Mann richtet einen Finger auf die silberne Kugel auf dem Beifahrersitz.

„Ach, die! Die habe ich bei einem Spaziergang gefunden." *Genau an der Stelle, an der eigentlich eine Leiche hätte liegen müssen.*

Der Alte lacht auf. „Gefunden? Ich dachte, der Hörter hätte sie in seinen Armen gehabt, bevor er sich auf den Weg zu seinem Schöpfer gemacht hat."

Stephan sucht nach Worten und reibt sich dabei versonnen das Handgelenk, das der Tote vermeintlich ergriffen hat.

„Sie haben keine Ahnung, wovon ich rede, oder?"

„Nein, ich glaube nicht", gibt Stephan zu.

„Citizen Kane. Orson Welles. Charles Foster Kane. Klingelt da bei Ihnen gar nichts?"

„Naja, es geht wohl um einen Film, oder?"

„Das ist nicht einfach irgendein Film, Herr Pfarrer! Das ist Kunst! Ein Klassiker, der beste amerikanische Film aller Zeiten."

„Aber was hat das mit Herrn Hörter und der Schneekugel zu tun?"

„Na, die Anfangsszene: Charles Foster Kane liegt im Bett im Sterben, in seinen Händen eine Schneekugel. Bevor er stirbt, lässt er sie fallen und spricht nur ein Wort."

Stephan stutzt. *Wenn der* Schwiegermuttergift *gesagt hat, raste ich auf der Stelle aus.*

„Äh, nein, die Kugel lag die ganze Zeit in meinem Auto", antwortet er mechanisch.

„Hätte mich auch gewundert", entgegnet der Alte und wendet sich zum Gehen. „Solch eine Theatralik passt einfach nicht zu dem."

Nur ein Wort. „Ach, eine Frage noch!", ruft Stephan dem Alten nach.

Der dreht sich um, kneift die Augen zusammen. „Was denn?"

„Das letzte Wort. Was hat Kane vor seinem Tod gesagt?"

Der Alte grinst.

Jetzt sag nichts Falsches.

„Rosebud. Rosebud, hat er gesagt." Stephan atmet erleichtert auf, gleichzeitig blitzt in ihm eine Erinnerung auf. „Rosebud?", wiederholt er.

„Richtig! Warum er genau das Wort gesagt hat, das müssen Sie schon selbst herausfinden." Der Alte hebt eine Hand, dreht sich um und schlurft davon.

Stephan lässt sich in den Fahrersitz fallen, schlägt die Tür zu und schüttelt den Kopf. *Wir sind hier. Kannst du uns hören?*

Rosebud. Rosenknospe.

Das Flüstern schwillt an. Eine Woge erster Zweifel. Was für ein verrückter Zufall. Oder Schicksal? Die Trennlinie zwischen beiden Begriffen löst sich langsam auf.

Rosenknospe? Was soll das Ganze?

Stephan dreht den Schlüssel und setzt den Wagen zurück auf die Straße. Egal ob Zufall oder Schicksal, die Stimmen werden keine Ruhe geben. Er greift nach der Schneekugel.

When it snows, ain't it thrillin'?

Schnaubend legt Stephan einen Gang ein und beschleunigt.

7

Mit Vollgas vor die Wand. Der Gurt reißt. Man schwebt. Nur für einen kurzen Augenblick ist Newtons Apfelgeschichte für den Arsch. Er hebt ab, schließt die Augen, durchbricht die Windschutzscheibe. Winzige Splitter bohren sich in die Schädeldecke, rieseln wie Hagelkörner auf ihn herab. Sauerstoff.

Das Gefühl, den eigenen Körper zu überholen, befällt ihn. Für einen Moment sieht er sich selbst von oben zu, wie er über die Motorhaube fliegt, sich dabei dreht, grotesk elegant. Peter Pan. Er ist wie er. Entflieht dem Erwachsenwerden. Ist verloren.

Das Licht der Scheinwerfer brennt grell in seinen Augen, er durchbricht alle Grenzen.

Wärme. Kälte. Klarheit und Nebel. Alles wirkt vertraut. Hier ist er sicher. In der Zwischenwelt, jenseits der Realität.

Szenenwechsel. In eine warme Decke eingehüllt sitzt er vor dem Kaminfeuer. Irgendwo weint ein Baby. In der Ferne heult ein Wolf. Das Radio rauscht. Im Untergrund murmeln die Stimmen. Flüstern. Beten. Kreischen.

Abrupt werden seine Schultern nach hinten gerissen. Er wird über den Boden geschleift, spürt Steine, Nägel. Die Haut platzt auf, Blut sickert in die Erde. Er will noch nicht zurück. Zu kostbar ist dieser Moment. Zu kostspielig, ihn zu wiederholen.

Die Scherben verbinden sich. Alles wird eins. Der Gurt führt sich selbst ins Schloss zurück, umschließt seinen Körper. Das Leben hat ihn wieder. Bleibt die Frage: Will er dieses Leben?

8

Niemals ist er dem Tod so nahe gewesen wie an jenem Tag. Stephan versucht, sich auf die Straße zu konzentrieren, doch seine Gedanken schweifen dauernd ab. Schlaglichter der Vergangenheit.

Er glaubt, den Schmerz an den Füßen erneut zu spüren. Die aufgescheuerte Haut, die mit Blut gefüllten Blasen.

Wie lange ist das her?

Schritt für Schritt, einen Fuß vor den anderen, war er die Allee entlanggeschlurft, die brennenden Augen auf das Kopfsteinpflaster gerichtet. Jeder Atemzug ein Kampf. Ohne nur den Hauch einer Ahnung, was ihn tatsächlich an diesen Ort geführt hatte.

Schwiegermuttergift. Rosebud.

Das Rätsel des heutigen Tages holt ihn zurück aus seinen Erinnerungen. Alles scheint irgendwie verbunden zu sein.

Je weniger er mit dem Wort des Toten etwas anfangen kann, umso mehr erinnert ihn das Zitat aus *Citizen Kane* an eine besondere Zeit in seiner eigenen Vergangenheit. Es mag ein Zufall sein, aber dieser Tag scheint etwas von ihm zu wollen: Der vermeintliche Fall an der Agger, die Vision des sprechenden Toten und dann die Bemerkung des Nachbarn.

Stephan braucht kein Radio. Die Stimmen haben längst die Kontrolle übernommen. Er muss sich eingestehen, dass er zwar gelernt hat, sie zu überhören, aber sie nie wirklich vertreiben konnte.

Damals. Die Allee. Die geschundenen Füße. Kopfsteinpflaster unter den nackten Fußsohlen. Wie er es in die Basilika geschafft hat, weiß er nicht mehr. Später erschien es ihm unmöglich, dass er in diesem Zustand die schwere Holztür alleine aufgestoßen haben sollte. Man fand ihn auf dem Mittelgang liegend. Ausgezehrt.

Aufgewacht in einem Bett. Der zarte Duft von Waschmittel. Die unzähligen Wunden mit Jod versorgt. Zitternd. Durstig.

Jeder Versuch, die Erinnerung an das alles zu manipulieren, misslingt. Stephan beschleunigt den Wagen auf der L278 in Richtung der Ortschaft Wissen. Zu seiner Rechten huschen aufgetürmte Container vorbei. Die Schneekugel vibriert leicht auf dem Beifahrersitz.

Dieser Tag, ewig scheint er her zu sein, hat die Fäden seines Lebens aneinandergeknüpft, und es tut körperlich weh, sie zu entflechten, sich daran zu erinnern, wer er vorher war und wie er zu dem geworden ist, was ihn heute ausmacht.

Wir sind es, die dich zu dem haben werden lassen, der du bist. Wir. Vergiss uns nicht.

Stephan drückt das Gaspedal weiter durch, übertritt die zulässige Höchstgeschwindigkeit, führt den Wagen durch den großen Kreisel am Bahnhof und folgt den Schildern in Richtung Hachenburg.

9

Die rostigen Schienen kreischen. Das Metall windet sich, biegt sich, ächzt und stöhnt, als die Räder es unter sich begraben. Er sieht es, kann es hören, schmecken. Die Schienen leiden.

Der Wind singt. Er sitzt da, eine kaputte Sonnenbrille auf der Nase, obwohl es schon dunkel ist, spürt Gravitation, Rotation, das Verblassen der Zeit. Die Schmerzen versiegen im Kyrie der Stimmen. Fuß um Fuß.

Hydraulik. Hermetisch abgeriegelt stehen und sitzen alle gemeinsam da, als das stoische Rattern einsetzt. Puls, Herzschläge, das Weiten der Lungenflügel. Die Geheimnisse des Lebens offenbaren sich all seinen Sinnen.

Geschwindigkeit. Zunehmend. Kurven. Geraden. Alles im Fluss.

Die Sterne funkeln, der Nachthimmel pulsiert, das Universum atmet und bebt. Milchstraße. Schwarze Löcher. Satelliten. Es ist der Rausch des Daseins, das Leben in vollen Zügen.

In Sekundenbruchteilen zeigt sich die Welt, und doch erscheint es ihm, als könne er sie beherrschen. Anhalten, drehen, neigen und dehnen. Im Zentrum des Geschehens, im Schnittpunkt von Tempo und Verlauf, auf dem Höhepunkt der Empfindung keimt die Frage in ihm auf: Wie schnell wird ein Mensch im freien Fall?

Plötzliche Unruhe. Seitenwinde. Enge. Aufgerissene Münder. Tränen. Erstickte Schreie. Die Zeit verlangsamt sich. Wo ist der Prediger, wenn man ihn braucht? Hier danken sie Gott, nehmen einander in die Arme, während die Farben verblassen. Als sich alles zum Guten wendet, bleibt er zitternd zurück. Verlassen. Verraten. Die Realität ist die schlimmste aller Fantasien. Verbissen kämpft sie sich zurück. Wo ist die Sonnenbrille?

Abgewetzte Sitze, fahle Haut, der Gestank der Existenz. Das Rattern zehrt an seinen Nerven. Eingeschlossen sehnt er sich nach dem Draußen. Luft. Sauerstoff.

„Du brauchst dringend Hilfe, wirklich!“

„Der kriegt doch überhaupt nichts mehr mit.“

„Dem gebe ich kein Jahr mehr.“

Erkenntnis ist eine Verletzung, eine klaffende Wunde.

„Lass ihn in Ruhe. Das bringt doch nichts."

„Wir können ihn doch nicht einfach so hier liegen lassen!" „Was denn? Sollen wir ihn mit nach Hause nehmen? Als Haustier halten? Da ist jede Katze stubenreiner."

Zwischen Speichel, Schleim und Blut stecken vereinzelte Worte. Er ist allein. Einsam.

Ein jäher Halt. Hydraulik. Er wankt ins Freie.

Alle werden von dem Glück erzählen, von dem gewaltigen Wink des Himmels. Beim Frühstück, beim Mittagessen, im Bett.

Er rollt sich zusammen im Nirgendwo und bleibt zurück als Fußnote. Er war dabei. Er hat als Einziger etwas gesehen, was niemand sehen konnte. Unter der schützenden Hand, die er bisher so vehement ausgeschlagen hat. Es wird Jahre dauern, bis er begreift.

10

Im letzten Moment erkennt Stephan die schwarzen Buchstaben auf weißem Grund, setzt den Blinker und biegt nach rechts ab. Nach nur wenigen Metern lenkt er den Wagen nach links, um in das Tal abzubiegen, wo ihm vor vielen Jahren das Leben gerettet wurde.

Die kurvige Straße führt ihn am Parkplatz des örtlichen Gymnasiums und an großen Hofgebäuden vorbei. Er biegt ab, lässt die Parkbuchten an den Seiten hinter sich, rollt langsam am Brauhaus vorbei und stellt den Wagen in direkter Nähe zum Torhaus ab.

So sehr sich Stephan zu erinnern versucht, bis heute bleibt ihm verborgen, wie er es damals an diesen Ort geschafft hat. Er steigt aus, verschließt den Wagen und tritt unter den Torbogen. Warmes Licht strömt aus den Fenstern der Buch- und Kunsthandlung zu seiner Linken, vor sich erkennt er die knorrigen Kronen der Eschen, die die Basilika-Allee säumen. An deren Ende baut sich die über 580 Jahre alte gotische Abteikirche auf.

Dichte Wolken stehlen dem Himmel das Licht, es bleibt zwar noch Zeit bis zum Sonnenuntergang, doch spürt Stephan die aufkommende Dunkelheit. Fast erscheint es ihm, als gehe sie von ihm selbst aus, als ernähre sie sich von der verbliebenen Helligkeit.

Zielsicher steuert er auf das Eingangsportal zu, steigt die wenigen Stufen hinab und zieht an dem rechten Torflügel. Flackerndes Kerzenlicht, ein Gemisch aus Staub und Weihrauch hängt in der Luft. Er wählt den Mittelgang, genau wie damals, und bewegt sich bedächtig auf den Altar zu. Auf der rechten Seite, in der ersten Reihe, sitzt ein Mann. Den Kopf leicht nach vorne gebeugt, ein Buch auf seinen Knien. Stephans Schritte hallen durch das Gewölbe, so sehr er auch versucht, darauf zu achten, vorsichtig aufzutreten.

Wie ein Magnet zieht ihn das Kreuz an, das mittig über dem Altar hängt. Andächtig bleibt er einen Moment davor stehen. *Hier bin ich wieder.* Die Stimmen sind verstummt.

„Sie dürfen sich gerne zu mir setzen", flüstert ihm der Mann aus der ersten Reihe zu.

Stephan lächelt ihm kurz zu, während die Bank unter seinem Versuch, neben sich Platz zu schaffen, laut knarrt.

„Ich komme oft hierher", beginnt dieser, als sich Stephan zu ihm setzt. „Ich mag das."

„Was mögen Sie?"

„Die Einsamkeit, die Ruhe. Wenn mir alles zu viel wird, dann komme ich hierher, setze mich und lese."

So wie ich zur Mauer gehe. Stephans Blick fällt auf das Buch des Mannes. *19 Minuten. Jodi Picoult.*

„Worum geht es?"

„In 19 Minuten kann man so einiges erledigen, ganz banale Dinge. In diesem Fall aber", der Mann streicht über das rotbraune Cover, „geht es um einen Amoklauf. 19 Minuten dauert er."

„Eine interessante Lektüre in einer Kirche."

„Gehören Gewalt und Tod nicht irgendwie auch zur Kirche?"

Stephan nickt schmunzelnd.

„Warten Sie." Der Mann schlägt das Buch auf, blättert ein paar Seiten vor und zurück. „Ah, hier ist es: *Aber vielleicht geschehen schlimme Dinge ja auch deshalb, damit wir uns daran erinnern, wie das Gute aussehen sollte.*" Erwartungsvoll schaut er Stephan an.

„Da ist sicherlich was Wahres dran."

„Das hoffe ich." Der Mann schlägt das Buch zu. Das dumpfe Geräusch hallt von den Gemäuern wider.

„Wie meinen Sie das?"

„Meine Schwester", flüstert der Mann und senkt den Kopf.

„Entschuldigen Sie, ich wollte Ihnen nicht zu nahe treten."

Der Mann winkt ab. „Das tun Sie nicht, keineswegs. Es ist nur, ich vermisse Sie jeden Tag, seit sie fort ist."

„Wie lange ist es her, dass sie von uns gegangen ist?"

Mit großen Augen blickt er Stephan an. „Sie ist nicht tot, nein, um Gottes willen."

Stephan hebt beschwichtigend die Hand.

„Ich habe mich missverständlich ausgedrückt", fährt der Mann fort. „Sie ist verschwunden."

„Verschwunden?" Stephan runzelt die Stirn.

„Ja, von einem Tag auf den anderen. Wie vom Erdboden verschluckt. Das Komische an der Sache ist, dass sie kurz vorher ein Haus gekauft hat. Sie wollte sesshaft werden. Auf dem Land." Er lacht kurz auf. „Das Haus hatte sie sogar schon bezahlt, 125.000 Euro in bar. In einem Koffer." Er haut sich das Buch auf den rechten Oberschenkel und zuckt ob des lauten Knalls selbst zusammen. „Sie wollte nach Portugal. Hat sogar Bescheid gegeben, wann sie zurück sein wird. Und dann ..."

Er schluchzt.

Stephan legt einen Arm um den Mann. „Sie haben nie wieder etwas von ihr gehört?"

„Nein, nie wieder. Nicht einmal ihr Auto wurde gefunden. Es gibt keine Spur, nichts. Die Polizei geht davon aus, dass sie einem Verbrechen zum Opfer gefallen ist oder die Chance genutzt hat, um auszusteigen."

„Was glauben Sie?"

„In Morsbach, also dort, wo das Haus steht, das sie gekauft hat, befindet sich ein Container auf dem Grundstück. Darin befindet sich ihr gesamtes Hab und Gut. Aussteigen? Im Leben nicht, sie kauft doch kein Haus, lässt ihren ganzen Kram dort hinkarren, um dann zu verschwinden. Es steckt etwas anderes dahinter."

„Sie meinen, dass ihr etwas zugestoßen ist?"

Der Mann nickt stumm.

„Kommen Sie auch deshalb hierher?", fragt Stephan.

„Nur, um Gott wissen zu lassen, dass ich Carola nie vergessen werde, auch wenn er es schon längst getan hat."

„Es gibt viele Herausforderungen, denen wir uns stellen müssen. Wir dürfen nur nicht resignieren, nicht aufgeben oder nachlassen, denn Gott spricht: Ich lasse dich nicht fallen und verlasse dich nicht."

Erstaunt hebt der Mann den Kopf.

„Sie sind Pastor! Hier? In Marienstatt?"

„Nein, ich lebe in Nümbrecht, im Oberbergischen Kreis. Dort arbeite ich als Pfarrer."

„Ein Protestant? Was tun Sie dann hier? Spion beim Klassenfeind?"

Stephan grinst.

„Seit der ökumenischen Bewegung habe ich kaum mehr etwas zu tun, aber es schadet ja nicht, mal bei der Konkurrenz vorbeizuschauen."

„Danke", flüstert der Mann.

„Wofür?"

„Manchmal braucht man einfach jemanden zum Zuhören."

„Immer wieder gerne."

Seufzend erhebt sich der Mann, Stephan tritt aus der Bank, um ihm Platz zu machen. Knarzend öffnet sich die Tür eines Beichtstuhls an der Innenwand der Kirche. Ein Mönch verlässt die kleine Kammer, nimmt ein Schild oberhalb der Tür ab, nickt Stephan kurz zu, tritt durch ein verziertes Metalltor und bewegt sich aus seinem Sichtfeld.

Stephan wendet sich wieder dem Mann zu, um ihn zu verabschieden. Doch er ist nirgendwo zu sehen. Verwundert blickt er sich in der Kirche um.

„Kann ich Ihnen behilflich sein?"

Erschrocken dreht Stephan sich um und sieht sich dem Mönch

gegenüber, der soeben den Beichtstuhl verlassen hat. „Äh, danke. Also, nein, ich meine ..."

„Alles in Ordnung?"

„Schon, ich hätte mich nur gerne von dem Mann verabschiedet, mit dem ich mich unterhalten habe."

„Wo ist er denn hin?"

„Das ist eine gute Frage. Er war eben noch hier, ich hatte ihm gerade Platz gemacht, als Sie aus dem Beichtstuhl herausgekommen sind."

„Ich habe leider niemanden gesehen."

Stephan kratzt sich am Hinterkopf. „Das ist der Satz des Tages."

Der Mönch sieht ihn verständnislos an. Stephan setzt sich zurück in die Reihe, der Geistliche nimmt neben ihm Platz.

„Wie meinen Sie das mit dem Satz?"

„Es scheint, als würde ich heute als einziger irgendwelche Menschen sehen."

„Wollen Sie mir mehr davon erzählen?"

Stephan richtet sich auf. „Heute Morgen habe ich eine Person gesehen, die sich die Staumauer der Aggertalsperre hinabgestürzt hat. Als ich an der Stelle ankam, an der der Körper hätte liegen müssen, war dort nichts."

„Es lag niemand da?"

„Nein, niemand. Das Einzige, was ich dort gefunden habe, war eine Schneekugel. Vergraben in der Erde."

„Vergraben?"

Stephan nickt stumm. Die Gegenfragen zeigen ihm schon jetzt, wie verrückt seine Geschichte klingt. Und dabei ist er erst beim Anfang.

„Darf Sie noch etwas fragen?"

„Natürlich."

„Diese Aggertalsperre, die befindet sich nicht im Westerwald, oder?"

„Nein", seufzt Stephan. „Sie liegt im Oberbergischen Kreis. In der Nähe von Gummersbach."

Jetzt nickt der Mönch.

„Sie fragen sich bestimmt, was ich nun hier mache?"

Der Mönch lächelt.

„Ich war vor vielen Jahren schon einmal hier. Dieser Ort, Marienstatt, hat mir in vielerlei Hinsicht das Leben gerettet. Er bedeutet mir sehr viel."

„Es ist ein magischer Ort."

Stephan massiert sich die Stirn.

„Irgendwann müssen wir alle einmal gerettet werden. Aus welcher Situation auch immer."

„Das war keine hohle Phrase!", wehrt sich Stephan. „Ich habe irgendwie das Gefühl, dass ich hierherkommen sollte. Irgendetwas hat mich geschickt."

„Ich wollte Sie nicht ..."

„Ich bin selbst Pfarrer", unterbricht Stephan ihn. „Ich habe heute eine Aussegnung vorgenommen. Mitten im Gebet hat mich der Tote am Handgelenk gepackt und etwas gesagt. Kurz danach lag er wieder völlig reglos da."

Der Mönch starrt ihn mit offenem Mund an.

„Nachdem ich das Haus verlassen hatte, sprach mich ein Nachbar auf die gefundene Schneekugel an. Er erzählte mir von dem Film *Citizen Kane* und dem letzten Wort, das eben jener auf dem Sterbebett gesprochen habe, bevor er eine Schneekugel fallen ließ."

„Ich kenne den Film."

„Dann wissen Sie vielleicht auch, warum ich nun hier bin?"

„Rosebud?", fragt der Mönch.

„Rosenknospe", bestätigt Stephan.

„Sie meinen, diese Ereignisse sollen eine Art versteckter Hinweis auf die Entstehungsgeschichte unseres Klosters sein?"

„Jetzt, wo Sie mich das so fragen, klingt es wirklich nicht sonderlich plausibel."

„Nun ja, die Legende, dass hier Mönche einst einen blühenden Rosenstrauch mitten in einem strengen Winter gefunden haben, ist tatsächlich nur eine Legende. Vielmehr soll Abt Hermann von Marienstatt die Gottesmutter im Traum erschienen sein und ihn auf einen im Winter blühenden Weißdornstrauch hingewiesen haben."

„Ich kenne die Geschichte", merkt Stephan an.

„Zugegebenermaßen gehört der Weißdorn auch zu den Rosengewächsen."

„Jedenfalls habe ich es als Hinweis verstanden, hierherzukommen", beginnt Stephan. „Und dann habe ich diesen Mann hier getroffen. Genau hier hat er mit mir gesessen, genau wie Sie jetzt." Dabei gestikuliert er wild mit seinen Händen.

„Und Sie glauben, Sie haben ihn sich nur eingebildet?"

„Es erscheint mir jedenfalls unmöglich, dass er so schnell die Kirche verlassen hat, ohne dass ich es mitbekommen habe."

Der Mönch streicht sich über die Oberschenkel.

„Ich kann mir vorstellen, wie verrückt das klingt."

Der Mönch steht auf. „Haben Sie Lust auf einen kleinen Spaziergang?"

11

„Und hier sind wir." Mit einer ausladenden Geste weist Frater Thomas auf den Ort, an dem der Weißdornbusch blüht, und grinst stolz. Über ihren Köpfen schieben sich Wolkentürme ineinander. Er schaut den Mönch an und friert. Hinter ihm steht Josef auf einem Podest, den kleinen Jesus in seinem Arm. Die gütigen Augen in die Zukunft gerichtet. Stolzer Vater, gesegneter Sohn.

„Und dieses Teil ist irgendeinem von euch im Traum erschienen?"

„Nicht irgendeinem. Dem Abt persönlich. Danach wusste er, dass hier der richtige Ort für die Neuansiedlung des Klosters sein muss."

„Und, glaubst du den Scheiß?"

Der Mönch sieht ihn verwirrt an. Er bückt sich, zieht Unkraut aus dem kleinen, von Bruchsteinen eingefassten Beet, das den Strauch umgibt.

„Na ja, ich meine ... überleg doch mal: Das hat der sich vielleicht nur ausgedacht, um die anderen Brüder zu überzeugen."

„Aber warum sollte er das tun?", fragt Frater Thomas und greift nach einer weiteren Pflanze.

„Was frage ich dich, du bist ja einer von ihnen.“ Er wendet sich ab, geht zu der hohen Bruchsteinmauer hinter der Josefsfigur.

„Und du? Du bist hier. Genau hier an diesem Ort.“

Jetzt blickt er Frater Thomas verständnislos an.

„Glaubst du vielleicht, dass das auch nur irgendein kalkulierter Zufall gewesen ist? Du warst fast tot. Und in dieser Stunde, just in diesem Moment, führen dich deine letzten Schritte nach Marienstatt?“, fragt der Geistliche.

„Ich habe dir schon einmal gesagt, dass ich nicht weiß, wie ich hierhergekommen bin.“ Erinnerungen blitzen auf. Die blutenden Wunden an seinen Füßen. Der Schmerz in den Eingeweiden. Das Gift.

„Ja, das sagtest du. Du warst kaputt. Ein drogenabhängiges Wrack.“

Er schaut kurz zu Boden.

„Aber sieh dich jetzt an: Du hast es geschafft!“

Ein kurzer Windstoß erfasst die Zweige des Weißdorns, streichelt sein Gesicht. Josef lächelt. Jesus auch. *Wer bin ich?*

12

Stephan hat sich verändert. Zu sich selbst gefunden, auch wenn die Stimmen im Hintergrund flüstern. Die Erinnerung an den Tag, an dem ihn Frater Thomas genau an diese Stelle geführt hat, an der er nun erneut steht, ist frisch. Hier, im Schatten der Josefsfigur, die ihr Lächeln nicht verloren hat, die das Jesuskind im Arm hält, steht der Weißdorn. Seine Erscheinung hat dafür gesorgt, dass Marienstatt heute ein Teil des Westerwaldes ist. Sein noch immer sattes Grün hebt sich von der weißen Wand des Gebäudes ab, an der er sich gen Himmel reckt.

„Warum haben Sie mich hierhergebracht?“, fragt Stephan den Mönch.

„Es hat ein wenig gedauert, aber dann habe ich mich an die Erzählung von Frater Thomas erinnert. Er hat mir einst von einem jungen Mann berichtet, den man hier einmal aufgepäppelt habe. Sie haben gesagt, der Ort habe Sie gerettet. Zuerst habe ich das nicht wörtlich verstanden, aber im Laufe unseres Gesprächs fiel der Groschen: Sie sind dieser junge Mann gewesen."

Stephan senkt den Kopf. „Was ist aus Frater Thomas geworden?"

„Er ist vor ungefähr zwei Jahren verstorben. Eine gute Seele. Er fehlt uns."

„Scheiße."

„Genau."

Beide lächeln kurz. Stephan schaut instinktiv nach oben. Der verwaschene Himmel wirkt kalt und abweisend.

„Ganz egal, was Sie glauben, heute gesehen zu haben. Ob Ihnen Ihr Gehirn einen Streich gespielt hat oder nicht. Sie sind auf der Suche. Damals wie heute. Und genau deswegen sind Sie auch wieder hier. Alles beginnt von vorne."

„Nur, dass ich heute clean bin."

„Sie sind ein Mann Gottes. Gott spricht alle Sprachen, wahrscheinlich sogar solche, die wir auf Anhieb nicht verstehen."

„Sie glauben, Gott hat etwas mit mir vor?"

„Hören Sie ihm einfach zu."

Stephan denkt an die Stimmen. Das stete Flüstern in seinem Kopf, das ihn Tag für Tag begleitet. Mal mehr, mal weniger, aber immer da. Wie oft hat er versucht, die Worte zu filtern, zu verstehen, was sie sagen. Sein Leben lang hat er die Stimmen bekämpft, sie zum Verstummen bringen wollen. Heute waren sie lauter als je zuvor. Die Zeit scheint gekommen, die Zeichen zu deuten.

„Ich denke, ich weiß, was ich zu tun habe", sagt er mit fester Stimme.

„Ich wünsche Ihnen viel Glück."

Ohne sich noch einmal umzudrehen, schreitet Stephan den Weg ab, den er vor vielen Jahren in entgegengesetzter Richtung gegangen ist. Die knotigen Kronen der den Weg säumenden Bäume recken ihre dürren Finger zum Himmel. Im Hintergrund verblasst die Fassade der Basilika im aufkommenden Nebel. Eine Krähe zieht plärrend über ihn hinweg. *Hast du gehört? Du sollst uns zuhören!* Er muss zurück ins Oberbergische.

13

Lichtenberg. Auf dem Weg dahin hat Stephan an einer Tankstelle angehalten, das Auto vollgetankt, sich einen Kaffee bestellt und im Internet nach der Adresse des Hauses gesucht, von dem ihm der vermeintliche Bruder der Vermissten in der Basilika erzählt hatte.

Über das rätselhafte Verschwinden von Carola Herzog hat man in der Vergangenheit in regionalen Medien immer wieder berichtet, ihre Geschichte war sogar in einer populären Sendung im öffentlich-rechtlichen Fernsehen thematisiert worden. Alles ohne Erfolg. Carola Herzog gilt weiterhin als vermisst. Das Haus, im Internet als Geisterhaus betitelt, steht noch immer leer.

Während er an der Tankstelle in seinem Auto sitzt und an dem heißen Kaffee schlürft, ruft er Google Maps auf und notiert die angezeigte Straße. Sein Blick fällt auf den Satellitenbildbutton. Stephan drückt auf das kleine Display und nach einiger Zeit baut sich ein pixeliges Bild auf. Ein kaum erkennbares Plus-Zeichen zoomt das Bild näher heran. Neben dem vielen Grün erkennt er die Dächer einzelner Häuser. Zwischen einer Gruppe von Bäumen sticht die rote Farbe des länglichen Containers durch, von dem ihm der Leser in der Basilika erzählt hat.

Sie kauft doch kein Haus, lässt ihren ganzen Kram dort hinkarren, um dann zu verschwinden.

Lichtenberg. Hier steht das Haus. Stephan fühlt sich wie der Hase, der, egal wie sehr er sich beeilt, am Ende immer wieder auf den Igel trifft.

Er befährt die Straße *Hohler Berg* direkt am Waldrand, sucht die Gegend ab. Die Bauten scheinen aus den 1960er Jahren zu stammen. Deutlich hebt sich das Grundstück eines Schieferhauses ab. Unkraut wuchert aus Rissen in den alten Gehwegplatten, eine Häkelgardine hängt schief in einem der dreckigen Fenster. Stephan stoppt den Wagen, blickt sich kurz um und steigt dann aus.

Es nieselt leicht, als Stephan die Stufen zum Eingang des Hauses betritt. Neben der Eingangstür hängt ein vollgestopfter

Briefkasten. Hinter gelblichem Milchglas verschwimmt der Flur zu einer trüben Masse. Obwohl alles darauf hindeutet, dass es sich um das Haus von Carola Herzog handelt oder es zumindest unbewohnt ist, klopft Stephan und wartet. Es bleibt still.

Er steigt die Stufen hinab und umrundet das Haus. Auf der Rückseite, inmitten von Bäumen, steht auf dicken Betonsockeln der rote Überseecontainer. Stephan steuert darauf zu, überfliegt die weißen Buchstaben, betriebliche Kennzeichen mit Prüfziffer, und umfasst eine der vier Türstangen. Auf den Türflügeln befindet sich je eine Verriegelung. Wieder schaut er sich um. Dann zieht er quietschend den rechten Flügel auf.

Ein modriger Geruch strömt aus dem Inneren. Reflexartig hält Stephan sich eine Hand vor Nase und Mund. Er fingert sein Smartphone aus der Hosentasche und schaltet das Licht der Kamera ein. Der dünne Strahl gleitet an sorgsam in Folie eingepackten Kleidungsstücken auf einem Ständer vorbei. Stephan dreht sich um, steigt in den Container und zieht den Türflügel ein Stück zurück, damit nicht von außen direkt auffällt, dass er ihn geöffnet hat.

Auf knapp zwölf Metern Länge, bei über zwei Metern Breite und fast zweieinhalb Metern Höhe muss der Stahlcontainer ein Volumen von nahezu 70 Kubikmetern fassen. Auf der Fläche stapeln sich Kartons, Kleidung und Hausrat. Mühsam kämpft sich Stephan vor, ohne zu wissen, wonach er überhaupt sucht. Vor dem spärlichen Strahl der Lampe tanzt der Staub. Es wird Stunden dauern, sich allein einen Überblick zu verschaffen. Bevor er den Gedanken zu Ende gedacht hat, vernimmt er ein quietschendes Scharren, und ehe er die Quelle einordnen kann, fällt mit einem lauten Knall die Tür des Containers zu. Stephan hält den Atem an.

Hey …

Mehr als diese naive Empörung kommt ihm nicht in den Sinn. Er hastet zurück zur Tür und sucht mit der Lampe nach einer Möglichkeit, das Stahlkonstrukt von innen zu öffnen.

„Hallo? Ist da jemand? Ich bin hier drin!“, ruft er und schlägt mit der Faust an das kalte Metall. „Hallo!“

Nichts. Kann solch eine Tür einfach zufallen? Ist sie dann

gleichzeitig verriegelt? Stephan verflucht sich selbst, dass er den Mechanismus nicht genauer untersucht und sich vergewissert hat, bevor er blindlings in das Dunkel getappt ist. Aufgewühlt entsperrt er sein Smartphone. Kein Empfang. Keine Internetverbindung.

„Scheiße! Verfluchte Scheiße!", schreit er wütend und stampft mit dem Fuß auf den Boden. Wuchtig schlägt ihm das Echo entgegen.

Das Haus von Carola Herzog steht inmitten eines Wohngebietes. Irgendein Nachbar wird ihn hören, wenn er weiterhin auf sich aufmerksam macht.

Hoffentlich ...

Stephan versucht, sich zu konzentrieren. Es muss doch irgendetwas in diesem Container geben, das ihm helfen kann. Er prüft den Akkustand seines Smartphones und begibt sich auf die Suche.

14

„Willst du mir sagen, was du vermisst hast?"

„Wie meinst du das?"

„Ich bin der festen Überzeugung, dass deine Sucht ein Zeichen von Mangel ist. Du versuchst, dieses Minus auszugleichen, zu füllen. Die Drogen sind ein Ersatz."

Er muss über die Worte von Frater Thomas nachdenken. Der kräftige Mönch wandelt gemächlichen Schrittes durch den Park, die Arme auf dem Rücken verschränkt. Man bemerkt das leichte Hinken kaum.

„Du meinst, mir fehlt etwas?"

Frater Thomas nickt.

„Tja, da muss man nicht lange überlegen. Ich meine, ich kann ja nicht einmal sagen, wer ich wirklich bin. Wo liegen meine Wurzeln? Wer sind meine Eltern?"

„Du hattest nichts bei dir, als du hier aufgetaucht bist. Keinen Ausweis, keinen Führerschein. Wir kennen nicht einmal deinen Namen."

Er leckt sich nervös über die Lippen. Die Frage nach dem eigenen Namen, so banal und doch so anspruchsvoll.

Wer bist du? Wer du bist? Du bist wer!

Die Stimmen in seinem Kopf zischen durcheinander. In den letzten Tagen sind sie merklich leiser geworden, doch wie angekettete Tiere warten sie auf die Chance, dass die Ketten brechen.

„Alles in Ordnung?" Frater Thomas zieht die Stirn kraus. Schaut ihm direkt in die Augen.

„Ja ... nein, ich ... ich, ich weiß es nicht." Er senkt den Kopf, lehnt sich an den Rand des Brunnens, der die Mitte des Parks bildet. Der Mönch legt ihm seine vernarbte Hand auf die Schulter.

„Niemand sollte Zweifel haben, wer er ist. Jeder muss jemand sein. Man braucht einen Sinn."

Zweifel? Sinn? Ich bin die Zerstreuung allen Zweifels, Sirene allen Sinns. Er reibt sich die Stirn.

„Wieder Kopfschmerzen?"

Er nickt. Die Welt um ihn herum beginnt sich zu drehen, ihm wird schwarz vor Augen.

„Das reicht für heute. Du solltest dich noch etwas ausruhen." Frater Thomas greift ihm unter den Arm und führt ihn in Richtung des Klosters. „Du trinkst auch zu wenig. Der Arzt hat gesagt, dass du viel Flüssigkeit brauchst."

Ich bin das, was du brauchst!

Widerstandslos lässt er sich von dem Mönch in sein Zimmer führen. Er denkt zurück an die Unmengen an Schweiß, Kotze und Fäkalien, die er immer und immer wieder in die weiße Bettwäsche abgesondert hat. Jedes Mal hat man ihm ein neues Bett bereitet.

„Frater Thomas?"

„Ja?"

„Danke."

„Schlaf dich aus." Der Mönch setzt ihn auf den Rand des Bettes. „Wenn du morgen aufwachst, sprechen wir uns erneut."

„Warte ..." Ihre Blicke begegnen sich noch einmal.

„Ich freue mich darauf, endlich jemand zu sein!"

„Das glaube ich dir, Stephan."

Verwirrt schaut er den Mönch an. „Stephan?“

„Der erste Schritt, jemand zu sein, heißt, einen Namen zu tragen.“

„Ist das mein Name? Stephan?“

„Ich denke schon. Ich finde, er passt zu dir. Du fragst dich, warum? Lass es uns morgen gemeinsam herausfinden.“

15

Er sitzt fest. Definitiv. In einem riesengroßen Haufen aus Schrott. Dabei denkt Stephan nicht nur an den Container selbst, sondern vor allem an das ganze nutzlose Zeug, das er darin vorgefunden hat. Jetzt sitzt er vor einem Karton mit alten Zeitungen und Büchern.

Hauptsächlich stammen die Exemplare aus dem Jahr 1964. Stephan überfliegt die Schlagzeilen, die sich unter anderem mit einem Belegungsversuch befassen. 144 Menschen verbringen 144 Tage im Dortmunder Sonnenbunker, um den Ernstfall eines ABC-Alarms zu erproben.

„Na, super. Hoffentlich komm ich hier früher raus.“

War das ein Rascheln? Instinktiv dreht Stephan sich nach rechts und leuchtet in die Richtung, aus der er das Geräusch vermutet.

„Hallo?“ Er schüttelt kurz den Kopf und befasst sich weiter mit der Kiste, als das Geräusch sich wiederholt. Eine Art Schaben oder Kratzen. Ein Tier? Aber wie soll es in den Container gelangt sein?

„Hallo?“, wiederholt er lauter. „Ist jemand da draußen? Ich sitze hier fest! Bitte, öffnen Sie die Tür!“

Plötzlich ein Kichern. Leise, entfernt, hoch und schrill.

„Verdammt noch mal! Lass den Scheiß und mach die Tür auf! Das ist echt nicht witzig!“ Stephan erhebt sich, geht zurück zur Tür. Er schlägt erneut von innen dagegen.

„Wer bist du?“, zischt es ihm von außerhalb entgegen.

Stephan erstarrt.

„Bitte, öffnen Sie die Tür! Bitte!“, fleht er.

„Bist du wer?“

Stephans Puls schnellt in die Höhe. Was wird hier gespielt?

„Bitte“, wiederholt er, diesmal zaghafter.

„Du bist wer!“ Darauf erneut das Kichern.

„Hey, wenn das ein Scherz sein soll ... dann ...“

Was dann? Er braucht Hilfe, er sitzt in dem dunklen Container fest und wer auch immer davor steht, ist seine einzige Hilfe.

„Mein Name ist Stephan. Ich bin hier eingesperrt. Ich bitte Sie, machen Sie die Tür auf!“

Stille.

„Hallo?“

Völlig panisch reißt er die Hände nach oben, um seine Ohren zu schützen, als donnernde Schläge gegen die Außenwände des Containers krachen. Rechts. Links. Vorne. Hinten.

Es scheint, als stehen reihum Menschen, die mit Baseballschlägern auf die Stahlwände eindreschen. Stephan sackt zusammen, schließt die Arme um seinen Kopf. Dann fängt er an zu schreien. Ja, er schreit.

16

Er erwacht in völliger Stille. Hektisch setzt er sich auf, sieht sich um. Er liegt auf einem abgewetzten Sofa. Auf den Anrichten, in Regalen und auf Schränken stehen Engelsfiguren aus Porzellan und zahlreiche goldene Putten. Eine kratzige Decke liegt auf seinen Beinen, die er zurückschlägt, als wäre sie infiziert. Stephan springt auf. Aus einem angrenzenden Zimmer hört er das Klappern von Geschirr.

Wo bin ich?

„Oh, Sie sind wach?“ Vor ihm steht eine ältere Frau mit grauen Locken, die sie zu einem Pferdeschwanz zusammengebunden trägt. Kleine Fältchen um ihre Augen lassen sie müde aussehen.

„Ich ... äh ... ja. Wo bin ich hier?“

„In Morsbach. Ich habe Sie laut schreiend in diesem Container gefunden. Da, auf dem Nachbarsgrundstück.“

Die Frau nickt mit dem Kopf in eine Richtung.

Er erinnert sich. Die Dunkelheit. Das Schaben. Die Schläge. „Die Tür. Sie muss hinter mir zugefallen sein."

„Sie können froh sein, dass ich kurz in den Garten raus bin. Sonst, wer weiß ..." Sie stellt das Tablett mit einer Kanne und zwei Tassen darauf auf den schmalen Wohnzimmertisch und gießt dampfenden Tee aus.

„Wie bin ich ..." Stephan blickt unsicher an sich herab.

„Oh, ich habe sie in die Schubkarre gehievt. War gar nicht so einfach, aber glücklicherweise habe ich genug Kraft." Wie zum Beweis hält sie einen Arm in die Luft und spannt den Bizeps an. „Was haben Sie überhaupt dort zu suchen gehabt?"

Stephan setzt sich. „Wissen Sie, dieser Tag, heute, ist ... ich weiß gar nicht, wie ich es beschreiben soll."

„Einfach scheiße?" Sie stellt die Kanne zurück und reicht ihm eine der Tassen. „Vorsicht, heiß."

„Ja, richtig. Einfach scheiße. Danke für den Tee. Und danke, dass Sie mich da rausgeholt haben."

„Zuerst war ich mir nicht sicher. Ich meine, das Ganze hätte ja auch ein mieser Trick sein können. Aber ich habe Sie direkt erkannt."

„Mich? Erkannt?", fragt Stephan erstaunt.

„Ja, Sie sind doch dieser Pfarrer aus Nümbrecht. Ich kenne Ihr Foto aus der Zeitung, ich war sogar schon einmal in einem Ihrer Gottesdienste."

„Dass Sie sich daran erinnern", murmelt er mehr zu sich selbst.

„Doch, die Predigt. Ihre Predigt, sie ist mir im Gedächtnis geblieben. Sie haben über das Paradies gesprochen. Darüber, welche Erwartungen wir daran haben und wie nah wir diesem auf Erden doch schon sind."

Stephan errötet leicht. Die Predigt hat ihm damals eine Menge Ärger eingehandelt. Man hat ihm vorgeworfen, dass das Ganze geklungen habe, als sei es hier auf der Erde besser als bei Gott.

„Sie hat mir gefallen", schiebt sie nach. „Sie war so ... so realistisch, nicht so abgehoben."

„Danke."

„Jetzt bin ich aber gespannt zu hören, was Sie in dem Container zu suchen hatten? Einen kurzen Augenblick habe ich gedacht, dass meine Nachbarin wieder aufgetaucht sei."

„Ich weiß selbst nicht so genau, was ich dort gesucht habe. Vor wenigen Stunden habe ich ihren Bruder kennengelernt. Also den Bruder von Carola Herzog."

Die Frau löst das Haarband aus ihrem Lockenkopf, lässt ihn nach vorne baumeln und bindet den Zopf neu. Stephan schätzt sie auf Anfang sechzig. „Ich weiß gar nichts von einem Bruder."

„Er hat mir ihre Geschichte erzählt, von dem Hauskauf und der Reise nach Portugal. Von den Containern."

Und danach hat er sich in Luft aufgelöst ...

Sie setzt sich im Schneidersitz ihm gegenüber, greift nach ihrer Tasse und pustet. Stephan schaut sie erwartungsvoll an.

„Was?"

Sie nimmt einen Schluck. „Was, *was*?"

„Oh Mann, ich will einfach nur wissen, was mit mir los ist. Am Ende ist es ein Hirntumor, und ich sehe einfach nur Gespenster."

„Gespenster gibt es nicht."

„Was Sie nicht sagen!" Stephan verdreht die Augen.

„Es stellt sich mir die Frage, ob Sie halluzinieren oder Opfer einer Warnwahrnehmung geworden sind."

Okay ... das fehlt noch! Du bist in dem Haus einer Verrückten gelandet!

„Ich kann Ihnen nicht ganz folgen."

„Mein Name ist Greta Rausch, ich bin Heilpraktikerin für Psychotherapie." Sie grinst breit.

„Schön, und Sie sagen mir jetzt gleich, ich müsse nur drei von diesen winzig kleinen Zuckerkügelchen nehmen und alles ist wieder gut?"

Stephan hat selbst keinerlei negative geschweige denn positive Erfahrungen mit alternativer Medizin gemacht, und doch bereut er die voreilige Verurteilung sofort. „Entschuldigen Sie bitte, ich bin nur ... ich meine, dieser Tag ..."

„Schon gut. Wie wäre es, wenn Sie einfach davon erzählen?"

Stephan reibt sich das Nasenbein. „Ich denke, ich habe Ihre

Zeit und Hilfe schon genug beansprucht. Ich werde mich jetzt lieber auf den Weg ..."

„Was haben Sie zu verlieren?", unterbricht sie ihn. „Ich höre Ihnen ein wenig zu, und wenn ich das Gefühl habe, einen Ratschlag geben zu können, frage ich Sie, ob Sie ihn haben wollen. Na, wie klingt das?"

„Dann beantworten Sie mir doch erst einmal die Frage, was denn der Unterschied zwischen einer Halluzination und einer, wie hieß es noch ..."

„Warnwahrnehmung?"

„... und einer Warnwahrnehmung ist?"

Sie stellt die Tasse ab, lässt kurz den Kopf kreisen und spannt ihren Rücken. „Eine Halluzination bedeutet, dass Sie etwas sehen, was in der Realität nicht da ist. Die Warnwahrnehmung hingegen ist eine reale Erfahrung, die andere Menschen auch haben, der aber nur Sie eine Bedeutung zukommen lassen. Zum Beispiel hören Sie ein Hupen und meinen, dass dies ein Zeichen unbekannter Angreifer sei, Sie nun zu ergreifen."

„Tja, an der Aggertalsperre habe ausschließlich ich den Mann gesehen, der gefallen ist. Als der Tote meinen Arm gepackt hat, ebenso. Mit dem lesenden Bruder von Carola Herzog habe nur ich gesprochen, und die Geräusche im Container habe ich wohl auch ganz exklusiv gehört."

„Vier Halluzinationen an einem Tag? Donnerwetter."

„Winkt mir nun ein Eintrag im Guinness-Buch der Rekorde?"

„Eher ein Kapitel bei Oliver Sacks."

Er schaut sie fragend an.

„Ein britischer Neurologe. Hat unterhaltsame Bücher geschrieben. Sie kennen sicher eins davon. Es gibt da diese Verfilmung mit Robert de Niro in der Hauptrolle: *Zeit des Erwachens.*"

Stephan muss an die Begegnung mit dem Nachbarn denken. Erst *Citizen Kane*, jetzt *Zeit des Erwachens.* Das Leben scheint eine Ansammlung aus Filmen zu sein.

„Aber kehren wir zum Ursprung zurück. Die erste Halluzination war die einer fallenden Person?"

„Von der Staumauer, ja."

„In der Traumdeutung beispielsweise wird das Fallen oft als Mahnung verstanden. Zum Beispiel, dass man aufmerksam bleiben soll, auch wenn einem die Situation bekannt vorkommt."

„Winter Wonderland", murmelt Stephan.

„Bitte?"

„Ich habe alles nach der Person abgesucht, gefunden habe ich jedoch eine Schneekugel. Sie lag dort vergraben."

„Hatte diese dann etwas mit dem toten Mann zu tun?"

„Im ersten Moment nicht. Nur durch den seltsamen Vergleich des Mannes, der mir vor dem Haus des Verstorbenen begegnete. Ihn erinnerte das Ganze an *Citizen Kane*. Ich kenne den Film nicht."

„Rosebud", entfährt es ihr.

Stephan nickt heftig. „Genau. Nur hat mein Toter das Wort *Schwiegermuttergift* gesagt."

„Das hat nichts in Ihnen ausgelöst?"

„Nein, aber Rosebud. Es hat mich an einen Ort erinnert. An Marienstatt. Kennen Sie das Kloster dort?"

„Natürlich."

„Es gibt diese Legende, dass in der Gründerzeit dem Abt im Traum ein blühender Weißdorn erschienen sei, der ihm den Ort verriet, an dem das Kloster stehen solle. Ein Mönch hat mir die Geschichte einmal erzählt, als ich dort einige Zeit verbracht habe."

„Bei den Katholiken?" Stephan meint echte Empörung in ihrer Stimme auszumachen.

„Das ist lange her, ich war damals noch nicht ..."

„Noch nicht auf der hellen Seite der Macht?", merkt Greta Rausch süffisant an.

„Sehr witzig."

„Jetzt aber mal im Ernst! Sie sagten, Sie hätten einige Zeit in Marienstatt verbracht. Wieso sind Sie dann heute Protestant?"

„Ich bin kein Mann Gottes im klassischen Sinne. Ich bin dankbar für meine Rettung, dankbar dafür, eine zweite Chance erhalten zu haben. Aber als katholischer Geistlicher muss man doch auf so einiges verzichten." Stephan beißt sich auf die Lippen.

„Oh, ich verstehe. Wir sind alle eben nur Menschen." Greta

nimmt verstohlen einen Schluck von ihrem Tee. „Und in Marienstatt sind Sie dann dem vermeintlichen Bruder von Carola Herzog begegnet?"

„Ja, er saß in der ersten Reihe und las ein Buch. 13 Minuten oder so. Irgendetwas von einem Amoklauf."

„In der Kirche?"

„Das habe ich ihn auch gefragt."

„Und jetzt sind Sie hier."

Stephan nickt zustimmend.

„Haben Sie in dem Container irgendetwas gefunden?"

„Nur alte Zeitungsartikel. Es gibt haufenweise Kartons mit diesem Zeug."

„Zu bestimmten Themen?", fragt sie.

„Nein, nach Jahren geordnet ..." Stephan stockt.

„Was?"

„Na ja, wenn ich mich richtig erinnere, gab es zwar haufenweise Kartons, aber darin befanden sich ausschließlich Artikel aus dem Jahr 1964. Ich kann mich nur an Bruchstücke erinnern. An eine Bunkerübung aus der Zeit. Die anderen Kartons habe ich gar nicht wirklich beachtet, aber jetzt fällt mir auf, dass es entweder Artikel aus dem Jahr 1964 oder aus dem Jahr 1979 waren."

„1964 und 1979? Sicher?"

„Ja. Ganz sicher. Warum? Sagt Ihnen das was?"

„Nein", antwortet sie knapp.

„Großartig! Also bin ich schlicht und ergreifend verrückt?"

„Es steht außer Frage, dass dieser Tag ein besonderer in Ihrem Leben ist ..." Jetzt zögert sie.

„Stephan", stellt er sich kurz vor.

„Er will etwas von dir, *Stephan*."

„Wenn es so einfach wäre. Vielleicht sind das alles auch nur blöde Zufälle."

„Tragen wir doch mal das Wichtigste zusammen: Wir haben die Schneekugel, das Wort Schwiegermuttergift, das Buch von einem Amoklauf und die Jahre 1964 und 1979. Erinnert dich das an irgendetwas?"

„Ich versuche doch die ganze Zeit schon, mir einen Reim

darauf zu machen. 1964 muss ich ein kleiner Junge gewesen sein und außer der Aufhebung der Rassentrennung unter Johnson fällt mir kein wirklich großes Ereignis ein. 1979 muss ich so um die zwanzig gewesen sein. Ehrlich gesagt, liegt diese Zeit meines Lebens eher in einem dichten Nebel."

„Warum?", fragt Greta und greift wieder nach ihrer Teetasse.

„In dieser Zeit war ich stark drogenabhängig."

„Nein! Ernsthaft?"

Stephan nickt nur. Er rutscht unsicher auf dem Polster hin und her. „Tja, was soll ich sagen. Wie sagtest du eben so schön: Wir sind alle nur Menschen."

Greta steht auf, geht zu einem der Regale in dem Wohnzimmer, sucht, greift dann nach einem Foto und reicht es Stephan.

„Das bin ich. Da muss *ich* so um die zwanzig Jahre alt gewesen sein."

„Wer ist die andere Frau?"

„Das ist Eva. Sie war meine beste Freundin."

„War?"

„Ich glaube nicht, dass sie tot ist, aber wir haben uns aus den Augen verloren."

Auf irgendeine Art erscheint Stephan das Gesicht vertraut. Die beiden jungen Frauen neigen die Köpfe zueinander und lachen. Sie wirken unbeschwert. Trotz der Zeit, in der das Foto an Farbe verloren hat, erkennt man Gretas roten Lockenkopf. Ihre Freundin Eva trägt die schwarzen Haare in der Mitte gescheitelt.

„Warum zeigst du mir das?"

„Kurz bevor ich Eva aus den Augen verloren habe, hat sie mich angerufen. Das werde ich nie vergessen. Sie wollte an diesem Tag jemanden treffen. Sie hat mir nie gesagt, wen oder warum. Wir standen uns damals schon nicht mehr so nahe, weil sie in die Fänge eines Typen geraten war, dem ich nicht getraut habe. Aber an diesem Abend ist irgendetwas geschehen, und sie hat es sich anders überlegt."

„Hat sie das erzählt? Also, bei diesem Anruf?"

„Ich wohnte damals mit Dirk zusammen. Wir hatten so ein orangefarbenes Telefon. Als ich abnahm, brüllte Eva in den Hörer.

Sie schrie, dass sie in einer Telefonzelle stehe, an irgendeinem Bahnhof. Dabei weinte sie bitterlich. Sie erzählte von dem Zug und von einem kleinen Mädchen. Ich habe schon damals nur die Hälfte verstanden. Irgendwann meinte sie, sie sei einfach nur froh, dass alles gutgegangen sei."

„Ich verstehe nicht ..."

„Erst später habe ich begriffen, dass Eva sich in *dem* Zug befunden haben muss."

„Greta, warum erzählst du mir das alles?"

Sie stellt die Tasse ab und lockert wiederholt ihre Haare.

„Weil das im Jahr 1979 war und ich nicht an Zufälle glaube."

17

Gegen Ende des 19. Jahrhunderts und zu Beginn des 20. Jahrhunderts trat auf verschiedenen Volksfesten in Berlin-Weißensee der Ingenieur Richard Fiedler auf. Er goss eine brennbare Flüssigkeit auf eine Wasseroberfläche und entzündete sie. Seine Attraktion nannte er den „Brennenden See". Die Faszination, die von der offenen Flamme ausgeht, liegt wohl in der Vergangenheit begründet. So gilt das Feuer als Ursprung der heutigen Kultur. Unsere Vorfahren bändigten es, nutzten es, und mit der Zeit entstanden Mythen wie die des Prometheus. Es wurde zum Mittelpunkt zahlreicher Feste und Traditionen, beschert uns ein Gefühl von Gemeinschaft und Naturverbundenheit. In unregelmäßigen Abständen jedoch demonstriert es die furchteinflößende Seite seiner Macht. Den unstillbaren Hunger. Das zerstörerische Gebiss der Flammen. Es verwüstet. Verletzt. Tötet.

Rückblickend wundert sich Heiko tatsächlich nur darüber, wie simpel das Ganze doch bisher gelaufen ist. Die größte Schwierigkeit war das Besorgen der Batterie, was aber vor allem daran gelegen hat, dass er nicht genau wusste, was für eine Art von Batterie man dafür braucht. Der Verkäufer hat ihm erklärt, dass diese Akku-Lösung nicht lange halten wird, doch für seine Zwecke reicht sie völlig aus.

Als alle Komponenten in dem kleinen Schuppen liegen und er sie auf Vollständigkeit und Funktion überprüft hat, startet er den Zusammenbau. Ein herrliches Gefühl. Wie er es vermisst hat.

18

„Ich mag nicht so gerne die Kontrolle verlieren."

„Ich kann dein Unbehagen verstehen, aber ich denke, wenn du wirklich daran interessiert bist, zu erfahren, was das alles soll, solltest du die Möglichkeit in Betracht ziehen."

Greta steht auf und tritt an einen der Schränke heran, sie öffnet die rechte Tür und holt einen glänzenden, zylinderförmigen Gegenstand daraus hervor. Mit einem leisen Klicken löst sie den Deckel und stellt das Metronom auf den Tisch. Sie verschiebt das Gewicht des Pendels ein Stück nach unten und wendet sich dann wieder an Stephan. „Ich verspreche dir, dass ich vorsichtig sein werde. Ich will dir nur helfen, alles zu verstehen."

Stephan seufzt. Beunruhigt rückt er vor und zurück. „Wie läuft das Ganze denn ab?"

„Ich starte das Metronom und zähle von zwanzig an rückwärts. Währenddessen konzentrierst du dich auf den Rhythmus und auf meine Stimme. Wenn du dich dann in der Hypnose befindest, stelle ich dir Fragen oder probiere, mithilfe von Impulsen deine Erinnerung zu stimulieren."

„Okay, dann leg los." Stephan versucht, sich zu entspannen. Greta stößt das Pendel an. Er schließt die Augen und konzentriert sich auf das rhythmische Klacken des Metronoms.

„20... 19 ... Entspanne dich, höre einfach auf meine Worte. 18 ... 17 ... Ich möchte mit dir eine Reise unternehmen. Eine gedankliche Reise. Eine Reise raus aus dem Hier und Jetzt, an einen Ort, an dem du dich wohlfühlst und Erkenntnis gewinnst. 16 ... 15 ... Vielleicht wirst du erkennen, was dich bewegt, was du suchst, was du dir wünschst und wie du es schaffst, zu erreichen, was gut für dich ist und anderen nicht schadet. 14 ... Du brauchst nichts Spezielles zu tun. Du kannst loslassen. Lass jetzt los. 13 ..."

19

Zuerst ist es ein Flackern. Sterne, die vor seinen geschlossenen Augen tanzen. Wie Mosaike setzen sie sich langsam zu einem vollständigen Bild zusammen. Immer lauter schwillt das Rauschen in seinen Ohren an, es kommt ihm bekannt vor. Wird differenzierter. Eine Gitarre, ein Riff. Eine Reibeisenstimme. Er spürt die Watte des Kopfhörers an seinen Ohren. Er greift nach den schmalen Bügeln und zieht ihn sich vom Kopf. Er sitzt auf Beton, spürt das Ziehen. *Mein Gott, wie lange ist das her?*

Vor ihm materialisiert sich eine schwarze Wand. Glatt. Langsam steht er auf. Sein Gesicht spiegelt sich darin. Er ist bleich, hager und jung. Zu jung für all die Narben. Er greift in die dunkle Masse hinein, um das Handgelenk bilden sich konzentrische Kreise. Ruckartig zieht etwas an seinem Arm, reißt ihn in das Schwarz hinein.

Vor ihm taucht ein zerzauster, bärtiger Mann auf. Er reicht ihm ein Schild, auf dem geschrieben steht: *Jesus rettet.*

Überall Kreise, Wellen, Farben. Die Stimmen, plötzlich laut, dringen durch seine Haut. *Fütter uns. Fütter uns. Fütter uns.* Immer eindringlicher fordern sie ihn auf, sie zu beachten. *FÜTTER UNS! FÜTTER UNS! FÜTTER UNS!*

Von draußen schweben neue, gutartige Töne heran.

„Stephan, was siehst du?“

Er will antworten, doch in seiner Kehle gluckert es nur. Er würgt.

„Wir gehen gemeinsam zurück in der Zeit. Es ist heute. Vor genau 30 Jahren.“

Stephan schreckt auf. Ein hydraulisches Geräusch, ein plötzlicher Druck in seinen Ohren. Eisen schnurrt. Aus dem Nebel formen sich Gestalten. Er liegt auf dem Boden, zwischen ihnen. Körper auf Körpern. *Hilfe, mein Baby. Es kommt! Bitte!*

Manche beten zu Gott, bedanken sich für die Rettung. Immer wieder kommen ihm Zahlen in den Sinn. 9,81. Genau an jenem Tag entstand der Drang, sie zu erfahren. Ihren Wert zu bemessen. 9,81. Ein Mensch im freien Fall.

Der Nebel verfliegt. Frater Thomas steht mit ihm vor dem blühenden Weißdorn, die vernarbten Hände zum Gebet gefaltet.

„Verstehst du es jetzt?“ Er öffnet den Mund, spricht, und doch ist es nicht seine Stimme, die er hört. „Stephan? Kannst du mich hören?“ Er will hierbleiben. Die Erinnerung ist zurück. Szenen der Vergangenheit, sie spulen sich nacheinander ab. Alles beginnt auf dem Bahnsteig. „Stephan, wach auf.“

20

Es ist ein zweites Erwachen, eine Wiedergeburt, der Start in ein neues Leben. Heiko ist dankbar für den Tipp mit den Hosenträgern. Vermutlich hätte es nicht lange gedauert, und das Ding wäre mitsamt der Hose nach unten gerutscht – und am Ende wäre das von der ganzen Geschichte hängen geblieben. Er in Unterhose. Lachend überlegt er, welche er heute überhaupt trägt. Woran man alles denken muss ...

Seine Hände riechen nach Benzin. Er schraubt den Kanister wieder zu und wirft ihn in eine Ecke des Schuppens. Im Kopf geht er den Ablauf noch einmal durch. Wichtig ist das Timing.

Das Fimo stinkt, während es unter der Flamme seines Zippos aushärtet. Das Ganze dauert doch länger, als er gedacht hat. Wie gut, dass er schon so früh das Stahlrohr im Baumarkt besorgt hat. Womit wir wieder beim Timing sind, denkt er sich. Eine verdammt gute Idee ist es gewesen, sich heute Morgen krankzumelden. Er muss gähnen, sein Schädel brummt. Wie sagt man immer so schön? Das letzte Bier muss schlecht gewesen sein.

Endlich ist die Masse fest geworden. Am Anfang traut er sich nicht, aber er stellt schnell fest, dass das Rohr bombenfest sitzt. Zufrieden greift er nach der Bohrmaschine und wechselt den Bohrer. Scheiße, denkt Heiko, er hat den Rucksack vergessen. Er schaut sich um. Dann atmet er auf. Er legt den Bohrer auf den Boden, greift nach dem Rucksack, zieht den Reißverschluss auf, dreht ihn und kippt den ganzen Inhalt auf den Boden. Das gelbe Büchlein erscheint. *Faust.*

Da kommt ihm eine Idee. Er nimmt einen Edding aus seinem Mäppchen, zieht mit dem Mund die Kappe ab, spuckt sie aus und bückt sich dann nach der Reclam-Ausgabe. Ziellos schlägt er eine Seite auf.

Ich gehe durch den Todesschlaf. Zu Gott ein als Soldat und brav.

Oh mein Gott, wie geil ist das denn bitte? Heiko nimmt das Buch in die linke Hand, schnappt sich den Stift und schreibt den Satz in großen Buchstaben auf das knapp sieben Zentimeter lange Stahlrohr. Frau Berghaus wird begeistert sein. Dass er so kreativ sein kann, hat er selbst gar nicht gewusst. Lachend wirft er Buch und Stift weg und schnappt sich erneut den Bohrer. Zeit, den Flaschenboden aufzubohren.

21

„Es war vollkommen verrückt, ich meine, ich bin in meine Vergangenheit eingedrungen, wie in einen Traum!" Stephan schüttelt anhaltend den Kopf, seine Gedanken und Erinnerungen kreisen wie die Figuren eines Kinderkarussells vor seinen Augen.

„Das ist das Prinzip. Du solltest dich erinnern." Greta lockert ihre Schultern.

„Ich bin sogar Frater Thomas begegnet", murmelt er.

„Wer ist das?"

Stephan erhebt sich, greift nach einem der Engel, die im Regal vor ihm stehen. Genau das ist es, was Frater Thomas für ihn rückblickend bedeutet. Er war sein Schutzengel. „Ein Mönch aus Marienstatt. Er lebt leider nicht mehr. Thomas hat mir damals sehr geholfen, wieder auf die Beine zu kommen. In der Zeit nach den Drogen."

„Wie hast du die Hypnose erlebt?"

„Am Anfang ganz surreal." Stephan stellt den Engel zurück ins Regal. Geht im Zimmer nervös auf und ab. „Als ob ich mich in einer Art Parallelwelt befunden hätte, die Verknüpfungen herstellt. Dann kamen die Erinnerungen hoch, ich konnte sie sehen. Anschauen wie einen Film", sagt er aufgeregt. „Ich habe sogar diesen Obdachlosen gesehen, der immer dieses Schild bei sich getragen hat", fügt er leiser an.

„Das heißt, du kannst dich an alles erinnern?"

„Na ja, an die cleanen Passagen schon. Auf Droge wirkte es wie ... wie überbelichtete Fotos."

„Ich habe dich aktiv in das Jahr 1979 zurückgeführt. Bist du dort vielleicht Eva begegnet?", fragt Greta erwartungsvoll. „Nein. Zumindest kann ich mich nicht wirklich erinnern. Es war so laut, so grell. Es haben Menschen mit mir gesprochen. Ich habe eine schwangere Frau gesehen. Sie hat sich Sorgen um ihr Baby gemacht." *Und die Zahl: 9,81 ... ein Mensch im freien Fall.*

„Hmmm." Greta klingt enttäuscht.

„Tut mir leid."

Jetzt steht sie auf, stellt das Bild zurück in das Regal.

„Einen Versuch war es wert."

Stephan schaut aus dem Fenster. Mittlerweile ist es stockfinster draußen. Er spiegelt sich in der Scheibe. Seine Haut wirkt fahl, die Reise in die eigene Vergangenheit hat ihn müde gemacht.

„Wie spät ist es eigentlich?", fragt er.

„Fast 20 Uhr."

„Ich sollte nach Hause fahren", merkt Stephan an. Er spürt Gretas Ernüchterung. „Es tut mir leid, dass ich nicht mehr über Eva erfahren habe."

Greta nickt. „Ja, ich wüsste wirklich gerne, was damals mit ihr passiert ist. Warum sie sich nie wieder gemeldet hat."

Stephan dreht sich zu Greta um, und dabei beginnt das Zimmer zu schwanken. Schnell stützt er sich an der Lehne des Sessels ab.

„Vorsicht! Eine Hypnose ist ein Eingriff in deinen Körper. Vielleicht solltest du lieber noch nicht fahren?"

Stephan sammelt sich kurz. „Es geht schon, danke."

„Ich habe genug Platz, du kannst gerne hier übernachten."

„Nein, es wird Zeit für mich." Doch als er den ersten Schritt nach vorne tut, legt der Kreisel in seinem Kopf einen Zahn zu, und noch bevor er ein Wort herausbringt, schlägt er ungebremst auf dem Wohnzimmerteppich auf.

22

„Stephaaaan, Stephaaaaan ..." Leise dringen die Töne zu ihm vor. Eine schräge Symphonie. Er schlägt die Augen auf. Bläuliches Licht schimmert wellenförmig durch den Raum. Sein Schädel brummt. Schmerzverzerrt greift er sich an die Stirn. Eine dunkle Flüssigkeit benetzt seine Fingerkuppen. Ihm war schwindelig, daran erinnert er sich. Ist er gestürzt?

Wer bist du? Bist du wer? Du bist wer!

Seine Kehle wirkt ausgetrocknet. „Stephaaaan", schallt es aus weiter Entfernung. Sirenengesang.

„Greta?" Es scheint, als hätte er ihren Namen nur in Gedanken ausgesprochen. Seine Glieder fühlen sich seltsam an. Tonnenschwer.

Wie in Zeitlupe hebt er Kopf und Oberkörper an, lugt über die Rückenlehne des Sofas, auf dem er liegt. Die Terrassentür steht sperrangelweit offen. Unter einem der Bäume erkennt er sie. Ihre Locken wehen im Wind. Greta trägt ein weißes Nachthemd. Langsam dreht sie ihren Kopf zu ihm, unnatürlich weit. Ihr Mund öffnet sich. Es wirkt, als riefe sie ihn. Eine schwarze Wolke dringt zwischen ihren geöffneten Lippen hervor, verteilt sich wie Rauch, dazwischen flimmern glühende Funken.

„Greta?" Wieder lässt sich das Wort nur in seinem Kopf formen. Er versucht aufzustehen. Vor ihm auf dem Tisch steht die Schneekugel. Sie beginnt zu leuchten, die kleine Lokomotive legt los. Die Melodie setzt ein. Seltsam verzerrt. Die Tonfolge kommt ihm bekannt vor, ist aber nicht die, die er erwartet hat. Sie erinnert ihn an ein Lied, das er vor vielen Jahren das letzte Mal gehört hat.

„Stephaaaaaan ..."

Jetzt steht er im Türrahmen. Es ist kalt. Die Sterne glänzen am dunklen Firmament. Die Äste der Baumkrone ächzen im Wind, der stetig zunimmt.

Greta steht weiterhin unter dem Baum. Den Kopf unnatürlich verdreht, streckt sie ihre Arme nach hinten aus, als wollte sie ihn umarmen. Schlagartig wird es hell. Die Baumkrone entzündet sich. Hohe Flammen züngeln an den schweren Ästen und Zweigen entlang. Eine heiße Welle schlägt ihm entgegen. Er versucht, die Hitze mit seinen Armen abzuschirmen. Greta bleibt, wo sie ist. Ihre Haare fangen Feuer, dann ihr Nachthemd. In Bruchteilen von Sekunden steht sie völlig in Brand. Stephan muss zusehen, kann sich nicht abwenden. Ihr Mund formt einen stummen Schrei, während die Haut zerfließt wie heißes Wachs.

Stephan schaut sich um. Auf der Terrasse stehen unzählige rechteckige Metalldosen. Er greift nach einem der grünlich gestreiften Behälter. In roten Buchstaben prangt *E605-Staub* auf der Vorderseite. Unter dem Wort *Vorsicht!* steht *Universal-Stäubemittel.* Es gelingt ihm nicht, den Deckel zu öffnen, der wellig und verrostet in der Oberseite eingedrückt steckt. Gretas Körper ist nur noch schemenhaft zu erkennen, vollführt einen wilden Tanz. Plötzlich reißt er den Deckel aus der Dose. Das Pulver stäubt wie Mehl aus der Öffnung. Unter beißenden Schmerzen kneift er die Lider zusammen, lässt die Dose fallen. Durch den dichten Tränenschleier ist kaum etwas zu erkennen. Verzweifelt reibt er sich die roten Augen. Blinzelt.

Dann steht sie vor ihm. Greta. Ihr Fleisch hängt in Streifen von ihren blanken Gebeinen. Es stinkt bestialisch. Dort, wo ihre Augen saßen, steigt Rauch aus Löchern auf. Er spürt ihre knöchernen Finger, die ihm zärtlich durchs Gesicht streichen. Sie lächelt ihn lippenlos an. Die Glieder erreichen den Hals, schließen sich fest um seine Kehle. Tausende Gedanken, nur Streiflichter.

„Schwiegermuttergift", faucht sie ihm entgegen.

Dann wacht er auf.

23

Dem Dramatiker und Lyriker Friedrich Hebbel wird ein Zitat zugeschrieben, in dem es heißt, Träume zeigten, dass wir nicht so fest in unserer Haut eingeschlossen seien, wie es scheine.

Träume sind eine Schwelle, ein Schritt in eine parallele Welt, in der wir zu allem mutieren können, was außerhalb unserer Vorstellungskraft liegt. Aber in den dunklen Winkeln der Träume lauern die Ängste des Alltags, die Erfahrungen, der Schmerz, die Hiebe der Zeit. Sie zersetzen die Suggestion und spiegeln die Wahrheit in düsteren Fabeln. Wenn wir unsere Träume verlieren, verlieren wir die Macht über unser Leben.

Heiko ruht im Bett, spürt seinen Herzschlag. Horcht hin, schließt die Augen. Stille liegt über dem Haus, die Nacht schmiegt sich an die Fensterscheiben. Er fragt sich, wann er das letzte Mal nervös gewesen ist, um nicht der Frage nachgehen zu müssen, warum er sonst nichts mehr fühlt. Heiko steht an der Schwelle, endlich so wahrgenommen zu werden, wie er es sich immer gewünscht hat. Ansehen. Ruhm. Erinnerung. Im Endeffekt unterscheidet er sich nicht von den anderen. Ihre Ziele sind dieselben. Die Wege, die sie dafür zurücklegen müssen, ähneln sich.

Die heutigen Planungen in den Stunden haben bewiesen, dass er zu mehr im Stande ist, als man ihm weiszumachen versucht. Timing. Es kommt auf das Timing an.

Die Leuchtziffern seines Radioweckers zeigen 23:13 Uhr an. Gestern hat er sich noch gefragt, ob er schlafen können werde. Ein wichtiger Tag. Die große Prüfung.

Ein letztes Mal denkt er an Kathleen. Ihre blonden, langen Haare. Wie sie sie hinter ihr Ohr legt, dabei den Kopf leicht schiefhält und die Augen etwas zu langsam aufschlägt. Ihr Lächeln. Wie sie sich zu ihm umgedreht hat, ihm den Zettel zuschob, der alles veränderte.

18 Uhr. Ehreshoven I. Kastor.

Mit klopfendem Herzen und tiefrotem Gesicht hatte er den Zettel unter seinem Buch hervorgeschoben, ihn mit zitternden Fingern auseinandergefaltet und die Worte wiederholt gelesen. *Kathleen.*

Die um das Jahr 1860 erbaute Holzkonstruktion, die an acht Stahlseilen hängt, hat eine Länge von 60 Metern und verbindet die Engelskirchener Ortsteile Ehreshoven und Kastor. Die „Schwungbrücke", wie sie von den Einheimischen genannt wird, wurde zum Wendepunkt in Heikos Leben. Versetzte es in eine eigene Form von Schwung.

Als damals gegen 18 Uhr die Schwingungen einsetzten, als

Heiko die Brücke betreten hatte, war er so naiv gewesen, hatte geglaubt, sie verspäte sich nur. Kathleen.

Wenn sie sich vor ihm sitzend streckte, hob sich ihr Oberteil und vergönnte ihm einen Blick auf ihren leicht gebräunten Rücken. Das Muttermal, das knapp über ihrem Lendenwirbel saß. Den Rand des Spitzenhöschens, der unter ihrer engen Jeans hervorlugte. Jeden Abend masturbierte er, stellte sich vor, wie sie auf ihm saß, ihn ritt. Seine Hände ihre Titten kneteten, sie stöhnten, schwitzten, bis er sich in sie ergoss. Die Vorstellung ist die schönste Form der Wahrheit. Ihre Schwester, die Realität, ist ein Menschenfresser.

18 Uhr. Ehreshoven I. Kastor.

Keine Kathleen. Dafür Daren, Alex und Christian. Feist grinsend. Sie näherten sich von beiden Seiten. Die Brücke erzitterte unter ihren Schritten. Daren zog ein letztes Mal an seiner Zigarette, bevor er sie in den Nebenarm der Agger schnippte.

„Heikooo." Sie zogen den letzten Buchstaben so unnatürlich lang, als wäre sein Name gleichzeitig eine Mitleidsbekundung. „Auf wen wartest du denn?" Die Leere in Heikos Kopf verursachte einen trockenen Mund, der staunend offen blieb.

Darens kurzes Nicken bedeutete Christian und Alex, ihn zu packen. Er wehrte sich nicht. Wusste, dass er ihnen körperlich unterlegen war. Dann zogen sie ihn hinter sich her. Von der Brücke auf den Weg, von dort in den Wald.

„Zieh dich aus", befahl Daren.

Nicht Kathleens Finger fummelten nervös an seinem Hosenknopf, sondern die eigenen. Heiko nestelte umständlich daran herum.

„Na, wird das heute noch was?" Während Daren selbstsicher vor ihm stand, kicherten Alex und Christian fahrig auf. Die zwei wirkten wie Beavis und Butt-Head. Nur trugen sie keine Metalshirts. Hektisch hatte Heiko sich umgesehen, abgewogen, wie weit er kommen würde, wenn er einfach loslief.

„Runter damit!" Daren steckte sich eine neue Kippe zwischen die Lippen, schirmte mit einer Hand die Flamme des Feuerzeuges ab. Langsam schob Heiko die Jeans nach unten, seine Beine zitterten. Genüsslich blies Daren Rauchkringel in die Luft, die langsam zerstoben.

„Die auch." Er zeigte auf die blaue Boxershort, die um Heikos Oberschenkel flatterte. Beavis und Butt-Head giggelten.

Nicht Kathleen saß vor ihm, zog die Short nach unten und nahm sein erigiertes Glied in eine ihrer reizenden Hände. Nein, vor ihm stand Daren, und als Heiko das Stück Stoff abstreifte, war sein Penis soweit zusammengeschrumpft, dass es wirkte, als wollte er mitsamt den Hoden in die Bauchhöhle zurückkriechen.

Daren lachte auf, hustete. Beavis und Butt-Head prusteten los.

„Da hat Kathleen aber nicht viel verpasst."

18 Uhr. Ehreshoven I. Kastor.

Erst jetzt war ihm bewusst geworden, dass *sie* ihn hierher gelockt hatte.

„Hast du Wichser wirklich gedacht, die steht auf dich? Du armseliges Stück Scheiße!"

Tränen stiegen Heiko in die Augen. Aber mit großer Willenskraft unterdrückte er den Drang, einfach loszuheulen, zu betteln, dass sie ihn gehen lassen sollten.

„Weißt du, sie hat uns gesagt, dass sie es hasst, wie du sie ansiehst! Sie fühlt sich bedrängt. Holst du dir mit dem kleinen Ding da einen runter, wenn du an sie denkst? Spritzt nach ein paar Sekunden auf ein Tempo, während du dir vorstellst, wie du sie fickst?"

Heiko zitterte am ganzen Leib.

„Soll ich dir was sagen, du Loser? Du wirst sie nie ficken, niemals in deinem Leben. Und weißt du was noch? Du wirst dir auch nie mehr vorstellen, dass du es tust."

Bis zu diesem Zeitpunkt hatte es den Anschein, dass auch Beavis und Butt-Head in die Pläne eingeweiht waren, aber alles, was danach geschah, schien allein auf dem kranken Mist Darens gewachsen zu sein.

„Hinlegen!" Beavis und Butt-Head wirkten erstaunt, als Heiko auf die Knie ging und sich flach auf den Bauch legte. Die abgeworfenen Nadeln der umliegenden Bäume bohrten sich in seine Haut.

Daren bückte sich nach einem der umherliegenden Zapfen. Hob ihn lächelnd auf, warf ihn kurz nach oben, um ihn direkt wieder aufzufangen. Dann trat er an Heiko heran. Er stellte den linken Fuß auf seinen Rücken. Presste unsanft die Luft aus Heikos Lungenflügel. Bohrte die Ferse tief hinein. Er zog an seiner Zigarette, nahm sie zwischen Daumen und Zeigefinger und drückte sie auf Heikos linker Arschbacke aus. Heiko stöhnte auf. Beavis und Butt-Head verstummten.

„Daren?", fragte einer der beiden unsicher.

„Halt's Maul!"

Heiko spannte den Po an. Wimmerte.

„Entspann dich", säuselte Daren. Dann stieß er den Zapfen in die Ritze, setzte den linken Fuß von ihm ab, um den rechten auf den Zapfen zu drücken. Heiko wehrte sich, legte alle Kraft in die Muskeln seines Pos.

„Der Einzige, der heute gefickt wird, bist du, mein Lieber ..." Die Bäume trugen viele Zapfen in diesem Jahr.

Knapp dreißig Minuten später kotzten Beavis und Butt-Head sich die Seelen aus dem Leib.

Niemandem hat er je davon erzählt. Ist die nächsten Tage aufrecht durch die Schule gelaufen, obwohl alles schmerzte. Hat nicht einmal gezuckt, wenn er sich auf seinen Stuhl gesetzt hat. Ist allein in die Apotheke gegangen und hat sich Bepanthen besorgt. Die Abschürfungen und Kratzer mithilfe eines Spiegels eingerieben. Hat Trockenpflaumen gegessen, literweise Wasser getrunken, um den Druck zu verringern.

18 Uhr. Ehreshoven I. Kastor.

Die Wunde ist verheilt. Äußerlich. Die Narben sind geblieben. Zeichen der Zeit. Hass und Wut in die Haut eingraviert.

Heiko schluckt. Würgt die Erinnerung herunter, um sie zu verdauen, umzuwandeln in die Energie, die er für morgen braucht.

24

Stephan würgt, hustet, spuckt Schleim in einen Eimer, den ihm Greta fürsorglich hinhält. Er riecht den Rauch, schmeckt den Gestank von verbranntem Fleisch.

„Du liebes bisschen, was ist denn los?"

Stephan räuspert sich, wischt sich mit dem Unterarm den Mund ab. „Ich habe einen krassen Traum gehabt."

Greta streicht ihm über den verschwitzten Rücken. Sein dunkles Haar steht in Büscheln von seinem Kopf ab.

„Du", er blickt Greta fest in die Augen, „du hast gebrannt!"

Greta stellt den Eimer auf dem Boden ab und sinkt in einen der Sessel. „Gebrannt? Was ... warum träumst du so etwas?"

„Ich weiß es doch auch nicht! Du standest da draußen, unter dem großen Baum, in einem Nachthemd und hast meinen Namen gerufen. Plötzlich stieg Rauch aus deinem Mund und nur einen Moment später branntest du lichterloh!"

Greta starrt ihn mit offenem Mund an. „Dein Kopf ... ich meine, du hast vielleicht eine Gehirnerschütterung. Du bist ziemlich hart aufgeschlagen, als du vor ein paar Stunden loswolltest." Sie steht auf, streckt ihre Hand nach seiner Stirn aus.

„Bin ich gestürzt?", fragt Stephan verwirrt.

„Oh ja, Herzchen. Ich habe dich noch warnen wollen, wegen der Hypnose, aber du meintest ja, dass du fahren könntest. Ich habe dich direkt auf das Sofa verfrachtet, dir einen kalten Lappen auf die Stirn gelegt und dich schlafen lassen." Greta greift nach der Decke, die zusammengeknüllt auf dem Fußboden liegt und legt sie zusammen. „Ich dachte mir, dass der ganze Tag wohl ein wenig viel für dich gewesen sein muss."

Stephan schluckt. „Ich glaube nicht, Greta, dass es vorbei ist."

„Warum?"

„Dieser Traum! Das war kein normaler Albtraum. Das waren weitere Hinweise."

Greta versteift den Rücken, sieht ihn erwartungsvoll an. „Los, ich höre zu!"

„Als ich dich brennen sah, wollte ich zu dir, dir helfen. Aber ich konnte mich nicht bewegen, ich stand wie angewurzelt im Türrahmen deiner Terrassentür." Stephan tigert durch den Raum, bleibt vor der Tür nach draußen stehen und sieht sein Spiegelbild in der dunklen Scheibe. Im fahlen Licht der alten Stehlampe wirkt er wie ein Geist. „Ich wollte dir helfen, dich löschen. Überall standen diese Dosen, diese Behälter." Aus der Dunkelheit tauchen verschwommene Erinnerungen auf.

„Was für Behälter?"

„Gestreifte Behälter. Es stand etwas drauf." Er kneift die Augen zusammen, versucht, sie zu schärfen.

„E605!", platzt es aus ihm heraus.

„Was?"

„Das stand auf den Behältern! E605!" Er dreht sich zu Greta um.

„Was soll das heißen?", fragt sie ihn.

„Hast du einen Computer?"

25

Das Licht einer Schreibtischlampe und der Computerbildschirm erhellen das schmale Mansardenzimmer. An den Wänden hängen Stofftücher mit gedruckten Mandalas darauf. Ein Bücherregal, vollgepackt mit Werken großer Philosophen und Literaten, ragt bis unter die Decke. Stephan spürt immer mehr, dass auch die Begegnung mit Greta kein Zufall ist. Inmitten ihres liebevoll-verschrobenen Charakters, ihrer Hilfsbereitschaft und Gastfreundschaft fühlt er sich geborgen. Die letzten Stunden haben im zugesetzt, ihn an den Rand von Realität und Fiktion geschoben, und Greta ist in der Lage, ihn im Hier und Jetzt zu halten. Gemeinsam stehen sie gebeugt nebeneinander und starren auf den Wust an Zetteln.

Feuer. Buch. 1964. E605 – Schwiegermuttergift.

Wie Kinder, die vor einem Puzzle sitzen, überlegen beide fieberhaft, wie die Teile zusammenpassen.

„Ein Pflanzenschutzmittel", wiederholt Greta.

„Es wird Schwiegermuttergift genannt, weil es bei zahlreichen Morden und Suiziden eingesetzt wurde“, zitiert Stephan den Artikel des Online-Lexikons.

„Es reicht trotzdem nicht aus.“ Greta scrollt mit der Maus den Artikel weiter nach unten.

„Wie meinst du das?“

„Ja, es ist toll, dass wir jetzt wissen, was sich hinter dem Wort des Toten in Nümbrecht verbirgt, aber einen Reim kann ich mir trotzdem nicht darauf machen.“

„Was steht denn dort noch?“, fragt Stephan.

„Die berühmteste Mörderin, die E605 verwendet hat, heißt Christa Lehmann. Sie hat ihren Mann damit vergiftet.“

„Hmm“, Stephan kratzt sich nachdenklich am Hinterkopf.

„War das vielleicht 1964?“

Er sieht zu, wie Greta den Mauszeiger auf den Namen der Täterin führt und einmal klickt.

„Nein. Das war 1952“, antwortet Greta.

„Verdammt!“ Krachend landet Stephans Faust auf der Schreibtischplatte. Die Zettel wirbeln durcheinander.

„Hey, was soll das?“, fährt Greta ihn an.

„Tut mir lei…“, setzt Stephan mit rotem Kopf an, doch weiter kommt er nicht. Sprachlos starrt er auf die beiden verbliebenen Zettel.

Feuer. 1964.

Mit zitternden Fingern tippt Stephan die beiden Begriffe in das kleine Fenster der Suchmaschine ein und drückt die Enter-Taste.

Lauf, Liebchen, lauf!

26

Heiko muss sich beeilen. Verschlafen. Ausgerechnet heute. Ausgerechnet an diesem wichtigen Tag. Er steigt zitternd in die Jeans, greift nach den schwarzen Bundeswehrstiefeln, die er im Keller gefunden hat. Die gehörten seinem Vater, von dem er nicht mehr weiß, als dass er die gleiche Schuhgröße hat wie er.

„Heiko? Du musst los!“, tönt es aus der Küche. Mutter. Als wenn die das interessierte, ob er zur Schule geht oder nicht. Als er damals nach Hause gekommen war, sein Arschloch wie Feuer brannte, die Augen rotgeweint, da hatte sie ihn nur kurz angesehen und lapidar gemeint: *Was auch immer passiert ist, lass mich mit dem ganzen pubertären Kack in Ruhe!*

„Jaja!“, ruft er nur.

Er schaut auf die Leuchtziffern seines Radioweckers. Heiko muss sich definitiv beeilen. Timing. Das ist es, worauf es ankommt. Die ganze Nacht ist er den Ablauf noch einmal durchgegangen. Jeden Schritt. Hat sich die Gesichter vorgestellt. Heute ist sein Tag. Niemand wird sich danach mehr an das Geschehen im Wald erinnern. Seine Geschichte wird neu geschrieben. Daren. Kathleen.

Er rauscht durch den Flur und reißt die Jacke von der Garderobe. Im Vorbeigehen wirft er einen Blick in die Küche, in der seine Mutter am Tisch sitzt und raucht. Sie blickt nicht auf, sieht ihm nicht nach, sagt kein Wort. Heiko wirft die Tür ins Schloss.

Jetzt nur noch am Schuppen vorbei, dann zur Schule – und dann kann es auch endlich losgehen. Timing.

Fühlte sich gestern sein Inneres an wie ein undefinierbarer, schwarzer Klumpen, so spürt er heute, wie der sich bewegt und formt.

Heute lernt ihr mich kennen.

27

Obwohl beide von der Frau und der schrecklichen Tat nie zuvor gehört haben, fühlt es sich für Stephan und Greta an, als stünde sie mit ihnen in diesem viel zu kleinen Zimmer und erzählte ihre grausame Geschichte.

Geistesgegenwärtig öffnet Greta das schmale Fenster. Kalte Luft flutet das Zimmer, Stephan zittert. In der Ferne erkennt er erste Sonnenstrahlen, die sich aufmachen, den Horizont zu erklimmen.

Böses kann überall passieren.

Er schafft es nicht, seine Augen von dem Artikel zu lösen, den die Suchmaschine nach der Eingabe als Erstes anzeigte.

„Das ist es also?", fragt Greta. Ihre Stimme klingt belegt. Es scheint, als wäre sie in den letzten Minuten um Jahre gealtert. Mit gesenkten Schultern steht sie inmitten des kleinen Raums, und Stephan spürt die Sorge. Die Sorge, Greta in etwas hineingezogen zu haben, das so groß geworden ist, dass es mehr von ihnen verlangt. Ein Opfer. Hastig verdrängt er die Erinnerung an ihre brennende Gestalt aus seinem Kopf.

„Es passt alles zusammen." Stephan ordnet die kleinen, handbeschriebenen Zettel neu an. Sie ergeben ein erbarmungsloses Bild.

1964

Er tippt auf den ersten Zettel.

„Vor 45 Jahren, um zehn Minuten nach neun", beginnt Stephan, als wollte er von einem düsteren Märchen der Gebrüder Grimm erzählen. Sein Finger fährt zum nächsten Zettel.

Buch

Er nimmt den Stift und kritzelt das Wort *Amoklauf* darunter. „Der Tag des ersten Amoklaufs der deutschen Geschichte." Stephan erinnert sich an die Worte des vermeintlichen Bruders von Carola Herzog. *In 19 Minuten kann viel passieren. Ein Amoklauf.*

Feuer

Er schluckt, als er sich daran erinnert, dass die Kinder in Volkhoven damals geglaubt hatten, die Mitschüler spielten ein Indianerspiel auf dem Schulhof. Viel zu spät erkannten sie, dass es sich um keine Federn handelte, die die Haare der Mädchen und Jungen schmückten. Es waren die Flammen.

„Er hat sie angezündet. Einfach so", sagt er tonlos.

E605 – Schwiegermuttergift

„Das hat der Feigling geschluckt." Gretas Worte klingen verächtlich, als sie den kleinen Zettel in die Hand nimmt. Stephan schaut sie an, erkennt die aufkeimende Wut in ihr.

„Es wird wieder passieren", flüstert er. Er greift nach Gretas

Arm. „Das ist es! Das ist das, was dieser ganze Scheiß bedeuten soll!“

„Aber was hast du mit Volkhoven zu tun? Wo soll das überhaupt sein?“

Stephans Gehirn läuft heiß. Es ist ihm kaum möglich, einen klaren Gedanken zu fassen. Irgendetwas hat er übersehen. Dann schnappt er sich einen weiteren Zettel: *Rosebud.* Er legt ihn in die Mitte des Tisches. Wortlos nimmt Greta ihm den Stift aus der Hand, beugt sich über die Platte und schreibt: *Marienstatt.*

„Dort gibt es eine Schule, oder? Ein Gymnasium?“

„Du hast recht!“ Stephans Augen weiten sich. „Das ist es, ich muss zurück zu dem Ort, der mir damals das Leben gerettet hat, um dort jetzt selbst Leben zu retten.“

Neben ihm tippt Greta wild auf der Tastatur herum. Dabei schüttelt sie unentwegt den Kopf.

„Was? Was ist los?“

„Das ergibt keinen Sinn.“

„Wie? Warum nicht?“ Stephan merkt nicht, wie laut er vor Aufregung wird.

„Marienstatt liegt in Rheinland-Pfalz. Da haben am Freitag die Herbstferien begonnen.“

Zum zweiten Mal rauscht Stephans Faust auf die Tischplatte. Fast gleichzeitig entschuldigt er sich bei Greta für seinen erneuten Ausbruch.

„Wir sind nah dran, Stephan. Irgendetwas übersehen wir einfach noch.“ Sie legt den Zettel zurück auf den Tisch.

„Du hast dort den Bruder meiner Nachbarin getroffen. Er hat dieses Buch gelesen: 19 Minuten. Was, wenn *Rosebud* nur der Hinweis auf den Amoklauf war und nicht auf den Ort, sondern nur auf die Schulform?“, fragt sie hastig.

„Du meinst, uns fehlt noch ein Hinweis?“

„Genau. Was haben wir vergessen?“ Nervös sammelt Greta die Zettel ein, ordnet sie neu.

„Bevor ich hier gelandet bin, war ich in Marienstatt, davor in Nümbrecht. Dazwischen ist nichts passiert“, überlegt Stephan laut.

„Dazwischen nicht ..."

„Die Aggertalsperre!", platzt es aus ihm heraus.

„Befindet sich dort eine Schule?"

„Genau genommen nicht. Die Aggertalsperre liegt ja irgendwie zwischen Gummersbach und Bergneustadt."

„Gibt es in beiden Orten ein Gymnasium?"

„Ja! Gummersbach hat sogar zwei." Stephan legt den Kopf in den Nacken und seufzt.

„Und woher wissen wir überhaupt, wann dieser Amoklauf passieren wird?"

Stephans Schädel rauscht. Ein hoher Pfeifton schraubt sich in seinen Gehörgang. Am unteren Bildschirmrand zeigt der Computer Datum und Uhrzeit an.

„Stimmt das?" Stephan zeigt auf die Anzeige.

„Ja, warum?", fragt Greta irritiert.

„Wir müssen herausfinden, wo wir hinmüssen, Greta! Und zwar schnell!"

„Was? Wieso? Wie kommst du jetzt darauf?"

Stephan denkt an das Schlafzimmer des Toten in Nümbrecht zurück. Irgendetwas hatte ihn dort kurz irritiert.

„Das ... das Datum", stottert er.

„Es stimmt!", wiederholt Greta unruhig.

„Das ist es ja! Gestern, als ich im Schlafzimmer des Toten stand, hing dort ein Abreißkalender!"

„Und der hatte irgendeinen Kalenderspruch parat, der die Lösung des gesamten Rätsels verrät?"

„Nein, er zeigte eine Zahl an." Stephan erinnert sich an den Raum, die Trauernden, die blauen Lippen, die kalten Finger um sein Handgelenk. In Gedanken steht er wieder in dem Schlafzimmer, der Tote liegt im Pyjama unter der gestärkten Bettwäsche. Da war dieser Kalender. Die Zahl.

„Stephan, du machst mich verrückt!" Greta steigt nervös von einem Fuß auf den anderen.

„Jetzt warte doch mal! Er zeigte die Vierzehn an. Nur, dass nicht gestern der Vierzehnte war ..."

„Sondern heute!", unterbricht sie ihn.

„Richtig! Vielleicht war das der Hinweis auf das Datum! Die Zeit? Der Amoklauf in Volkhoven begann um 09:10 Uhr. Das Risiko mag groß sein, dass wir uns irren, aber ich will es lieber versuchen."

Greta nickt.

„Jetzt müssen wir nur noch wissen, wo wir in knapp einer Stunde sein müssen."

„Wir sind so verdammt nah dran! Ich halte das nicht aus!"

Stephan stürmt aus dem Zimmer, die Treppe nach unten, und reißt die Terrassentür auf. Vor ihm türmt sich der Baum auf, der in seinem Traum in Flammen stand. Der Himmel mischt in sein Tiefblau orange-rote Striemen.

Die frische Luft tut ihm gut, vertreibt aber nicht die nervöse Unruhe.

Denk nach. Denk nach. Was hast du noch gesehen?

Plötzlich erfasst ihn eine Windböe und schlägt die Terrassentür mit einem lauten Knall zu. Erschrocken dreht Stephan sich um. Im Wohnzimmer steht Greta, vor ihr auf dem Boden liegen Scherben. Sofort öffnet er die Tür wieder und hastet zurück.

„Was ist passiert?"

„Die Tür."

„Ja, der Wind ..." Wieder kommt Stephan nicht weiter, denn auf einen Schlag setzen sich die letzten Teile zusammen. Er braucht nicht lange, um zu erkennen, was dort in Scherben auf dem Boden liegt. Das ganze Zimmer ist voll von den Figuren. *Engel.*

„Es ging nie um das Gymnasium in Marienstatt."

Greta hebt den Blick, schaut Stephan an.

„Ich habe Carola Herzogs Bruder in der Kirche getroffen."

Gretas Augen verraten, dass sie ihm nicht folgen kann.

„Jeder Ort war nicht nur ein Hinweis, sondern mehrere auf einmal, bunt zusammengewürfelt. Wie die Tüte einer Blütenmischung." Stephan bückt sich, hebt eine der Scherben auf.

„Marienstatt hat uns nicht nur die Schulform und den Amoklauf verraten. Es hat auch einen Teil des Ortes preisgegeben. Und du hast mir nicht nur bei der Klärung des Begriffs Schwiegermuttergift und dem Bezug zu Volkhoven geholfen.

Dein ganzes Wohnzimmer steht voll von kleinen Engelfiguren."

„Engelskirchen", haucht Greta.

„In Engelskirchen gibt es ein Gymnasium. Ich weiß jetzt, ich bin mir vollkommen sicher, dass wir dort hinmüssen!"

Greta schüttelt den Kopf. „Ich versteh' nur Bahnhof ..."

„Der gestrige Tag begann an der Aggertalsperre. Das Gymnasium in Engelskirchen heißt Aggertalgymnasium."

28

1985 tauchten bei der Deutschen Post das erste Mal Briefe auf, die an das Christkind adressiert waren. Den Mitarbeitern war schnell bewusst, dass man sie nicht einfach verschwinden lassen wollte. Vielmehr strebten sie danach, dass diese irgendwo bearbeitet, sogar beantwortet werden sollten. Die Wahl fiel auf Engelskirchen.

Über 100.000 Briefe aus über 50 Ländern finden seitdem ihren Weg in die so genannte Christkindpostfiliale. Handgeschriebene Zeilen in krakeliger Schrift, die davon erzählen, was der sehnlichste Wunsch für das nahende Weihnachtsfest ist. Zeichnungen, Bilder, Basteleien werden hinzugefügt, in der Hoffnung, dass man erhört wird.

Das Christkind antwortet jedem Kind. Wünscht frohe Weihnachten, nährt die Aussicht auf Erfüllung, die vielen an jenen Tagen verwehrt bleibt. Wünsche sind fragile Träume.

Heikos Dasein gleicht einem ganzen Haufen aus zerborstenen Wünschen, zertrampelt, zertreten. Angefangen bei einem Vater, der, als er davon Wind bekommen hat, dass die schöne, junge Frau, mit der er sich gerade vergnügt, ein Kind von ihm erwartet, nicht schnell genug das Weite suchen konnte, wuchs Heiko allein bei und mit ihr auf. Es verging kein Tag, an dem ihm nicht wenigstens ein Mal das Gefühl gegeben wurde, dass er ihr das Leben gründlich versaut hat. Sie gab ihm zu verstehen, dass er nicht gewünscht war und nie gewollt sein wird. Dieses Signum ließ ihn zum Opfer werden, man sah es ihm an, roch es aus der Entfernung. Erinnerungen, scharfkantige Stücke, die sich Tag für

Tag in die Eingeweide bohren. Das Verfallsdatum seines Lebens hat er längst überschritten, faul und modrig riecht es aus der Hülle Mensch, die gedankenlos über die Straße stapft. Es ist kalt, nass, doch das spürt er nicht. In ihm lodert die Wut. Rache ist leicht entflammbar.

In seinem Rucksack gluckert das Benzin, das in der Gasflasche hin und her schwappt. Den gelben Hochdruckreiniger trägt er vor dem Bauch. Eine Hand an der Schlaufe, die er über die Schultern gelegt hat, eine an dem Rohr, aus dem der Furor wüten wird.

Er weiß genau, wen es zuerst treffen soll. Wer, wann, wo sitzt und nicht im Traum daran denkt, was ihm droht. Danach ist der Rest dran. Hass kennt kein Limit, Rache keinen Extremwert.

Alle sind das Ziel.

Alle, die naiv zur Schule gegangen sind, mit dem sicheren Gefühl, dass dieser Tag nicht der letzte sei. Genau so, wie er damals zur Schwungbrücke aufgebrochen war. An jenem Tag, an dem sein Leben ungenießbar wurde. Für immer.

29

Endlos lang kommt Stephan die Strecke vor, bis er endlich auf die A4 einbiegt. Sein Blick fällt auf die Uhr im Armaturenbrett. Es ist schon fast halb neun. Er erinnert sich an den Artikel.

Vor 45 Jahren, um zehn Minuten nach neun ...

Greta sitzt auf dem Beifahrersitz und versucht, mit Stephans Smartphone die Polizei zu verständigen. Sie besitzt kein Mobiltelefon. Die Bedienung fällt ihr schwer.

„Ich hasse diese neumodischen Dinger! Was soll ich denen denn überhaupt sagen?“

„Ich habe keine Ahnung.“

„Die glauben, ich bin irgendeine Verrückte!“

„Wir müssen es versuchen!“

Er setzt den Blinker, zieht nach links und überholt den ersten Lkw.

„Erzähl ihnen, dass du einen Hinweis bekommen hast.“

„Einen Hinweis, dass irgendjemand heute im Aggertalgymnasium einen Amoklauf plant? Und was, wenn die mich fragen, wie ich darauf komme?"

Spätestens jetzt muss Stephan sich eingestehen, dass die ganze Geschichte, die sie sich aus den Hinweisen zusammengesponnen haben, nicht gerade glaubhaft klingt.

Plötzlich wird der Bildschirm in Gretas Hand schwarz.

„Nein!", schreit sie auf.

„Was ist?"

„Das Ding ist einfach ausgegangen!"

„Der Akku", stöhnt Stephan.

„Was machen wir denn jetzt?"

„Dann müssen wir es eben selbst verhindern."

„Sollen wir eine Durchsage machen, dass sich der Amokläufer im Sekretariat melden soll und dann drohen wir mit einem Schulverweis, oder was?"

Stephan hämmert mit dem Handballen auf sein Lenkrad ein.

„Ich habe doch auch keine Ahnung, Greta! Ich weiß nicht einmal, ob ich mir den ganzen Scheiß nicht einfach eingebildet habe und wir uns da gleich zu totalen Affen machen!"

Als Stephan scharf bremst, rollt die Schneekugel zwischen Gretas Füße. Verwirrt schüttelt sie den Kopf und greift danach. „Was ist das?", fragt Greta.

„Die Schneekugel. Mit ihr hat alles angefangen."

„Naja, streng genommen hat alles mit der Person angefangen, die du von der Staumauer hast fallen sehen."

„Was, wenn wir die Hinweise falsch gedeutet haben?"

Der Zweifel sät frische Keime in Stephans Gedanken. Sollte die Dichte der Hinweise tatsächlich so hoch sein, wie sie beide am frühen Morgen vermutet haben, bleiben zahlreiche Variablen übrig, denen sie keinerlei Bedeutung zugemessen haben. Neben ihm studiert Greta die Schneekugel wie ein Artefakt.

„Das wird ein echtes Himmelfahrtskommando", nuschelt Stephan vor sich hin.

„Du meinst, wir haben eventuell noch etwas übersehen?"

„Uns bleibt einfach keine Zeit mehr! Wir können nur hoffen,

dass wir rechtzeitig da sind. An der richtigen Schule. Am passenden Ort. Zur rechten Zeit."

„Mir wäre es lieber, wir hätten erst gar nicht recht mit dem, was wir vermuten."

Stephan lenkt den Wagen auf die rechte Spur, setzt den Blinker und befährt mit dem Auto die scharfe Kurve hinter der Ausfahrt. „Was auch immer mir diese ganzen Visionen sagen wollten, ich bin bereit gewesen, ihnen zuzuhören." Erst jetzt wird ihm bewusst, dass die Stimmen seit geraumer Zeit verstummt sind.

30

Die Stille fällt ihm zuerst auf. Keine Menschenseele befindet sich im Eingangsbereich des Schulgebäudes, als Heiko die Glastür hinter sich zufallen lässt. Alle Schülerinnen und Schüler sitzen in ihren Klassen- oder Fachräumen. Heiko weiß genau, wo alles seinen Anfang nehmen wird. Timing. Chemie. Wie passend, denkt er, während er den Flur betritt. Ein Schüler öffnet eine Tür zu seiner Linken. Er schaut ihn nur kurz an, sofort gleitet sein Blick zum Boden. Hier wundert sich keiner über seinen verrückten Aufzug. Hier sind alle nur mit sich selbst beschäftigt.

Als Stephan und Greta die Tür aufstoßen, suchen sie sofort nach irgendeinem Hinweis, der ihnen zeigt, wo sich das Sekretariat des Gymnasiums befindet.

„Was machen wir jetzt?", ächzt Greta, einen Arm auf das Bein gestützt, in der anderen Hand hält sie noch immer die Schneekugel. Die letzten Meter vom Parkplatz aus sind sie gerannt, Stephan ist dabei gar nicht aufgefallen, dass Greta das Fundstück bei sich trägt.

„Wir sollten die Schulleitung informieren. Mir ist eingefallen, dass ich mal etwas darüber gelesen habe, dass Schulen eine Art internen Code haben, der über die Lautsprecheranlage durchgegeben wird und die Lehrer darüber informiert, dass eine bedrohliche Lage herrscht."

„Herrscht denn eine?", fragt ihn Greta unsicher.

Dann hören sie die ersten Schreie.

Erst als Heiko vor der Tür steht, fällt ihm auf, dass sie sich nicht von außen öffnen lässt. Die Fachräume im naturwissenschaftlichen Trakt des Gebäudes kann man ausschließlich von innen öffnen. Er räuspert sich kurz, zögert, als würde er sich eine Ausrede überlegen, warum er zu spät zum Unterricht erscheint. Drückt den Knopf. Der Hochdruckreiniger fängt an zu brummen. Dann klopft er an.

Einen kurzen Moment später öffnet ihm Kathleen die Tür. Sie wirkt nicht überrascht, eher irritiert. Sie taumelt einen Schritt zurück, als Heiko einfach den Raum betritt. Er braucht nur einen kurzen Moment, um sich zu orientieren. Es scheint, als schössen Flammen aus den weißen Tischen. Die Bunsenbrenner. Wunderbar. Timing. Dann schließt er seine Hand und drückt zu.

„Lauf! Ich rufe die Polizei!" Greta drückt ihm die Schneekugel in die Hand und rennt nach links weg. Ohne darüber nachzudenken, hechtet Stephan die ersten Stufen der Treppe nach oben. Der reine Instinkt leitet ihn. Ihm bleibt keine Zeit abzuwägen, sich einen Plan zurechtzulegen. Die Intensität der Schreie, die Todesangst, die sie wie eine Haut umschließt, reicht vollkommen aus. Auf der ersten Etage kommen ihm Schüler entgegen. Ein wilder Mob, völlig unkontrolliert rasen sie auf ihn zu. Stephan weicht zur Seite aus, schiebt sich durch eine Glastür an ihnen vorbei.

Heiko ist völlig ruhig. Langsam schwenkt er das Rohr von links nach rechts. Das Benzin schießt aus dem Metallrohr, entzündet sich. Die Flammen gieren nach Nylon, Polyester, Baumwolle. Feuer ist nicht wählerisch. Feuer ist hungrig, verschlingt jeden Stoff, der sich in die Haut seines Trägers frisst. Die Haare ziehen sich zu einem rußigen Gekröse zusammen, Augenlider verschwelen, es stinkt nach verbranntem Horn. Heiko weiß, was Feuer anrichten kann. Feuer ist die Reinform der Wut.

Die Jugendlichen laufen durcheinander, eine Horde, die

übereinander stürzt, Schutz sucht, schreit, brüllt, keift. Wo Frau Berghaus ist, kann Heiko nicht erkennen. Aber er weiß, wenn er ihr davon erzählt hätte, dass er plant, einen Hochdruckreiniger zu einem Flammenwerfer umzubauen, hätte die kleine, alte Frau mit dem streng nach hinten gekämmten Zopf nur gelacht. Jetzt lacht er. Dann spürt er den Schmerz. Es dauert einen Moment, bis sich die Aufmerksamkeit durch Adrenalin und Euphorie gekämpft hat. Fahrig lässt er den Griff des Flammenwerfers los. Fasst sich mit der Hand an den Hinterkopf. Er ist feucht. Langsam dreht er sich um. *Wer bist du denn?*

Du bist wer! Als Stephan den Raum betritt, kapselt sich sein Verstand ab. Würde er in diesem Moment das Ausmaß begreifen, wäre er zu keiner Regung mehr fähig. So steht er hinter dem jungen Mann, der vor dem Körper ein Metallrohr trägt, aus dem Flammen schießen, und nimmt alles wie durch einen Filter wahr, der die bizarre Wahrheit wirksam verschlüsselt. Stephans Ohren verschließen sich, sodass die Schreie nur als dumpfe Nebengeräusche zu ihm durchdringen. Es sind nur wenige Sekunden, die vergehen, wie in Zeitlupe schiebt sich der Zeiger quälend langsam vorwärts. Dann hebt er beide Arme über den Kopf. Seine Hände umschließen den silbernen Korpus. Mit voller Wucht lässt er das Glas der Schneekugel auf den Schädel des Jungen rauschen. *Later on, we'll conspire. As we dream by the fire. To face unfraid. The plans that we've made.*

Heiko schmeckt den Geschmack von Metall im Mund. Sein Schädel fühlt sich entrückt an, als hätte sich etwas darin unnatürlich verschoben. Es gelingt ihm nicht, aus seinen Gedanken ein Wort zu formen. Sein Kopf gleicht einer geleeartigen Masse. Der Mann mit den dunklen Haaren sieht müde aus. Müde und erstaunt. Aber weder die Worte selbst noch ihre Bedeutung sind Heiko klar. Er will etwas sagen, öffnet die Lippen. Aus seinem linken Nasenloch rinnt Blut. Dann sackt er in sich zusammen.

Mit einer unfassbaren Wucht drängt sich die Welt zurück in sein Bewusstsein, und Stephan erkennt die Dimension des Grauens, die sich in diesem Raum ausdehnt. Aus den Augenwinkeln beobachtet er eine kleine Frau, die mit einem Feuerlöscher auf Flammen zielt. Sieht ein Mädchen, das ein anderes in eine Decke einhüllt, den Körper eines jungen Mannes, der seltsam gekrümmt unter umgekippten Stühlen liegt. Es riecht verbrannt. Süßlich.

In all dem Chaos fordert ein Gedanke an Frater Thomas seine Aufmerksamkeit. Der Tag, an dem dieser ihm seinen Namen gegeben hat. „Stephan bedeutet Krone", hat Frater Thomas gesagt und breit gegrinst. „Der Mensch ist die Krone der Schöpfung, Gottes Ebenbild, und du bist ein Teil davon. Wir alle suchen so verzweifelt nach einem Sinn, dabei haben wir ihn doch längst in uns. Wir sind der Sinn. Wir sind jemand. Wir sind Menschen. Wir sind die Krone."

„Warum heißt du eigentlich Thomas?", hat er ihn gefragt. Auf einer Bank saßen sie, als eine Wolke die Sonne freigab. „Weil ich nicht daran geglaubt habe." Ein Sonnenstrahl erfasste das Gesicht des Mönches. Die tiefen Narben darin warfen Schatten. „Woran hast du nicht geglaubt?" Frater Thomas drehte seinen Kopf und blickte ihm direkt ins Gesicht. Nie hätte Stephan es gewagt, ihn danach zu fragen, was ihn so gezeichnet hatte. „Dass es einen Gott gibt." Die Antwort verwirrte Stephan. „Wie meinst du das?", fragte er ihn. „Weil der Gott, an den ich früher geglaubt habe, an einem 11. Juni gestorben ist."

Einige Wochen später

„Wow!", entfährt es Stephan, als er Gretas Wohnzimmer betritt.

„Ja, ich dachte, es wäre die richtige Zeit für Veränderung gekommen." Stolz wippt sie auf den Zehenspitzen nach oben.

„Keine Engel mehr?"

Greta schüttelt den Kopf.

„Die wahren Engel sind hier." Sie klopft sich mit der flachen Hand auf die linke Brust. Stephan lächelt.

Sie stehen noch ein wenig unsicher in dem frisch gestrichenen Raum, gedankenverloren lässt Stephan seine Hand über die Lehne der neuen Couch wandern. Es ist lange her, seit dem Tag in Engelskirchen sind sie sich nur sporadisch begegnet. Meist haben sie einander die Klinke des Büros von Henning Althoff in die Hand gedrückt. Einem jungen Ermittler aus Gummersbach, der ihre Aussagen aufgenommen hat. Während in Kölner Kliniken und im Engelskirchener Krankenhaus die Brandwunden der zehn zum Teil schwerverletzten Jungen und Mädchen langsam verheilten, berichtete die lokale Presse immer wieder über Stephan. Den rettenden Engel, den Gottgesandten, der ein schlimmeres Unglück verhindert habe, dass niemand in dem Klassenraum sein Leben lassen musste. Die Wunden brauchen Zeit, aber sie werden heilen.

Unerwartet zieht Greta Stephan zu sich heran, umarmt ihn innig. „Danke", flüstert sie.

Dann verlässt sie das Zimmer, um wenig später mit einem Tablett mit Tassen und Tee darauf zurückzukehren. Sie setzen sich auf die neuen Polster. Greta im Schneidersitz, die Tasse zwischen beiden Händen. Es tut Stephan gut, dieses vertraute Bild zu sehen.

„Weißt du ..."

Stephan weiß, was Greta wissen will. Er schüttelt den Kopf.

„Mein letzter Stand ist, dass er im Koma liegt. Er ist bisher nicht ein einziges Mal aufgewacht."

Greta seufzt.

„Wie ist es dir seit unserer letzten Begegnung ergangen?"

„Ich bin kein Pfarrer mehr."

Gretas Augen weiten sich. „Was?"

„Frater Thomas hat mich damals gefragt, was ich wirklich suche, als ich in Marienstatt aufgetaucht bin."

„Und?"

„Tja, um ehrlich zu sein, war ich auf der Suche nach mir selbst. Nach mir und meiner Vergangenheit. Ich wollte wissen, wer ich bin. Wo komme ich her? Habe ich sogar eine Familie? So gut der Glaube diese Lücke auch füllen konnte, es fehlte mir trotzdem immer noch etwas."

Stephan greift nach der Tasse, trinkt einen Schluck.

„Ich will endlich wissen, woher ich stamme. Wer meine Eltern sind. Wer ist meine Mutter, wer mein Vater? Ergibt das einen Sinn?"

„Natürlich, Stephan. Ich verstehe dich total", entgegnet ihm Greta. „Dieser Frater Thomas scheint echt ein weiser Mann gewesen zu sein."

„Das war er. Das war er wirklich." Stephan beugt sich kurz nach vorne, fingert einen zusammengefalteten Zettel aus der linken Hosentasche und entfaltet ihn. „Ich muss dir was zeigen." Er hält Greta den Zettel hin.

Während sie die Zeilen liest, öffnet sich ihr Mund Stück für Stück. „Ist er das?"

Stephan nickt. „Komischerweise ist es mir in dem Moment klar geworden, als ich dem Jungen die Schneekugel auf dem Kopf zertrümmert habe."

„Du hast ihm eher mit der Schneekugel den Kopf zertrümmert."

Stephan verzieht das Gesicht. „Wie auch immer. Ich musste an ein Gespräch denken. Weißt du, Stephan ist nicht mein richtiger Name. Frater Thomas hat ihn mir gegeben. Kurz danach habe ich ihn gefragt, warum er für sich gerade Thomas gewählt hat. Er antwortete mir, weil er lange Zeit nicht an Gott hätte glauben können, weil sein Gott an einem 11. Juni gestorben sei."

„Am 11. Juni 1964, um genau zu sein", präzisiert Greta leise.

„Sein ganzer Körper war von Narben übersäht. Er war damals in Volkhoven dabei. Er hat den Amoklauf überlebt."

Greta schüttelt ungläubig den Kopf. „Es ... es wirkt so, als wäre dein Leben wirklich auf diesen einen Tag ausgerichtet gewesen."

„Eine andere Sache hat mich aber auch nicht losgelassen", beginnt Stephan.

Greta reicht ihm den Zettel mit dem Zeitungsbericht zurück, der von dem Elfjährigen erzählt, der die Hölle von Volkhoven überlebt hat.

„Es hat alles gepasst, alles hat einen Sinn ergeben. Doch in dem Container deiner Nachbarin lagen Berichte aus den Jahren 1964 *und* 1979."

„Darüber haben wir doch schon gesprochen. Das muss ein Zufall gewesen sein. Vielleicht auch nur, damit ich mich für dich und deine Geschichte interessiere und dir tatsächlich helfe."

„Bist du nicht diejenige, die gesagt hat, sie glaube nicht an Zufälle?"

„Schon, aber es gab ja noch mehr, dem wir keine klare Bedeutung zuordnen konnten." Greta trinkt einen weiteren Schluck aus der feinen Porzellantasse. „Zum Beispiel der Mann, den du auf der Staumauer gesehen hast. Wer soll der denn gewesen sein?"

Stephan erinnert sich an das Leuchten. Als reflektierte die Gestalt das Licht. Doch bevor er antworten kann, zucken beide vor Schreck zusammen.

„Was war das?" Stephan schaut sich um, versucht zu lokalisieren, von woher er das Geräusch vernommen hat. Sein Blick fällt auf einen Gegenstand auf dem Boden. Erstaunt steht er auf, bückt sich danach. Ein kurzer Schmerz durchfährt ihn. Aus der Fingerspitze seines Zeigefingers drückt sich ein Tropfen Blut.

„Hast du dich geschnitten?", fragt Greta, die plötzlich hinter ihm steht.

„Halb so wild", beruhigt Stephan sie.

„Was hast du da?"

Stephan dreht vorsichtig den aufgehobenen Rahmen zu sich. Hinter dem zersplitterten Glas erkennt er zwei Frauen.

„Eva?"

ENDE

Regenbogenkind

Don’t you forget about dying
Don’t you forget about your friend death
Don’t you forget that you will die
Ghost, Pro Memoria

Wie es sein könnte

Ihre Augen lächeln. Ein Spiegel der Herbstsonne im Halbschatten der alten Buchen. Er schaut ihr zu, wie sie rennt, und muss an den Song der Red Hot Chili Peppers denken. Den haben sie letzte Woche bei einem Konzert in Solingen gespielt – als zweite Zugabe. *These smiling eyes ...* und sie läuft durch die Schatten unter den Bäumen, erwischt immer wieder einen Sonnenstrahl, der ihr elfenbeinfarbenes Kleid schneeweiß leuchten lässt. Hinter ihr zappelt der Drachen, der niemals steigen wird, aber wenn er nur ein kleines Stück vom Waldboden abhebt, kichert sie schon. So wie jetzt, als eine leichte Böe das rote Papierwesen flattern lässt. Als trüge sie ihn auf ihren Schultern.

„Papa, Papa, er fliegt, er fliegt!"

Wie es ist

Jonas öffnet die Augen und blickt durch ein Regentropfenmeer aus dem Wohnzimmerfenster in den Garten. Über den Rasen. Bis zum Wald. Bis zu den großen Buchen. Er sucht die Herbstsonne. Er sucht *sie. With my voice I'm calling you.*

Warum fallen ihm fast immer nur fremde Songzeilen ein, wenn er an sie denkt? Was ist mit den eigenen?

„Weil du sonst nichts im Kopf hast", nörgelt Iron.

Jonas blendet ihn aus und schweigt die Stille an. Diese allumfassende Stille, wie ein unsichtbarer Mantel. Etwas stört sie. Es ist die Kohlensäure in seinem Wasserglas, die winzige Bläschen sprudelnd an der Oberfläche tanzen lässt. Er trinkt das Glas in einem Zug aus. Nur, weil ihn das Sprudeln nervt. Zu schnell, zu kalt. Endlich: Sein Bauch meldet sich.

Er weiß, heute ist es Magenkrebs. Dieses Grummeln, seit er am Morgen aufgewacht ist. Immer wieder krampft es sich zusammen, tief da drinnen, zwischen Brust und Bauchnabel.

„Und dann der Dünnschiss", zischt Iron. „Das war ja beim dritten Mal nur noch Wasser."

„Der zweite Durchfall in einer Woche. Das ist kein Infekt mehr. Das ist K-R-E-B-S, mein Lieber." Maiden kann genauso fies zischen. Nur penetranter.

„Ach seid doch ruhig", murmelt er zum siebenhunderttausendsten Mal. Carla, die eben noch wie vom Haus verschluckt war und jetzt hektisch und vor allem laut an ihm vorbeisaust, antwortet ihm fragend: „Was hast du gesagt, Schatz?"

„Nichts."

„Doch, du hast wieder gemurmelt. Deine Lippen haben sich bewegt, das seh ich."

Geht dich nichts an, was sich in meinem Gesicht bewegt, denkt er. Ich sterbe, darum geht es, verdammt. Heute Morgen kam nur Wasser, das hat auch Iron gesehen, und deshalb bin ich bald tot.

Sie starrt ihn immer noch an. „Was ist, geht es dir nicht gut ... mal wieder? Was ist es denn heute?"

„Krebs."

„Superwitz. Der wird übrigens nicht besser. Damit macht man keine Scherze."

„Ist auch keiner."

Jetzt verzieht sich ihre Miene. Sie schiebt ihren Unterkiefer vor, fährt sich mit der linken Hand durch das dunkelblonde, strähnige Haar, das er sich länger wünschte. Sie schüttelt den Kopf wie eine Parkinson-Kranke. Oder als hätte sie in die Steckdose gefasst. Wenn er ihr bei diesem Kopfzucken zuschaut, denkt er immer: Hat sie das bei unserem ersten Date vor Hunderten von Jahren auch schon so gemacht?

Aber er hat sie nie gefragt.

Er stellt sich vor, was sie wohl über ihn denkt: Mein Gott, diese ganzen Allüren. Jeden Tag stirbt der mir fast weg. War das immer schon so?

Aber er weiß, sie hat ihn auch nie gefragt.

Und seit drei Jahren ist es eh egal, wer hier was denkt.

„Ich muss weitermachen. Du musst jetzt leider alleine Krebs kriegen, denn heute Abend haben wir hier ein bisschen was vor. Du erinnerst dich? Im Übrigen könntest du was dazu beitragen. Nur mal so. Und dann wären wir eher fertig und könnten noch den *Dritten Mann* gucken. Falls du Lust hast ..."

Er nickt schweigend. Nein, habe ich nicht, denkt er, ich kann diesen Film mitsprechen.

Sie seufzt, tritt nah an ihn heran, er will diese Nähe nicht, duldet sie aber. Sie schmiegt sich an ihn und lässt ihre Hand über seinem Bauch kreisen, der in den letzten Jahren von flach zu halb rund mutiert ist. Er zieht die lange, schwarze Jacke zurecht, wie um die Wölbung zu kaschieren. Die Jacke: Sein Versteck vor der Welt. Wenn ihm alles zu viel wird, zieht er die Kapuze über den Kopf und versteckt seine schwarze Mähne unter dem Stoff.

„Die ziehst du aber heute Abend nicht an, oder?" Als hätte sie seine Gedanken gelesen. „Ein Jackett wäre doch auch mal was. Das hellgraue vielleicht?"

Jetzt nickt er langsam und zieht die Brauen hoch. „Ja, das hellgraue." Und denkt: Damit deine Eltern nicht wieder fragen, warum ich rumlaufe wie tot. Mache ich bald nicht mehr, keine Sorge. Dann bin ich es.

„Mann, war das vorhin ein Wasser. Da war ja nix Festes mehr drin", zischt Iron.

„Also, hilfst du mir?"

Sie lässt von ihm ab und schaut in seine dunklen, tiefsitzenden Augen. Vielleicht sucht sie zwischen den Pockennarben nach einem Lächeln, aber sie wird keins finden.

„Ja, gleich. Lass mich nur noch einen Moment ..."

„Ich weiß. Hier stehen. Du stehst mir wieder ein bisschen zu viel rum in der letzten Zeit. Und starrst ins Leere."

„Sterbende machen das so."

Der Satz mit dem Sterbenden lässt ihn zucken, den wollte er nur denken.

Hat Maiden den rausgelassen? Oder Iron? Jonas fragt sich wieder, was zum Teufel ihn nur geritten hat, die beiden Stimmen in seinem Kopf nach einer Metalband zu benennen.

„Du bist so ein Arsch, Jonas. Was sollen denn die Leute sagen, die wirklich schwer krank sind. Verdammt noch mal, du wirst in ein paar Tagen vierzig. Jetzt reiß dich zusammen, echt."

„Als wenn das so einfach wäre!" Er verstummt sofort wieder, steht weiter da und starrt.

Ihr reicht es. „Gut, dann werd doch zur Salzsäule. Ich lass mir den Abend jedenfalls nicht versauen von ... dir!"

Genau, denkt er. Dieser Abend spielt auf so unfassbare Weise keine Rolle. Wie alles andere. Kurz verspürt er Lust auf Eskalation. Für einen geilen Augenblick gibt er sich wieder dieser Finsternis hin: alles zerstören. Die ganze wackelig zusammengeschusterte Harmonie. Obwohl er weiß, dass sie das ist, was ihre Familie halbwegs am Laufen hält.

Sie beide. Und Luca.

Dieses Gerippe ihrer Beziehung, das ihm manchmal stabil erscheint, aber nie mehr wahrhaftig. Er möchte schreien, keifen, brüllen, Dinge gegen Wände werfen, Türen knallen.

Doch die schwarze Welle schwappt vorüber. Er bleibt stumm zurück, ein eins-neunzig großer, dunkler Monolith mit weißem Narbengesicht und kaputtem Haupthaar. Sein Blick … ziellos.

Sie steht immer noch vor ihm. Nickt. Schüttelt den Kopf. Geht endlich weg.

Er steht stumm im Wohnzimmer auf dem nackten Gestein. Sie haben damals die Holzdielen drum herum gelegt, weil dieser alte, graue, harte Stein nicht vergraben werden durfte.

Wie sie so vieles erschaffen haben in diesem neuen alten Haus.

Ein Zimmer ist nie fertig geworden.

Das von Sarah, dem Regenbogenkind.

Wie es war. September 2016

Sarah rennt, obwohl sie es nicht darf. In diesem Chaos bricht sie sich noch den Hals. Während sie über irgendeine Werkzeugtasche fällt und mit dem Knie auf den Stein knallt, der nicht vergraben werden darf, versucht sich Jonas an einem Durchbruch zwischen dem ehemaligen Kinderzimmer zur künftigen Küche. Sie schreit kurz auf, dann wimmert sie. Blut tropft auf das kalte Grau.

„Ich hab dir doch gesagt, das geht nicht gut. Hätten wir bloß deine Mutter gefragt", schreit Carla und nimmt das Mädchen auf den Arm.

„Papa!", ruft es, als Jonas, gekleidet in weißen Staub, dazu stößt.

„Hier, nimm du sie", stöhnt Carla, „ich muss weitermachen, sonst trocknet mir der Putz."

Er wischt ihr sanft über die Wangen. „Alles gut?"

Sie nickt und schaut ihn aus großen blauen Tränenaugen an. „Ich hasse das Haus", murmelt sie leise.

„Ja, mein Schatz. Manchmal hasse ich es auch. Aber warte, bis es fertig ist. Dann lassen wir im Garten Drachen steigen."

„Au ja!"

Wie es ist

Er starrt den grauen Stein an und glaubt, in seiner Maserung etwas Tiefrotes zu erkennen, einen schmalen Blutbach, der in der Ritze zur Holzdiele ins Nichts stürzt.

Und während Lemmy, die graue Promenadenmischung mit dem schiefen Unterkiefer, leise jankt, da spürt Jonas, wie der Tod wieder in ihm wütet. Wie er seinen Magen zu Mus verarbeitet.

Sein Magen, sein Kopf, sein Herz … Jonas kann sich nicht daran erinnern, mal über längere Zeit nichts gehabt zu haben. Er fühlt sich krank, seit er denken kann. „Anonymer Hypochonder", hat ihn Maiden mal gegeißelt. „Ständig am Sterben, aber zum Arzt gehst du nie."

Warum nur? Weil er, wenn er ehrlich zu sich selbst ist, genau weiß, dass er sich das alles nur einbildet? Aber nein, da ist mehr, oder? Er ist bestimmt wirklich krank.

Und bald tot. Noch ehe er vierzig wird. Denn genau das will ein Teil von ihm. Nicht mehr da sein. Seit jenem 13. Oktober 2016. Dieser Teil löst immer wieder die seltsame Starre aus. Den leeren Blick. Diese allumfassende, komplette Verlorenheit.

Ich will tot sein, und ich will bei dir sein, denkt er. Aber nein, das ist falsch. Du bist ja gar nicht tot, mein Regenbogenkind. Du bist … weg.

Nur weg.

Wieder verkrampft sich sein Magen, und der Schmerz erstickt die düsteren Gedanken.

„Alles fertigmachen für die Gegenrichtung", jubelt Iron, aber bevor Jonas das Frühstück hochkommt, wird die Welt um ihn so schwarz wie die Jacke, die ihn vor nichts beschützen kann. Dass er seitlich wegkippt, spürt er nicht mehr.

Was er sieht

Auf der Lichtung singen die Blätter ein Kauderwelsch. Die Bäume zeigen sich kurz, dann ziehen sie sich zurück hinter neue Schwaden, die der Wind durch die Nacht treibt. Etwas leuchtet darin ... ist es der Mond, der sich heimlich in den Himmel schleicht, verborgen hinter Finstergrau?

Er muss weiter. Muss hinter die Schwaden gelangen. Laub welkt sich unter seinen Füßen dem Nichts entgegen, gestern ein Knisterteppich, heute ein tiefnasses Modermeer.

Der Wald spricht mit tausend Stimmen, sie kieksen, rascheln, grunzen, fiepen, jaulen, keckern. All dieses verborgene Leben.

Was ist hinter den Schwaden?

Der Ruf war so deutlich. Er hat ihn aus dem Schlaf gerissen. Ein Schrei? Eine Stimme. Sie rief seinen Namen.

Jonas. Jonas, halt mich.

Sie klang so alt, so fremd. Doch so nah, trotz der Ferne.

Warum ruft man mich?

Die Schwaden strahlen ihn an, als hätte der Mond sie auf eine Waldbühne gestellt. Er beeilt sich jetzt, aber Iron spricht mit einer Stimme aus Angst: „Nein! Kehr um! Du darfst nicht zu den Schwaden gehen! Dahinter ist ... nichts! Nichts!"

Jonas schüttelt die Regentropfen ab und ruft: „Aber ich will es sehen, dieses Nichts, denn dort ist er. Und er hat gerufen! Habt ihr es nicht gehört? Er hat nach mir gerufen."

„Kehr um!"

„Nein, lauf nur weiter, Jonas", haucht Maiden, „und finde heraus, was sich jenseits der Unschuld verbirgt. Wie ich es nie konnte."

Sie hat recht. Er muss hinter die Schwaden blicken.

Er muss ihn finden. Ihn halten. Wer immer er ist. Oder sie?

Jonas zieht die Kapuze über seine schwarze Mähne und verschwimmt mit der Finsternis. Weiter, weiter. Schritt für Schritt für Schritt.

Das Kieksen und Keckern. Das Fiepsen und Heulen. Das Rascheln und Knistern. Die Himmelstränen. Die Schwaden, jetzt eine Wand, dunkler, dichter. Wo ist der Mond?

„Kehr um!“, schnarrt Iron. Aber Maiden ist stärker. „Du bist fast da, du großer, kleiner Narr. Du kannst nicht zurück.“

Jonas setzt seinen letzten Schritt, als der Mond noch einmal die Bühne betritt. Schüchtern wagt er sich aus der Deckung, und sein Licht reicht aus für das Ende.

Er nimmt die Kapuze ab und starrt auf seine Füße. Wie sie am Abgrund stehen. Nur Felsen. Das Nichts hinter den Schwaden. Er hat es gefunden.

„Jonas! Bitte! Du kannst immer noch ...!“

„Ruhig, Iron!“, kräht Maiden. Und im nächsten Moment spricht sie lieblich, weich, engelsgleich: „Du bist da, Jonas. Sieh, dort links! Da steht er.“

So hebt er den Kopf. Blickt über seine linke Schulter.

Und der Rufer, so alt, so tot, starrt ihn nur an. Sein Lächeln zersetzt, die Augen porös in keinem Gesicht, aber diese Hand, so lebendig, so nah. Er summt eine Melodie. Jonas kennt sie ... oder nicht? Ein halber Mund öffnet sich zu einem Refrain. Er versteht kaum die Worte. Der alte Mann streckt ihm die Hand entgegen. Jonas hebt die seine.

„Wer bist du? Warum rufst du mich?“

Der Mann zieht ihn zu sich, mit dem Ohr bis an seinen toten Mund, und flüstert mit tiefer, kratzender Stimme: „Schreib ein Lied für sie.“

„Was? Was für ein Lied? Für wen?“

Die Stimme, jetzt heller, fast kindlich, weiblich, antwortet: „Schreib ein Lied für dein Regenbogenkind.“

Dann drückt er Jonas von sich weg, lässt seine Hand los, fällt.

„Nein!“

Als der Rufer still in die Tiefe stürzt, spürt Jonas, wie alles in ihm erstarrt.

Er steht am Abgrund, umarmt die Nacht und wartet auf den Aufprall, der niemals kommt.

„Du bist ... du warst ... ich … kenne dich …“

Wie es ist

Musik. Von oben. Dumpf. Verzerrt.

Jonas beißt die Zähne aufeinander. Sein Schädel wiegt eine Tonne, und unter der Kopfhaut sticht einer mit scharfer Klinge zu. Ein leichter, zugleich penetranter Schimmelgeruch kriecht in seine Nasenlöcher.

Dafür herrscht Ruhe unter den Rippen.

Kein Magenkrebs.

„Es ist ja auch ein Tumor", flüstert Maiden. „Direkt hinter dem Frontallappen."

„Tennisballgroß", meldet sich Iron krächzend. Maiden kichert hell.

Jonas reibt sich die müden Augen und denkt: Wenigstens haben sich die beiden wieder lieb.

Und: Es ist kein Nachtwald. Keine bodenlose Tiefe. Kein sterbender Rufer. Es ist ihr Proberaum im Keller des neuen alten Hauses.

Wie er hier reingekommen ist? Keine Ahnung. Eben stand er doch oben in der Küche, als ihm alles hochkam. Eben? Oder wann war das? Und was hat er in diesem Wald gemacht?

Er stemmt sich von der abgewetzten, alten Ledercouch hoch, auf die er im Proberaum bestanden hat, hält sich den Tumorschädel und atmet tief ein.

Schreib ein Lied für dein Regenbogenkind.

Lemmy kläfft ihn an, und die Vision, der Traum oder was immer es auch war, verschwindet. „Hallo, du hässlichster Hund der Welt."

Lemmy springt auf seinen Schoß. Jonas krault ihn einen Moment hinter den Ohren und macht sich mit dem Gedanken vertraut, noch vor heute Abend zu erblinden. Diesen Tumor können seine Augen nicht überleben. Der Hund rollt sich ein, während sich Jonas in dem nachtschwarzen Raum umblickt. Dicker Teppich, Moltonvorhänge an Decke und Wänden. Hinten Sandros Schlagzeug, vorne Carlas Mikroständer, links, dicht an den Vorhang gedrückt, sein Gitarrenkoffer, leer. Er stellt die Instrumente immer daneben. Unter der Decke in Silbergrau ihr Bandname.

Disharmony.

Am Ende: ein winziges Fenster Richtung Garten.

Er starrt aus dem Fenster und denkt an ihre Band. An die Musik. Zehn Songs fürs neue *Disharmony*-Album sind fertig. Es wird das dritte. Sie haben noch keinen Titel, aber schon ein Release-Datum: 10. März. Bis dahin will Carla das Dutzend vollmachen. Eine Platte brauche mindestens zwölf gute Songs, sagt sie immer. Und belegt das dann gerne mit ihren Lieblingsalben. Seit sie mit ihrer Mischung aus Singer/Songwriter und Alternative-Rock so gut klarkommen, dass es für all das bisschen Leben reicht, hat sich gleichsam der Druck erhöht.

Die ersten Alben liefen besser als erwartet, verkauften sich sogar in halb Europa. Sie gehen im November wieder auf Tour, aber nur in Deutschland, wegen Luca. Für 2020 ist die erste USA-Tour mit dem neuen Album geplant, über die gesamten Sommerferien. Sie reisen alle zusammen, im Vorprogramm einer echt fetten Band, die noch nicht feststeht. Sogar der alte Lemmy soll mitkommen. Jonas muss lächeln bei dem Gedanken. Vor zwei Jahren um diese Zeit saß er jeden Tag als Projektmanager in einem großen Medienhaus in Wuppertal-Elberfeld, die ganze Bandsache war ein Hobby. Dann spielten sie live. In Solingen, in Wuppertal, in Köln, im Ruhrgebiet, und irgendwann saß der richtige Typ im Publikum.

Ihr seid gut, da geht doch mehr.

Ein paar Monate später kratzten sie das Wenige zusammen, was nach dem Umbau ihres neuen alten Hauses übrig war (gut, dass Carla so viel selber gemacht hatte). Als Übergang. Und schmissen ihre Jobs. Carlas Eltern wissen das bis heute nicht. Jonas' Mutter ebenfalls nicht. Besser so.

Ja, er wollte so etwas immer. Er mag das Unstete. Wenn Carla sich für zwei Tage zum Songschreiben komplett einigelt. Wenn sie hier unten bis nachts um drei proben. Wenn sie für Wochen im Studio sind. Wenn sie live spielen. So wie es am Abend an seinem Geburtstag sein wird. „Aber natürlich nicht, weil du ja vorher ins Gras beißt", murmelt Iron gelangweilt. Jonas schiebt ihn weg, weil er diesen Gedanken jetzt behalten will.

Er atmet den moderigen Kellergeruch tief ein, zugleich angezogen und abgestoßen davon. Er mag gar nicht daran denken, was sich unter dem Schwarz verbirgt. Der Geruch suggeriert ihm, wie die uralte, schon immer feuchte Kellerwand unter den Vorhängen dahinsiecht. Obwohl Carla sie damals fast komplett neu gemauert hat.

Der Todesgeruch ist geblieben.

Er war dafür, das Zimmer so zu belassen, wie es war, und es trotzdem als Proberaum zu nutzen. Carla bestand auf den Stoffen, den Vorhängen, der verhangenen Decke, dem Teppich. Als wollte sie die siechenden Wände aussperren.

Okay, denkt er. Es war nicht ihre schlechteste Idee.

Ein Oktoberlichtstrahl stiehlt sich herein. Mittagszeit? Sein Zeitgefühl war nie das beste. Dunkelrot funkelt ihn seine E-Gitarre an, daneben schiebt sich, wie ein dicker, alter Bruder, die schwarze Akustische an der Wand hoch.

Jonas steht auf, die Knie haben was dagegen, er reißt sich zusammen. Müsste er nur nicht seinen schweren Tumorkopf stemmen. Er greift sich die Akustische, setzt sich wieder auf die Couch. Und spielt einen Nick-Cave-Song.

„I was looking for an end to this, for some kind of closure
Time moved so rapidly, I had no hope of keeping track of it.“

In drei Tagen wird er vierzig, und er stirbt diesem 13. Oktober entgegen, Minute für Minute auf die große und letzte Null zu. Carla hat vorgeschlagen, diesmal zu feiern. Zumindest die Band einzuladen.

Aber es gibt nichts zu feiern.

Bis zum Chorus von *Darker with the Day* schafft es Jonas nicht mehr, weil der Schwertkämpfer in seinem Kopf wieder versucht, ihn zu erstechen, und er hört auf. Legt die Akustische weg. Er, der niemals vierzig werden wird, schließt die Augen und driftet wieder weg in eine Schattenwelt.

Hallo Tod, ich bin bald da.

„Hallo, jemand zu Hause? Was macht dein Magen? Hey, Luca hat Hunger. Hallo! Wach?“

Sein Kopf eine Art Amboss, seine Augen verklebt, sein Rachen trocken, ein Ziehen im Schritt. Dieses Ziehen, das hatte er schon ein paar Mal. Komme vom Rücken, hat er gelesen. Glaubt er aber nicht. Das Ziehen ist Hodenkrebs. Unter Garantie. Hat er geschlafen? Er blinzelt sie an. Was fragen ihre Augen? Ob er sich jetzt besser fühlt? Warum er von der Couch gefallen ist? Denn er findet sich auf dem Teppich wieder.

„Jemand hat gerufen, weißt du?“ Warum rutscht ihm das jetzt raus? „Das war vorhin … es war … keine Ahnung? Ich glaube, er war schon tot ... er oder sie ... ist gefallen ...“

„Du hast geträumt.“

Habe ich nicht, schießt es ihm durch den Kopf. Nicht vorhin.

„Nein, hast du nicht“, stimmen ihm Iron und Maiden zu, endlich mal einer Meinung.

„Ist auch egal. Komm essen, ja?“

Ich soll jetzt Danke sagen, denkt er. Danke, danke, danke, dass du Essen gekocht hast. Und dass uns heute Abend deine Eltern besuchen.

Er rafft sich auf, lehnt sich an die Couch, streichelt Lemmy, der ihm das Hosenbein leckt. Sind da Reste von Kotze dran? Egal, er lässt ihn.

Jonas schaut zu ihr hoch. Betrachtet ihr schmales, straffes, helles Gesicht. Winzige Fältchen um die großen, braunen Augen. Ein zu schmaler Mund, der einzige Makel, bis auf die zu kurzen Haare. Sein Blick wandert über ihre kleinen Brüste bis zu ihrer Taille, streift einen schmalen, fast weißen Hautstreifen ihres Bauches, balanciert dann an ihren langen Beinen entlang.

Er schiebt Lemmy ein Stück weg, steht auf, legt ihr die Hände um die Hüfte, krallt sich ihren Hintern, als wüsste er, was er will, so wie es einmal war. Er zieht Carla zu sich, streicht ihr durch das Haar, küsst sie. Sie erwidert all das, damit hat er nicht unbedingt gerechnet. Doch als er ihr Shirt hochzieht, um mehr von diesem Bauch zu sehen, zu spüren, da wehrt sie ab. „Nee, komm, nicht jetzt. Nicht ... hier.“

„Ja, genau. Lester, gleich verschüttest du das Bier über die Couch!“

Sie hasst diesen Satz aus *American Beauty*, wenn sich zwischen den beiden nach einer Ewigkeit mal wieder was anbahnt und sie es dann mit neun Worten komplett zerschießt. Es für immer begräbt.

„Du bist ... du bist ... so ..."

Und du?, denkt er.

Rumms. Die Kellertür, ein bisschen zu laut.

Lemmy jankt leise, dann legt er sich zu Jonas' Füßen und schmollt. Jonas setzt sich auf die Couch, legt die Beine übereinander, spürt drückend seine Hodenkrebs-Eier und nimmt sein rechtes Bein wieder vom linken. Er greift sich die Akustische und spielt ein paar Akkorde ohne Sinn, während Lemmy leise schnarcht. Und die Vision manifestiert sich wieder vor seinen Augen. Der Rufer.

Wer bist du? Warum rufst du? Warum mich? Warum soll ich einen Song schreiben für … sie …?

„Mann, ist es jetzt soweit?", blökt Iron erdig. „Ich hab dir gesagt, geh nicht bis an den Abgrund."

„Aber du bist gegangen, mein Lieber", flötet Maiden. „Und den Rufer gibt es wirklich."

Er lauscht den beiden leiser werdenden Stimmen in seinem Kopf noch eine Zeitlang.

Iron, der Skeptiker, der Vorsichtige, der ihn immer vor allem Schlimmen in der Welt warnen will. Maiden, das Biest, die Lust, die kleine Sünde, die so gern mit dem Feuer spielt. Er hat sie vor fast zwanzig Jahren nach einem Iron-Maiden-Konzert getauft.

Niemand weiß, dass sie seit seiner Kindheit in seinem Kopf herumspuken.

„Mit irgendwem musst du dich ja unterhalten", hat Iron, damals noch namenlos, gesagt, als Jonas ein Kind war. Sein Vater – ein Unbekannter. Seine Mutter eine jener schweigsamen Frauen, die entweder kaum Gefühle haben oder sie nie zeigen. Und auf keinen Fall je darüber sprechen.

Seine Rechte spielt wie automatisch einen alten Mark-Lanegan-Song, ohne, dass es ihm aufgefallen wäre.

Nein, Stopp jetzt. Gitarre weg. Augen auf. Einmal durchschütteln. Nachdenken. Du bist zusammengeklappt, nicht das erste Mal. Schwindel, Übelkeit, Herzrasen. Vorboten eines Schlaganfalls, klar. Du warst kurz weg. Und eben schon wieder. Nein, anders. Jetzt hast du geschlafen, oder? Kurz nur, aber tief. Doch das vorhin, das ... war kein Traum, das war ...

„Du warst dort", flüstert Maiden. „Am Abgrund."

Okay, denkt er. Das war kein Traum. „Du hast es!", ruft jetzt Iron. „Das war so was von echt."

Jonas schließt die Augen. Die Stimme des Rufers in seinem Traum, der keiner war. Alt, verbraucht. Dann jung, hell. Der Abgrund. Der Sturz.

„Und wenn sie noch lebt?", murmelt er wie ferngesteuert.

„Endlich stellst du die richtige Frage", säuselt Maiden, und Jonas malt sich aus, dass sie dabei lächelt.

Wie es sein könnte

„Sarah, komm. Jetzt nicht den Rosenkohl aussortieren. Nimm dir ein Beispiel an deinem Bruder."

„Ich ess den nur, damit Mom nicht motzt."

„Ja, danke, Luca. Dabei hab ich mir solche Mühe gegeben, dass man den Rosenkohl gar nicht schmeckt."

„Ich mag es, was ... was Mama da gekocht hat", entgegnet Jonas. „Und seit wann sagst du denn Mom? Fehlt nur noch, dass aus cool jetzt nice wird."

„Ja, Dad, das fänd ich auch echt nice", trällert Sarah.

„Schau dir deine Tochter an, Schatz. Sie isst wahrhaftig ihren Rosenkohl. Siehst du, dann scheint morgen auch die Sonne."

„Genau, Mama, die Sonne scheint. Hallo? Ich bin sieben! Den Weihnachtsmann gibt es nicht. Und Lucas Wetter-App sagt, dass es in Hückeswagen morgen den ganzen Tag pieselt."

„Pieselt?", mosert Carla. „Was für eine App ist das? Die Pullala-App oder was?"

„Seid lieber froh, dass sie nicht *pisst* gesagt hat."

„Luca!"

Und das Lachen bricht heraus. Zuerst aus Carla, dann aus Jonas, dann aus den Kindern. Es bleibt.

Wie es ist

Zum Friedhof in Hückeswagen sind es vom neuen alten Haus nur zwei Kilometer. Lemmy schnuppert rechts und links, als Jonas auf den schmalen Weg zwischen die ersten Gräber tritt. Und innehält, als er Luca an ihrem Grab stehen sieht. In sich gekehrt. Die Hände gefaltet wie zum Gebet. Er beobachtet stumm, wie sich Lucas Lippen bewegen.

Der Junge besucht sie öfter als Carla und er. Vor allem in letzter Zeit.

„Er verändert sich, Jonas. Er wird ein Teenager. Er begreift, was all das bedeutet. Mehr als damals", hat Carla neulich gesagt, als sie nach der Bandprobe bei einem Glas Wein zusammensaßen und sich über ihre Kinder unterhielten. Sandro hat zwei Mädchen in Lucas Alter. Da geht es schon um komplett andere Themen.

Ginge es doch bei ihm auch mal um diese anderen Themen, hat Jonas gedacht.

Luca war wild, laut, manchmal ausgeflippt. Heute ist er still, nachdenklich, oft zurückgezogen.

Er ist zu kurz gekommen in diesen drei Jahren. Was sonst?

Der Junge weiß, dass sie auf dem kleinen Friedhof am Kamp einen leeren Sarg beerdigt haben. Jonas hasst Friedhöfe, aber Luca wollte einen Ort, zu dem er gehen kann. Er ist jede Woche dort.

Gemeinsam haben sie den kleinen, leeren Sarg in Regenbogenfarben bemalt.

Sein Bauch verkrampft sich. „Die Bauchspeicheldrüse", murmelt Iron gleichgültig. Jonas nickt genervt und zuckt zusammen, als Luca sich zu ihm umdreht.

Ja, er hat seinen Sohn beobachtet. Ja, er macht sich Sorgen.

Luca lächelt und bedeutet ihm, herzukommen. „Wo ist Mama?", fragt er, als sich Jonas neben ihn vors Grab stellt, in dem nichts begraben ist. *Sarah, unser Regenbogenkind*, steht auf dem kleinen Grabstein. *Wo bist du?*, müsste darunter stehen, aber Carla war dagegen.

Sie wollte, dass es endlich endet. Ein Jahr danach haben sie sie hier beerdigt.

Jonas weiß, enden wird es nie.

„Sie ist irgendwo, Papa. Ich weiß es. So wie du. Wenn sie hier nicht drin liegt, dann ist sie woanders. Sie ist nicht weg."

Jonas nickt.

„Wo ist Mama? Beim Songschreiben?"

„Mhm. Sie investiert jede freie Minute." Von mir aus könnte sie ihren Eltern absagen und den Abend gleich mitnutzen, denkt er.

Er spürt, wie glücklich Carla ihr Bandleben macht. Ihre Euphorie nach den Live-Auftritten. Vor fünfhundert Leuten. Oder tausend. Oder zweitausend. Es werden mehr. Vor ein paar Wochen haben sie das Gloria-Theater in Köln gerockt. Eins ihrer besten Konzerte. Luca stand ganz vorne.

„Ich freu mich voll auf Amerika, auch wenn das noch so lange hin ist", sagt Luca jetzt und nimmt die Hand seines Vaters. „Aber wer besucht dann Sarah?"

Jonas hebt die Schultern. Sagt nichts.

„Ich frag mal den alten Mann", murmelt Luca.

Etwas zuckt in Jonas. „Wen?"

„Na den, der immer oben bei uns spazieren geht. Hast du den noch nie gesehen? Der ist ein bisschen schräg, hat meistens so weiße Leinensachen an. Ich würde ja frieren. Aber nett. Als ich neulich mit Lemmy im Garten war, da stand er unter unserer Riesenbuche, weißt du? Und schaute sich das Haus an. Lemmy rannte in den Wald und bellte ihn wie verrückt an. Ich glaub, da wart ihr wieder am Proben. Ich jedenfalls hinterher, habe mich dann bei dem Alten entschuldigt. Da haben wir uns ein bisschen unterhalten. Und dann, ein paar Tage später, war er wieder da. Vielleicht ist das ja seine Nachmittagsrunde oder so."

„Unterhalten. Mit einem fremden, alten Mann."

„Der wohnt hier wahrscheinlich in der Nähe. Och, Papa, jetzt mach dir mal keine Sorgen. Er hat sich für das Haus interessiert, also wie Mama und du das umgebaut habt und so. Ich stell ihn dir das nächste Mal einfach vor."

Jonas spürt, wie ihm kalt wird. Der Oktoberwind rauscht in den Bäumen, treibt Wolken vor sich her, die heute Abend noch Regen bringen könnten. „Und wieso soll ausgerechnet dieser

Mann Sarahs Grab besuchen, wenn wir weg sind? Hast du ihm etwa ...“

„Ja, ist das schlimm? Er fragte mich, ob ich Geschwister hätte. Da habe ich ... also, dass ich eine Schwester hatte, die vor ein paar Jahren ... gestorben ist. Nicht, dass sie ... also das nicht.“

„Schon gut.“

Luca schaut auf sein Handy. „Oh, schon vier. Ich bin noch mit Paul verabredet. Ich komme dann um sieben, ja? Du brauchst mich nicht abholen.“

„Schieß ein paar Tore für mich mit. Und denk dran, um kurz nach sieben kommen Oma und Opa.“

Luca macht die Lewandowski-Pistols, setzt sich seine Kopfhörer mit dem neuen Hörbuch auf und lässt seinen Vater und Lemmy allein.

Maiden wagt sich aus den Schatten seines Unterbewusstseins. „Dir ist schon klar, dass hier was nicht stimmt, oder? Und nein, ich meine nicht deinen nahenden Tod, darüber sind wir uns ja alle im Klaren.“

Luca dreht sich noch einmal um, schaut seinen Vater fragend an, winkt ihm zu. Jonas winkt zurück.

Wie es sein könnte

Sie liebt den idyllischen, kleinen Kindergarten gleich um die Ecke. Seit sie hier wohnen, muss sie nur ein paar Schritte durch das Wäldchen laufen. Am Anfang hat Jonas sie gebracht, aber sie hat schnell darauf bestanden, allein zu gehen. Sind ja keine drei Minuten. Was soll hier groß passieren?

Sarah ist jeden Tag draußen. Das ganze Jahr. Mit ihren Freundinnen im Garten, im Wäldchen, manchmal nimmt sie den alten Lemmy mit. Der bellt immer von unten, wenn sie wieder so schrecklich hoch auf einen der Bäume steigt.

Hoffentlich fällt sie nicht, denkt Jonas, als er sein Buch weglegt und ihr mal wieder heimlich von der Terrasse aus beim Spielen zuschaut, weil er dieses Glück kaum fassen kann, das sie hier gefunden haben. Sie klettert und klettert. Höher und höher.

Doch sie wird nicht herunterfallen. Er weiß es.

Wie es ist

Jemand mußte Josef K. verleumdet haben, denn ohne daß er etwas Böses getan hätte, wurde er eines Morgens verhaftet.

Ja, denkt Jonas und legt den Kafka gleich nach dem ersten Satz weg. Er hat ihn vor vielen Jahren schon einmal gelesen, vorhin fiel er ihm beim Aufräumen in die Hände. Es passiert. Überall. Dieses Unfassbare.

Carla hat sich in den Proberaum verabschiedet, übt ein paar Vocals für ihr Konzert am Sonntag ein.

Der Oktobertag hat noch mal die Kurve gekriegt. Er selbst auch, nachdem ihm so schlecht geworden ist heute Morgen. Er kuschelt sich in den Liegestuhl, genießt eine Green-Day-Melancholie, die ihn überkommt, und den Wind im Wäldchen hinterm Haus. Ja, er wird für ihre Eltern das Jackett anziehen. Nein, sie werden ihnen auch heute nicht verraten, dass sie letztes Jahr ihre Jobs gekündigt haben und jetzt nur noch Musik machen. Dass sie davon leben können, trotz dieses neuen alten Hauses, das sie seit drei Jahren um-, an und ausbauen, bis nichts mehr von dem übrig sein wird, was einmal war. Einst eine Bruchbude mit Scheune dran. Sie haben es verwandelt, in einer Million Stunden.

Er wollte dieses Haus von Anfang an. Er wollte die Höhe. Er wollte das kleine Wäldchen, das so viel älter ist als das Haus selbst. Im Winter ein totes, graubraunes Gerippe, im Sommer eine grüne Oase, und jede Nacht ein rauschendes, knackendes, düsteres Wesen, in dem alles lebt, während sie träumen. Er hat sich in die verwunschene Düsternis verliebt. Am ersten Tag. Er hat die Bruchbude ausgeblendet. Das wird schon. Das kriegen wir hin.

Carla hat ihn anfangs für verrückt erklärt.

Aber sie wusste bald: Auch sie braucht das alte Neue, große Kleine. Letztlich sind die meisten dieser eine Million Stunden auf ihr Konto gegangen. Sie ist die Hausverwandlerin.

Also raus aus der Vier-Zimmer Wohnung in Barmen. Weg aus Wuppertal. Ihre Freunde fanden das schräg. Ihre Eltern, die unter ihnen gewohnt haben, erst recht. Bevor dann, nach dem 13. Oktober 2016, niemand mehr zu ihnen gehalten hat.

Was? Nach Hückeswagen? Ins Oberbergische? Was wollt ihr

da?, haben sie anfangs alle gefragt. So wie Kollegen und Freunde diese immergleichen Fragen gestellt haben.

Leben, hat Jonas ihnen allen geantwortet. Barmen hat ihn erdrückt. Er wollte einen Neuanfang.

Was daraus werden könnte, hätte er sich in seinen schwärzesten Momenten nicht auszumalen gewagt.

Wie es war. 13. Oktober 2016

„Du hast deine Tochter gehört." Carla beißt knirschend in ein Toast, das fast so schwarz ist wie ihr Shirt. „Sie möchte um Punkt sieben Uhr im Kindergarten sein, weil Mia dann vielleicht auch da ist. Heißt, wir fahren in zwanzig Minuten los."

Jonas verdreht die Augen. Er merkt es erst, als Sarah ihm einen Blick zuwirft, der sie so viel älter wirken lässt als viereinhalb. „Nur, weil du nicht so früh in dein blödes Büro willst!"

„Sarah."

Carla zuckt mit den Schultern. „Wieso, sie hat doch recht."

Jonas schlürft seinen Kaffee, der nie heiß war, weil sie die Milch wieder nur für dreißig statt fünfzig Sekunden in die Mikrowelle gestellt hat. Er hasst lauwarmen Kaffee. So wie er es hasst, um sieben Uhr im Büro zu sein, weil er dann trotzdem nicht vor sechs Uhr rauskommt, nicht mal an seinem Geburtstag. Er hätte sich freinehmen sollen, sie hätten ins neue alte Haus fahren können. Aber wenn er ehrlich ist, gibt er nicht viel auf diesen Tag.

Und freinehmen reicht ja auch nicht, oder? Wie oft wollte er den Job in diesem Medienhaus in Elberfeld schon hinwerfen? Bald ist der Weg zur Arbeit so viel weiter. Und ist das gut oder schlecht? Besser als Barmen.

Aber von der Musik leben können sie noch nicht. Und fahren darf er im Moment nicht. Also erst zur Kita, dann zur Schwebebahn, dann ... Seven to six. Und zurück. Und ein bisschen proben. Vorlesen. Facebook-Glückwunsch-Einzeiler lesen. Serie gucken. Ende. Vielleicht ruft ihn ja doch einer an und singt ein Ständchen. So wie Sarah und Luca heute Morgen. Seine vierjährige Tochter in ihrem Eiskönigin-Schlafanzug und sein neunjähriger Sohn im Star-Wars-Einteiler am Fuß seines Bettes, so laut wie eine Doppel-Sirene um kurz vor sechs: „Happyyyy Birthdayyyy tooooo youuuuuu!“ Besser wird es heute nicht mehr, das steht fest.

„Gut, dann ... ziehen wir uns jetzt mal schnell an!“

„Papa, wann feiern wir denn deinen Geburtstag so richtig? Am Wochenende?“

„Da bin ich bei Tim. Übernachte da“, wirft Luca Haferflocken mampfend ein und hebt nicht mal den Blick.

„Wir schauen mal“, antwortet Jonas monoton. Wenn es nach ihm geht: nie. Er wird siebenunddreißig, ein Un-Alter, was soll man da bitte feiern? Außerdem fühlt er sich in letzter Zeit nicht wohl. Er brütet was aus.

„Alles okay bei dir? Oder hast du wieder was?“

„Komm, wir müssen uns beeilen.“ Er schaut Sarah an: „Punkt sieben, richtig?“

„Du hast es geblickt.“

Luca lacht zuerst. Dann seine Eltern. Ja, es geht noch mit dem Lachen.

„Ich habe es ... was?“

Dass Carlas Lachen eine kleine Lüge ist, merkt Jonas nicht.

Weil er es nicht merken darf.

Sie lenkt den Dacia Kombi über die Bundesstraße, die Scheibenwischer kommen kaum nach, so heftig schüttet es. Die pechschwarze Wolke hat ihnen schon gedroht, als sie die Wohnung mit dem vergammelten Flur am Werth verlassen haben. Doch es stehlen sich erste zierliche Sonnenstrahlen durch die Düsternis über ihnen, der Oktober spielt April. „Ein Regenbogendienstag!“, ruft Sarah von hinten.

„Ja, mein Schatz.“ Jonas antwortet wie automatisiert und nestelt am Kragen seines Hasshemdes. Er hat schon das erste Meeting vor Augen. Er weiß, dass Wessel ihn heute zum ersten Verkaufsleiter für Wuppertal machen möchte, nur weiß er nicht, ob er das will. „Klar weißt du das“, hat Iron heute Morgen beim Rasieren gezischt. „Du willst da gleich nur kurz hin, ihm die Brocken vor die Füße schmeißen, mit deiner Band auf Welttournee gehen und Bühnengott sein.“

„Aber das kannst du nicht, armer Jonas, der du bist“, hat Maiden, seltsam einig mit ihm, gesäuselt, „denn du hast ja gerade erst dieses House on the Hill gekauft, und da darfst du nicht einfach ewig weg sein. Und sie kostet ja auch ein Stängchen, die alte Hütte, mein Freund. Und der Umbau erst ...“

„Jonas, jetzt antworte deiner Tochter doch mal!“

Er zuckt zusammen, wie nach einem Traum. „Was?“

Hinter ihm seufzt Sarah irgendwo zwischen trotzig und beleidigt. „Och, dann sag ich es eben zum dritten Mal, Papa, wenn du nie mal zuhören kannst: Ich will gleich ein Stück zu Fuß in den Kindergarten gehen. Ihr sollt mich vorne an der Ecke rauslassen, und dann gehe ich von da alleine. Da ist dieses alte Haus mit den Kaninchen und Ziegen auf der Wiese, die möchte ich mir mal ganz in Ruhe anschauen, ja?“

„Ganz in Ruhe“, murmelt Jonas. „Aha.“

„Schau, es hört auch fast auf zu regnen. Regenbogen, Regenbogen!“, ruft Sarah.

„Was meinst du?“ Er blickt zu Carla.

Die zuckt mit den Schultern. Nickt dann. „Warum nicht? Sie wird langsam eine junge Dame, oder?“ Carla blickt in den Rückspiegel, zwinkert Sarah zu.

Das Mädchen lächelt und verschränkt die Arme. „Siehst du? Findet Mama auch. Außerdem macht die Kita eh um kurz nach sieben auf.“

So biegen sie ab in die Nebenstraße, an deren Ende an einem kleinen Wäldchen der Kindergarten liegt, und fahren einige Meter. Carla fährt bald rechts ran und stoppt den Wagen. Sie dreht sich um und nickt Sarah zu. „Dann los, du Große.“

Jonas spürt, wie es in seinem Herz sticht.

„Herzrhythmusstörungen“, ächzt Iron. „Gleich setzt es aus, wart’s nur ab.“

Aber Maiden schiebt ihn weg. „Jonas, du armer, kleiner Irrer, jetzt reiß dich aber mal zusammen. Es sind keine zweihundert Meter, es ist Tag, die Sonne scheint. Mach den Helikopter aus.“

„Ciao, meine Süße!“ Er schickt ein Lächeln mit.

„Ciao, mein Süßer!“

Tür auf, ein Satz vom Kindersitz auf den Bürgersteig, Tür zu. Carla und Jonas schauen ihr einen Moment nach, wie sie den Weg entlanghüpft. Jede kleine Pfütze glücklich mitnimmt.

Am Ende der Straße, dort, wo der Wald beginnt, steigt ein Regenbogen auf.

Gleich über dem Kindergarten, den Sarah nicht erreichen wird.

„Kochen wir heute Abend was zusammen?“, fragt Jonas, als Carla ihn an der Schwebebahnhaltestelle Barmen rauslässt.

„Nur, wenn du aufhörst, an den Nägeln zu kauen.“ Jonas zieht sofort den rechten Zeigefinger aus dem Mund. Er steigt aus, hört schon das Quietschen auf den schwebenden Schienen, dreht sich ruckartig zu ihr um.

„Hey, tust du mir einen Gefallen?“, ruft er. Doch der Dacia fährt schon los.

Das Handy. Der Anruf aus dem Kindergarten. Irgendwann um kurz vor halb zehn. Ob Sarah denn heute später komme. Sie liebe doch den Morgenkreis so, und man könne ja gerne eine Viertelstunde warten, aber langsam seien die anderen Kinder doch ungeduldig und manche fragten schon nach dem gemeinsamen Frühstück.

An diesem 13. Oktober 2016 rutscht ihm das Handy aus der Hand, während des Meetings. Er hätte gar nicht rangehen dürfen, Wessel guckt schon wieder so finster.

Aber wenn die Nummer des Kindergartens im Display erscheint, gehst du ran. Und wenn du kurz vorm Gipfelkreuz des Himalaya stehst und keine drei Schritte mehr zu laufen hast.

Du gehst ran. Weil es immer wichtig ist.

Nachdem Jonas, der seinen 37. Geburtstag in diesem Moment vergisst, um ihn danach nie mehr zu vergessen, das Handy wieder vom Boden des Meetingraums aufgesammelt hat, ruft er Carla an.

Dann die Polizei.

Wie es war

Jonas hat ihr nie Vorwürfe gemacht. Nicht ein einziges Mal. Er wollte es, immer wieder, spürte, wie die Worte sich ihren Weg bahnten. Schluckte sie runter.

Warum haben wir sie da rausgelassen?

Warum warst du schon weg, als ich dich bitten wollte, noch mal zur Kita zu fahren, wo du doch auf dem Rückweg dort lang musst?

Warum bist du in unserem neuen alten Haus nicht gleich rangegangen, als ich dich angerufen habe, wieder und wieder? Warum erst nach einer Stunde? Warum musstest du da bohren und kloppen und hämmern?

Er hat so vieles runtergeschluckt. Vor allem das, was er sich selbst vorwarf.

Wie es war

Ein Foyer. Bilder an den Wänden, ein bunter Teppich. Menschen. Gesichter. Zerfurcht. Blicke, mal klar, mal leer. Stimmen, manche deutlich, andere krächzend.

Als er drei Tage nach Sarahs Verschwinden seine Mutter in ihrer Seniorenresidenz in Wuppertal Vohwinkel besucht, fragt sie ihn allen Ernstes, wie es ihm gehe.

Jonas sitzt mit ihr in einem kleinen Aufenthaltsraum, sie hat sich wieder schick gemacht, wie immer, wenn er sie besucht. Dunkelblaue Bluse, das graue Haar kurz geschnitten. Sie sieht nicht aus wie dreiundsiebzig, trotz des Graus. In der Ecke dongelt eine Standuhr vor sich hin, und draußen kotzt sich der Himmel aus, schickt die ersten Graupel auf die Erde.

Wie es ihm geht? Ihr Ernst? Er muss widerlich lachen. Sie nicht, denn sie hat die Frage, auf die er ihr nicht antworten kann, durchaus ernst gemeint.

Jonas stellt fest, dass sie die Erste ist, die ihn das fragt, seit ...

Alle anderen haben ebenfalls W-Fragen gestellt, aber bei ihnen ging es immer nur um Warum, Wann, Wofür.

Seit klar ist, dass dies keine Acht-Stunden-weg-ach-da-ist-sie-wieder-Lappalie sein kann, stirbt etwas in ihm. Stück für Stück.

Oder es bröckelt von ihm ab, er weiß es nicht. Er fühlt sich nicht mehr vollständig.

„Ich fühle mich halb", sagt er leise und schlürft dünnen Kaffee.

„Verstehe."

Jonas weiß, das tut sie. Er hat keine Geschwister. Einen Vater, den er nie hat erleben dürfen. Von dem er nur eine uralte Fotografie in seinem Portmonee mit sich trägt. Er hat sie sich all die Jahre bewahrt. Ein Mann in Uniform. Sie muss wissen, wie es ist, nur halb zu sein. Nur spricht sie nie darüber. Wie es so viele Menschen ihrer Generation nicht können, nie gelernt haben. Über Dinge zu sprechen, die sie bewegen. Die das Leben bedeuten.

„Weißt du, wann er uns verlassen hat?"

Jonas hält kurz inne. Draußen grollt es. Er rückt näher an seine Mutter heran. „Mein Vater?"

Sie nickt. „Erinnerst du dich? Wir wohnten damals noch in Remscheid. Am schönen Reinshagen."

Jonas nickt. Ja, er erinnert sich. An die Wälder im Tal der Wupper. An die riesenhafte Brücke. Und an die Fragen der anderen Kinder, wo denn sein Vater sei. Und warum er ständig mit sich selber spreche. Und ständig dieses Gejammer, wie krank er sei. So war es in Remscheid und später in Wuppertal. Er, Jonas, und sie, die anderen.

Sie zerbröselt seine Erinnerungen mit nur einem Satz: „Er ging kurz, bevor du auf die Welt kamst, Jonas."

Jonas nickt nur. Er hat in den letzten drei Tagen so viel Unfassbares gehört, da kommt es darauf nicht mehr an. Von Polizisten, die ganze Straßenzüge, Gärten und Wälder durchkämmen. Von Erzieherinnen, Anwohnern, Passanten, die alle nicht gesehen haben, was mit seiner Tochter passiert sein könnte. Davon, dass niemand auch nur eine Spur gefunden hat, egal wie detailliert sie allen beschrieben haben, was das Mädchen trug. Ihr Kleid, auf das sie an Papas Geburtstag bestanden hat. Die Kette mit dem Regenbogenanhänger, die Luca ihr von seinem Taschengeld kaufte, als sie vier wurde. Wie das kleine Mädchen mit den langen, roten Haaren aussah. Wie es *war.* All die Aushänge. All die Veröffentlichungen in den Medien. All die falschen Meldungen. All die abstoßenden Mitleidspostings. Niemand hat Sarah je wiedergesehen.

„Dein Vater war ein Reisender. Überall und nirgends zu Hause. Viel älter als ich. Ein Bild von einem Amerikaner, auch mit Mitte sechzig. Verdammt, was war ich naiv. Er hat mir einmal ein Bild von seinen anderen Kindern gezeigt. Und von den Müttern dazu. Ja, wirklich, so einer war er, dein Vater. Wir wollten verreisen, mit dem Zug. In die Berge. Ich hatte alles geplant. Abends nach Solingen, dann von dort mit dem Nachtzug bis München. Dann stritten wir uns wieder einmal. Er könne das alles nicht. Gemeinsamer Urlaub, gemeinsames Leben und so was. *Bullshit* hat er immer gesagt mit seinem Südstaaten-Slang."

Ja, stimmt, ich bin ein halber Amerikaner, denkt Jonas. Das ist ihm die meiste Zeit gar nicht bewusst. Seine Mutter fährt ungerührt fort. Er begreift: Sie hat es zu lange mit sich herumgetragen. Jetzt muss es raus. Ist das der richtige Zeitpunkt? Gibt es einen falschen? Egal. Er kriegt sowieso nichts mehr auf die Reihe, rein kognitiv. Alles auf Autopilot.

„Wenn ich ehrlich zu mir selbst bin, hat er die Frauen wahrscheinlich gewechselt wie ich meine Unterbuxe ... entschuldige, aber so muss es gewesen sein. Er hatte mir kaum den Laufpass gegeben, da habe ich ihn schon mit einer anderen gesehen. Und mit einem Hund. Ich bin sicher, dass er es war, ich ... habe ihm aufgelauert ... ich ... wollte es einfach wissen. Vielleicht war es auch der Hund der anderen, aber er hat ihn geführt. Er wollte immer Hunde haben. Es war so ein großer Brauner ... nicht so ein Zausel wie dein Lemmy. Vielleicht habe ich ihm letztlich nicht das geben können, was er brauchte. Wer weiß, ob es diese andere konnte ... das ist schon so lange her alles. Er hat die Musik geliebt, das hast du von ihm, Jonas. Ich musste mir immer seine ganzen 60er- und 70er-Platten anhören, bis es mir zu den Ohren rauskam. Er bekam nicht genug davon. Hat auch selber Songs geschrieben, so heißt das doch, oder? So wie du. Er hat mir sogar ein Lied gewidmet. *Bitter Roses*. Ich glaube, er wäre gern Musiker geworden, beruflich. Er hatte da denselben Spleen wie du. Ihr seid euch vielleicht ähnlicher, als ich es mir eingestehen will."

Sie schaut ihm fest in die Augen, und er fragt sich erneut, warum jetzt? Ist heute der Wahrheitstag?

Seine Mutter fährt ungerührt fort. „Und es tue ihm unendlich leid. Das waren seine letzten Worte. Er werde sich kümmern, um mich, um uns, wenn du erst auf der Welt bist. Aber mit jemandem zusammenleben, das sei er nicht. Für mich brach eine Welt zusammen. Weißt du, es ist ja nicht so, als hätte ich genau das nicht schon befürchtet, geahnt womöglich, aber als er es dann so aussprach ... Richard ging an einem Septemberabend. Kam nie wieder. Blieb einfach weg. Und dann sehe ich ihn mit dieser Schlampe und ihrem Köter."

Er sieht, wie ihre Augen feucht werden, spürt, dass es sie immer noch schmerzt, und kaut doch gleichsam auf ihren letzten drei Worten herum. *Blieb einfach weg.*

Spurlos.

Er will diese Endgültigkeit nicht.

„Sie wird nicht einfach wegbleiben, hörst du! Sie werden sie finden. Sie ..."

„Das hab ich doch gar nicht gemeint."

Sein Handy klingelt. Er zuckt zusammen. „Die Polizei, da muss ich ran."

Nur ein paar Sekunden später legt er auf. „Es soll heftig gewittern, sie stellen die Suche erst einmal ein." Es klingt wie der Wetterbericht. Warum tröstet ihn das nicht, was seine Mutter ihm da erzählt hat? Soll es das überhaupt? Hat sie letztlich nur einen Anlass gebraucht? Er beugt sich zu ihr runter und umarmt sie fest und lange.

„Ich wollte die Reise trotzdem mit dir machen, wusstet du das?", sagt sie in seine Schulter hinein. „Ich habe den Abendzug genommen an jenem 13. Oktober, so wie ich es vorhatte. Bin in Oberbarmen eingestiegen, wollte nach Solingen und dann ... weg. Hochschwanger und allein. War mir alles egal. Aber irgendwas war auf dieser Brücke. Ein Mann ... oder ... ein anderer Waggon ... oder ... ich weiß es nicht mehr. Der Zug musste plötzlich bremsen, ich erinnere mich noch wie gestern. Und durch diesen Ruck ... Menschen flogen durch den Zug. Ein kleines Mädchen landete direkt neben mir und wäre fast ... ja, da war dieser Dicke, der wäre beinahe ... aber die Kleine hatte Glück. So wie ich. Als der Schaffner zu mir kam, war mir gerade die Fruchtblase geplatzt. Ich kam direkt ins Krankenhaus. Und dann kamst du. Drei Wochen vor der Zeit." Sie löst sich aus der Umarmung und schaut ihn großherzig an. „Ich weiß, Jonas, dass es das Schlimmste ist. Ihr macht das Schlimmste durch."

„Nein, Mama", lügt er steinern. „Nur ich. Ich allein."

Danach hat sie nie wieder mit ihm gesprochen.

Einen Tag, nachdem er aufsprang und sie mit diesen kalten letzten Worten allein ließ, hat ein Schlaganfall sie zerstört. Ihr die Sprache genommen. Sie in einen stummen Stein verwandelt.

Wenn er sie seitdem besucht, sitzt sie meist allein auf einem Stuhl.

An klaren Tagen weint sie.

Wie es ist

Er biegt in Barmen von der Hauptstraße ab und lässt den Besuch seiner Schwiegereltern vorüberziehen. Aushaltbar. Anstrengend, wie sie wieder versucht haben, bloß nicht über Sarah zu sprechen. Wie es denn im Büro laufe. Er ist ein paar Mal kurz davor gewesen, es ihnen endlich zu sagen, das mit der Musik. Mit der Tour. Wir werden weg sein für Wochen.

Aber manchmal ist eine Lüge die bessere Wahrheit.

Carla ist immer noch im Tunnel. Seit gestern Vormittag jetzt schon. Er lässt sie. Sie schreibt, komponiert, singt. Ist ganz für sich. Und er vermisst sie auch nicht, wenn sie so *weg* ist. Er hat noch nie mehr als ein paar Minuten in ihrem Schreibzimmer verbracht. Es ist ihr Reich. Sie wollte es so. Und es ist okay. Ihre Möbel, ihre Wände, ihr Piano, ihre kleine kreative Welt.

Jonas hat seine.

Seit sie sich für die Band, für die Musik entschieden haben, blüht Carla auf. Sie hat so vieles in den Songs verarbeitet. Ihr halbes Leben. Nur eines nicht.

Er hat nur zwei halbwegs vertretbare Stücke zusammenbekommen fürs neue Album, darunter den Opener. Sie alle anderen.

Carla macht ihr Ding im neuen alten Haus.

Und er? Jonas kann nicht sagen, warum er sich ins Auto gesetzt hat und nach Barmen gefahren ist, nachdem Luca in die Schule und Carla in den Proberaum verschwunden ist.

Warum hat er sein Auto in der Nähe des Kindergartens geparkt und lässt sich von Lemmy über den Bürgersteig der Fichtenstraße führen, die zum Rand des Waldes führt, wo ...

„Weil du daran glaubst, was du gesehen hast", flüstert Maiden.

„Weil du irre bist", meckert Iron.

Ja, denkt er, sicher. Ich werde übermorgen vierzig, drei Jahre nach dem Tag, an dem mein Kind verschwand. Ich spreche mit einer Metalband in meinem Kopf und spaziere mit einem vierzehn Jahre alte Zottel durch die Straße, in der wir sie ...

„Allein gelassen haben!" Er ruft es in die Stille des Freitagmorgens hinein. „Natürlich bin ich irre."

„Entschuldigen Sie ... ist alles in Ordnung bei Ihnen?"

Lemmys Bellen lässt ihn wie aus einer Trance erwachen – nicht die Stimme der älteren Dame, die langsam humpelnd an ihr Gartentor tritt. Jonas bleibt stehen und schaut in das Gesicht, in dem eine große, alte Brille herrscht. Langes silbrig-grau-meliertes Haar fällt ihr über die Schultern. Sie trägt einen Kittel, wie die Kittelomas von früher. Jonas hatte auch so eine Kitteloma.

„So irre sehen Sie gar nicht aus", krächzt die Alte.

„Bitte? Ach so ..." Jonas lässt den Blick schweifen. Auf das leicht windschiefe Fachwerkhaus, an dem ein wilder Wein emporkriecht. Über den Vorgarten, durchsetzt von Hecken, einem kleinen Teich und einer Wiese, auf der sich das erste Laub der Buche sammelt, die am Rand des Grundstücks in den Herbsthimmel wächst. Etwas meckert hinter dem Haus.

„Gilla, sei ruhig!", kräht die Alte und lächelt Jonas milde an. „Meine Ziege. Gilla, die Dritte." Das Tier wagt sich vor. „Ich hatte mal zwei. Und Kaninchen. Aber man wird älter. Nur die Tiere halt nicht." Die Frau beugt sich mühsam ein Stück hinunter, Lemmy springt sofort auf sie zu. „Und du? Passt auf dein Herrchen auf, was? Wie heißt er denn?" Ihre Knie knacken hölzern. „Äh, Entschuldigung?"

Wie es war

„Da ist dieses alte Haus mit den Kaninchen und Ziegen auf ihrer Wiese, die möchte ich mir einmal ganz in Ruhe anschauen, ja?"

Wie es ist

„Sie ... sie wollte zu Ihnen. Zu Ihrem Haus. Zu ... Ihren Tieren. War sie da? Haben Sie sie gesehen? Meine Tochter Sarah? Verdammt, haben Sie meine Tochter gesehen?" Er schließt die Augen und atmet tief ein und aus. Zu viel. Zu laut. Sein Hals brennt. Iron setzt zu einer Diagnose an, aber Maiden würgt ihn ab. Jetzt nicht.

„Ihre Tochter? Wovon sprechen Sie? Sie müssen nicht schreien, ich höre Sie gut."

Jonas lächelt verlegen und spürt, wie ihm die Hitze ins Gesicht steigt.

Sie sieht es. „Kommen Sie rein. Es gibt Tee."

In wilden, bunten Bildern und herrlicher Verrücktheit erzählt das Haus der alten Dame die Geschichte ihres Gartens weiter. Sie habe keinen einzigen Gegenstand doppelt, erzählt sie. Es stimmt: Sie sitzt auf einem roten Samtstuhl, er auf einem Hocker. Er trinkt aus einer verzierten, weißen Tasse mit blauen Lilien darauf, sie aus einer knallgelben. Jede der Treppenstufen, die im Flur in den ersten Stock führen, hat eine andere Farbe. Eine Villa Kunterbunt. In der Jonas ihr seine Geschichte erzählt. Einmal ruft Carla an, er drückt sie weg.

Jonas berichtet ihr von jenem 13. Oktober vor fast drei Jahren. Davon, wie sehr sich Sarah darauf gefreut hat, die Ziegen und Kaninchen der alten Dame zu sehen. Wie sie juchzend über den Bürgersteig davonrannte, durch jede Pfütze. Wie er und Carla fuhren. Und wie ... er selbst zu einer Waisen wurde.

Die Alte gießt ihm wieder etwas Tee ein. Er mag nur Kaffee, trinkt aber der Höflichkeit halber auch die zweite Tasse. „Ich erinnere mich an jenen Morgen", sagt sie und wirft einen Blick auf Gilla, die Dritte. Sie äst draußen, vor dem Fenster.

Jonas spürt, wie er zittert. „Ja? Haben Sie sie etwa ..."

„Ja, habe ich. Aber nur kurz."

„Aber Sie haben nicht ..."

„Es war ... nein ... Sie stand vor dem Haus, eine ganze Zeitlang. Ihr Blick ... suchend. Ich habe kurz überlegt, zu ihr runterzugehen, doch plötzlich stolzierte sie davon. Sie sah fast trotzig aus. Und jetzt verstand ich erst. Sie wollte gern die Tiere sehen. Aber sie waren wenige Tage zuvor beide gestorben, ich musste sie einschläfern lassen, weil sie ... das spielt auch keine Rolle. Und als mir das klar wurde, wollte ich noch zu ihr runterlaufen und es ihr erklären, aber ..."

Sie fasst sich an ihr Bein und verzieht das Gesicht vor Schmerz. „Ich bin die letzten Stufen der Treppe hinuntergestürzt." Die Alte blickt in den Flur. „Sehen Sie? Sie ist zwar bunt, aber auch sehr steil. Ich habe mir bei dem Sturz das Bein gebrochen. Oberschenkelhalsbruch. Mit achtundsiebzig kein Vergnügen. Ich habe hier diesen Notknopf, sehen Sie? Damit habe ich gleich meinen Sohn angerufen. Der wohnt nicht weit weg. Er fuhr mich ins Petrus-Krankenhaus, das liegt ja gleich da hinten. Da hätte ich fast selber hinlaufen können, wenn nicht ... und danach wurde ich in eine Spezialklinik nach Bochum verlegt." Sie schüttelt den Kopf. „Die haben mich auch nicht richtig zusammenflicken können."

Jonas versteht. Sie muss ewig in der Klinik gelegen haben. So dass niemand sie gefragt hat, ob sie das Kind gesehen hätte. Dabei hat sie. Nur wer vermisst eine alte Frau, die nicht zu Hause ist?

„Wie lange waren Sie denn weg?"

„Mit Operation, Klinik und Reha? Fast drei Monate. Es gab immer wieder Komplikationen. Weihnachten im Krankenhaus, wirklich toll. Wenigstens waren meine Enkel gut drauf." Sie reibt sich wieder das Bein, knickt eine der Tabletten ab, die auf ihrem Tisch liegen, schluckt sie mit etwas Tee.

Lemmy schnarcht leise auf einem kleinen Läufer. Stolperfalle, denkt Jonas, aber das muss sie selber wissen.

„Ja, dann ... danke für den Tee." Jonas zögert. Er will die Frage nicht stellen. Aber er muss. „Als Ihr Sohn Sie abgeholt hat, da hatten Sie sicher anderes zu tun als nach meiner Tochter zu suchen, aber ... haben Sie ... irgendwas mitbekommen? Oder ... ein Auto gesehen ... oder ..."

Die alte Dame streicht sich durchs Haar. Kratzt sich am Kinn.

Denkt ernsthaft nach. Schüttelt langsam den Kopf. Scheint Bilder durchzugehen.

Das Haus. Die Straße. Der kleine Wald, an dem die Kita liegt.

„Ach ... ich würde Ihnen jetzt gerne sagen: Ja, da war etwas, aber ... es ist drei Jahre her, wissen Sie und ... ich hatte in der Tat anderes im Kopf. Autos fahren ja hier immer wieder durch, vor allem morgens und nachmittags, wegen der Kita."

Jonas steht langsam auf und weckt damit Lemmy, der sich schwanzwedelnd neben ihn stellt.

Die Dame hält wieder inne. Blickt nach draußen. Grübelt. Sucht.

Das Haus. Die Straße. Der kleine Wald. Die Bäume ...

„Doch. Da war ein Auto. Hinter der Kita. Am Wald."

Jonas schluckt. Etwas Unsichtbares schüttelt ihn.

„Eigentlich parkt da nie jemand. Die halten alle weiter vorne. Oder fahren ganz durch, um den Wald herum, zum Haupteingang der Kita. Wenn man lange genug hier wohnt, so wie ich, dann sieht man auch, wie sich das verändert. Heute fahren die Eltern mit ihren dicken Kisten ja fast in die Kita rein."

„Was ... für ein Auto?" Die Worte purzeln eckig aus seinem Mund.

„Och, jetzt ... tut mir leid, aber ... also das weiß ich wirklich nicht. Da müsste mir schon einer ein Foto zeigen oder was. Wirklich, ich verstehe, wie schlimm das alles für Sie sein muss. Und ich würde Ihnen und Ihrer Familie so gerne helfen."

„Danke, dass ich Ihnen meine Geschichte erzählen durfte, Martha."

Er steht schon mit Lemmy an der Tür und hat ihren Namen vom Klingelschild abgelesen. Sie nimmt es ihm nicht übel.

„Und Sie sind?"

„Jonas."

„Sie sind Musiker, oder?"

Er nestelt an einer Kordel seiner schwarzen Kapuzenjacke. „Sieht man das? Ja, unsere Band heißt Disharmony. Das bedeutet so viel wie ..."

„Mein Mann war Engländer. Ich weiß schon."

„Wir spielen am Sonntagabend in Solingen."

Sie lächelt versonnen. „Ich bete für Sie, Jonas. Das klingt jetzt vielleicht wie das Geschwätz einer seltsamen Alten ... die ich ja auch bin ..., aber: Wenn Sie überzeugt davon sind, dass Ihre Tochter noch lebt, dann geben Sie nicht auf."

Er nickt und denkt: Das hat bisher nichts gebracht und wird es weiterhin nicht. Erinnere du dich besser an dieses Auto. Auch, wenn das sicher gar nichts zu bedeuten hat.

Aber was, wenn doch? Was, wenn Sarah bis zum Wald gelaufen ist, enttäuscht davon, dass sie die Tiere nicht sehen konnte, damit sie wenigstens schnell zu Mia kann? Sie hat ihren eigenen Kopf, nicht wahr? Wenn Jonas über sie nachdenkt, dann immer in der Gegenwart. Es gibt kein „Sie war einmal". Nur ein „Sie ist. Sie hat. Sie wird".

Während er mit Lemmy einen Schritt schneller zum Auto läuft, weil es zu tröpfeln beginnt, merkt Jonas nicht, dass Martha ihm schwer humpelnd bis zu ihrem Gartentor gefolgt ist.

Als er einsteigt und losfährt, hört er ihre Rufe nicht.

„Jonas, Jonas! Bleiben Sie stehen!"

So wie Carla ihn nicht mehr gehört hat, als er ihr an der Schwebebahnstation etwas sagen wollte.

Und sie davonfuhr.

Wie es ist

Das Auto am Wald. Etwas in ihm möchte es wegschieben. Aber er kann nicht. Wenn du nichts hast, aber an alles glauben willst, reicht ein wackeliger Satz einer verschrobenen Alten. Ein mickriger, papierner Strohhalm im Orkan. Er legt zum dritten Mal wieder auf. Carla geht nicht ran. An der nächsten Ampel scrollt er durchs Handy. Bei F stoppt er. Franzen, Hauptkommissar in Gummersbach. Ein bisschen seltsam der Typ, das weiß Jonas noch. Aber er hat keine Wahl.

Franzen erinnert sich sofort. Aber Jonas merkt schon nach zwei Sätzen, wie lächerlich das ist. Ein Auto am Wald. Vor drei

Jahren. Eine schrullige Alte. So so. Von seinen Visionen erzählt ihm Jonas gar nicht erst.

Da fällt einer in einen Abgrund ... aber sonst läuft alles rund da oben, ja?

Franzen gibt sich verständnisvoll wie damals schon. „Herr Renksen, glauben Sie mir, ich weiß, was das mit Ihnen macht. Auch nach Jahren noch. Wir hatten hier selber so einen Fall in Wiehl. Nie aufgeklärt. Und ich weiß auch, wie wichtig es ist, einen geliebten Menschen wiederzufinden, damit mit man mit den Dingen abschließen oder von Neuem beginnen kann, aber ..."

„Ja, ich weiß."

Er legt auf, biegt auf die Autobahn 1 Richtung Remscheid, klammert sich weiter an seinen wackeligen Strohhalm. Und beschließt, ihn erst einmal für sich zu behalten.

Wie es ist

„Fertig. Das wird so ein geiles Album."

Carla reißt ihn aus seinem herbstlichen Dämmerzustand. Jonas nimmt sie aus dem Augenwinkel wahr, dann fällt sein Blick auf Luca und wie er langsam, fast wie in Zeitlupe, durch das Wäldchen spaziert. Tief versunken in einem seiner Rollenspiele. Jonas muss lächeln.

„Ich sag es ja immer. Ein Musiker wird er nicht, aber ein Schauspieler", sagt Carla.

Er hat ihr nicht erzählt, wo er heute Morgen war. Sie hat nicht gefragt. Macht ihm das Sorgen? Er schiebt den Gedanken weg und beobachtet weiter seinen Sohn. Was immer er da jetzt macht, er spielt mehrere Rollen auf einmal. Gestikuliert. Redet. Hält inne. Fixiert ... ihn. Dann das Haus. Nickt. Jonas nickt zurück.

Er richtet sich auf. Lemmy, der neben ihm leise schnarcht, zuckt kurz. Dann noch einmal. Und er ist hellwach.

Während Luca weiter nickt, redet, zeigt und starrt, rennt Lemmy los.

„Hey, Lemmy!"

Aber der Hund ist längst im Tunnel. Er spurtet durch den Garten, über den Rasen bis zum Zaun, über das Ende der schmalen

Zufahrtsstraße, die außer ihnen niemand entlangfährt, er bellt, knurrt, rast, bleibt vor Luca stehen, fletscht die Zähne, faucht, blökt, entartet. Luca schreckt zurück, ruft etwas, das Jonas vor lauter Bellerei nicht versteht, und schaut hilflos zu ihm herüber.

Jonas springt auf und rennt auf die alten Buchen zu. Lemmy rennt auch. Tiefer in das Wäldchen hinein, den sanften Abhang hinab, der unten in einer weitläufigen Weide enden wird. Erst dahinter wartet die Straße. Lauern die rasenden Autos, die Laster, der Tod.

Er sieht Lemmy nicht mehr. Er muss unter einem Busch verschwunden sein.

Hinter sich hört er Lucas Schritte. Der Junge läuft herbei und tritt neben seinen Vater.

„Wie ist der denn schon wieder drauf? Derselbe Blödsinn wie letztes Mal. Ich hab mich doch nur kurz mit dem unterhalten."

Jonas hat das Gefühl, jemand drehe zuerst seinen Kopf in Richtung seines Sohnes. Und dann an einem unsichtbaren Temperaturregler.

„Du hast ... was?"

„Na, mit diesem alten Mann, von dem ich dir gestern erzählt habe. Sag mal ... bist du eingepennt, oder was? Der stand doch die ganze Zeit neben mir. Hat mir was über unser Haus erzählt. Wusstest du, dass es da drin vielleicht noch versteckte Kellerräume gibt? War echt interessant. Der kennt dich übrigens, und eure Band. Wundert mich, bei dem Alter. Ehrlich, Papa, ihr müsst euch doch mal getroffen haben. Er sagte, du sollst endlich diesen Song schreiben. Ich wollte ihn gerade fragen, was er damit meint, da kam unser bekloppter Hund angerannt."

Der bekloppte Hund taucht jetzt wieder auf, als hätte er Lucas Worte gehört. Wedelnd, keuchend, ächzend aus seinen vierzehn Jahre alten Lungen. Woher hat das Tier diese Kraft genommen? Jonas fixiert das völlig verdreckte, alte Fellmonster. Und dann Luca.

„Nein, du kleines Dummerchen", säuselt Maiden. „Du schläfst nicht, du träumst nicht, du stehst an keinem schwarzen Abgrund. Das hier passiert wirklich. Also bist entweder du nicht mehr ganz

dicht oder dein Sohn. Von deinem Hund mal ganz zu schweigen."
„Aber keine Sorge", kräht Iron, „keine zwei Tage mehr. Dann bist du sowieso tot."

Wie es ist

Lemmy strampelt wieder. Jonas muss jedes Mal lächeln, wenn sein hässlichster Hund der Welt im Traum noch einmal über Felder und Wiesen rennt, den halben Wald umpflügt, überall buddelt, nichts findet, aber trotzdem aussieht, als hätte er sich einmal komplett mit Erde gepudert.

Heute träumt er intensiver als sonst. Er quiekt, rennt und bewegt sich gleichsam keinen Zentimeter aus seinem Körbchen, das im Esszimmer in der Ecke neben dem Kamin liegt.

Er träumt, weil ...

... und deswegen kann Jonas heute nicht lächeln.

„Luca, schling nicht so", fährt Carla ihn an.

Luca starrt in die Dämmerung, die sich draußen über das Haus hermacht.

„Also, wer von uns spinnt jetzt?", antwortet er mit vollem Mund. Kleine Kartoffelbröckchen landen auf dem Tisch.

„Und ich hab dir schon hunderttausend Mal gesagt, dass ..."

„Das ist doch jetzt egal, verdammt noch mal." Jonas' Hand saust so schnell auf die Holztischplatte, dass Lemmy kurz aufschreckt. Carla wirft ihm einen mahnenden Blick zu. Jonas atmet tief ein. Keine Ahnung, woher dieser Ausbruch kam.

„Hier spinnt niemand", sagt Jonas und legt seine Hand auf Lucas. „Nur ..."

„Nur, dass ihr den Alten nicht gesehen habt. Heute nicht und gestern nicht und überhaupt nie. Und deswegen bin ich bekloppt. Oder zu sehr in meinen Hörbüchern versunken. Oder was du da eben noch alles gesagt hast, Mama. Und was ist mit euch? Ihr seid entweder mit eurer Scheißmusik beschäftigt, mit eurem Scheißalbum, euren Scheißkonzerten oder mit ... mit ...", Lucas Augen werden feucht. „Das wisst ihr ganz genau!" Noch mehr Kartoffelbröckchen. Es sind die letzten, denn Luca springt auf und rennt in sein Zimmer. Es rummst, bevor er sich einschließt.

Carla und Jonas schauen sich kurz in die Augen. Dann beide ins Leere. Schweigend. Kauend. Schluckend. Sie halten die Zeit an, ohne es zu merken.

„Wie kannst du ernsthaft an seinem Verstand zweifeln?", faucht Jonas sie an.

Er spürt wieder diese Hitze in sich aufsteigen, die von eben. Er atmet tief ein. Und wieder aus.

„Jonas, wir haben es beide gesehen. Unseren Sohn, wie er sich augenscheinlich unterhält. Mit niemandem. Und er erzählt dir wie selbstverständlich, dass er offenbar schon seit einiger Zeit ganz munter mit diesem seltsamen Alten plaudert, der ... nicht da ist!"

„Oder er sieht das, was du siehst, mein Lieber", grübelt Maiden und lässt ihn mitlauschen. „Nur anders."

„Hast du dazu nichts zu sagen?

„Nein", antwortet Maiden für ihn, „und was du hierzu beitragen könntest, würde sie nicht verstehen."

Schweigend schüttelt Jonas den Kopf.

Sie redet ungerührt weiter. „Wie bitte soll ich deiner Meinung nach reagieren? Mensch, ich mache mir Sorgen! Die letzten Jahre sind an Luca weiß Gott nicht spurlos vorübergegangen. An uns allen nicht. Er hat ja recht. Weil sich ständig so viel ... eigentlich alles ... um ..."

„Um Sarah gedreht hat."

Sie nickt. „Sie ist vor drei Jahren verschwunden, Jonas. Es ist nur ... ich hatte das Gefühl, dass wir jetzt, wo hier langsam alles ganz fertig ist, wo es mit der Band so gut läuft, mit dem Album, mit Amerika ..., dass wir endlich ..."

„Carly, hör auf."

„Womit? Damit, dass du sie nicht loslassen kannst?" Carla springt auf, beugt sich zu ihm runter, packt ihn an den Schultern, umarmt ihn, hält ihn fest. Aber er fühlt sich nicht gehalten. Er fühlt sich gefangen. Dann ihr Mund. Der in sein Ohr kriecht. Ihn fesselt. Und schreiend flüstert: „Sarah ist tot, verdammt noch mal. Sie ist TOT."

„Nein!" Er stößt sie von sich weg, sodass sie ins Straucheln gerät, nach hinten stolpert, sich soeben an der Kommode hält. Jonas springt auf, läuft nach draußen. Durch den Wald.

Er findet nichts.

Wie es ist

Carla hat sich irgendwann in ihrem Schreibzimmer verbarrikadiert.

Alle schlafen schon. Kurz nach Mitternacht. Nichts ist gelöst, aber Hauptsache, er ist wach.

Er hat Luca vorgelesen, es ist ihr gemeinsames Ritual, seit sein Sohn klein ist. Und Luca, dem nur ein halber Kopf fehlt, bis er seinen Vater eingeholt hat, besteht heute wie damals darauf, dass Jonas ihm vorliest. Mindestens zweimal die Woche. Jonas hat sich an ihren ersten gemeinsamen Stephen King gewagt, *The Green Mile*. Aber nach heute Nachmittag ist er nicht mehr sicher, ob er das durchziehen soll.

Luca hat sich nach der Esstischszene nicht mehr getraut, das Thema noch einmal anzusprechen. Das Schlimme ist: er sich ebenfalls nicht.

Maiden betritt die Bühne. „Du hast diesen Mann gesehen, Jonas. In deinem Traum, der keiner war. Auf der Lichtung. Am Abgrund. Es gibt ihn. Und Luca weiß es."

„Ich hab dir gleich gesagt, kehr um", warnt ihn Iron. „Das bedeutet nichts Gutes, hab ich dir gesagt. Aber du musstest ja ..."

„Schluss!"

Jonas zuckt von seinem eigenen Schrei zusammen. Wenigstens sind die beiden weg. Vorerst. Er blickt wieder auf den Bildschirm seines Notebooks, das er mit in den nachtschwarzen Proberaum genommen hat. So wie Lemmy, der zu seinen Füßen schnarcht. Die großen Lautsprecherboxen, die er sich damals zur Einweihung gegönnt hat, spucken *Black* von Pearl Jam aus, seit fünf Minuten schon, und am Ende ist alles Schmerz.

Sarah, die zurückkommen wird. Nach allem, was er in den letzten zwei Tagen gesehen hat, will er das mehr glauben denn je.

Was Martha heute gesagt hat, es ist so wenig. Für ihn so viel.

Jonas kneift die Augen zusammen, beißt die Zähne aufeinander. Etwas in ihm denkt das seit diesem 13. Tag im Oktober vor drei Jahren. Immer wieder.

Sie ist nicht weg.

Er hat nur diese zwei kleinen Songs geschafft fürs neue Album. Carla gefallen sie nicht. Aber sie ist seit einiger Zeit so selbstverliebt, wenn es um die Band geht, dass er da nichts drum gibt. Die Plattenfirma sieht das anders.

Jonas greift zurAkustischen und singt die ersten Zeilen von *Us*.

Your soul like a forgotten place
your aching heart so full of grace
your eyes so deep like a mysterious lake
make me cold with every breath you take

what's left deep inside of you
Darlin', where are we driftin' to

Full of Fantasies
Full of Pleasure
That's how it once was

Forgotten Feelings
Forgotten Love
Now that's all about us

„Singe ich über dich, Carly? Oder hab ich es für dich geschrieben, damit du es singen kannst?" Leise murmelt er ein dunkles Nichts an, als es in seinem linken Arm zieht.

„Das Herz", kommentiert es Iron trocken. „Noch anderthalb Tage. Die Symptome werden sich jetzt häufen, mein Junge."

„Und dann: Totalausfall", flötet Maiden.

Ein zaghaftes Klopfen an der Tür zum Proberaum lässt ihn zusammenzucken. Dann ein leises Räuspern.

„Ja? Carla?"

„Nein ... ich bin's." Vorsichtig öffnet Luca die Tür und schleicht sich herein. „Ich weiß, es ist schon spät und ich sollte jetzt schlafen, aber ..."

„Komm her, setz dich." Lemmy läuft schwanzwedelnd auf den Jungen zu.

„Ich bin nicht verrückt, Papa."

„Ich weiß." Jonas zögert. „Ich ... habe deinen weißen Mann auch gesehen. Vielleicht. Wahrscheinlich. Aber anders."

Luca schaut seinen Vater aus müden, zugleich weit aufgerissenen Augen an. „Wo? Wann?"

Jonas überlegt kurz. Es ist wie bei seiner Mutter damals, als sie noch sprechen konnte. Es gibt den richtigen Zeitpunkt nicht. Also spricht er weiter. „Ich ... hatte vor ein paar Tagen diesen Traum ... aber er hat sich nicht angefühlt wie ein Traum. Es ... ist wie eine Prophezeiung. Ich weiß, das klingt bescheuert. Jemand hat zu mir gesprochen, an einem Abgrund. In einem Wald. Ich ... soll einen Song schreiben ... Luca, was ist? Du zitterst ja."

„Genau das hat er mir doch heute im Wald gesagt! Dass du deinen Song schreiben musst. Aber ... er hat noch mehr gesagt, bevor er ging. Dass es dieses eine Lied ist, das du in dir hast. Aber du hättest Angst davor. Papa, du musst diesen Mann kennen. Er kennt dich!"

„Nein, ich weiß nicht, wer er ist ... was er ist."

Luca kommen die Tränen. „Was passiert da nur mit uns? Hat das was mit ... mit ihr zu tun?"

Jonas hat diesen Satz auf den Lippen, den Eltern so gerne benutzen, wenn ihnen nichts mehr einfällt, um ihr Kind zu beruhigen. *Du liest zu viele Geistergeschichten.* Aber er spricht ihn nicht aus. „Hör mal ... versuch jetzt zu schlafen, ja? Ich ... spiele noch ein, zwei Songs. Oder ... schreibe irgendwas."

Luca wischt sich durch das Gesicht und starrt seinen Vater fest an. Jetzt aus trockenen, klaren Augen. „Nicht irgendwas, Papa." Dann steht er wortlos auf und lässt Jonas allein.

Dieser eine Song. Jonas klappt das Notebook auf und liest jene Zeilen, an denen er vorhin noch heimlich gearbeitet hat. An denen er seit fast drei Jahren arbeitet.

Niemand kennt diese Zeilen. Niemand kennt den Song. Und das wird so bleiben.

Es ist seine Sache. Sein Song. Für sein Kind. Hat der Alte dieses Lied gemeint? Wie kann er?

Gone like the wind
when the rain embraced the sun

Den ersten Satz liest er. Den zweiten singt er mit einer kleinen Melodie, nichts Wildes, nichts Großes, sie kommt ihm so in den Sinn.

Never seen again
since the suffering had begun

Seine Stimme bricht. Und wenn schon. Es ist ja niemand da. Nur er und die Nacht.

But in the end, my rainbow child
we'll meet again.

Da stehen noch ein paar Zeilen.

Aber ...

Er hebt lächelnd den Kopf und klappt das Notebook zu.

„Papa?"

Die Gänsehaut überrollt ihn. Sie kriecht nicht erst an seinen Unterarmen hoch. Oder an seinem Nacken. Sie rast als eiskalte Welle über ihn hinweg. Durch ihn hindurch. Sie bläst ihn von der alten Couch. Das Notebook rutscht in Schräglage von seinen zittrigen Knien, er rutscht mit, kippt seitlich, landet auf dem Boden, auf Lemmy. Der Hund jankt, dann knurrt er. Jonas sieht nicht, was er sieht, wohin er blickt, denn ihm wird schwarz vor Augen.

„Nein, jetzt reiß dich zusammen!", schreit ihn Maiden an. Iron bleibt im Verborgenen.

Jonas fasst sich. Stellt die Akustische zur Seite. Lauscht der Stille.

„Du hast sie auch gehört, oder, Lemmy? Das ... war ..." Er dreht sich zur Tür. „Luca? Luca, bist du noch da?"

Keine Antwort.

Er lehnt sich gegen die Tür, stößt mit dem Hinterkopf gegen den schwarzen Stoff. „Scheiße, ich dreh noch durch."

„Pa ... Papa!"

Lemmy schreckt auf und bellt. Tigert durch den Proberaum. Jonas fixiert den Hund, der anfängt, wild herumzuschnüffeln.

Sarahs Stimme klingt so nah, als stünde sie neben ihm. Zugleich verdeckt, dumpf. Er kann sie nicht verorten.

„Ja, weil du sie nur in deinem Kopf hast! Totalausfall, du Loser, und dein Verstand macht den Anfang!"

Jonas presst sich die Hände auf die Ohren und schreit, bis Iron verstummt. Lemmy bellt wieder. Sucht weiter. Dreht sich um sich selbst. Aber wie soll er eine Stimme erschnuppern? Einen Geist finden? Andererseits: Er hat auch den Alten im Wald gefunden, oder? Er ist nicht nur einer Kaninchenspur gefolgt. Sondern diesem Mann.

Aber Lemmy gibt auf. Er hechelt wie nach einem langen Marsch, setzt sich und erwartet ein Leckerchen für seine Mühen.

Es dauert bis kurz vor eins, ehe Jonas sich erfolgreich eingeredet hat, dass nichts passiert sei. Er war ein paarmal versucht, das Notebook wieder aufzuklappen, aber er wagt es nicht.

Er lässt Lemmy aus dem Proberaum nach oben und geht alleine durch den Gewölbekeller. Die zwei kleinen Räume hinter dem Waschraum sind noch immer nicht fertig. Irgendwann macht er hier einen Weinkeller draus. Nach der US-Tour? Ja, klingt nach einem Plan. Oder doch schon im Winter? Mal sehen. Feuchter Backstein grüßt ihn tropfend aus düsteren Ecken. Er könnte hier unten auch Korn reifen lassen, so wie in dieser Destille in Remscheid. Da sieht es genauso aus, nur größer. Und dunkler.

Jonas bleibt stehen und lässt den Blick weiter schweifen. Ein paar Spinnen haben sich erfolgreich eingenistet. Vielleicht nehmen er und Luca ja wieder einen Igel auf, so wie letztes Jahr.

Die Stille beruhigt ihn. Er lauscht ihr, so aufmerksam er kann. Nichts. Kein Knistern. Kein Knacken. Keine Stimme.

„Mann, Jonas. Das darf alles nicht wahr sein", sagt er leise zu sich selbst und schaut noch einmal auf die Uhr. Kurz nach eins morgens am 12. Oktober. Am Abend kommen die anderen, um die Setlist zu proben fürs Konzert in Solingen. Carla will mit ihnen anschließend reinfeiern.

Ach ja, er erinnert sich. „In dreiundzwanzig Stunden bist du vierzig", sagt er leise zu niemandem. Er korrigiert sich. „Ach nein, stimmt nicht. Erst viel später. Geboren wurdest du ja erst um 20.11 Uhr." Und er korrigiert sich noch einmal. „Nein, stimmt auch nicht. Vorher bist du ja tot."

Wie um das zu bestätigen, beginnt sein Kopf zu dröhnen.

Es wird über Stunden so weitergehen. Bis Jonas, der, obwohl er ständig irgendwas hat, Tabletten verabscheut, um kurz nach vier aufstehen, zwei Ibuprofen nehmen und dem letzten Tag seines Lebens entgegenschlafen wird.

Was er sieht

Der Mann in Weiß steht mittendrin. Er leuchtet wie ein funkelnder Stein, umgeben von Düsternis. Die anderen schauen zur Bühne, sie singen, wippen, klatschen, sind eins geworden. Nur er nicht. Er wendet der Band den Rücken zu, schaut hoch und hebt sanft die Hand.

Sein Mund deutet ein Lächeln an, kaum zu erkennen, so dicht wuchert der hellgraue, fast weiße Bart in seinem Gesicht.

Der Alte winkt ihm zu. Jonas schwebt über ihm, aber er spürt sich nicht, ist trotzdem da, in diesem Club voller Menschen in Schwarz.

Jetzt dreht einer den Ton an. Ist es der Rufer? Und wer ist er? Der, der gefallen ist? Auf der Lichtung, am Abgrund, da, wo Maiden ihn hingeführt hat? Jonas hört sich selbst, sieht sich selbst: Er steht da auf der Bühne, prügelt auf die Gitarre ein, grölt ins Mikrofon. Zuerst übersteuert, in den Höhen völlig verzerrt, wie alles. Die Drums nur ein schmerzhaftes Scheppern. Wo ist Carla? Wieso singt sie nicht? Er kann doch gar nicht ... bis einer nachregelt und sich alles einpendelt. Tief wummert der Bass beim Intro eines Songs, den Jonas noch nie gespielt hat. Nicht in dieser Version. Doch er spielt ihn nur an.

And then all the secrets will be revealed

Wieder winkt der weiße Mann, einmal kurz, dann dreht er sich um und zeigt zur Bühne.

Der Drummer, Sandro, klein, gedrungen, spielt mit verbundenen Augen. Der Bassist, Mike, groß, hager, die Wangen eingefallen, zittert am ganzen Leib, während er am Bass zupft, aber er trifft jeden Ton.

Die Melodie schwillt wieder an, der Drummer treibt jetzt schon die Fill-ins auf die Spitze, der Bass dreht Schleifen. Jonas spielt sich um den Verstand, doch er singt nicht mehr, er tritt in den Hintergrund.

Ehe er sie sieht, hört er sie. Donner grollt aus dem Nichts hinter der Bühne. Ihre Stimme: ein gutturales Dröhnen aus tiefsten Tiefen. Dann heller, klarer, melodiös. Die schwarze Menge eskaliert. Hände schnellen in die Höhe, alles ein wildes Klatschen. Vorne pogen die Ersten. Dann erstarren alle, denn sie betritt die Bühne. Sie, die Wölfin.

Ihr tiefblaues Haar steht wild nach hinten ab. Schwarz leuchtet der Ring in ihrer schmalen, spitzen Nase. Rot wie Blut schimmern die Lippen.

Und diese riesenhaften Augen. Sie nehmen ihn gefangen, als sie den Kopf hebt und zu ihm aufschaut.

Da bist du ja. Endlich, sagen diese Augen. Ich warte auf dich. So lange schon.

Wer bist du?, fragt er dieses Wunder von einer Frau, die nicht Carla ist.

Sie lächelt nur. Schreit alles heraus.

Der Alte steht jetzt vorn, vor allen anderen, direkt an der Barriere, und leuchtet so weiß wie der Raureif am ersten eisigen Oktobermorgen. Er ist nicht allein. Er hat ein kleines Mädchen an der Hand. Mit langen, rotblonden Haaren und so vielen Sommersprossen im Gesicht. Das Mädchen hat seine Augen. Beide breiten die Arme aus. Der Alte und das Kind. Die Wölfin schaut zu ihm herüber. Hört auf zu singen. Winkt ihn zu sich. „Komm her", sagt sie mit samtener Stimme. „Hier, zu uns. Zu deiner Familie. Die Show ist aus, sieh doch, alle applaudieren. Du kannst die Gitarre jetzt weglegen. Wir haben es gerockt. Du, ich und die Band. Schau, wie stolz die beiden sind. Lass uns nach Hause gehen."

„Ja, nach Hause. Endlich", frohlockt Maiden. Aber Iron widerspricht: „Nein, Jonas, etwas stimmt hier nicht. Du kannst da nicht hingehen. Das ist nicht deine Familie. Deine Familie ist ... woanders. Im neuen alten Haus. Da gehörst du hin. Nicht hier. Das ist so falsch, Jonas."

„Iron hat recht, mein Lieber. Und auch nicht. Es ist nicht leicht, wie so vieles. Du musst vertrauen. Jetzt geh."

Jonas legt die Gitarre ab. Alle klatschen weiter. Sandro an den Drums. Mike am Bass.

Die Wölfin streckt die Hand nach ihm aus. „Komm, Jonas."

Doch er zögert. Schüttelt den Kopf. Kann nicht verstehen. Er spürt, wie seine Augen feucht werden.

„Geh endlich!", zischt Maiden. Er schlägt sich mit der flachen Hand vor die Stirn. Als wollte er sie für immer aus seinem Schädel prügeln.

Als das Beben beginnt, macht er keinen Schritt. Der ganze Boden vibriert. Nur die Bühne steht still. Panik bricht aus. Menschen schreien, laufen umher, umeinander, übereinander.

Die Wölfin starrt ihn flehend an. „Jonas, bitte. Alles bricht zusammen, siehst du das denn nicht? Komm zu uns!"

Aber Jonas kann nicht. Er greift sich wieder die Gitarre. Spielt seinen neuen Song. Singt leise dazu.

Your soul like a forgotten place
your aching heart so full of grace

„Nein, das ist das falsche Lied! Hörst du, Jonas?" Die Wölfin steigt von der Bühne, zu dem alten Mann, zu dem Mädchen, sie nehmen die kleine Sarah in die Mitte. „Es ist das andere. Bitte spiel das andere. Bitte spiel ..."

Da reißt der Boden unter ihnen auf und sie stürzen in den Abgrund.

Wie es ist

„Halt sie! Halt sie fest!"

„Jonas!"

„Sie fällt! Sie fällt! Warum hält das niemand auf?"

„Jonas! Du hast geträumt! Ich bin es!" Sie schüttelt ihn fester. Das ganze Bett bebt. Er öffnet die Augen und erkennt Carla. Die Lippen rotgeschminkt. Dunkel leuchtet ihr Lidschatten.

„Du siehst ..."

„... na hoffentlich gut aus. Mein neuer Bühnenlook. Dachte, ich teste das heute mal an. Also, bei dir."

Er seufzt tief und lange und sammelt sich. „Wie lange hab ich ..."

„Och, es ist schon kurz nach zwölf. Du hast die halbe Nacht wachgelegen mit deinen Kopfschmerzen. Wie du mir ja mehrfach mitteilen musstest, bis ich dich endlich so weit hatte, dass du was genommen hast. Und ich wollte dich anschließend nicht wecken."

„Wo ist Luca?"

„Mit dem Bike irgendwo draußen. Hab ihm gesagt, dass um fünf Sandro und Mike kommen und wir dann zusammen essen. Mal schauen, ob er sich dran hält. Und wenn nicht ... ich möchte mich heute nicht ärgern, okay?" Sie gibt ihm einen Kuss. Lange. Zärtlich. Unerwartet. Ungewohnt. „Ich lasse mir heute weder von einem Fast-Teenager, der sich in seinen Geisterbüchern verliert, den Tag vermiesen, noch von einem anonymen Hypochonder, der jeden Tag ein bisschen stirbt, aber nie mal zum Arzt geht. Ich weiß, wie schwierig das morgen für dich und für uns wird. Aber lass uns diesen Abend ein bisschen genießen. Mit den Jungs. Mit den neuen Songs. Und dann trinken wir was und stoßen an. Okay?"

Jonas nickt. Riecht an seinen Achseln. Spürt jetzt erst, wie sein Shirt nass an ihm klebt. „Ich muss ins Bad."

„Ja, musst du."

Er duscht gefühlte zwei Stunden. Will die Vision herunterspülen. Kann es nicht. All diese Bilder. So nah. Er möchte sie verstehen.

Aber er funktioniert nur. Bringt den Tag hinter sich. Geht mit Lemmy eine große Runde. Trifft zwischendurch Luca und die Jungs. Macht blöde Papa-Sprüche. Hilft Carla im Haus. Saugt den Proberaum. Räumt den Kelleraufgang auf. Tut Dinge, um sich zu beschäftigen.

Setzt sich einen Moment in den Garten, als am späten Nachmittag die Sonne rauskommt. Liest Kafka. Stellt sich vor, wie es Josef K. so geht mit all dem Irrsinn.

Betrachtet heimlich Carla, wie sie lebt, blüht, funkelt. Sie ist der Star in diesem Theater.

Ja, und er sollte es ihr lassen. Womöglich hat er Luca schon mit seinem ganzen Unfug angesteckt. Ist es nicht beachtlich, wie stark sie geblieben ist? In all der Zeit?

„Oder ist das nur eine Maske? So wie deine? Du legst die Trübsalvisage über alles, und sie macht das Gegenteil. Mal drüber nachgedacht?“ Jonas muss bitter lächeln. Ja, genau. Du hast recht, Iron. Okay?

Jonas legt das Buch weg, steckt sich Ohrhörer in die Ohren und startet seine Nick-Cave-Playlist.

Hallo Trübsal. Ich kann nicht anders.

Wie es ist

„Ich kann nicht anders.“ Sandro nippt an seinem dritten großen Bier und zeigt ihnen sein neues Tattoo. Diesmal auf der linken Wade. Sie sitzen seit dem späten Nachmittag beisammen, und Sandro und Mike sehen elend bemüht darin aus, bloß nicht auf Jonas' Vierzigsten zu kommen. Ihn möglichst geräuschlos geschehen zu lassen.

Er wird das Gefühl nicht los, dass Carla sie vorher gebrieft hat.

„Aber du triffst gleich schon noch die Drums, ja?“, frotzelt Jonas, um das abebbende Gespräch am Laufen zu halten, und Carla legt den Kopf schief. „Wegen drei Bier? Na komm. Aber wir sollten dann auch mal langsam runter. Schade, dass es Luca so mies geht auf einmal. Sicher wieder zu viel Teig bei Pauls Mutter. Die wollte doch heute backen. Egal, der wird wieder.“ Sie funkelt Sandro mit einem Blick an, den Jonas noch nie ausstehen konnte. „Du kennst die beiden neuen Songs noch gar nicht. Das haut dich gleich um.“

Mike, der an einem Tag so viel redet wie eine alte Eiche, grinst halb interessiert, schlürft seine Afri-Cola, die Carla, die nichts dem Zufall überlässt, ihm extra gekauft hat, und nickt. „Dann ... packen wir's.“

Mike will schon aufstehen, da holt Sandro sein surrendes Smartphone hervor. „Ach guck. Andi vom Management. Oh, die zweite Band fällt aus morgen. Aber es gibt schon eine neue. Der Andi halt. Wow, wie cool ist das denn. She-Wolf. Schon mal gehört?“

Jonas, der sich in der Szene an sich bestens auskennt, zuckt mit den Schultern. „Kommen nicht von hier, nur die Sängerin. Ich hab die mal auf ’nem Festival gesehen. Ziemlich hartes Zeug. So wie Arch Enemy. Na ja, nicht so krass. Hier, ich les mal vor: Sängerin Ann, gerade fünfzig geworden, macht schon seit vielen Jahren Progressive-Metal-Musik und stammt aus – hört, hört – dem Bergischen Land. Sie lebte in Ostdeutschland, in Australien und Kanada, wo sie mit mehreren Metalformationen von sich reden machte, kehrte aber vor einiger Zeit wieder zurück nach Deutschland, um ihre neue Band She-Wolf zu gründen. Über allem liegt ihre einzigartige Stimme. Mal rauchig, mal schreiend, mal dunkel-verzerrt, mal jazzig. Und so weiter ...“

Carla zieht eine Schnute. Jonas hat genau das erwartet. „Die kann dann ja gerne mal kommen morgen. Und ein bisschen vorheizen. Und dann sind wir dran.“

Jonas steht auf, nimmt sein Weizenglas und marschiert zur Kellertreppe. Sein Blick fällt auf das Bücherregal an der Ecke neben der Tür. Wie so oft, wenn er hier langgeht. Er schaut genauer hin, als er die Lücke entdeckt. Der Kafka fehlt. Da hat er doch vorhin noch drin gelesen. Liegt der draußen? Eigentlich stellt er die Bücher immer akribisch ins Regal zurück.

„Hat jemand ...?“ Doch er bricht ab. Sicher hat er es verlegt. Egal. „So, können wir dann?“

Jonas dreht sich zu Sandro, der springt auf, das Handy in der Hand. „Hier, das ist sie. Geile Frisur, oder? Diese dunkelblauen Haare. Und dieses schwarze Nasenpiercing ...“

Als Jonas das volle Weizenglas aus der Hand rutscht und auf die Fliesen kracht, zerspringt es in tausend Scherben. Das Bier fließt in jede Ritze. Luca schreckt oben kurz auf und fragt schlaftrunken, ob alles in Ordnung sei.

Nein, ist es nicht, denkt Jonas, als er an der Kellertür zusammensackt und spürt, wie ihm der Atem stockt.

Um ihn herum Gewusel. Behandschuhte Hände heben Scherben auf. Ein Wischer gleitet über die Fliesen. Eine Stimme ermahnt Lemmy, mit dem Ablecken des Bodens aufzuhören. Jonas kommt zu sich. War er lange weggetreten?

Carla kniet sich zu ihm hin. „Alles okay, Jonas. Du warst nur zwei, drei Sekunden daneben. Hast du auch von Pauls Kuchenteig genascht, oder was? Was ist denn mit euch Jungs los heute?"

„Geht ... geht schon wieder", murmelt Jonas. „Komm, lass uns endlich spielen."

Bevor ich völlig den Verstand verliere.

Wie es ist. 12. Oktober 2019, 23.10 Uhr

Klack. Klack-klack.

Klack. Klack-klack.

Und wach ist er. Hat er überhaupt geschlafen? Sein Wecker verrät es ihm. 23:10 Uhr. Ja, hat er, mindestens zwei Stunden schon.

Luca hätte mit ihnen reinfeiern dürfen, unten im Proberaum. Doch als sich ihm um kurz nach acht der Magen umdrehte, hat Carla ihn hochgeschickt. Er musste sich noch einmal übergeben, dann hat ihn der Schlaf überfallen. Doch jetzt drückt seine Blase, das kann er bis morgen früh nicht aussitzen. Außerdem muss er das blöde Fenster schließen. Von weit unten hört er die Stimme seiner Mutter. Das dumpfe Tom-Tom der Drums. Die Gitarre seines Vaters.

Luca hievt sich müde aus dem Bett. Es ist dieser nächtliche Schwere-Zustand, den er auf keinen Fall durch zu viel Bewegung aufheben darf, denn dann schläft er garantiert nicht mehr ein. Er schlurft zum Fenster und schaut über den Wald in eine eisige Nacht hinaus. Der Mond steht als halbvolle Lampe am sternenklaren Himmel. Die Übelkeit ist weg.

Er schließt das Fenster, zieht die Gardine vor und müht sich ins Bad, ohne die Füße groß anzuheben.

Er pinkelt im Stehen, obwohl er das nicht darf. Aber es ist ein altes Haus, so sehr seine Eltern alles dafür gegeben haben, dass es anders aussieht. Und alte Häuser haben dünne Wände und spätestens ab Oktober eisige Badezimmer. Mit arschkalten Klobrillen.

Hände waschen, Wasserhahn zu. Schlurfgang.

Klack-klack. Klack-klack.

Schneller Schlurfgang zurück in sein Drachenzimmer. Vorbei am Lego-Harry-Potter-Schloss. Zum Fenster, das wieder offensteht. Wieso? Fragen machen wach. Komm, Fenster zu und fertig.

Nein. Doch noch einmal in den Garten schauen. Direkt in das Gesicht eines bärtigen, alten Mannes in Weiß, und das macht erst so richtig wach.

Luca spürt, wie kalt ihm wird, und das liegt nicht an dünnen Wänden und eisiger Oktoberluft.

Er knallt das Fenster zu, lauscht, erschrocken von dem Knall, in die Stille danach, wartet ab. Niemand hört ihn. Er zieht sich komplett an, ohne zu wissen, weshalb. Nur, dass er zu dem alten Mann nach draußen muss.

Denn der ruft ihn zu sich.

„Danke, dass du zu mir rausgekommen bist." Der Alte spricht leise. Seine tiefe Bassstimme lässt Luca trotzdem schaudern.

„Sie sind nicht echt", antwortet er flüsternd und kuschelt sich in seine Winterjacke. Die Luft knistert vor Kälte. Unter seinen Füßen knirscht der Raureif auf dem Gras.

„Für dich bin ich es, nicht wahr?"

Luca nickt zögerlich. „Aber mein Vater hat gesagt ..."

„Für ihn bin ich es auch. Er glaubt es nur noch nicht."

„Was soll das bedeuten? Und was machen Sie hier, um diese Zeit? Sind Sie irgendwo ausgebrochen? Aus einem Altenheim? Meine Mutter ist so wütend auf mich. Nur Ihretwegen."

Der Alte lächelt weise. „Das ist nicht meine Absicht. Aber es wird Zeit für die Wahrheit, Luca. Dein Vater hat nie aufgehört, sie zu suchen. Er ist so kurz davor. Nur ... alleine wird er sie nicht finden. Du musst ihm helfen."

„Ich? Muss ... was? Welche Wahrheit?"

„Er wird gleich vierzig, richtig? Er bildet sich ein, dass er dann sterben wird. Wusstet du das? Aber es gibt Hoffnung. Er hat das Lied doch schon geschrieben. Danke, dass du ihm davon erzählt hast."

„Ja … habe ich …, aber welches Lied? Er schreibt ständig irgendwelche Lieder. Und … mein Vater sagt, er kennt Sie nicht. Er hat nie mit Ihnen gesprochen. Wie können Sie wissen, dass er gleich Geburtstag hat? Sie … Sie machen mir Angst."

„Sie sollte dir Angst machen. Komm, wir gehen noch ein Stück durch den Wald."

„Nein, ich will nicht in den Wald. Es ist stockdunkel. Warum überhaupt?"

„Weil sie dich sonst sieht."

„Wer?"

„Los. Jetzt!"

Der Alte packt ihn am Arm. Luca erkennt ein Tattoo auf der runzligen Hand, die ihn mit sich zieht, *13zehn* steht da in seltsamer schnörkeliger Schrift. „Nein, ich will jetzt nach Hause … lassen Sie …"

Der Alte legt ihm sanft den Finger auf den Mund. „Ich weiß, dass er Geburtstag hat. So wie ich weiß, dass an eben jenem Tag vor drei Jahren etwas in ihm gestorben ist."

„Sarah." Luca spürt, wie ihm die Tränen in die Augen steigen. „Woher …"

„Väter wissen Dinge, mein Junge. So ist es. Und so wird es immer sein."

Ein Licht durchsticht die Nacht, attackiert die Dunkelheit.

So wie ihre Stimme. „Luca? Luca! Bist du völlig verrückt geworden? Was machst du da mitten in der Nacht im Wald? Komm sofort rein."

Luca dreht sich erschrocken um, doch der Alte zieht ihn noch einmal zu sich heran. Nah. Näher. „Hör mir jetzt zu. Sie ist nicht fort. Sie ist da. Ganz nah, Luca. Er spürt es auch. Aber er muss dieses Lied spielen. Den dreizehnten Song. Sag ihm das."

Luca nickt, ohne zu begreifen, und läuft durch die Nacht, durch den Wald, durch die Angst zurück zum Haus. Doch er sagt nichts. Er bleibt still, als seine Mutter ihn im Flur zur Rede stellt.

„Ich habe dich gefragt, was du da in dem Wald verloren hast. Um halb zwölf. Siehst du wieder Gespenster?"

Er schüttelt weinend den Kopf.

„Sei froh, dass ich dich gesehen habe. Du bist ja einfach weitergelaufen. Am Ende wärst du sonst wo gelandet. Wenn ich nicht hochgemusst hätte, um meinen Songtext zu holen, dann ... ach, egal. Ich muss jetzt wieder zu den Jungs. Wir müssen noch ... meinen neuen Song ... und dann sind wir durch." Sie lächelt verträumt. Nur kurz. Dann erobert Finsternis ihren Blick. „Das hier bleibt unter uns, klar? Kein Wort zu deinem Vater, er ist sowieso schon völlig durch den Wind wegen ..." Doch ihre Stimme bricht. Sie hält kurz inne, fasst sich. „Schlaf gut, ja?"

Luca schleicht zur Treppe, nimmt die ersten Stufen, dreht sich noch einmal um. „Ich hab dich lieb, Mama ... Mama, was ist?"

Sie nimmt ihn nicht wahr. Starrt durchs kleine Fenster am Fuß der Treppe in den Garten hinaus. Luca folgt ihrem Blick. „Mama?"

Carla scheint aus einer kurzen Trance zu erwachen. „Geh schlafen, Luca. Gute Nacht. Und wenn du wach bist, feiern wir alle gemeinsam."

Wie es ist

Das Schreibzimmer seiner Mutter liegt direkt neben seinem. Ihre Tür ist immer verschlossen. Nur jetzt nicht. Hat sie vergessen, sie zu schließen, als sie ihren Songtext geholt hat? Luca weiß, er darf nicht alleine in dieses Zimmer. Er weiß auch, dass er gar nicht hier oben sein sollte. Dass er runter muss. Runter in den schwarzen Raum zu seinem Vater. Um ihm etwas Wichtiges zu sagen. Doch etwas zieht ihn zuerst zu der offenen Tür hin. Durch sie hindurch.

Der Mond wirft ein schmales Band auf den Schreibtisch am Ende des Raumes. Streift das Piano, auf dem handgeschriebene Notenblätter liegen. Obwohl so vieles so lange eine Baustelle war, hatte seine Mutter dieses Zimmer als Erstes fertig. Er hätte ihr gerne schon einmal zugehört beim Komponieren, beim Singen. Sie möchte es nicht.

Er setzt sich ans Piano. Tippt auf eine Taste. Erschrickt sofort, wie laut der Ton in die Stille schneidet. Luca springt auf. Schnell, raus hier. Aber es geht nicht so rasch. Er stößt mit dem Knie gegen ihren alten Eicheschreibtisch, den sie schon in ihrem Kinderzimmer hatte. Während er sich leise ächzend das Knie reibt, öffnet sich langsam die mittlere Schublade. Eine kleine Schatulle kommt zum Vorschein. Silbern glänzt ihr Deckel im fahlen Streifen des Mondlichts.

Luca öffnet sie.

Wie es ist

Carla zählt am lautesten den Countdown herunter. „... drei, zwei, eins ... Happy Birthd ..."

Es klopft an der Tür. Jonas dreht sich sofort um. Hat er diese Störung herbeigesehnt? Hoffentlich ist es Luca, denkt er, ich weiß, er soll sich gesund schlafen, aber ...

Es ist Luca. Der nicht mehr schlafen kann.

Er betritt den Proberaum. Sein Gesicht weiß wie der Tod. Die Augen dunkelrot und verquollen. Lemmy wedelt ihn an. Luca nimmt den Hund gar nicht wahr.

Carla bricht ab und starrt ihn irritiert an. „Oh, willst du doch mit uns anstoßen? Warte, hier ist noch irgendwo ein Glas mit ..."

Luca starrt seine Mutter an. Aber er spricht mit seinem Vater. „Papa, spiel das Lied."

„Was?" Carlas Stimme. Jonas' Stimme. Gleichzeitig.

Jetzt dreht sich Luca zu seinem Vater hin, die eine Hand zur Faust geballt und am ganzen Körper zitternd. „Spiel das Lied. Das ist es, was ich dir von ihm sagen soll. Es ist fertig, stimmt's? Du hast es geschrieben, gestern. Du hast es vollendet. Es ist ihr Lied. Jetzt spiel es. Spiel den dreizehnten Song."

Carla blickt von Luca zu Jonas. Zu Mike. Zu Sandro. Ihr Mund steht halb offen.

Doch es wagt sich kein Wort heraus.

Wie es ist

Jonas hat sein Handy wie immer oben gelassen. Reicht doch, wenn die anderen tausend Selfies von den Proben machen. Empfang hat er unten eh nicht. So kann er den Anruf nicht annehmen, der ihn um kurz nach zwölf erreicht. Die Nachricht auf der Mailbox wird er erst morgen abhören. Wenn alles vorbei ist.

Marthas alte Stimme, aufgewühlt und heiser, spricht ins Leere: „Jonas? Hier ist Martha, Sie wissen schon. Von vorgestern. Es ist spät, bitte entschuldigen Sie. Aber vielleicht ja auch nicht. Ich ... mein Sohn hat Ihre Nummer aus dem Internet. Von der Homepage Ihrer Band. Ich ... melde mich erst jetzt, weil ... ich war mir so unsicher, aber ... er hat das Auto noch einmal gegoogelt ... mein Sohn, weil ... ich es ihm doch beschreiben konnte ... weil ... es klingt sicher verrückt, aber ... es ist so eines wie Ihres, Jonas. So ein blauer Dacia Kombi! Als ich Sie wegfahren sah, dachte ich das schon. Jetzt bin ich mir ganz sicher. Vielleicht hilft es Ihnen ja. Bitte melden Sie sich doch bei mir zurück. Und entschuldigen Sie noch einmal diese späte Störung. Auf Wiederhören."

Wie es ist

Jonas braucht keinen Text. Keine Noten. Es ist in ihm. So lange schon.

Gone like the wind
when the rain embraced the sun
Never seen again
since the suffering had begun
but always here, deep in my mind. My heart ...

... shattered on the day that has never been real
but finally is. A true memory too hard
to ever realize.

But in the end, my rainbow child
we'll meet again
my lovely little ghost

And then
all the secrets will be revealed
and all this truth, that seems to be sealed
will rise from the deep
and I promise, I won't weep

yes, that's for sure
cause I got no tears anymore.

Yes, in the end, my rainbow child
we'll meet again
my lovely little ghost
And then
all the secrets will be revealed.

„Papa? Papa! Papa!"

Sie schauen durch Carla hindurch. Zur Wand hinter ihr. Der schwarze Moltonvorhang regt sich. Die feuchten, siechenden Steine beginnen knirschend zu sprechen.

Carla weicht zurück, starrt paralysiert auf die Wand, fängt entrückt an zu quieken.

Sandro lässt seine Drumsticks fallen. Mike stellt seine Bassgitarre ab.

„Ihr müsst jetzt leider gehen", sagt Jonas. Keiner der beiden rührt sich. „Jetzt!", schreit er und springt auf. „Raus!"

Sie nicken synchron und laufen zur schwarzen Tür. Lemmy rennt mit ihnen nach draußen. Das Aufheulen von Mikes altem Ford Taunus hören sie nicht mehr, weil die Steine wieder zu sprechen beginnen. Mit Sarahs Stimme. „Papa! Hier. Hier, Papa." Er springt auf, rennt auf die Wand zu, reißt den Vorhang herunter. Und sieht, wie die Steine vibrieren. Wie der Zement sich löst.

Er dreht sich um.

Zu Carla. Ihr Mund weiter halb geöffnet. Die Augen wie tot. Sie sieht aus wie eingefroren.

Zu Luca. Er hat den Blick starr auf seine Mutter gerichtet. Öffnet langsam die Faust. Etwas fällt heraus. Funkelt im Lichtschein der beiden kleinen Proberaumstrahler. In den Farben des Regenbogens.

Jetzt leben Carlas Augen wieder.

Sie füllen sich mit Tränen.

Wie es wirklich war. 13. Oktober 2016

Nein, sie fährt nicht nach Hause an diesem 13. Oktober. Sie trifft das Regenbogenkind, denn es sitzt vor dem Kindergarten, als Carla mit dem Kombi wieder dort vorbeikommt, während ihr Mann in sein seelenloses Büro schwebt. Und das Kind, das nicht ihres ist, weint. So wie sie geweint hat, weil es nicht ihres ist. Aber es ist seins, nicht wahr? Es ist sein Regenbogenkind, er liebt es wie sonst nichts auf der Welt, so wie sie ihn liebt, und so akzeptiert sie es. Akzeptiert, dass er diesem Kind alle Wünsche von den Augen abliest, und dass sie eine Mutter sein muss, sie spielen muss, damit das Kind, das die Wahrheit nicht kennt, glaubt, alles sei richtig, wie es ist. Was es nicht ist, nichts ist mehr richtig, seit Jonas vor fünf Jahren diese drei Gigs in Schottland hatte und eine Woche mit den Jungs weg war. Seit er dort ... und dann musste er viele Monate später weg und kam wieder mit ... ihr. Den Namen habe die Mutter ihr gegeben, das waren seine ersten Worte, sie weiß es wie heute.

Welche Mutter, du Ficker, welche Mutter, du verdammter Groupieficker, hast nicht mal fünfhundert Zuschauer, aber pickst dir schon die Erstbeste raus!

Sie hat ihm nie vergeben. Aber sie hat sich arrangiert. Mit ihr. Mit ihm. Wegen Luca. Den sie mehr liebt als alles andere. Ihr echtes, gemeinsames Kind. Luca, der nichts weiß von dem, was passiert ist. Vielleicht erzählt sie es ihm irgendwann einmal. Sie haben ihm dasselbe gesagt wie allen anderen, ihren Freunden, den Eltern: Dass sie die kleine Sarah adoptiert haben. Dass es schon lange ihr Wunsch war.

Carlas Mutter glaubt ihr bis heute kein Wort. Und sie schaut Jonas kaum mehr an.

Jetzt sitzt die kleine Schottin da, so süß, so clever, dass Carla sie viel seltener hassen kann, als sie es möchte. Nein, sie ertappt sich oft dabei, wie sie das Mädchen mehr und mehr in ihr Herz schließt, wie es Jahr für Jahr mit ihr verwächst, aber das darf nicht sein! So schreit es ein Teil von ihr. Der dunkle Teil, der tief im Inneren lauert.

Aber sie hält ihn verborgen, so gut es geht, auch jetzt, da Sarah allein am Waldrand am Ende der Straße sitzt. Weil sie weitergelaufen ist, vorbei an dem Haus mit dem verwunschenen Garten, in dem kein Kaninchen und keine Ziege mehr leben, was das Mädchen nicht verstehen kann. Vorbei an der Kita, weil die Tür dort verschlossen war.

„Ich mag jetzt gar nicht mehr in den Kindergarten. Nimmst du mich mit zum neuen alten Haus, Mama?“, fragt sie Carla, als sie hinten auf ihren Kindersitz klettert. Carla liebt diese Bezeichnung. Neues altes Haus. Es sind ihre Worte. Doch sie hasst diese andere Bezeichnung. Mama. Es sind seine Worte. Er hat es so gewollt.

So lebt sie die Lüge.

Sie lebt sie weiter und umfassender als jemals zuvor, denn dieses neue alte Haus, es wird ihr Lebensprojekt werden. Sie wollte das so wie er, womöglich bildet sie sich ja ein, dass es Erinnerungen löscht. Oder dass die Arbeit es vermag, die in den nächsten Jahren vor ihr liegt. Denn Carla wird dieses Haus neu erschaffen. Wird Räume anbauen, den Keller ausbauen, wird Altes bewahren und Neues kreieren, dort oben, auf dem Land, im kleinen Hückeswagen. Weit weg von Wuppertal, weg vom Schmerz. Sie muss den Schmerz töten, sonst tötet er sie.

Und was, wenn das nicht gelingt?

Die Frage quillt hervor wie Eiter aus einer Wunde.

Nein, keine Fragen stellen. Fahren wir gemeinsam in das neue alte Haus, kleine Sarah, aber ich muss da heute ein paar Stunden arbeiten, du wirst dich dann alleine beschäftigen, ja? Und bitte nicht auf die Steine fallen.

Ja, Mama, nickt das Mädchen, und wieder sticht es ihr ins Herz. Sie kennt so viele andere Mütter, die von sich selbst immer in der dritten Person sprechen. Die Mama passt schon auf dich auf. Sie hat das nie gemacht.

Bei Luca fand sie es daneben.

Bei ihr findet sie es pervers.

Sarah brabbelt ununterbrochen. Carla kennt aus ihrer Zeit als Erzieherin so viele Kinder, aber keines war wie sie. Wie sie sich ausdrückt. Wie sie denkt. In der Kita spricht sie mehr mit den

Erzieherinnen als mit den anderen Kindern. Sie sei etwas ganz Besonderes, hat die Leiterin ihr vor Kurzem gesagt, sie habe ein spezielles Gespür für Menschen. Sie brauche Balance in ihrem Leben, da sie mit Neid und Wut nur sehr schlecht umgehen könne. Ob sie denn davon noch nichts gehört habe, dass es Regenbogenkinder wie Sarah gebe, die derart ungewöhnliche spirituelle Eigenschaften besitzen. Denn ihre Aura habe die Farben des Regenbogens.

Sie hat der Frau mit den langen, dunkelgrauen Haaren und der schmalen Nickelbrille nur freundlich zugenickt und das Ganze als esoterisches Gequatsche abgetan.

Na, Hauptsache, die kleine Schottin kann mit Wut nicht umgehen. Und wer fragt mich, was ich mit meiner mache? Nur hat sie das niemals ausgesprochen.

Das Regenbogenkind erzählt eine Geschichte nach der anderen. Sie spielen alle in dem neuen alten Haus. Irgendwann kurz hinter Remscheid fragt sie, warum sie keinen Papa-Großvater habe. Der könnte sie doch besuchen dort oben in dem Haus im verwunschenen Wald. Sie könnten zusammen spazieren gehen. Carla antwortet nur kurz (irgendwas mit Himmel), und Sarah malt sich ihren Großvater.

Malt ihn alt mit Bart und in langen, weißen Gewändern. Carla hört sich das mit einem Ohr an, das andere klebt an ihren kratzigen Demoaufnahmen, die das Autoradio herausplärrt, und sie hat den weißen Phantasiemann schon vergessen, als sie in der Ortschaft Wiehagen in eine stille Nebenstraße abbiegen und die Häuser hinter sich lassen. So wie den Kindergarten, in den Sarah schon bald gehen soll. Nicht esoterisch. Dafür ökumenisch. Man kann nicht alles haben.

Rechts und links wächst der Wald in den Oktoberhimmel und mit ihm die Einsamkeit, die Carla und Jonas wollen. Ja, ist das so? Sie tötet den Gedanken ab.

Und da liegt es. Umgeben von bunten Bäumen, die das erste Laub abwerfen.

So klein. So schief. So kaputt. Ein Gerüst an den Wänden, wo sie demnächst die ersten neuen Fenster einbauen lässt.

Als Carla den Dacia auf den Kiesweg lenkt, der mal eine Einfahrt werden soll, erhebt sich ein Donner über ihnen. Drohend biegt der Wind die Bäume, lässt Farben wirbeln, wie eine Warnung aus totem Laub.

Steigt hier besser nicht aus.

Aber das Regenbogenkind hat das Gerüst entdeckt. Es springt schon vom Kindersitz herunter, rennt über den Kies, spürt die ersten dicken Tropfen auf dem Gesicht. Carla schreit etwas, bedeutet der Kleinen, sie solle doch warten, schickt mahnende Elternworte hinterher, und dass ein Gerüst ja nichts zum Klettern sei.

Doch, ist es, und wie!

Sarah, die klettert, seit sie laufen kann, die jedem Erwachsenen auf jedem Spielplatz und jedem Baum im Park den Atem raubt, greift schon nach den Stangen, zieht sich auf die erste Plattform, rennt bis zur Zwischenleiter, steigt wieder hoch, ruft ihrer Mama zu, wie schön das hier sei, wie wundervoll es erst werde. Carla stürzt hinter dem Kind her, sieht, wie es über die Holzplanken stolziert, die vom letzten Regenguss nass und glitschig glänzen. Das Mädchen erreicht die zweite Etage des Hauses.

Da, wo einmal das neue Fenster sitzen wird.

Da, wo jetzt ein riesiges, schwarzes Loch klafft.

Da, wo ein Stück weiter unten die neue Treppe eingebaut werden soll.

Warte doch, hört sie sich rufen, bitte, Sarah, du kannst nicht alleine da oben sein, bitte bleib stehen. Und jetzt, da sie echte, kalte Angst verspürt, spricht sie es zum ersten und letzten Mal aus, es sprudelt aus ihr heraus wie der Regen aus den Wolken: *Mama kommt und holt dich.*

Aber sie kommt nicht. Sie holt sie nicht. Denn das Regenbogenkind lächelt sie nur an, während es, ohne es zu merken, rückwärts immer näher an das schwarze Loch herantritt.

Und es ruft: *Du bist doch gar nicht meine Mama. Ich nenne dich nur so, weil Papa das will!* Dann hebt Sarah den Blick gen Himmel, und aus dem Lächeln wird ein Lachen, dieses allwissende Lachen, das Carla manchmal eine Gänsehaut über den Rücken jagt.

Schau, schau, da hinten scheint schon wieder die Sonne, schnell, komm hoch, heute doch ist der Regenbogentag, und gleich gibt es wieder einen Regenbo ... aaaaaahhhhhhhh!!!!!

Es ist diese eine winzige Vertiefung in der Planke, in der sich das Wasser zu einer Pfütze sammelt. Und es ist ihr linker Fuß. Der in diese Pfütze tritt, unter der das Holz, aufgeweicht und glatt, ihr keinen Halt mehr gibt. Im Moment ihres Fallens greift sie noch automatisch hinter sich, aber Carla möchte ein besonders großes Fenster in ihrem neuen Schlafzimmer haben.

Sarah greift ins Leere.

Carla nimmt nicht einmal wahr, wie das Regenbogenkind in dem uralten Gewölbekeller aufschlägt. Sie hört allein ihren verzweifelten Schrei. So viel kleines Kind steckt darin. Und so viel Erwachsensein. Und diese eine, letzte Gewissheit: Ich weiß, dass ich jetzt sterben werde.

Carlas Zeit bleibt stehen. Ihre Augen hat sie an das große, dunkle Quadrat geheftet. Sie tritt neben sich. Schaut sich selber an. Von oben bis unten. Schaut in sich hinein. Entdeckt das Gute. Und das Dunkle. Das Gute denkt: Ich muss in dieses Haus. Das Dunkle denkt: Hoffentlich hat das niemand gesehen und gehört.

Sie schließt kurz die Augen. Als sie sie wieder öffnet, leuchtet der Wald hinter dem neuen alten Todeshaus in Regenbogenfarben. Sie rennt hinein.

Und mit jedem Schritt bleibt das Gute hinter ihr zurück.

Nur das Dunkel breitet sich in Carla aus.

Das Dunkle

Niemand hat dich gesehen, verstehst du? Niemand war da! Es ist dein Einsamkeitshaus. Du wolltest es so. Er wollte es so. Er ... darf es nicht erfahren. Er ... begreifst du das? Sie muss weg. Sie muss jetzt weg.

Es spricht zu ihr. Niemand weiß davon. So wie niemand von Iron und Maiden weiß, die in Jonas' Kopf herumgeistern. Carla hat dem Dunklen nie einen Namen gegeben, doch immer dann, wenn es seine hohe Fistelstimme erhebt, wird ihr kalt. So kalt.

Jetzt geh in den Keller. Ja, es tut weh.

Sie spürt, wie sie zittert, nicht vor Kälte. Die Angst frisst Stück um Stück von ihr. Sie setzt einen Fuß vor den anderen auf einer knarzigen Holztreppe, die zwischen altem, feuchtem Backstein vergammelt. Gleich neben der Treppe sieht sie ein Bündel Mensch liegen, den Körper seltsam verdreht.

„Nein!", entfährt es ihr.

Doch das Dunkle hat sie längst im Griff. Es treibt sie weiter nach unten.

Du musst da jetzt hingehen. Wir wissen beide, dass sie tot ist. Sie wird nie wieder einen Regenbogen sehen, Carla. Und dafür kannst du nichts.

„Doch! Ich bin ... ich hätte ..."

Ja, wenn es dein Kind wäre, meine Liebe.

„Sei nicht so."

Du bist es. Du allein. Ich gebe ihm nur meine Stimme.

„Hör auf!"

Sie presst die Hände auf die Ohren und setzt gleichsam ihren Weg nach unten fort. Es riecht nach Erde, Schimmel, *Tod.*

Carla kniet vor dem Leichnam des Kindes nieder. Legt ihm die Hand auf die blutende Stirn. Streicht rotblondes Haar aus seinem Gesicht.

Schottisches Haar, meine Liebe. Gezeugt von einer kleinen Schlampe und deinem Groupieficker.

Carla antwortet nicht. Sie nimmt das Kind auf den Arm. Wiegt es sanft. Lässt ihre Tränen laufen. Singt leise ein Lied. Vergisst die Zeit.

Aber das Dunkle vergisst nie.

Du weißt, dass er es nie erfahren darf. Er wird dir die Schuld geben. Er wird sagen, dass es Absicht war. Er wird ...

„Ist gut." Sie hört auf zu singen, schüttelt langsam den Kopf. Sie spürt nicht, wie das Dunkle in ihr immer stärker wird. Wie es beginnt, die große Lüge zu bauen, die schlimmste aller Lügen.

Weißt du noch? Du wolltest so viel arbeiten. Du hattest dir eine Menge vorgenommen für heute. Musst doch vorankommen mit dem Haus. Was war das doch gleich, meine Liebe?

Carla fixiert die gegenüberliegende, halb hochgemauerte Kellerwand. Dahinter führt ein finsterer Schacht ins Nichts. Wie riesenhafte Legosteine stapeln sich Hunderte alter Backsteine davor. Der Schacht macht ihr Angst. Er muss weg. Deshalb wollte sie heute ...

„... eine neue Wand mauern. Ja, dafür sind wir hergekommen."

Ja, meine Liebe, dafür bist du hergekommen. Um eine neue Wand zu mauern. Worauf wartest du?

Wie es ist

Jonas weiß nicht, wie lange er sie jetzt schon im Arm hält. Er wiegt sie hin und her. So, wie Luca es vor ihm gemacht hat. Nein, er hat nicht unter die Decke geschaut, in der sie Sarah eingewickelt hat.

Das kann er nicht. Darf es nicht.

Carla liegt im Flur. Sie ist in dem Moment aus ihrer Katatonie erwacht, als das Mädchen ihm aus der Wand in die Arme fiel. In jenem Moment, als Luca allen Schmerz dieser Welt in die Nacht geschrien hat, wollte das Dunkle mit ihr ausbrechen. Fliehen. Aber Lemmy ist zurückgekommen. Ihr vor die Füße gelaufen. Sie ist so schnell gestürzt, dass sie sich nirgendwo mehr festhalten konnte. Blut tropft aus ihrem Schädel auf den steinigen Kellerboden.

Jonas weiß, sie lebt.

Aber er weiß nicht, ob er das angemessen findet.

Nach einer gefühlten Ewigkeit tritt Luca wieder durch die schwarze Tür. Er kommt von draußen, aus dem Wald, und er sieht so schrecklich älter aus als vorhin. Gedanken strömen ein, aber Jonas schiebt sie weg. Jetzt nicht.

„Er sagt, es ist soweit. Du musst sie loslassen, Papa. Wir müssen ... sie loslassen."

Jonas blinzelt seine Tränen weg, schnieft, nickt, steht vorsichtig auf. Er hält das kleine Bündel auf seinem Arm und begleitet Luca nach draußen.

Carla atmet schwer und gleichmäßig. Er hält kurz inne, als er neben sie tritt.

Er wird Franzen anrufen müssen. Später. Damit er sie finden kann.

Als er mit Luca den nachtschwarzen Wald betritt, spürt er, wie die Kälte ihn umfasst. Wie nah der Tod ist. Nicht seiner.

Und er sieht. Sieht den alten Mann in Weiß, der gütig lächelt und Luca ein Buch hinhält. Kafkas *Prozess*. „Das gehört deinem Vater. Behalte es im Auge, er verlegt es schon mal."

Jonas schüttelt nur wortlos den Kopf und übergibt ihm das tote Mädchen. Er spürt, wie ihm die Tränen kommen, will nicht loslassen, doch der Alte legt eine runzelige Hand auf seine. „Es ist gut so, mein Sohn. Es ist richtig."

Der Alte nickt ihnen zu, erst Jonas, dann Luca, und macht sich auf den Weg durch das Dunkel ins Licht. Die beiden sehen ihm nach. Kurz vor der Pforte dreht er sich ein letztes Mal um.

Sein Gesicht ... jung auf einmal, so jung wie damals, als ... Jonas greift sofort zu seiner Gesäßtasche, aber da steckt kein Portmonee, es liegt drinnen. Er will es holen, denn er muss ... wissen ... er muss ... aber Luca nimmt seine Hand und hält ihn fest. Sein Sohn kämpft gegen die Tränen an, aber er bringt diesen einen Satz zu Stande, und seine Stimme klingt jetzt so erwachsen: „Er ist es, Papa. Er ist es."

Wie es ist. 13. Oktober 2019, zwanzig Uhr acht

„Gleich bist du vierzig, Papa."

„Gleich bist du tot, Jonas!", frotzelt Iron.

Und Maiden macht nur leise: „Psssst!"

„Hast du was gesagt?", fragt Luca.

Jonas zuckt mit den Schultern. „Ich? Nein ..." Er verstummt und betrachtet Sarahs Grabstein. Die Herbstpflanzen. Die Grablichter, die Luca ihr immer bringt.

Sie werden das Grab aufgeben. Jetzt, da seine Tochter nie wieder zurückkommt, braucht er diesen falschen Ort nicht mehr.

Jonas wird einen neuen, einen richtigen Ort für Sarah und seinen Vater erschaffen, gleich oben in ihrem Wäldchen, vor dem neuen alten Haus. Dort, wo die Wahrheit begonnen hat.

Er weiß nicht, ob er ewig dort bleiben kann. Aber er weiß jetzt, nur wenige Stunden danach, auch nicht, wohin sonst. Luca hat hier in Hückeswagen längst Freunde gefunden, er geht in Wipperfürth aufs Gymnasium, nichts zieht ihn weg von hier. Was Luca wohl verstanden hat von alldem? Was es mit ihm machen wird? Er wird mit niemandem darüber reden können. Nachdem die Polizei am späten Nachmittag endlich mit allen Leuten abgezogen war, hatten sie gleich Besuch von einem Seelsorger. Was hätte Jonas ihm sagen sollen? Dass der Geist seines verstorbenen Vaters, der Großvater seines Sohnes, seine Enkelin zu sich geholt hat? Dass er, Jonas, das Fürchterlichste aller Geheimnisse aus den feuchten Backsteinwänden des neuen alten Hauses befreit hat? Dass er seinem Sohn gerne all das erspart hätte, weil manchmal eine Lüge die bessere Wahrheit ist?

Nur eine letzte Lüge lebt.

Sie lebt weit weg, in Schottland. Und Jonas wird sie dort lassen, so lange es geht.

Er weiß, Luca möchte nach seiner Mutter fragen. Wissen, wie es ihr geht. Sie liegt im Helios-Klinikum in Wipperfürth. Gehirnerschütterung.

Sie wird wieder. Und was wird dann?

„Das kann dir niemand sagen. Nur du selbst!", zischelt Iron. Er hat ebenfalls überlebt, wie schade.

Luca schaut erschrocken zu ihm auf.

„Was ist, Papa?"

„Nichts, wieso?"

„Du hast doch irgendwas gemurmelt. Dass dir niemand was sagen kann oder so. Oder nicht?"

„Jetzt halt die Klappe!", flüstert Maiden sofort.

„Bitte was? Ist ja gut, Papa, ich hab gar nichts gesagt." Luca verschränkt beleidigt die Arme.

„Was? Wozu denn? Sag mal ..."

„Ist egal." Luca schaut auf sein Handy. „Übrigens: Noch zwei Minuten, Papa."

„Mann, machst du es spannend."

„Ja, hallo? Gleich bist du ein alter Sack."

Hoffentlich kann er sich das bewahren, denkt Jonas. Hoffentlich ist es nicht nur eine Maske und dahinter zerbricht er. Bitte, bitte nicht.

„Komm, hol sie schon heraus."

Sie setzen sich auf einen der Begrenzungssteine vor Sarahs Grab, und Jonas holt seine schwarze Akustikgitarre aus dem Gitarrenkoffer. Der Herbstwind bläst ihm immer wieder das dünne, schwarze Haar ins Gesicht, lässt die Bäume schwer ächzen. Wie ein alter, mystischer Chor klingen sie. Luca lehnt sich an die Schulter seines Vaters, kuschelt sich an die schwarze Kapuzenjacke und betrachtet Sarahs Grabstein.

Und Jonas singt noch einmal *Rainbow child.*

Wie es sein kann. 13. Oktober 2019, zwanzig Uhr elf

... yes, that's for sure

cause I got no tears anymore.

„Wow."

Sie zucken beide zusammen, kaum, dass Jonas die letzte Zeile gesungen hat.

Sie steht plötzlich da, direkt vor ihnen. Als hätte die Dunkelheit sie ausgespuckt. Ihr Haar tiefblau, fast schwarz. Ein schwarzes Piercing in der Nase. Blutrote Lippen. Augen wie klare Nachtseen im Sommer. Von unendlicher Tiefe und Wärme.

Die Wölfin kniet nieder. Jonas begreift es nicht, wie soll er? Luca klammert sich an die Schulter seines Vaters, der unbedingt etwas sagen will, sagen muss. Doch die Wölfin legt einen langen, schmalen Finger auf ihr Lippenrot, bevor sie die beiden in ihre Arme schließt und ihnen Frieden gibt.

Luca und Jonas schließen die Augen, lassen es geschehen. Ohne zu verstehen, warum. Aber sie fühlen es.

Über ihnen stiehlt sich der Vollmond zwischen zerzausten Wolken hervor.

Als der Junge die Augen kurz öffnet, sieht er seinen Großvater an einem der Bäume stehen. Im Schein eines weißen Lichtes, das er selbst ist. Er streicht sich mit der einen Hand durch den Bart. Die andere hebt er zum Gruß.

Luca begreift es als Erster. „Du hast ihn auch gesehen. Du ..."

„Ja, habe ich", antwortet die Wölfin leise. „Es gibt nicht nur deinen Vater und mich. Deine Familie ist größer, als du glaubst."

„Meine ... unsere ...“ Jonas löst sich aus der Umarmung. „Wer bist du? Wer bist du wirklich?“

Doch ehe sie antworten kann, zupft Luca ihn am Ärmel. „Papa! 20.11 Uhr! Du hast Geburtstag. Jetzt ... so richtig. Und ... ich liebe dich!“ Er fällt seinem Vater um den Hals. Hält ihn so fest er nur kann. Die Wölfin streicht Jonas liebevoll über die Wange.

„Herzlichen Glückwunsch, kleiner Bruder.“

Sie nimmt sich die Gitarre und singt. Jonas kennt den Song. Er kennt die Band. Er lauscht ihrer Stimme. Und beschließt, dass ein Verstehenwollen keinen Sinn ergibt. Weil gar nichts Sinn ergibt. Außer zu fühlen, dass irgendetwas richtig ist an dem, was hier passiert. Dass es dazu gar keine Alternative gibt.

Als sie die zweite Strophe anstimmt, singen Jonas und Luca mit. Iron und Maiden nicht, sie fürchten sich vor dem, was der Junge offenbar alles mitbekommt. Da mischt man sich einmal ein, wenn ein anderer dabei ist.

Die Wölfin spielt noch ein paar Songs, während die Nacht ihren tiefschwarzen Mantel immer enger um den Friedhof legt.

Mit jeder Strophe, jedem Refrain geht es Jonas besser. Er mag es sich kaum eingestehen, aber: Nichts tut ihm weh. Kein Stechen in der Herzgegend. Kein Ziehen in der Brust. Kein Hämmern im Schädel.

Er ist wahrhaftig vierzig geworden. Er hat sich selbst überlebt. Und alles andere.

Egal, was morgen kommt. Egal, was ...

„Hör auf zu denken.“ Die Wölfin lächelt ihm sanft zu und schaut zu einem vollen Mond auf, der sich leuchtend durch zarte Nachtwolken stiehlt.

„Hier spielt die Musik.“

Und der letzte Song beginnt.

Eine Melodie im Wind.

Nur aus der Erde singt kein Kind.

Und sein Herz schlägt einfach weiter.

ENDE

Wie es weitergeht

Die Hölle ist ein Ort, der sich um die Sonne dreht. An diesen Satz muss er denken, reibt sich dabei die Schläfen und leert die verbliebene Pfütze aus dem Bierglas, das vor ihm steht. In Gedanken versunken zieht er Schlieren aus dem Abdruck des Glases auf der Tischplatte. Eine Eins und eine Drei. Dreizehn. Diese Zahl bestimmt sein Dasein. Es beginnt mit seinem Geburtsdatum. Dann der Tag, an dem er nahezu sein Leben in diesem verdammten *Hurt-genwald* verloren hat – und dann Eva. Seine Eva.

Alles hätte so schön sein können, so perfekt. Der amerikanische Soldat findet sein Glück. Ein romantischer Nachkriegsstreifen. Aber das wahre Leben ist eben keine einfache Gerade. Das Leben ist ein Labyrinth, und die Möglichkeiten und Abzweigungen erscheinen einem einerseits so verführerisch und andererseits so ... ihm fällt das verdammte Wort nicht ein, es ist wie ... wie Fußpilz. Er lacht kurz auf. Kehlig. Muss husten. Der Typ hinter der Bar schaut auf, registriert mit einem Nicken das leere Glas und hängt sofort ein neues unter den Zapfhahn.

Er hat seinem Vaterland treu gedient. So steht es auf der Medaille, die er in der Hosentasche spürt. Wenn die wüssten! Er hatte eine Scheißangst damals! Als das Blei seine Haut und Eingeweide zerfetzt hat, da befiel ihn diese Todesangst, die so raumgreifend war, die ihn Dinge hat sehen lassen, auf die er sich noch immer keinen Reim machen kann. Aber das Letzte, an das er dabei gedacht hat, waren Ruhm und Ehre für das Vaterland, für die United fucking States of America. Treue hört dann auf, wenn es nur um einen selbst geht. Um die eigene Haut. Wenn man sich bedroht fühlt, Angst hat, dann vergisst man alle Prinzipien. Im Krieg wie in der Liebe.

Verdammt. Ja, man, er war untreu. Nicht nur den States. Sondern auch ihr, seiner Lebensretterin, der Frau, die sich so unglaublich rührend um ihn gekümmert hat. Die seine Wunden versorgt, seine Hand gehalten, sein Herz erobert hat. Er weiß, dass es dafür keine Erklärung gibt, zumindest keine, die diesen Fehltritt entschuldigt. Da gibt es nur Schmerz, tief im Inneren. Da, wo sich das Blei in seine Organe gefressen hat, da schmerzt es noch immer. Tief. Dumpf. Ewiglich.

Der Wirt stellt ein neues volles Glas vor ihm ab, wischt die Schlieren mit einem Lappen weg, die Dreizehn verschwimmt.

„Kannst du spielen?", fragt er ihn und deutet auf den schäbigen Gitarrenkoffer, der neben ihm auf der Sitzbank liegt.

„Ein bisschen." Das ch klingt nach all den Jahren immer noch leicht wie ein k. Er greift danach, lässt die Schnallen aufschnappen und holt die Akustische hervor. Der Wirt setzt sich ihm gegenüber, die letzten Gäste sind versorgt oder ihre Köpfe liegen schon auf den Tischplatten.

Die tätowierten Finger knacken kurz, als er die Hand lockert. Dann zupft er und singt. „She wore blue velvet. Bluer than velvet was the night. Softer than satin was the light. From the stars." Seine Stimme klingt traurig, echt, nah. Vereinzelt heben die Besoffenen ihre Köpfe, verquollene Augen suchen im schummrigen Licht nach der Quelle der traurigen Zeilen.

„She wore blue velvet. Bluer than velvet were her eyes. Warmer than may her tender sighs. Love was ours."

Die Hölle ist eben nur ein Ort, der sich um die Sonne dreht. Liebe ist wie Krieg. Die Verletzungen bleiben für immer.

Er wischt sich mit dem Flanellhemdärmel den Mund ab und legt die Gitarre zur Seite in den Koffer.

„Man, das war echt ... wirklich ... du solltest ..." Der Wirt steht auf, wirft sich das Spültuch über die Schulter und tritt kopfschüttelnd zurück hinter den Tresen.

Verdammt, es ist, wie es ist. Er hat es versaut, aber dieses Mal wird es ihm nicht passieren. Jetzt wird er treu sein, treu bleiben. Das Leben gibt ihm eine neue Chance. Die Wievielte? Keine Ahnung, aber er hat den verdammten Krieg überlebt. Also hat er einfach das Recht auf Glück.

Plötzlich setzt sich ein Mann zu ihm. Er trägt eine weiße Leinenhose, ein helles Hemd. Er fährt sich mit der Hand durch das graue Haar, grinst.

„Liebeskummer?", fragt ihn der Mann.

Die tätowierte Hand greift nach dem vollen Glas, er genießt das kalte Bier, wie es die Kehle hinabläuft.

„Was geht es dich an?" Das ch klingt besser.

„Ein Ex-Marine, der um diese Zeit in solch einer Kneipe sitzt, ein Bier nach dem anderen säuft und *Blue Velvet* singt, muss Liebeskummer haben. Den Krieg habt ihr schließlich gewonnen."

„Ich scheiße auf den Krieg", murmelt er und nimmt einen weiteren Schluck.

„Hast du hier gekämpft?"

„Ich war im Hürtgenwald dabei."

„Oh man, dann hast du einiges erlebt." Der Mann gibt dem Wirt ein Zeichen. „Und dann hiergeblieben? Wegen einer Frau, stimmt's?"

Die tätowierte Hand greift in den Nacken, er atmet tief durch. Nickt.

„Hat sie dich – oder hast du sie verlassen?"

„Warum fragst du mich das alles?" Der Wirt stellt ein weiteres Glas Bier vor ihm ab.

„Ich will mich nur unterhalten."

„Danke für das Bier, man. Aber muss das wirklich mit mir sein?"

„Weißt du, manchmal denkt man, man liegt am Boden. Aber, wenn man dann den Blick zu den Sternen schweifen lässt, erkennt man, dass alles um einen herum doch nur ein ziemlich kleiner Haufen Probleme ist, den man einfach anpacken muss. Das Licht am Ende des Tunnels ist nicht immer nur ein heranrasender Zug."

„Du klingst wie einer dieser Prediger aus dem Fernsehen", antwortet er und leert das Bier, um direkt nach dem neuen Glas zu greifen.

„Es geht weiter, mein Lieber. Auch für dich. Lass es dir schmecken. Prost." Der Typ erhebt sich und schlendert zwischen den Tischen davon. Es sieht ein wenig aus, als würde er leuchten.

Nachdem er das Bier abgesetzt hat, schließt er den Gitarrenkoffer. Als er aufsteht, schwankt er kurz. Dann wankt er zur Theke. „Hey man, meintest du das eben ernst?", fragt er den Wirt.

„Was meinst du?"

„Das mit dem Singen. Dass es gut klingt?"

„Ja, wirklich. Du kannst singen. Aber vielleicht solltest du nicht immer nur so traurige Lieder spielen."

„Kann ich hier mal auftreten?"

„Hier?", fragt der Wirt ungläubig. „Ich weiß nicht, wie du siehst ..." Er macht eine verlorene Geste.

„Who cares", schießt es aus ihm heraus. „Das Schlimmste, was passieren kann, ist, dass mehr Leute kommen, oder?"

Der Wirt lacht. „Okay, dann lass es uns ausprobieren. Was hältst du vom kommenden Wochenende?"

„Gute Idee. Samstag, 20 Uhr?"

„Alles klar." Der Wirt nickt. „Hinter der Bühne steht ein altes Mikrofon, auch so ein Mischpult, oder so etwas in der Art. Wenn du das bedienen kannst, dann kannst du hier ruhig ein paar Songs spielen." Er nickt.

„Dann sehen wir uns Samstag?", fragt der Wirt.

„Okay." Er salutiert.

„Live-Musik. Das schreibe ich auf die Tafel vor dem Eingang. Aber, wie soll ich dich ankündigen? Wie heißt du eigentlich?"

„Richard", antwortet er.

„Okay, Richard. Dann bis Samstag." Jetzt salutiert der Wirt, aber das sieht irgendwie lächerlich aus. Richard schmunzelt.

„Vergiss dein Buch nicht", ruft er ihm hinterher, als Richard sich schon in Richtung Ausgang bewegt. Er dreht sich stirnrunzelnd um, sieht, wie der Wirt auf etwas deutet, das auf dem Platz liegt, auf dem der Typ in Leinen eben gesessen hat. Richard geht zurück, nimmt es auf.

Kafka. *Der Prozess.*

„Das gehört mir nicht."

„Aber außer dir saß da heute Abend keiner“, antwortet der Wirt.

„Doch, da war dieser Typ ...“

„Was auch immer“, ruft der Wirt. „Dann gehört es eben jetzt dir. Ist deine erste Gage!“, ruft er und lacht.

Richard verlässt das Lokal, stößt auf, als er die Stufen nach oben nimmt. Die kühle Nachtluft verstärkt den Alkohol, und die Welt um ihn herum fängt ruckelnd an, sich zu drehen.

Er torkelt zu einer Laterne, hält sich daran fest. Das ist es, was er braucht. Etwas zum Festhalten. Zum Ankern. In einer Zeit, in der eine Mauer gebaut wird, Fluten drohen, die den Norden Deutschlands überschwemmen und Menschen sterben werden, die in den Westen fliehen. Die Welt ruckelt und schwankt, nichts scheint mehr sicher.

Richard will sich auf den Weg zu ihr machen. Den Grund für das Scheitern seiner Ehe. Ohne zu wissen, dass bereits zwei Herzen in ihr schlagen, von dem er das eine nie kennenlernen wird. Ohne zu wissen, dass *Blue Velvet* bald ein Riesenhit in den USA sein wird. Dass sein Präsident in die geteilte Stadt der Mauer kommen wird und die berühmten Worte sprechen wird, die den Grundstein dafür legen, dass sie Jahrzehnte später wieder vereint wird. Sie, zu der er gehen wird, ist kein Hafen. Er wird nicht lange bleiben, wird weiterziehen, durch die Gegend streifen und sich fragen, warum. Warum er im Jahr des Baus der Mauer auf diese Stimmen in seinem Inneren gehört hat, die ihm zugeflüstert haben, dass er unglücklich sei, dass er sich aufmachen, die große Liebe und seine Tochter Eva hinter sich zurücklassen müsse. Warum nur hat er auf sie gehört?

Richard setzt sich kurz auf eine Bank, legt die Gitarre neben sich, und ein übelriechender Schwall Erbrochenes sammelt sich um seine schweren Stiefel. Die Stimmen im Kopf melden sich. Wispern ihm zu, dass er noch einen Drink brauche.

Er schaut auf, kurz sieht er klar, erkennt schnell, dass dies nie und nimmer der Ort ist, wo sein Glück liegt. Aber zurück kann er auch nicht mehr. Hinter ihm liegen zu viele Scherben auf dem Weg.

Er denkt zurück an seinen Geburtstag im Krieg. An die Vision, als er in Wund- und Fieberkrampf dalag und neben ihm die leeren Augen seiner toten Kameraden. An all das Blut, an die Schmerzen. Der Krieg hat ihn gezeichnet. Ihm zu verstehen gegeben, dass das Glück kein Bleiberecht in dieser Welt hat, sondern höchstens geduldet wird.

Sein Blick schweift nach oben. Das pockenvernarbte Gesicht des Mondes lugt hinter dichten Wolken hervor. Richard wischt sich den Mund ab, spuckt aus. Er fühlt sich einsam. Unbewohnt wie der Mond. Er wünscht sich dorthin, wo noch kein Mensch gewesen ist, was nicht mehr lange dauern wird. Richard fängt an zu grinsen, giggelt, lacht. Er muss an Gus Backus denken. Er kennt ihn aus der Armee. Der verdient sein Geld damit, dass er irgendwelche unbedeutenden Schlager singt.

Haben Sie schon mal den Mann im Mond gesehen? Man fragt sich, wohnt der Mann auf dem Mond auch schön? Hat er genau wie wir 'ne Mondscheinbraut? Für die sich's lohnt, dass man ein Häuschen baut?

Richard zieht sich nach oben, greift den Koffer und torkelt los. Auf der Bank zurück bleibt das Buch. *Der Prozess.* Der Titel seines Daseins. Denn einerseits befindet sich alles in einem stetigen Wandel, und andererseits richtet das Leben über ihn. Wird sein Urteil sprechen. In einigen Jahren. Über dem Tal. Inmitten von Stahl. Er braucht noch Zeit, um zu verstehen.

Richard zieht die Kette mit der Hundemarke unter dem Hemd hervor, hält sie fest in seiner tätowierten Hand. Was wäre er ohne den Krieg?

Die Erinnerung, der größte Fluch der Menschheit.

Rattenkinder

We live in the rain, a sea of change,
you can't keep anything you take,
lovely face of lives we chase,
is but dust for wind to take
Nothing More, I'll be ok

I hurt myself today,
to see if I still feel,
I focus on the pain,
the only thing that's real
Nine Inch Nails, Hurt

Hier, heute

„Mami?"

Wenn sie jetzt die Augen öffnet, wird er vor ihr stehen. Am Rand ihres Bettes, in seinem etwas zu großen Schlafanzug, die Ente oder den Bären unterm Arm. Das braune Haar in Büscheln vom Kopf abstehend, die Füße nackt.

Sie spürt seine Hand an ihrer Schulter. Er rüttelt sachte an ihr, als würde er denken, sie schlafe noch. Sie hält die Augen fest geschlossen. Atmet ruhig, regelmäßig, versucht, ihn und das Gefühl zu ignorieren.

„Mama? Bist du wach?"

Seine Stimme klingt so echt. Dieser kleine Schmatzlaut, wenn er die Lippen öffnet, kurz bevor sie ein Wort formen. Unwillkürlich bekommt sie eine Gänsehaut.

In diesen Momenten, in denen Fiktion und Realität wie zwei Schablonen übereinanderliegen, fühlt sie sich seltsam klein. Zerbrechlich. Wie eine Vase, deren Oberfläche unzählige feine Haarrisse zieren. Es kostet sie enorme Kraft, nicht zu platzen.

„Mami, bitte!"

Sie hört seine Füße auf dem Laminat, wie er zappelig von einem Bein auf das andere pendelt. Spürt die Unruhe in ihm. Und trotzdem muss sie jetzt diesem unbändigen Willen, ihren Jungen in den Arm zu nehmen, ihn zu sich zu ziehen, trotzen. Darf nicht die Kontrolle verlieren. Nicht schon wieder.

„Mama? Ich habe schlecht geträumt. Darf ich bitte bei dir schlafen?"

Etwas in ihr will einfach nur schreien, den Wunsch ihres Sohnes bejahen. Seinen schmalen Körper an sich drücken, den Duft kosten. Ihm durch die Haare wuscheln. Kuscheln. Ein normales Leben führen. Wie sehr wünscht sie sich, dass er wahrhaftig vor ihrem Bett steht. Wirklich zu ihr will. Dass sie nach seinem Arm greifen und ihn in ihr Bett krabbeln lassen könnte. Ihr Herz scheint zu zerspringen.

Er steht doch da! Direkt vor dir! Am Rand des Bettes, du musst es nur zulassen. Die Realität ist so katastrophal grausam. Denn ihr Sohn David steht nicht am Rand des Bettes. David ist tot.

Woanders, heute

Sie sitzen dicht aneinandergedrängt auf dem blanken Beton. Die Feuchtigkeit dringt in die ausgezehrten Körper, doch hier unten lenkt sie der elendige Geruch von Fäulnis zumindest von ihrem eigenen Gestank ab. Hier, zwischen Rohren, Stein und Dunkelheit, sind sie die Könige der Unterwelt. Sie reden wenig, sitzen stumm wie Hühner auf der Stange und versuchen, den Kampf gegen die Zeit zu gewinnen. Die Nägel sind wundgekaut, die Wangen eingefallen, die Bäuche leer. Der Hunger ist ihnen gemeinsam. Ihr stetiger Begleiter, der an den Innenwänden ihrer Mägen schabt. An weniger miesen Tagen erzählt einer einen Witz, über den alle lachen. Entweder handelt er von Sex, von Huren oder von beidem. Den erzählen sie einander immer wieder. Den ganzen Tag. Irgendwann fängt einer an, irgendeine Stimme, und am Ende lachen alle. Das Lachen wärmt. Es vertreibt kurz den Hunger, dessen Schaben nur wenig später wieder einsetzt.

Hätte man ihnen vor ihrer Geburt erzählt, dass das hier das Leben sei, wären sie aus der Reihe ausgeschert, hätten dankend abgewunken und sich wieder hinten angestellt. Das hier ist kein Leben. Es ist ein Überleben. Jeder Tag ist die Suche nach einer Gelegenheit. Der Aussicht, irgendetwas Essbares aufzutreiben, und dafür sind sie bereit, alles zu geben. Ihre Kindheit, ihre Haut, ihre Unschuld.

Viele sind Ergebnisse des Dekrets 770. Die Menschen rufen sie die Dekretzel, werfen ihnen ein paar Münzen zu, wenn sie sich nach oben trauen, um ein paar Scheiben der an Ampeln wartenden Autos zu wischen. Oder niedere Bedürfnisse zu stillen.

Hier unten sind sie eine raue Familie. Die Älteren achten auf die Jüngeren. Wenn auch das Gesetz des Stärkeren gilt, geht es hier gerechter zu als dort oben. Dort, wo man sie nicht haben will, wo man sie verschweigt.

Hier unten, zwischen Rohren, Stein und Dunkelheit, hört man ihr Lachen. Hier unten, zwischen Kälte, Läusen und Hunger, hört man sie beten. Aber Gott bleibt stumm.

Hier unten halten Stricke ihre Kleidung, das bisschen Wasser für den Tag sammeln sie in alten Limonadenflaschen. Man schimpft sie die Dekretkinder, die nur leben, weil Verhütung und Abtreibung verboten sind. Die Ungewollten. Ausgetragen in Sorge, geboren unter Zwang, weggeworfen.

Doch gibt es sie trotzdem. Sie existieren. Manche von ihnen träumen gar. Sie kennen die Geschichten. Die Märchen von einer besseren Welt. Trotzig ziehen sie die Nasen hoch, wischen sich mit ihren schmutzigen Ärmeln den Dreck aus dem Gesicht. Sie sind lebendig. Sie hoffen. Das kann ihnen kein Dekret verbieten. Genauso wenig nimmt es ihre Freiheit. Denn die haben sie gemein mit ihren Mitbewohnern hier unten, die sich ebenso wenig gefallen lassen, die man gleichermaßen bekämpft und doch niemals loswerden wird. Sie sind ihre Brüder und Schwestern.

Sie sind die Rattenkinder.

Im Westerwald, damals

15.000 Kubikmeter Beton. Ein nahezu dreihundert Meter langer Koloss aus Sand und Splitt. In der Mitte fast vierzig Meter hoch. Elf Bögen auf zehn Pfeilern. Erbaut in nur sechs Monaten. Die Erbacher Brücke.

Von ihrer einstigen Bedeutung für die Region, den strahlenden Gesichtern der ersten Fahrgäste auf der Jungfernfahrt im Jahre 1911, weiß Eva nichts. Für sie ist sie nur ein Betonklotz, der seltsam deplatziert inmitten dieses grünen Tals rund um die Nister steht und an dem sichtbar der Zahn der Zeit nagt. Unzählige und teure Reparaturen haben am Ende die Stilllegung der Bahnstrecke nicht aufhalten können. Die älteste Betonbrücke Deutschlands bröckelt. Ein Wahrzeichen vergangener Tage.

Das Radio erzählt von den Demonstranten im Osten, die freigelassen wurden, während die Sonne sich zwischen zwei Wolken hindurchschiebt. Die Welt steht dieser Tage vor großen Herausforderungen. In nur wenigen Monaten wird sich ihr Erscheinungsbild nachhaltig verändern. Personen, Mauern, ganze Länder werden fallen. Schöne neue Welt. Eva kurbelt das Fenster ein Stück herunter, hält die Hand nach draußen, spürt den Wind. Alles ist perfekt.

Sie befahren eine lange Gerade auf der K64 in Richtung

Dreisbach. Mittlerweile erzählt der Radiosprecher von einem Hörspiel, das den Großraum New York eine Nacht in Atem gehalten hat. Vor knapp 51 Jahren, am Vorabend von Halloween, schallte *Krieg der Welten* aus dem Äther und verursachte eine Panik unter den Hörerinnen und Hörern der Zeit, die die Geschichte für echt hielten und dem Sprecher Orson Welles jedes seiner Worte glaubten.

Eva dreht ihren Kopf, schaut Martin an, der sich auf die Strecke konzentriert, und lächelt. „Verrückt, oder? Damals haben die Menschen geglaubt, die Erde werde wirklich von Außerirdischen angegriffen." Eva weiß, dass Martin für solch einen Stoff eine Schwäche hat. Er glaubt an Aliens oder will vielmehr daran glauben. Behutsam legt sie ihre Hand auf seinen Oberschenkel. Jetzt schaut er sie kurz direkt an. Grinst. Sie liebt ihn.

Ihr Blick fällt auf die Rückbank. David. Das Kinn auf dem Brustbein ruhend, schläft er. Sein Kopf nickt leicht zu den Bodenwellen, in den schlaffen Armen liegt eines seiner Lieblingskuscheltiere. Die weiße Ente mit gelbem Schnabel. Wenn David auch merklich gewachsen ist und sein Gesicht langsam ältere Züge aufweist, gleicht er in diesem Moment einem rohen Ei, auf das Eva aufmerksam achtgibt. Sie greift nach hinten, rückt die Ente zurecht, als Martin niest.

„Gesund..."

Zu mehr reicht es nicht. Als Eva sich nach vorne dreht, lenkt Martin den Wagen in eine langgezogene Rechtskurve, um einen der Bögen der Brücke zu durchfahren. Gleichzeitig sieht sie die Gestalt. Grell. Weiß. Sie scheint das Licht der Sonne zu reflektieren. Zuerst denkt sie, dass die Person in der Luft schwebt, erst später wird ihr klar, dass sie fällt.

In Bruchteilen von Sekunden greift sie Martin ins Lenkrad. Er wirkt völlig überrascht, was Eva nicht versteht, da er die weiße Gestalt doch ebenso gesehen haben muss.

Alles geht wahnsinnig schnell, doch Eva hat das Gefühl, dass das Geschehen in Zeitlupe abläuft. Sie erinnert sich noch heute an die Frequenz, die das Radio anzeigt. *92,8. SWF 3.* Und an den Song. An diese verdammten Zeilen, die unpassender nicht hätten sein können. *Oh, think twice, it's just another day for you and me in paradise.*

Martins Verwunderung führt dazu, dass er geistesabwesend das Gaspedal durchtritt. Der Wagen kommt ins Schleudern, das Heck bricht aus. Verzweifelt lenkt er gegen, versucht, die Kontrolle über das Fahrzeug zurückzuerlangen. *Oh Lord, is there nothing more anybody can do?* Einen kurzen Moment scheint er es geschafft zu haben, doch der Einschlag des Lenkrads verrät, dass Eva sich täuscht.

Die Front gräbt sich ungebremst in den Betonpfeiler der Brücke. In dem Augenblick, als sich die Fahrgastzelle zusammenstaucht, das Plastik des Armaturenbrettes zerbirst, die Frontscheibe in Tausende winzige Scherben zerspringt und Eva das Brechen ihres Beines spürt, schauen sie und Martin sich noch ein letztes Mal an. Das Unverständnis in seinen Augen wird sie nie vergessen. Es verfolgt sie von nun an jeden Tag. *It's another day for you and me in paradise.* Dann hört sie David brüllen. *In paradise.* Danach ist alles schwarz.

Im Westerwald, damals

Da ist nur Schmerz. Jede noch so kleine Muskelbewegung löst eine Detonation aus. Zwischen den wachen Momenten sinkt sie in eine schräge Kulisse aus Metall und Beton. Das Scheuern, das Quietschen, das Zerbrechen. Sie stemmt sich gegen Angst und Elend, um zu sich zu kommen, um zu verstehen, was geschehen ist.

Sobald sie die Augen schließt, steht David vor ihr, die Ente unter seinen Arm geklemmt, und schreit. Er brüllt so laut, dass sie sich die Ohren zuhalten will, doch es gelingt ihr weder zu sprechen noch irgendetwas zu bewegen. Die Gewissheit, die wie eine Infusion stetig in ihre Wahrnehmung tropft, zeigt Wirkung. Der Tod nistet sich ein.

Sie spürt eine Hand, einen Finger, der ihr Augenlid nach oben klappt, nimmt das Licht wahr, das vor ihren Pupillen nach links und rechts geschwenkt wird. Worte schwappen in ihre Gehörgänge. Alles ist zu laut, zu hell, tut weh.

„W ... Wo ...?“

„Gut, Sie werden langsam wach. Das freut mich. Willkommen zurück, Eva.“ Sie erkennt die Stimme nicht.

Ihr Hals braucht einen Schluck Wasser. Die Lippen kleben aufeinander.

„Ich ... wo ...“

„Sie hatten einen Unfall. Sie befinden sich im Kreiskrankenhaus in Hachenburg. Drücken Sie bitte meine Hand.“

Es fühlt sich seltsam an, eine fremde Hand in ihrer zu spüren. Es dauert einen Moment, es scheint, als müsste sie dem Körperteil ausdrücklich das entsprechende Signal geben.

„Gut, das fühlt sich doch schon mal recht ordentlich an. Die andere, bitte.“

Eva wiederholt den Vorgang. In ihrem Kopf schwirren unzählige Fragen, doch keine erscheint greifbar.

„Ruhen Sie sich aus, Eva. Morgen wird es Ihnen noch besser gehen, ganz bestimmt. Dann nehme ich mir Zeit, all Ihre Fragen zu beantworten.“

Eva spürt, wie sich jemand von ihr wegbewegt, sie alleine zurücklässt. Alleine mit all den quälenden Fragen. Alleine mit der Gewissheit, die wie ein Geschwür in ihrem Körper wächst.

Die Brücke. Der Unfall. Martin. David.

Hier, heute

Seichtes Licht sickert durch die Lamellen des Rollladens in das Zimmer. Der Duft von frisch gebrühtem Kaffee liegt in der Luft. Wie oft hat sie ihr gesagt, dass sie das nicht tun müsse. Dass sie nichts von ihr verlange. Damit alleine fertig werde. Aber Widerspruch kommt in den Vokabeln einer Mutter selten vor.

Sie spürt die falsche Wärme, die das Bett ausstrahlt. Schuldgefühle lasten auf ihr. Eva hat nachgegeben. Wieder einmal. Sie hasst sich so dafür, dass sie nicht die Kraft aufbringt, nicht widerstehen kann. Es klopft an der Tür, die fast gleichzeitig nach innen aufgeschoben wird. Eva erkennt die Silhouette ihrer Mutter.

„Guten Morgen, mein Schatz“, flüstert sie. „Du musst aufstehen. Dein Termin.“

Langsam löst sich Eva aus Davids Umklammerung und setzt sich auf den Rand des Bettes. Ihr Nacken knackt, als sie ihren Kopf leicht nach rechts und links neigt. Noch immer spürt sie seine Haut. Sie weiß, dass es nur Einbildung ist, ein effektvoller Streich, den ihr Geist ihr spielt. Zu Beginn hat sie darauf gehofft, dass mit der Zeit die realistischen Elemente nachlassen. Dass Gewöhnung eintritt und ihr Gehirn das Trauma ihres Verlustes verarbeitet.

Das Gegenteil scheint der Fall zu sein. Mit jeder Konfrontation wächst Davids Wille, von ihr wahrgenommen zu werden.

„Ist er heute Nacht wieder zu dir ins Bett gekommen?", fragt ihre Mutter.

Die Frage klingt grausam. Als wäre es etwas Gutes, ein wünschenswerter Zustand. Ihre Mutter ist ihr in dieser Situation keine Hilfe. Sie selbst hat mit dem Verlust und den Umständen genug zu kämpfen. Sie steht kurz vor ihrem siebzigsten Geburtstag. Sie sollte zu Hause auf dem Sofa liegen, *Forsthaus Falkenau* schauen und ihren Ruhestand genießen.

In den letzten Tagen ist Eva zum ersten Mal aufgefallen, wie ihre Mutter gealtert ist. Die Altersflecken auf den Händen, die Falten um den Mund und am Hals, die grauen Haare. Irgendwie vergisst man, dass die eigenen Eltern mit einem gemeinsam altern. Lange Zeit hat man das Gefühl, dass sie unsterblich seien. Ewig leben würden.

Eva will ihr nicht zur Last fallen. Ihre Mutter hat zu viel erlebt, zu viel durchgemacht, so viel ertragen.

„Ich komme. Danke", antwortet sie und erntet einen traurigen Blick. Als sie aufsteht, dreht sie sich zum Bett um. David liegt weiterhin da, den Mund leicht geöffnet, die Ente unterm Arm. Sie muss an die Worte aus einem Film denken, den sie vor ein paar Tagen im Fernsehen gesehen hat.

Hallo? Hallo? Jemand zu Hause?

In einem DeLorean eines verrückten Wissenschaftlers reiste ein junger Mann zurück in der Zeit, begegnete dort seinen zukünftigen Eltern, musste gar verhindern, dass sich die eigene Mutter in ihn verliebt. Da gab es so eine Szene, in der dieser junge Mann, sein Name ist Eva entfallen, auf ein Familienfoto schaute und seine Geschwister darauf langsam verblassten, da drohte, dass aus den Eltern kein Paar wurde.

In Momenten wie diesen wünschte Eva sich, dass genau das jetzt passieren würde. Dass David in ihrem Bett verblasste und damit gleichzeitig diese grauenvollen Visionen ein Ende nähmen. Doch dreht sich David einfach nur um und schmatzt.

Woanders, heute

Seine Besuche sind seltener geworden. Die Älteren erzählen, es liege daran, dass es für ihn gefährlicher sei, sich hier unten blicken zu lassen. Die Rattenkinder mögen und fürchten ihn zugleich. Sie freuen sich auf ihn, weil er, immer, wenn er sie aufsucht, diese glänzende Packung runder Kekse bei sich hat. Auf der gepunkteten Oberfläche ist ein König zu sehen und zwei knusprige Scheiben fassen eine leckere Schokoladencreme ein. Die verteilt er an die Älteren, die wiederum etwas an die Jüngeren weitergeben. Während die Jungen ihren Anteil bestaunen und davon kosten, ziehen sich die Älteren mit ihm zurück und besprechen etwas. Keiner weiß, wie der Mann heißt, der immer diesen weiten Mantel trägt und einen groben Strickschal um den Hals. Seine graumelierten Haare sind lang, der Bart fast weiß. Die Rattenkinder nennen ihn den Wolf.

Für die unregelmäßige Fütterung zahlen sie einen hohen Preis, denn ab und an verlangt der Wolf einen Ausgleich. Ein Opfer der Gruppe.

Die Älteren erzählen, dass er sich draußen auskenne, Verbindungen habe und die Jüngeren keine Angst zu haben bräuchten, wenn der Wolf sie auswähle. Vielmehr sei es eine Chance, eine Art Belohnung, denn wenn man Glück habe, führe er einen in eine bessere Welt.

Die Jüngeren haben Träume, sie hoffen jeden Tag auf Erfüllung, aber wenn sie eines in ihrem Leben bisher gelernt haben, dann, dass die Realität ein gefräßiges Monster ist und sich unheimlich gerne von Träumen und Hoffnungen ernährt. Auch deswegen nennen sie ihn den Wolf.

Heute ist er wieder mal zu Besuch. Gierig greifen die verdreckten

Finger nach den Keksen. Er hat sogar zwei Packungen dabei. Die Älteren ermahnen die Jungen. Sie sind alle froh, dass der Wolf da ist, denn alle haben Hunger. In jedem von ihnen regt sich aber auch ein ungutes Gefühl. Die Sorge, dass er einen auswählt.

Deswegen haben sie vorgesorgt. Wenn sich die Älteren mit dem Wolf zurückziehen, wird einer der Jungen spionieren. Versuchen herauszubekommen, was besprochen wird. Auch wenn noch keiner von ihnen weiß, was sie mit den Informationen anfangen sollen, glauben sie, dadurch einen kleinen Vorteil zu erlangen.

Oben verändert sich die Welt zu rasch. Das bekommen alle hier unten mit. Hier unten, wo Beton und Kälte bleiben, verläuft die Zeit langsamer. Hier unten, zwischen ihren eigenen Exkrementen und der Krätze, ist es sicherer. Oben droht Veränderung, Rebellion, Umsturz. Was das für die Rattenkinder bedeutet, wissen sie nicht. Was die Zukunft für sie bereithält, kann Medizin oder Gift sein. Demnach müssen sie wissen, was der Wolf den Älteren mitteilt. Auf welcher Seite er steht. In den Märchen der Vergangenheit brachte der Wolf nur Elend und Leid und es galt, ihn zu überlisten. Er verwandelte sich in Verwandte, schmeichelte, trickste und betrog, um am Ende alle zu fressen.

Märchen gibt es nicht. Märchen hat man sich ausgedacht. Aber der Wolf. Der Wolf ist heute wieder da. Doch wenn man ihm den Bauch aufschneidet, wird keines der Rattenkinder daraus unversehrt hervorspringen, um ihnen zu erzählen, dass er sie einfach nur fressen will.

Im Westerwald, damals

Schmerzen sind in gewisser Hinsicht brauchbar. Sie pulsieren, ebben ab und vergehen. Träume hingegen verhalten sich deutlich wehrhafter. Sie überfallen einen in der Nacht, halten gefangen und siedeln sich an. Gegen Schmerzen helfen Medikamente und Therapien. Gegen die Träume hilft nur Aufwachen.

So schreckt auch Eva auf, sofort schießt der Schmerz in ihr lädiertes Bein. Sie zieht sich an dem Haltegriff ihres Krankenbettes nach oben und sucht nach dem Lichtschalter. Als das grelle Licht über ihrem Bett aufflackert, sitzt jemand am Ende ihres Bettes.

„Martin?“

Zusammengekauert wippt die Gestalt auf einem Stuhl vor und zurück und flüstert leise vor sich hin. Eva versteht kein Wort.

„Martin? Wie ...“

Das Flüstern wird deutlicher. Eva schluckt, versucht, sich auf die Laute zu konzentrieren.

„Martin? Ich weiß nicht ... ich kann dich nicht verstehen!“

Sie will, sie muss zu ihm. Unter Schmerzen verlagert sie ihr Gewicht und schwingt mit Mühe die Beine aus dem Bett. Der Gips zieht das Bein nach unten. Sofort bricht ihr der Schweiß aus, Eva beißt die Zähne zusammen, auch wenn sich der Schmerz zu einem inneren Flächenbrand ausweitet.

„Mir ist kalt!“

Die Klarheit der Worte und seiner Stimme nimmt ihr für einen Moment den Atem.

„Warte, ich komme zu dir!“

„Es schneit, Eva!“

„Martin, bleib ganz ruhig, ich schaffe das. Ich komme zu dir und dann ...“

„Der Schnee bleibt liegen, Eva. Überall! Es sieht traumhaft aus. Hörst du den Zug kommen? Der Zug kommt!“

Obwohl sein Körper im Schatten liegt, erkennt Eva, dass er sich aufgerichtet hat, sie direkt ansieht.

„Ich weiß nicht, wovon du sprichst!“, klagt sie.

Erst als er aufsteht, sieht sie das Blut, das ihm aus den Augen läuft.

„Martin!“

„Eva, der Zug kommt!“ Dann beginnt er zu summen. Sie braucht einen Moment, die Töne der ihr vertrauten Melodie zu erfassen und einzuordnen.

Sleigh bells ring, are you listenin‘ ...

Martin schlurft heran, zieht eines seiner Beine hinter sich her.

„Martin, ich ...“

In the lane, snow is glistening ...

Eva versucht mit aller Kraft, ihre Beine zurück in ihr Bett zu heben. Das Gewicht des Gipses gleicht einem Amboss. Tränen steigen ihr in die Augen. Dann steht er vor ihr. „Unter einer Kuppel aus Glas, Eva. Manchmal bebt die Erde hier, und immer dann fängt es an, zu schneien. Tief im Boden! Eva, tief im Boden liegt die Welt vergraben."

Dann öffnet er seine Augen.

Woanders, heute

Die Wahl ist gefallen. Drei von ihnen sollen den Wolf begleiten, wohin auch immer.

Atemlos berichtet ihr Kundschafter, was er mitbekommen hat, als er das Gespräch der Älteren mit dem Wolf belauschte. Die Jungen scharen sich um ihn, als verkündete er eine Heilsbotschaft, folgen den flüsternden Lippen, die ängstlich davon erzählen, was der Wolf vorhat. Wie das Prozedere der Auswahl stattgefunden, welche Forderungen der Wolf gestellt hat und wie die Älteren darüber beratschlagen mussten, welcher der Jüngeren diese am besten erfüllt.

Unweigerlich fragt sich jedes der Kinder, ob es auf ebendiese Anforderungen passt. Dabei schlagen zwei Herzen in ihrer Brust, das der Neugier und das der Ungewissheit.

Sie fragen ihn, ob er die Namen verstanden habe, ohne zu wissen, ob man die Auserwählten beglückwünschen oder ihnen kondolieren sollte. Dabei rücken sie dichter aneinander.

Hier unten, zwischen Mundgeruch, Schweiß und Tränen, hören sie gespannt zu. Hier unten, zwischen Enttäuschung, Angespanntheit und nackter Angst, blicken sie in die Gesichter der drei Jungen. Hier unten, zwischen Neid, Erleichterung und Abschied, reichen sie einander die Hände, sind eins, eine Familie.

Abschied und Aufbruch. Anfang und Ende. Die Älteren geben das Signal zur Versammlung. Ein Pfiff, kurz, grell. Alle rücken eng zusammen, als eine Auswahl der Älteren vor sie tritt und die drei Namen nennt. Der Wolf steht derweil im Schatten. Doch seine hungrigen Augen gleiten durch die Menge, jedes der Kinder, das diesen Blick spürt, muss unvermeidbar kurz schlucken. Der Wolf bleibt ein Mythos.

Die Namen hängen in der Luft, irgendwo zwischen Erleichterung, Zuversicht und Resignation. Es bilden sich langsam Kreise um die drei Jungen, als bestünde die Gefahr einer Infektion. Ihre Augen füllen sich mit Tränen, die sie wegzublinzeln versuchen.

Ein zweiter Pfiff ertönt. Die Versammlung ist beendet. Die Jungen treten nach vorne, der Wolf tritt aus dem Schatten. Er greift in die Innentasche seines Mantels und holt eine Packung Tempotaschentücher daraus hervor. Das Weiß der Tücher wirkt hier unten unnatürlich sauber. Er reicht sie an die Jungen weiter, dabei drückt er jedem der drei mit seinen behandschuhten Händen kurz die Schulter.

Der Pakt ist besiegelt. Er nickt den Älteren zu, die ihrerseits die Köpfe senken. Dann gibt er den drei Jungen das Zeichen, ihm zu folgen.

So führt der Wolf seine Lämmer aus der Unterwelt.

Hier, heute

„Wissen Sie, was ich mag?"

Eva erstaunt es immer wieder aufs Neue, wie ihre Psychiaterin in die wöchentlichen Gespräche einsteigt. Sie lächelt kurz. „Ich bin gespannt", antwortet sie.

„Dieses Geräusch, wenn man mit den Autoreifen auf diesen, wie nennt man die doch gleich, diesen Streifen der Fahrbahnbegrenzung fährt." Die Psychiaterin leckt sich kurz über die Lippen, öffnet diese dann leicht und versucht, das Geräusch zu imitieren.

Eva senkt ihren Blick.

Frau Dr. Johnen reißt die Augen auf. „Oh mein Gott, ich meine ... entschuldigen Sie, wie unprofessionell von mir!" Sie fasst sich mit der Hand an die Stirn.

„Nein, nein, es ist schon okay", murmelt Eva.

„Nichts, rein gar nichts ist okay. Ich bin einfach nur eine dumme Kuh!"

Eva lacht. Erst versucht sie, es zurückzuhalten, dann prustet es aus ihr heraus. Frau Dr. Johnen grinst verschmitzt, doch kann sie das Lachen nur kurz halten.

„Ehrlich gesagt, kotzt es mich an, dass alle Welt versucht,

mich vor unangenehmen oder unpassenden Situationen oder Gesprächen zu schützen. Das hilft mir nämlich nicht."

„Warum nicht?"

„Weil die Wahrheit nun einmal unangenehm ist." Eva greift nach einem der Tücher aus dem Spender und tupft sich eine Träne aus dem Auge.

„Sind Sie denn bereit für die Wahrheit?"

„Sie meinen für Phase 5?"

„Die Trauerphasen sind keine Checkliste, die sich einfach so abhaken lässt. Klar, man geht davon aus, dass sie ineinander übergehen, aber es kommt auch vor, dass sich eine Phase, von der man meint, man habe sie bereits hinter sich, wiederholt." Die Psychiaterin greift nach Stift und Block, die neben ihr auf einem kleinen Tisch liegen.

„Darf ich das irgendwann sehen?", fragt Eva. Frau Dr. Johnen schaut sie irritiert an. „Ich meine das, was Sie da über mich aufschreiben."

„Das hätte keinen Mehrwert für Sie. Zumindest nicht für Ihre Suche nach der Wahrheit."

„Aber warum ist es so verdammt schwer?"

„Eva. Das, was Sie erlebt haben, oder besser gesagt, erleben, sind die Auswirkungen eines Traumas. Ihr Kopf benötigt Zeit. Es mag Erfahrungswerte geben, aber psychische Erkrankungen haben ihre eigene Zeit."

Eva wendet den Blick ab und nickt. „Ich habe meinen Mann und meinen Sohn verloren", flüstert sie.

„Ist das Ihre Wahrheit?", fragt Frau Dr. Johnen.

„Das? Das ist mein Leben!"

Woanders, heute

Unter ihnen rattert die Straße. Die Ladefläche des weißen Kastenwagens vibriert, und jedes Schlagloch rüttelt die Insassen unangenehm durch. Eine kleine Funzel in einer der Ecken des Wageninneren spendet klägliches Licht. Es riecht nicht viel besser als dort, von wo er sie mitgenommen hat, und das diffuse Gefühl, ob das Licht am Ende des Tunnels die Rettung oder nur ein heranrauschender Zug ist, hämmert weiterhin dumpf in ihren Bäuchen. In einer gelben Plastikkiste stehen ein paar Wasserflaschen neben einem Bund Bananen. Einer greift danach, pult die schwarzen Finger in die gelbe Schale und streift sie unbeholfen ab. Als wäre dies ein Zeichen, greifen auch die anderen zu. Die Frucht schmeckt köstlich. Einer der drei beginnt zu grinsen.

„Was sitzt in der Ecke und klappert?“

Die beiden anderen grinsen jetzt ebenso. Den Witz erzählen sie sich, seitdem sie sich kennen. Der eine fängt an zu glucksen, dann zu husten. Der andere haut ihm mit der flachen Hand auf den Rücken.

„Pinocchio beim Wichsen.“

Alle drei prusten gleichzeitig los. Eine Mischung aus Speichel, Wasser und zerkautem Bananenmatsch tropft aus ihren aufgerissenen Mündern. Der eine dreht eine der Wasserflaschen auf, hält den Daumen auf den Ausguss, schüttelt sie und verspritzt den Inhalt auf seine Freunde. Sie werfen sich auf ihn, sind völlig durchnässt, als der Wagen ruckartig zum Stehen kommt. Mit einem Mal werden sie mucksmäuschenstill. Aus der Fahrerkabine dringt der blecherne Sound des Radios zu ihnen nach hinten. Der Wagen schaukelt, als der Fahrer aussteigt und wuchtig die Tür zuknallt. *And the mercy seat is waiting, and I think my head is burning …*

Die schnellen Worte des Sängers dringen durch die Blechwand. Die Jungen lösen sich aus dem Knäuel und setzen sich auf die provisorischen Bänke. In ihrer Mitte gluckert das letzte Wasser aus der Flasche auf den Boden. *An eye for an eye, and a tooth for a tooth.*

„Glaubt ihr, er wird uns umbringen?“, flüstert einer der drei Jungen. Die anderen schlucken. *And anyway I told the truth, and I'm not afraid to die.*

Mit einem lauten Klacken öffnet sich die Hecktür, gleißendes Licht strömt in das Innere des Laderaums. Der Wolf stöhnt auf, als er sich mit einem Schwung in den Wagen hievt. Dann zieht er die Tür hinter sich zu.

Hier, heute

Eva sitzt auf dem halb verwüsteten Plastiksitz des Wartehäuschens. Über ihr ziehen die letzten roten Schlieren durch das Blau. Der Morgen will dem Tag noch nicht das Feld überlassen.

Obwohl sie weiß, dass es mit jedem Tag, mit dem sie die Herausforderung zu verdrängen versucht, schwerer wird, hat sie seit dem Unfall nicht wieder in einem Auto gesessen, weder als Beifahrerin noch als Fahrerin. Ihr Bein lässt mittlerweile beides wieder zu. Sie nutzt weiterhin die öffentlichen Verkehrsmittel, deren Infrastruktur auf dem Land verbesserungswürdig bleibt. Das Gespräch mit der Psychiaterin hallt in ihr nach, und auch wenn sie die Behutsamkeit von Frau Dr. Johnen wahrgenommen hat, weiß sie, dass eine Heilung nur gelingt, wenn sie hart gegen sich selbst ist. Doch die Wunde ist zu frisch und muss jeden Tag neu verbunden werden.

Quietschend kommt der Bus in der Haltebucht zum Stehen, zischend öffnen sich die Türen und holen Eva in die Realität zurück. Sie steigt die Stufen in das Fahrzeug hinauf, zeigt dem Busfahrer ihre Karte und setzt sich in die Nähe des hinteren Ausstiegs. Stockend fährt der Fahrer an, als etwas gegen Evas Füße schlittert. Sie rutscht auf ihrem Sitz nach hinten und greift zwischen ihren Beinen durch. Schnell erfasst sie einen Gegenstand und zieht ihn nach oben.

Der beigefarbene Einband zeigt die Skizze eines Schreibtisches, vor dem eine Person sitzt, den Oberkörper auf der Tischplatte abgelegt. In roter Schrift darüber der Titel des Werkes: *Der Prozess*, hierüber in schwarzen Lettern der Name des Autors: *Franz Kafka*.

Eva erinnert sich daran, dass sie vor circa einem Jahr davon gelesen hat, dass das Originalmanuskript in London für eine große Summe von irgendeinem deutschen Archiv ersteigert wurde. Sie schlägt den Einband auf und wundert sich über das Alter der Ausgabe. Sie stammt aus den 40er Jahren.

Willkürlich schlägt sie eine Seite auf, schließt die Augen, lässt einen Finger auf dem Papier nach unten gleiten und stoppt plötzlich.

Sie öffnet ihre Augen wieder und liest den Satz, auf dem ihr

Finger ruht: *Richtiges Auffassen einer Sache und Mißverstehn der gleichen Sache schließen einander nicht vollständig aus.*

„Ach, hier ist es."

Merklich zuckt Eva zusammen, als sie der Mann unvermittelt anspricht und sich danach direkt bei ihr entschuldigt: „Ich wollte Sie nicht erschrecken. Es ist nur so, ich ..." Er deutet etwas unbeholfen auf das Buch auf ihrem Schoß.

Eva räuspert sich. „Ich war nur kurz in Gedanken. Sind Sie gerade zugestiegen?"

„Nein, ich war die ganze Zeit hier im Bus. Ich saß da vorne." Der hagere Mann zeigt in Richtung des Fahrers. „Ich muss eingenickt und das Buch mir aus den Händen gerutscht sein. Als ich aufwachte, war es fort, und ich nehme nicht an, dass Sie es mir weggenommen haben." Ein sanftes Lächeln umspielt seine Lippen.

Eva zieht die Stirn kraus. Ihr ist niemand aufgefallen, als sie den Bus betreten hat. Es kommt ihr komisch vor, dass sie den Mann nicht bemerkt hat. Andererseits ist sie nach der Sitzung auch in Gedanken gewesen. „Nein, es lag auf dem Boden. Als der Fahrer anfuhr, rutschte es gegen meine Füße", antwortet sie.

„Kennen Sie es?"

„Nicht wirklich, ich habe nur letztes Jahr etwas darüber in der Zeitung gelesen. Ich bin nicht gerade eine Leseratte."

„Dann schauen Sie sich die Verfilmung von Orson Welles an. Die muss aus den 60ern stammen."

Eva hält ihm das Buch hin. „Danke für den Tipp."

Mit zitternden Fingern greift er nach dem Buch. Plötzlich erkennt Eva, dass der Bus bereits ihre Haltestelle erreicht hat, an der sie aussteigen muss. „Entschuldigen Sie, aber hier muss ich raus." Als sie sich an dem Mann vorbeidrängt, hält dieser sie kurz an der Armbeuge fest. Eva wundert sich über die Festigkeit seines Griffs. Sie schaut ihn irritiert an.

„Glauben Sie an Gott, meine Liebe?"

„Lassen Sie mich bitte ..." Zischend gleiten die Türen auseinander.

„Im Himmel ist sein Thron aus Gold. Ein Thron, von dem mir

gesagt wurde, alle Geschichten würden sich vor ihm offenlegen." Mit einem Ruck macht sich Eva von dem Mann los, spürt, wie sich sein Blick in ihren Rücken bohrt.

„Er ist gemacht aus Holz und Draht. Und Gott ist niemals weit weg." Seine letzten Worte erstickt die Tür, die sich fauchend hinter ihr schließt, nachdem sie hastig aus dem Bus geflüchtet ist. Als sie sich danach umdreht, sitzt der Mann an einem der Fenster und winkt ihr freundlich zu.

Woanders, heute

Er spricht ihre Sprache nur bruchstückhaft, und trotzdem erkennen die drei Jungen schnell, dass ihr Leben von seinen Worten abhängen wird. Der Wolf redet eindringlich, überlegt, dosiert. Immer dann, wenn ihm etwas von besonderer Wichtigkeit erscheint, hebt er seine rechte Hand, presst Zeigefinger und Daumen aufeinander, spreizt die anderen Finger ab, und es wirkt, als setzte er einen imaginären Punkt hinter das gesprochene Wort.

Ruhe. Kontrolle. Tod.

Wie ein Mantra wiederholen sich diese drei Worte. Und immer setzt er einen seiner Punkte hinter jedes Einzelne davon.

Die Jungen schlucken.

Die Leichtigkeit, die vor wenigen Momenten noch herrschte, verfliegt. Sie senken die Blicke, schämen sich für den Moment. Einer von ihnen beobachtet die Schuhspitze des Wolfes und betet inständig, dass das verschüttete Wasser nicht weiter darauf zu rinnt. Auch wenn die schweren Stiefel die Berührung nicht einmal merken würden, so denkt er, dass dies ihr Ende sein könnte.

Ruhe. Kontrolle. Tod.

Sie stellen keine Gegenfragen. Nicht, wer sie kontrollieren wird. Nicht, was passieren wird, wenn die Heckklappe geöffnet werden sollte. Nicht, warum sie dann sterben, wer sie tötet. Seine Rede duldet keine Unterbrechung. Sie sind wenige der vielen, die vor ihnen von dem Wolf mitgenommen wurden. Allen wird er diese Worte gesagt haben. Alle haben sie verstanden. Aber haben auch alle überlebt?

Ruhe. Kontrolle. Tod.

Am Ende atmet der Wolf hörbar aus. Er schaut jedem der drei Jungen in die Augen. Sie sind ihm ausgeliefert. Er nickt leicht, steht auf und öffnet die Heckklappe.

Ruhe. Kontrolle. Tod.

Dann wirft er die schwere Klappe zu, und die Jungen hören, wie er sie von außen verschließt.

Im Westerwald, damals

Vor ihnen fährt dieser Wagen. Auf der Heckklappe klebt ein Aufkleber. *Der Westerwald ist grausam.* Sie spürt, wie ihr Mann den Verkehr sondiert, um im richtigen Moment zu überholen. Immer wieder denkt sie an den Anruf. Die Polizei. Das schlimmste Szenario, das man sich als Mutter ausmalt. Die Namen Eva, Martin und David in Verbindung mit dem Wort Unfall. Mehr brauchte es nicht, um ihr Gehirn in eine Art katatonische Starre zu versetzen, die sie alle weiteren Informationen nur begrenzt aufnehmen ließ. Sie war auf den Stuhl gesunken, den Hörer in der Hand, alle Farbe war aus ihrem Gesicht gewichen, als ihr Mann dazugekommen war. Instinktiv hatte er nach dem Hörer gegriffen, die Schublade geöffnet und etwas zum Schreiben daraus entnommen.

Alles, was er ihr erzählt hat, hat sie zwar akustisch verstanden, aber nicht kognitiv verarbeitet. Sie sitzen nun in ihrem alten Audi und folgen diesem Schleicher. *Der Westerwald ist grausam.*

„Glaubst du, es geht ihnen gut?“, fragt sie unvermittelt.

„Du kennst sie. Eva ist eine Kämpfernatur.“

„Und David? Er ist doch noch so jung!“ Sie denkt an den Jungen, ihren Enkel.

„Beruhige dich, mein Schatz. Wir sind gleich da, dann wissen wir mehr.“

„Ich kann das nicht“, murmelt sie.

„Sie wird es schaffen!“

„Wie kannst du das wissen?“, bricht es aus ihr heraus. „Du hast gut reden, sie ist ja nicht einmal deine Tochter!“ Kurz nachdem sie den Satz vollendet hat, wird ihr das Gewicht der Worte bewusst. „Es tut mir leid! Das hätte ich nicht sagen dürfen.“ Die Entschuldigung dagegen wirkt klein und schwach. Er sagt nichts.

„Ich ... ich bin ... ich will doch nur ...“, ringt sie nach Worten.

„Ich habe keinerlei Ahnung, was uns erwarten wird. Die Polizei wollte mir ausdrücklich keine weiteren Informationen geben, sondern erst mit uns reden, wenn wir in Hachenburg sind. Ich kann mir nur im Ansatz vorstellen, wie grausam diese Ungewissheit für dich sein muss, aber bitte glaube mir, auch wenn ich nicht Evas leiblicher Vater bin, ist sie für mich wie eine eigene Tochter. Und David? David ist auch mein Enkelsohn.“ Sie sieht, wie ihm eine Träne die Wange hinunterläuft und sich in seinen Barthaaren verfängt.

An den Rand gedrängt sind selbst die, die einem am liebsten sind, nicht davor gefeit, verletzt zu werden. Sie hat ihren Mann noch nie weinen sehen. Dann setzt er zum Überholen an.

Der Westerwald ist grausam.

Hier, heute

„Und? Wie war die Sitzung, mein Schatz?“

Kaum hat Eva die Tür geschlossen, steht ihre Mutter voller Erwartung vor ihr. Hinter ihr erkennt sie David, er schließt die Arme um die Hüfte seiner Großmutter, zeigt ihr so, wie sehr er ihr Leben im Griff hat. „Hallo Mama“, flüstert er.

„Wie soll sie schon gewesen sein?“, fragt Eva zurück. Sie versucht, David auszublenden, sich nur auf ihre Mutter zu konzentrieren. Sie soll nicht bemerken, dass Eva ihn jetzt gerade sieht. Sie quetscht sich an ihr vorbei in die Küche, die, seit sie hier gemeinsam leben, jeden Tag aussieht, als wäre sie Teil eines Möbelhauses. Eva weiß, dass sie es gut meint, ihr helfen will, doch gleichzeitig hält sie ihr dadurch jeden Tag ungewollt ihre Unvollkommenheit vor Augen. „Mama, ich habe dir doch gesagt, dass du nicht immer alles putzen sollst.“

„Du hast genug mit dir zu tun, mein Schatz. Ich will dir doch nur helfen“, entgegnet sie.

„Ja, aber das hier ist mein Haus. Nicht deins.“ Ihre Mutter lässt das Trockentuch sinken, das sie in der Hand hält. Eine entmutigt wirkende Geste. David schürzt die Lippen. „Sieh mich nicht so an!“, schreit Eva.

„Ich habe doch nur ..."

„Nicht du!", schreit sie ihre Mutter an.

„Aber ..."

„Ich muss hier raus!" Doch bevor sie an ihrer Mutter vorbeikommt, hält diese sie fest, zieht sie zu sich heran und schließt sie in ihre Arme. Alles in Eva schrumpft zusammen. Trauer und Wut bilden eine feste Masse, die wie ein bösartiges Geschwür im gesamten Körper Metastasen bildet. Sie meint, spüren zu können, wie es wächst. All das entlädt sich in einem heftigen Schluchzen.

„Wir schaffen das, mein Schatz!" Der Satz klingt so einfach, bricht alles herunter auf eine Sache des Willens. „Du schaffst das", schiebt sie hinterher. Dann spürt Eva, wie sich Davids schlanke Arme um die beiden Körper schlingen, wie er unter großer Anstrengung versucht, sie zu umarmen.

„Er ist tot", wispert Eva.

„Ich weiß", antwortet ihre Mutter. „Aber du bist nicht allein."

„Ich hab dich lieb", hört sie David sagen.

Für Eva klingt es fast wie eine Drohung.

Hier, heute

Eva sitzt auf der Kante ihres Bettes und öffnet die Tür des kleinen Nachttisches. Vorsichtig greift sie nach der Kiste, die sie darin versteckt. Sie will nicht, dass ihre Mutter sie hört. Eva hat ihr gesagt, dass die Therapiesitzung anstrengend gewesen sei und sie sich einen Moment hinlegen müsse.

Nichts in diesem Raum hat sich verändert, seit Martin tot ist. Auf seiner Seite liegt das Buch, das er zuletzt gelesen hat. Irgendeine medizinische Fachliteratur.

Martin war Arzt. Dass er Leben rettete, hatte seine Anziehungskraft auf sie noch einmal um ein Vielfaches verstärkt.

Sie öffnet die Kiste. Obenauf liegt der Zeitungsartikel. Dieser Tag im Oktober, der alles verändert hat. Das Beinahe-Zugunglück. Sie legt ihn beiseite und zieht das Foto darunter hervor. *Martin.*

Das Schicksal hat gewollt, dass sie sich kennenlernen. Sonst hätte Eva nicht in dem Zug gesessen, und Martin wäre als leitender

Notarzt nicht dorthin gerufen worden. Knapp zehn Jahre liegt der Tag zurück. Zehn Jahre, in denen sie ihr Leben umgekrempelt, alte Zöpfe abgeschnitten und neu angefangen hat. Vorher hatte sie einige schreckliche Fehler begangen, die eigentliche Fahrt mit dem Zug an diesem Abend wäre der Höhepunkt dessen gewesen.

Der Zettel.

Doch das Schicksal wollte es anders. Das neue Leben, das an diesem Tag begonnen hatte, sie hat es genossen. Jeden Tag. Jede Stunde. Jede Minute. Und David hatte das Ganze letztendlich komplettiert. Und jetzt? Jetzt sitzt sie hier. Und das alles hat man ihr genommen. Innerhalb von Sekunden.

Eva legt das Foto zurück in die Kiste und rollt sich auf der Matratze zusammen. Sie versucht, sich das Bild einzuprägen, denn wenn sie an Martin denkt, fällt ihr immer nur der letzte Blick ein, mit dem er sie ansah, bevor der Wagen in den Brückenpfeiler krachte. Diese Mischung aus Unverständnis und Enttäuschung.

Sie dreht sich um, greift in ihr Kissen und schreit lautlos ihren Schmerz in die Daunen. Ihre rechte Hand schiebt sich unter Martins Decke. Es ist so kalt auf dieser Seite des Bettes. Sie wälzt sich hinüber, presst ihr Gesicht in sein Kissen. Mit einem tiefen Zug durch die Nase versucht sie herauszufinden, ob ihr irgendetwas von ihm geblieben ist, als steckten tief in dem Gewebe Pheromone, die eine Verbindung zu Martin herstellen könnten. Doch riecht sie nur flüchtige Reste ihres Waschmittels. *Persil, da weiß man, was man hat.* Alles, was ihr geblieben ist, sind schreckliche Erinnerungen, Fotos, die vergilben werden, und der Duft von Flüssigwaschmittel.

Wütend schiebt sie das Kissen zur Seite und erschrickt, als ein lauter Schlag ertönt. Eva hält kurz inne, dann schielt sie über den Bettrand. Martins Buch liegt auf dem Laminatboden. *Epidemiologie und Gesundheitswissenschaft.*

Eva fragt sich, wieso man ein Buch mit solch einem komplizierten Titel überhaupt lesen sollte. Sie hebt es auf, als klackernd ein Gegenstand aus den Seiten auf den Boden fällt. Sie schiebt das Buch zurück auf den Nachttisch und tastet mit der Hand suchend den Boden ab. Ihre Fingerspitzen berühren kaltes

Metall. Sie hat Mühe, den flachen Gegenstand aufzuheben. *Was ist das? Ist das ein ...* Eva dreht sich zurück auf den Rücken und begutachtet das Fundstück, einen Schlüssel. Sie fährt mit den Kuppen die Rillen nach, überlegt, zu welcher Tür er passt.

Schnell schiebt sie ihre Hand unter die Decke, als die Tür geöffnet wird.

„Alles in Ordnung bei dir?"

„Jaja, alles in Ordnung. Mir ist nur das Buch runtergefallen. Gönnst du mir noch eine halbe Stunde?"

„Natürlich, mein Schatz. Ruh dich aus."

Als ihre Mutter die Tür schließt, holt Eva den Schlüssel wieder hervor. Zu den schrecklichen Erinnerungen, den vergilbenden Fotos und dem Duft nach Flüssigwaschmittel ist ein Schlüssel dazugekommen. Angestrengt denkt Eva nach. Sie muss wissen, zu welcher Tür er gehört und warum Martin ihn in dem Buch aufbewahrte. Sie weiß, dass es keine Beziehung ohne Geheimnisse gibt, aber sie sollten kleiner sein als Schlüssel zu unbekannten Orten.

Im Westerwald, damals

Vogelgezwitscher, dumpfe Unterhaltungen auf dem Flur, milchiges Licht, das durch die Vorhänge in den Raum sickert. Evas Blick fällt zuerst auf den Wandkalender. Ein Abreißkalender. Nur verschwommen erkennt sie die große schwarze Zahl. Daneben ein Kreuz. Die Bettwäsche ist blütenweiß und sie allein in dem kahlen Zimmer.

Als die Tür nach innen aufschwingt, schließt sie die Augen, als könnte sie damit der Wahrheit entkommen.

„Hallo, mein Schatz", flötet ihre Mutter. „Wir sind es."

Eva spürt, wie sie dicht an ihr Bett treten, dann die Hand ihrer Mutter auf ihrer Haut. Blinzelnd öffnet sie die Augen.

„Hallo", krächzt sie. Sofort greift ihre Mutter nach einem Glas Wasser, stützt ihren Kopf und lässt sie davon trinken. „Seit wann seid ihr hier?"

„Wir sind gestern angekommen, aber da warst du leider nicht ansprechbar und lagst auf Intensiv. Wir haben die Nacht hier in einem Hotel Hormann verbracht, es ist gar nicht weit vom Krankenhaus entfernt." Wieder öffnet sich die Tür, eine Frau und zwei Männer in weißen Kitteln betreten das Zimmer. Eva muss an die Gestalt an der Brücke denken.

„Ah, da ist ja jemand wach. Guten Morgen."

„Guten Morgen", antwortet Eva und versucht sich aufzusetzen, doch durchzuckt sie im selben Moment ein heftiger Schmerz. Sie verzieht das Gesicht.

„Mein Name ist Doktor Mohr, ich habe Sie gestern operiert. Wissen Sie, was geschehen ist?"

In Evas Kopf flackern weitere Fetzen der Erinnerung auf.

Die Brücke. Die Gestalt. Der Pfeiler. Martin. David.

„Martin? David?", stammelt sie. Ihre Augen weiten sich. Sofort streicht ihre Mutter ihr sanft über den nackten Arm.

„Ihr hattet gestern einen schweren Autounfall." Hilfesuchend blickt Eva sich um. Sieht, wie sich die Augen ihrer Mutter mit Tränen füllen. Sie hat das Gespräch übernommen. Eva versteht das Zeichen.

„Mama? Was ist mit David? Und mit Martin?" Eine Gänsehaut überzieht ihren gesamten Körper. Sie spürt den Druck.

„Eva, ihr hattet gestern einen schweren Autounfall", wiederholt ihre Mutter.

„Das hast du schon gesagt!", fährt sie sie an. „Was ist mit Martin? Was mit David?" Eine furchtbare Pause entsteht, Evas Mutter ringt nach den richtigen Worten. Ihr Stiefvater steht etwas abseits und schaut aus dem Fenster.

„Wir müssen Ihnen leider mitteilen", übernimmt Doktor Mohr, „dass Ihr Mann Martin den Unfall nicht überlebt hat."

Eine dunkle Welle ergießt sich in Eva, die dicken Taue der Selbstsicherheit reißen. Sie denkt an die Fahrt, an die Sonne, ihre Hand im Wind. *Another day in paradise.* Den letzten Blick, den sie und Martin ausgetauscht haben. Die stumme Frage danach, warum sie ihm ins Lenkrad gegriffen hat.

„Da war dieser Mann", wispert sie.

„Es tut mir so leid, mein Schatz!" Ihre Mutter schlingt die Arme um sie. *So weiß. So grell. Als leuchte er selbst.*

„Und ... und ... David?“, fragte sie mit belegter Stimme.

Oh Lord, there must be something you can say.

Hier, heute

Als Eva aufwacht, steht David am Rand des Bettes und schaut sie stumm an.

„Du schon wieder“, raunt sie.

„Spielst du etwas mit mir? Seit du aus dem Krankenhaus raus bist, hast du nicht eine einzige Minute mit mir gespielt.“

„Geh weg“, murmelt sie und zieht sich das Kissen über den Kopf.

„Du bist so gemein! Ich bleibe einfach hier stehen, bis du mit mir spielst!“, klagt David. Trotzig zieht er die Nase hoch. Eva nimmt das Kissen vom Gesicht und schaut ihn an. Nicht ein Kratzer.

Während an Evas Bein die lange Narbe juckt und sie noch mit den Nachwirkungen der Prellungen und zahlreichen Schürfwunden zu kämpfen hat, erkennt sie an ihrem Sohn nicht ein Anzeichen eines schweren Verkehrsunfalls. Für Eva ist es logisch, dass sie David so sieht. Die Erscheinung, gebastelt aus ihren Erinnerungen, zeigt ihr ihn so, wie sie ihn im Gedächtnis hat. *Wie bei Martin.*

„Sag mir, was willst du von mir?“, fragt sie ihn direkt.

„Ich will einfach, dass du mit mir spielst.“

„Was willst du denn spielen?“

„Ein Sein-Spiel.“ Den Begriff des Sein-Spiels hat David selbst erfunden. Dabei schlüpft man in eine Rolle aus den Geschichten, die Eva oder Martin ihm immer vorgelesen haben. Alle müssen eine Rolle daraus übernehmen, und David hat dann nicht nur klare Vorstellungen vom Drehbuch, sondern führt überdies auch noch Regie.

„Ein Sein-Spiel, was auch sonst“, antwortet sie lapidar. „Welches Sein-Spiel willst du denn spielen?“

David verzieht das Gesicht, überlegt, er scheint überrascht, dass seine Mama eingewilligt hat. „Ähhh ...“

„Wie wäre es mit *Mio, mein Mio*“, schlägt Eva vor.

„Ähm, warum?", fragt David.

„Was antwortet Bosse dem Flaschengeist auf die Frage, was er als Belohnung für seine Befreiung haben möchte?"

David überlegt kurz. Dann hellt sich sein Gesicht auf. „Nimm mich mit! Oh, nimm mich mit in das Land der Ferne. Dort ist jemand, der auf mich wartet!"

Eine Träne rinnt aus Evas rechtem Auge. „Du bist der, den ich holen soll", sagt sie mit erstickender Stimme.

„Da, ich kann sie schon sehen, die grüne Insel, da ist das Land der Ferne", ruft David freudig und rennt aus dem Schlafzimmer.

Eva bleibt zurück und weint. Vor Erschöpfung, aber auch vor Erleichterung, denn sie hofft und betet inständig, dass David wirklich im Land der Ferne ankommt. Denn dort wartet Martin auf ihn, und Eva kann endlich loslassen.

Hier, heute

Die Hände um eine dampfende Tasse Tee geschlungen, sitzt sie ihrer Mutter am Küchentisch gegenüber. „Mama, ich muss mit dir reden."

„Weißt du, Eva, ich versuche nur, dir zu helfen", wehrt diese direkt ab.

Eva vergräbt das Gesicht in ihren Händen, reibt sich die müden Augen. „Das weiß ich doch. Und ich bin dir wirklich sehr dankbar dafür, aber ich glaube, es ist wichtig, dass ich langsam wieder alleine klarkomme."

„Du bist krank, Eva!", mahnt ihre Mutter.

„Die Wunden heilen. Ich brauche doch schon keine Krücken mehr und die Therapie schlägt auch an", versucht Eva, sie zu beschwichtigen.

„Und David?"

„Damit muss ich alleine fertig werden."

„Das kannst du nicht, noch nicht!"

Eva dreht den Kopf und blickt aus dem Fenster. Der Herbst zeigt sich heute von seiner goldenen Seite. Auf der Wiese steht eine große Schaukel. David sitzt darauf und wiegt sachte hin und her. „Ich sehe ihn noch immer", gibt sie zu.

„Natürlich siehst du ihn. Du siehst ihn, weil er noch da ist!"

„Warum sagst du das?" Eva beißt sich auf die Lippe, wirft ihrer Mutter einen flehenden Blick zu.

„Weil es so ist."

„Ich muss endlich abschließen können."

„Eva, ich habe wirklich schon viel durchgemacht, Gutes wie Schlechtes. Ich habe die Kriegswunden deines Vaters verbunden, habe ihn lieben gelernt und ihn dann gehen lassen müssen. Verloren an ... an diese Frau. Du warst damals fünfzehn Jahre alt und hast gegen alles rebelliert, was dir nicht passte. Dann kam später diese Phase, in der du ...", sie bricht kurz ab, sammelt sich. „Aber wir haben es geschafft. Gemeinsam. Und wir werden auch diese Herausforderung meistern."

„Du sprichst selten über ihn", murmelt Eva.

„Über wen?"

„Über Papa. Du hast mir nie wirklich erzählt, was zwischen euch vorgefallen ist."

Ihre Mutter atmet tief ein, runzelt die Stirn. „Weil es wehtut. Noch immer." Sie nimmt einen Schluck aus ihrer Tasse. „Ich habe ihn sehr geliebt. Aber dein Vater war ein rastloser Mann, er wollte immer das, was er nicht hatte. Er wollte damals unbedingt ein Kind. Unbedingt dich. Dann wollte er plötzlich Musiker werden und auf Tour gehen, dann hat er Anfang der 60er diese Frau kennengelernt. Ich weiß nicht, warum, aber wir haben ihn an sie verloren." Eva greift nach ihrer Hand. „Ich habe ihn völlig aus den Augen verloren, weiß nicht, was aus ihm und dieser Affäre geworden ist. Früher ist er oft mitten in der Nacht aufgewacht. Schweißgebadet. Der Krieg hatte ihm zugesetzt und ehrlich gesagt, glaube ich, dass es nicht seine Entscheidung gewesen ist, uns zu verlassen, sondern eine des Krieges. Er hat damals irgendwie doch sein Leben verloren, nur auf eine andere Art und Weise."

Eva steht auf, tritt an ihre Mutter heran, massiert ihr die Schultern. „Und ich will nicht, dass es mir genauso geht. Deswegen denke ich, dass es mir hilft, wenn ich mal rauskomme. Alleine bin."

„Woran denkst du?", fragt ihre Mutter.

„Martin ist doch hin und wieder zu diesem Symposium gereist. Das war irgendwo im Allgäu, ich muss noch mal genau nachschauen. Ich könnte dort ein bisschen wandern. Den Kopf freikriegen. Loslassen."

„Ganz alleine?"

Eva nickt nur. Sie sieht David, wie er auf der Schaukel steht und schwingt. „Das ist besser für mich."

„Du weißt, dass ich dich bei allem unterstütze."

„Das ist lieb von dir, Mama. Und auch wenn ich es nicht immer zeige, ich bin dir sehr dankbar. Und ich bin stolz darauf, wie du dein Leben gemeistert hast." Sie steht auf, geht zu ihrer Mutter, und die beiden umarmen sich lange und innig, während David draußen weiter schaukelt.

Woanders, heute

Die Rattenkinder schwitzen. Die Luft im Innenraum des Kastenwagens wird dünner. Die Bananen sind verbraucht, das Wasser ist leer. Sie kennen das Gefühl, wenn der Hunger brennt, wissen, wie man sich dagegen wehrt.

Einer der drei Jungen hat versucht zu schlafen, liegt in der halbgetrockneten Pfütze auf dem Boden. Die beiden anderen sitzen auf der kleinen Pritsche und zählen.

Das monotone Geräusch der Straße unter ihnen, ein in unregelmäßigen Abständen rasselndes Husten aus der Fahrerkabine und die dumpfen Bässe aus dem Radio bilden den Soundtrack ihrer Reise. Die Schlaglöcher sind anstrengend, sie häufen sich, kommen überraschend, und irgendeiner der drei schlägt sich jedes Mal den Kopf an.

Eine weitere Bodenwelle löscht die kleine Lampe in der Ecke aus, und die drei bleiben zurück in der Dunkelheit. Nur durch ein paar Ritzen strömt Licht herein, und ihre Beklemmung nimmt zu. Sie manifestiert sich. Sitzt in der Dunkelheit und lauert. Manchmal erkennt man ihre Silhouette. Sie wartet auf den einen Moment. Auf den Moment, wenn einer der drei Jungen die Nerven verliert. Tropfen um Tropfen nährt sie sich an Ungewissheit, Anspannung und Sorge.

Denn wenn das passiert, dann ist sie da und stürzt sich auf sie. Bringt sie dazu, aufeinander loszugehen. Ihre Verbindung aufzugeben und übereinander herzufallen. Aus Wut, Enttäuschung, Hunger und Leid. Sie werden ihre dreckigen Nägel in die Haut des anderen rammen, daran schaben und kratzen, bis Blut fließt, versuchen, Fetzen davon abzureißen. Sie werden ihre fauligen Zähne in die Körper der anderen stoßen, sich wie ein Raubtier festbeißen. Denn wenn am Ende der Sauerstoff vergeht, die Instinkte die Macht übernehmen, zählt nur das Recht des Stärkeren. Der Überlebenswille ist die leistungsfähigste Waffe des Menschen, wenn er ausschließlich auf seinen Trieb zurechtgestutzt existiert und die Existenz alles ist, was verbleibt, dann wird er zum Monster.

Das wissen die drei Jungen. Sie sind die Dekretkinder. Die, die keiner haben möchte, die sich wie die Ratten ihren Raum erobert haben und die schlau genug sind, dem Gift zu entgehen. Aber am Ende ist es der Wille, der über Leben und Tod entscheidet.

Die beiden Jungen auf der Pritsche schauen sich im Dunkel an. Nur kurz erhellt ein Streifen Licht ihre Gesichter, doch dieser Moment reicht aus, um sich zu verstehen. Denn zwei sind besser als drei.

Die Luft wird knapp. Der Wagen fährt. Der Wolf hustet kurz. Zeit ist nur noch ein Konstrukt. Ein Begriff. Leben oder Tod? Niemand wählt freiwillig den Tod.

Hier, heute

Als Eva die Leiter zum Speicher nach unten zieht, durchfährt ein Quietschen das gesamte Haus. Sie steigt die Stufen hinauf und holt den Koffer von dem alten Schrank, der dort oben steht. Als sie damit unter dem Arm die Holzleiter wieder hinabsteigt, wartet David am Fuße und knibbelt an seinen Fingernägeln. Seelenruhig schiebt Eva die Leiter zurück und verschließt mithilfe eines Stocks die Falltür.

„Du willst weg?“, fragt David kleinlaut.

Wieder denkt Eva an einen Film. *Superman.* Martin liebte die Reihe um den Superhelden. Die Streifen waren mit der Zeit immer schlechter geworden, die Spezial-Effekte dagegen besser. Wobei einer der Tricks konstant schwach geblieben war, obwohl er so oft in den Filmen gebraucht wurde. Wenn Superman durch die Luft flog, wirkte es immer unrealistisch. Als könne man sehen, wie Christopher Reeve vor dem Greenscreen an Seilen hing.

Eva denkt kurz daran, weil ihr Gehirn es schafft, David so unglaublich realistisch aussehen zu lassen. Sie kann ihn nicht nur sehen, sondern auch anfassen, sogar riechen. *Sollte Hollywood irgendwann einmal soweit sein, dann lässt sich wahrscheinlich sogar Tolkiens Herr der Ringe verfilmen.*

„Mama!", versucht es David nachdrücklich.

Eva geht vor ihm auf die Knie. Schaut ihm in die Augen. Erkennt darin ihr eigenes Spiegelbild. Die fahle Haut, ihren traurigen Blick.

„Warum fragst du?"

„Weil ich wissen will, warum du wegwillst und warum du mich nicht mitnimmst!"

„David, was redest du da? Lässt du mir wirklich eine Wahl?" Sie hört, wie ihre Mutter im unteren Stockwerk staubsaugt. Immerhin bekommt sie somit ihr Selbstgespräch nicht mit. Sie versucht, diesen Momenten aus dem Weg zu gehen. Aber David fordert sie vehement ein. Wenn Eva ihm nicht dann und wann nachgibt, rückt er ihr so sehr auf die Pelle, dass sie das Gefühl, er sei wirklich da, schier erdrückt.

„Natürlich", antwortet der Junge trotzig.

„Du meinst, du lässt mich in der Zeit, in der ich weg bin, tatsächlich in Ruhe?"

„Ich bleibe einfach hier bei Oma." David verschränkt die Arme vor der Brust.

„Weißt du, Mama braucht einfach mal etwas Zeit für sich." Während sie spricht, ist da wieder dieser Gedanke, dass sie nun endgültig den Verstand verliert. „Seit dem Unfall bin ich nicht mehr ich selbst."

„Ich weiß", wispert David traurig.

Eva nickt nur. Nicht nur ihr Verlust plagt sie, sondern auch, dass es ihr nicht gelingt loszulassen. David gibt genau die

Antworten, die ihr Innerstes von ihm verlangt. Sie kramt in ihrer Hosentasche, zieht den Schlüssel daraus hervor und hält ihn David vors Gesicht.

„Was ist das?"

„Den Schlüssel habe ich in Papas Buch gefunden, das er zuletzt gelesen hat. Ich habe keine Ahnung, in welche Tür er passt, ich weiß nur, dass es keine in unserem Haus ist."

Ein Ausdruck des Erstaunens umspielt das Gesicht des Jungen.

„Auf der Reise, die ich unternehmen werde, will ich herausfinden, welche Tür sich damit öffnen lässt."

„Warum?"

„Weil ich glaube, dass ich es dann geschafft habe", sagt sie mehr zu sich selbst.

„Dass du dann wieder so bist, wie vor dem Unfall?"

Eva wischt sich eine Träne aus dem Augenwinkel. „Ja, dass ich wieder so bin, wie vor dem Unfall."

Nur ohne dich.

Woanders, heute

Der Husten macht ihn verrückt. Ständig spürt er dieses Brennen in seinem Hals. Er dreht die Seitenscheibe nach unten, lässt kühle Luft in den Innenraum der Fahrgastzelle, in der es nach seinem eigenen Schweiß mieft.

Die Strecke kennt er im Schlaf, und trotzdem muss er genau jenen vermeiden. Der Drang, die Augen zu schließen, wird immer stärker, er braucht eigentlich eine Pause. Unterwegs hat er jedoch so viel Zeit eingebüßt, dass er jetzt durchfahren muss, um rechtzeitig am verabredeten Treffpunkt anzukommen.

Von der Menschenfracht im hinteren Teil des Wagens hört er kein einziges Geräusch, seine Ansprache scheint ihre Wirkung nicht verfehlt zu haben, aber er weiß auch, dass es für die drei Jungen keine Vergnügungsfahrt ist. Die Gedanken daran, was aus ihnen wird, wenn er sie abgeliefert hat, verdrängt er routiniert. Geschäft ist Geschäft, und Moral bringt kein Geld. Irgendwie ist es ja auch für etwas gut, versucht er, sich zu beruhigen. Für die Allgemeinheit eben.

Da muss man Opfer bringen.

Die Landstraße führt ihn durch ein kleines Dorf. Auf den Weiden sieht er Kühe stehen, die prallen Euter gefüllt. Die malerische Landschaft erinnert ihn an die Urlaube seiner Kindheit. Unzählige Stunden musste er als Kind in den Bergen wandern. Er hasste es. Ziellos durch die Gegend zu laufen, mit der höhnischen Begründung, die Landschaft sei so schön und die frische Luft tue so gut. Das Einzige, was er regelmäßig dabei gespürt hatte, waren seine Füße gewesen. Wenn sein alter Herr wüsste, dass er mittlerweile immer wieder hier durchfährt, würde er nur den Kopf schütteln. So wie er es immer getan hat, wenn es um seinen nichtsnutzigen Sohn ging. Der Wolf zieht die Nase hoch und schiebt den Gedanken daran zur Seite. Er muss sich konzentrieren.

Er dreht die Musik lauter. Bono beginnt mit den ersten Zeilen. Der Wolf schaut auf die Uhr und rechnet die Ankunftszeit aus. *See the stone set in your eyes, see the thorn in your side, I'll wait for you ...*

Im Westerwald, damals

Ihr ganzes Bein vibriert, während die Säge den Gips öffnet. Die Ärztin bricht ihn auf und legt Evas Bein frei. Weiße Haut, verschrumpelt, vernarbt.

„Sie haben unglaubliches Glück gehabt."

Eva hasst es, wenn die Menschen, die sie besuchen oder behandeln, in ihrem Fall von Glück sprechen. Der Unfall hat ihr verdeutlicht, wo der Unterschied zwischen Glück und Schicksal liegt. Glück ist eine Fügung, wonach der vorherige Zustand eindeutig verbessert wird. Schicksal hingegen ist das, was übrig bleibt, wenn das Unglück vorher verfressen zugeschlagen hat.

Eine Schwester reicht ihr die Krücken, während Eva das Bein, das wie ein Fremdkörper wirkt, über die Liege schwingt. Sie zieht sich einen Strumpf über den Fuß und verlagert ihr Gewicht auf das gesunde Bein.

„Sie sollten versuchen, jeden Tag das Bein ein wenig mehr zu belasten. Am Ende der Woche sollten Sie nur noch eine Krücke benutzen", empfiehlt die Ärztin, während sie ein Formular ausfüllt. „Brauchen Sie sonst noch etwas?"

„Vielleicht einen Strick?", murmelt Eva.

„Bitte was?" Überrascht blickt die Ärztin auf.

„Nichts. Danke, ich brauche nichts weiter." Mit einem Schwung nach vorne versucht Eva, das Behandlungszimmer rasch zu verlassen.

„Warten Sie bitte einen Moment?" Die Ärztin schreitet an Eva vorbei und schließt die Tür. Danach führt sie sie zurück zur Liege. „Setzen Sie sich doch noch einmal." Eva folgt ihr ächzend.

„Sie haben einiges durchgemacht, aber Sie dürfen auf keinen Fall zulassen, dass ihre negativen Gefühle die Kontrolle übernehmen."

„Nichts einfacher als das", spottet Eva.

„Ihr Verlust ist tragisch ..."

„Tragisch?", unterbricht Eva sie vehement. „Ich habe meinen Mann und meinen Sohn verloren! Nur, weil ich irgendeine Einbildung hatte und meinte, meinem Mann ins Lenkrad greifen zu müssen!"

„Moment ...", setzt die Ärztin an, doch Eva gibt ihr keine Chance.

„Alles, was Sie sagen wollen, habe ich schon gehört, glauben Sie mir! Es gibt nichts, kein einziges Wort, das mir in irgendeiner Weise helfen könnte, damit klarzukommen."

Die Ärztin blättert wild in ihren Aufzeichnungen, ihre Stirn zieht tiefe Falten. „Ich verstehe nicht ganz ..."

„Was verstehen Sie nicht?"

„Sie sagten, Sie hätten Ihren Mann und Ihren Sohn bei dem Unfall verloren?"

„Ja, verdammt noch mal! Was stimmt denn nicht mit Ihnen?", faucht sie die Ärztin an. Verunsichert schaut die Medizinerin sie an.

„Ich ... bitte, entschuldigen Sie." Die Frau erhebt sich, nimmt ihre Unterlagen an sich. „Es tut mir leid. Warten Sie bitte noch einen Moment, Sie bekommen noch ein Rezept von mir." Dann verlässt sie den Raum und zieht die Tür hinter sich zu.

Hier, heute

Den gepackten Koffer zu ihren Füßen liegt Eva auf dem Bett und starrt an die Decke. Die weiße Farbe erinnert sie an die Gestalt, die sie dazu veranlasste, Martin ins Lenkrad zu greifen. *So grell. So weiß. Als reflektiere sie das Licht.*

Wie viele Stunden hat sie schon über diese Erscheinung gegrübelt, versucht, das Bild in ihren Gedanken zu stoppen, zu drehen und zu neigen, um alle Facetten wahrnehmen zu können. Die Polizei geht davon aus, dass es sich um eine Spiegelung, um ein Blenden der Sonne gehandelt haben muss, doch Eva ist sich sicher, dass sie eine Gestalt gesehen hat, die von der Brücke fiel. Die Erscheinung ist eine Art Strohhalm, die dem Geschehenen eine Form von Sinn verleihen soll. Für Eva ist die Erscheinung real, so real, wie David heute Fiktion ist. Vielleicht war es ein Engel, der nach ihrem Mann und Sohn gegriffen hat? Der sie mitgenommen hat ins Licht? Alle Antworten bleiben enttäuschend.

Sie setzt sich auf, öffnet den Nachttisch und holt erneut die kleine Kiste hervor. Die Erinnerungen an Martin. Gesammelt und aufbewahrt. Am Ende landet alles in einer Kiste.

Eva greift nach dem Zeitungsartikel. Ihr Blick fällt auf das Datum. Sie hat sich früher nie Gedanken darum gemacht, ob an dem Mythos, dem die Zahl ihre Kraft verleiht, wirklich etwas dran ist. Doch für ihr Leben nimmt sie eine besondere Position ein. Alles scheint mit ihr verbunden, alles mit ihr erklärbar. Sie hat verknüpft und entzweit. Gegeben und genommen.

Plötzlich denkt sie an Greta. Ihre verrückte Freundin aus Kinder- und Jugendtagen. Mit ihr hat sie über Pläne, Sehnsüchte und Wünsche gesprochen. Doch auch sie hat sie nicht in den Plan eingeweiht, den sie am Tag, als Martin in ihr Leben trat, eigentlich in die Tat umsetzen wollte. Greta wusste nur so viel, wie Eva bereit war, mit ihr zu teilen. Sie am Ende loszulassen, tat weh, gehörte aber dazu, um mit dem Davor abschließen zu können. Jetzt sehnt sie sich nach ihr. Nach der unbekümmerten Art, der Spur Verrücktheit und ihrem Urglauben an das Gute im Menschen. Wenn sie zurück ist, wenn sie mit allem abgeschlossen hat, wird sie sich auf die Suche nach ihr machen.

Sie legt die Schachtel zurück und öffnet die Schublade. Darin liegt ihr Schlüsselbund. Sie befestigt den Schlüssel aus Martins Buch daran und steckt ihn in ihre Hosentasche.

Als sie sich aufsetzt, brummt ihr Kopf. Heute wird sie sich ein Stück ihrer Selbstständigkeit zurückerobern. In der Garage steht ihr Auto. Ein alter Corsa. Sie wird ihn lenken, mit ihm ins Allgäu fahren, dorthin, wo Martin so oft hinmusste, um an Fachtagungen teilzunehmen. Sie wird ihm in den Bergen näher sein, als es das Hier derzeit zulässt. Wenn sie Glück hat, hält David sein Versprechen und wird sie dort unten in Ruhe lassen.

Und sie wird sich auf die Suche nach dem passenden Schloss machen. Denn, dessen ist sie sich vollkommen sicher, wenn sie diese Tür öffnet, wird sich alles fügen. Eine irrationale Hoffnung, aber immerhin eine Hoffnung.

Hier, vor vielen Jahren

„Hast du mal eine Zigarette?"

Der Typ in der Lederjacke und mit den zurückgekämmten schwarzen Haaren dreht sich rum und sieht ihr in die Augen. „Wer will das wissen?", fragt er direkt.

„Ich", antwortet Eva.

„Hat *ich* auch einen Namen?"

„Eva."

Der Typ greift in die Innentasche seiner Lederjacke, holt eine zerknitterte Packung Kippen daraus hervor, stößt sie leicht gegen seine Hand und hält sie Eva vors Gesicht.

„Hier, Eva."

Als sie danach greifen will, zieht er die Hand zurück.

„Tztztztztz, nicht so schnell." Er leckt sich kurz über die Lippen. „Was bekomme ich denn im Gegenzug dafür?"

Eva lächelt. „Was stellst du dir denn so vor?"

Es ist mittlerweile drei Uhr in der Nacht. Aus der angekündigten Wahnsinns-Party ist ein Haufen versprengter Mittzwanziger geworden, die am schalen Bier nippen, sich unsicher zur Musik bewegen oder knutschend in der Ecke liegen. Eva fühlt sich in der Gesellschaft dieser Generation heimischer als in der ihrigen.

Sie fällt hier nicht auf, ihre langen, dunklen Haare und ihre glatte Haut lassen sie locker zehn Jahre jünger wirken. Sie hat Lust sich zu amüsieren. Greta ist schon nach Hause gefahren, sie selbst will noch bleiben. Kurzer Jubel brandet auf, als der DJ den nächsten Song auflegt: die aktuelle Nummer 1 der amerikanischen Charts. *I know your eyes in the morning sun, I feel you touch me in the pouring rain ...*

Der Typ in der Lederjacke rollt mit den Augen. Im Hintergrund rücken die tanzenden Körper einander näher.

„Ich hasse diese Eunuchen", sagt er und kratzt sich am Hinterkopf. „Stehst du auf diesen Scheiß, Eva?" *And the moment that you wander far from me, I want to feel you in my arms again ...*

„Worauf stehst du denn?", entgegnet sie mit einer weiteren Gegenfrage.

„Bis vor einer Minute war ich der festen Überzeugung, dass diese Kindergartenparty mit ihrem Pop-Gesülze die absolut beschissenste Entscheidung des Abends gewesen sei, aber dann hat mich eine interessante Frau nach einer Zigarette gefragt."

Wieder lächelt Eva. „Wie heißt du?"

„Meine Eltern dachten, es wäre eine richtig dufte Idee, mich nach meinem Großvater zu benennen. Ich heiße Harald. Meine Freunde dürfen mich aber Harry nennen."

„Und wie darf ich dich nennen?"

Sie liebt den Moment, kostet aus, dass Harry sich gerade ausmalt, wie er die Nacht mit ihr verbringt – wozu es niemals kommen wird. Aber den eigenen Marktwert zu testen, liegt ihr im Blut, genau wie die Lust auf ein Abenteuer, und der Typ wirkt, als verspräche er eben das.

Er lacht. „Eva, du bist mir eine", sagt er und reicht ihr eine seiner Zigaretten. Mit der Hand schirmt er die Flamme des Zippos ab, und Eva nimmt einen tiefen Zug.

„Was machst du eigentlich hier?"

„Eigentlich suche ich nach Spaß ..."

„Aber nicht mit dieser Plörre und zu der Musik, die jeden Tag in der Blechbüchse läuft. Wenn du wirklich Spaß haben willst, dann begleitest du meine Freunde und mich."

Wie auf ein Zeichen scharen sich drei hübsche, junge Frauen und ein Kerl mit Sonnenbrille um Harry.

„Leute, Abflug. Das hier ist Eva. Eva wird uns begleiten. Wird zwar etwas eng auf der Rückbank, aber ich weiß nicht, wie es euch geht, hier will wohl keiner von uns bleiben."

How deep is your love, how deep is your love, how deep is your love?

Als sie in die kühle Nacht treten, legt Harry seine Lederjacke um Evas Schultern. Eva zwängt sich mit den anderen Mädels, deren Namen sie nicht kennt und die kein Wort sprechen, auf die Rückbank des signalgelben Opel Admiral B. Als Harry den Wagen startet, zerreißt ein Gitarrenriff fast die Boxen. „Das ist Mucke!", ruft Harry von vorne und lacht. Die treibenden Drums führen sie auf die dunkle Landstraße, die Sterne lugen nur vereinzelt unter der Wolkendecke hervor. Der Mond hält sich versteckt. *What I want I take, what I don't I break, and I don't want you ...*

Eva spürt plötzlich eine Hand auf ihrem Oberschenkel. Das Mädchen, Eva schätzt sie auf Anfang zwanzig, legt ihren Kopf auf Evas Schulter und nuschelt irgendetwas.

„Tut mir leid, aber ich habe dich nicht verstanden", versucht Eva, die Musik zu übertönen.

„Bist du mir böse?", fragt das Mädchen.

„Böse, warum sollte ich böse auf dich sein?"

„Ich wollte dich nicht beleidigen." Sie zieht eine Schnute und streichelt weiter Evas Oberschenkel.

Eva schüttelt den Kopf. „Ich glaube, ich kann dir nicht ganz folgen."

„Siehst du denn nicht zwei Schritte weit?", fragt sie, legt den Kopf auf Evas Schulter ab und schläft direkt ein.

„Die ist voll zugedröhnt", lacht der Typ mit der Sonnenbrille. „Brauchst du auch was?"

Evas Erfahrungen mit Drogen beschränken sich auf Gras. Der Typ dreht sich zu Eva und reicht ihr eine kleine Pille. „Das kommt aus den USA. Ist wesentlich besser als deren Musikgeschmack. Das wird dir die Augen öffnen!" Eva greift danach, im Rückspiegel erkennt sie, dass Harry sie beobachtet. Während sie schluckt, blickt sie ihm fest in die Augen. Sie sieht, wie er grinst.

„Kein Wunder, dass Adam keine Chance hatte", ruft er und schlägt mit der flachen Hand auf das Armaturenbrett. *Oh, I'm a problem child, yeh, I'm a problem child, owh, I'm a problem child, desperate and wild ...*

Hier, heute

Eva schlägt den Kofferraum des Autos zu und atmet durch. Die Kronen der Birken des kleinen Wäldchens nebenan rauschen, aus der Luft vernimmt sie den Ruf eines Rotmilans.

„Bist du dir wirklich sicher?", fragt ihre Mutter.

„Ja, vollkommen sicher."

„Was glaubst du, wie lange du bleiben wirst?"

„Ein paar Tage, schätze ich. Mit Frau Dr. Johnen habe ich telefoniert, sie unterstützt mich in meinem Vorhaben."

„Und ... und ...", beginnt ihre Mama stotternd.

„Du meinst David?"

Ihre Mutter nickt heftig.

„Ich habe es ihm erklärt und er hat behauptet, er lasse mich in Ruhe und bleibe bei dir", erzählt Eva schwach lächelnd.

Ihre Mutter quittiert die Aussage mit einem verbitterten Ausdruck.

„Ach, Mama! Nun guck nicht schon wieder so. Du selbst hast gesagt, dass wir das schaffen werden."

„Das hoffe ich wirklich sehr." Sie tritt an Eva heran und umarmt sie. „Du hast es verdient."

„Danke", flüstert Eva. Dann löst sie sich, steigt in das Auto und schließt die Tür. In diesem Augenblick, als die Stille des Innenraums sie umgarnt, Eva die Hände ans Lenkrad legt und darüberstreicht, fühlt es sich an, als strömte eine äußere Kraft in ihr Inneres. „Dann los!", sagt sie zu sich selbst und dreht den Schlüssel.

Sie legt den Rückwärtsgang ein, rollt aus der Einfahrt und winkt ihrer Mutter. Im Rückspiegel erkennt sie, dass David neben ihr steht, die Ente unter dem Arm, zögerlich winkend.

Er lässt mich wirklich?

Eva grinst. Dann drückt sie auf den Knopf des Radios und

hört, wie die Zahnräder der Kassette gemächlich ins Rollen kommen. Eine Sache von damals ist geblieben. Das Tape, das sie von Harry geschenkt bekommen hat. Ein Fossil aus der Zeit davor. Rückblickend verflucht sie den Abend, an dem sie ihn und seine Clique kennengelernt hat, es war der Anfang einer Zeit, die ihr Leben im Desaster hätte enden lassen können. Aber die Zugfahrt hatte alles wieder ins Lot gebracht. Warum sie es jetzt hört? Weil es sie daran erinnert, dass das Leben keine Autobahn ist, sondern ein Netz aus verschlungenen Wegen, gespickt mit zahlreichen Kreuzungen, auf denen einem hin und wieder die Vorfahrt genommen wird.

Als die Musik einsetzt, verfestigt sich Evas Grinsen, und sie klopft auf das Lenkrad. Kurz schreit sie all ihre Erleichterung heraus. Dann legt Ozzy los: *People going nowhere, taken for a ride, looking for the answers that they know inside, searching for a reason, looking for a rhyme, snow white's mirror said: „partners in crime!"*

Woanders, heute

Die Hitze staut sich in dem immer enger wirkenden Laderaum. Hunger sind die Jungen gewohnt, aber der Durst, er ist grausamer. Ihre Zungen kleben am Gaumen, es gelingt ihnen kaum mehr, Spucke im Mundraum anzusammeln.

Ihre Klamotten liegen auf einem Haufen in der Ecke des Wagens, immer wieder öffnen sie die leeren Flaschen und versuchen, die letzten Tropfen herauszuquetschen. Die abgestandene Luft stinkt nach Schweiß und Dreck. Seit einigen Minuten sind die Drohungen egal. *Ruhe. Kontrolle. Tod.* Verzweifelt schlagen sie von innen an die Wand des Führerhauses. Der Wolf hustet ab und zu, die Musik dröhnt weiterhin, wenigstens haben die Schlaglöcher aufgehört. Aber der Wolf regt sich nicht. Er ignoriert ihre Schläge, ihre Rufe, fährt seelenruhig weiter. *Luft. Angst. Tod.*

Das Dunkel verschärft die Lage. Denn im Dunkel lauert der Tod. Er kauert in der Ecke und wetzt die Klingen mit einem Schleifstein aus purer Verzweiflung. Gleich wird es passieren. Man kann, wenn man ganz genau hinhört, sein Flüstern hören.

Oh, gleich werdet ihr ausrasten, gleich werdet ihr übereinander herfallen, gleich ...

Einer der dreien weiß, dass er das schwächste Glied der Kette ist, die jeden Moment gesprengt wird. Ihr Bündnis ist zeitlich begrenzt. Blut sei dicker als Wasser, sagt man, und Blut und Wasser bedeuten Leben. Der Stärkste mahlt mit den Kiefern. Die Wut bricht aus. Er dreht sich zu dem hageren Jungen um, packt ihn an den Trägern seines Unterhemds. So verweilen sie einen Moment lang, dann schnellt der Kopf des Stärkeren nach vorne. Seine Stirn trifft die Nasenwurzel des Hageren, dessen Kopf in den Nacken geworfen wird. Im Dunkel blitzen Sterne auf. Das Blut sickert in die verdreckte Feinrippware, und der Schwächere weiß, dass er jetzt sterben wird. Die Gewissheit macht ihm keine Angst, denn der Tod ist für die Rattenkinder ein alter Gefährte. Er wohnt eigentlich zwischen Rohren, Steinen und Beton. Aber heute sitzt er mit ihnen in dem Laderaum des weißen Kastenwagens und nickt bestätigend.

Als der Junge zu Boden geht, setzt sich der Stärkere auf seinen Brustkorb, mit den Knien fixiert er dessen Arme und fängt an, auf ihn einzuprügeln. Fausthieb um Fausthieb geht auf das Gesicht des Schwächeren nieder, Knochen knacken, Blut sickert aus der gesprungenen Haut. Das Gehirn des Jungen stammelt letzte Reize, als ein plötzlicher Ruck seinen Widersacher erfasst und gegen die Tür fliegen lässt. Der dritte Junge, der dem Treiben nur zugesehen hat, wird umgeworfen und knallt mit dem Kopf auf den Boden.

Der Wagen stoppt abrupt. Es ruckelt, die Fahrertür schlägt zu, und der Wolf schließt die Hecktür auf. Dann schreit er. Der am Boden liegende Schwächste bekommt davon nur die Hälfte mit, er erholt sich leicht, als der Wolf ihm eine Flasche Wasser ins Gesicht schüttet. Die beiden anderen Jungen hören ihm zu. Jedes Wort peitscht ihnen in die Ohren. Der Wolf gebraucht seine Fäuste nicht, braucht keine Gewalt. Seine Stimme ist eine Waffe. Seine Worte hallen wie Schüsse von den Innenwänden des Kastenwagens wider, und als er fertig ist, setzt er wieder einen dieser Punkte in die Luft, wie ein Ausrufezeichen. Eine letzte Warnung. *Die* letzte Warnung. Die Jungen setzen sich wieder auf die Planken, der Wolf reicht ihnen einen Pack Wasser und einen weiteren Bund Bananen. Dann lässt er die Tür ins Schloss fallen, schließt ab und steigt zurück hinter das Lenkrad. Der Beat beginnt, und die Fahrt geht weiter. Die Jungen senken die Köpfe, starren auf den Boden. Der Schmächtige blutet, vor seinen geschlossenen Augen tanzen Sterne. Der Stärkste reibt sich die Knöchel. Der Dritte setzt an: „Was sitzt in der Ecke und klappert?“ Vorne singt der Wolf: *Kinda like a cloud I was up way up in the sky ...*

Hier, vor vielen Jahren

Die Straßenlaternen werfen Kreise aus Licht auf den gepflasterten Bahnsteig. Eva steht dazwischen, zieht nervös an einer Zigarette und wartet auf den Zug. Keine weitere Person befindet sich hier, nur sie allein mit der Zeit, der Unvernunft und einer Prise Selbstzweifel.

Sie kramt in der Tasche ihres kurzen Rocks und zieht das Stück Papier daraus hervor, faltet es zitternd auf. Sie friert – nicht nur wegen der Kälte. Am Himmel zeigt der Mond sein pockenvernarbtes Gesicht, milchig und vertraut. Eva meint, jeden Krater einzeln erkennen zu können, als hätten die Gezeiten den Erdtrabanten in dieser Nacht ein Stück näher an die Erde herangezogen.

Das Papier fühlt sich fettig an, es ist durch zahlreiche Hände gegangen, riecht nach kaltem Rauch und mieser Entscheidung. In krakeliger Handschrift steht darauf das, was den Plan greifbar macht, was aus einer Idee Wahrheit werden lässt und Eva in einen Strudel gezogen hat, aus dem sie sich nicht zu befreien weiß.

Harry hat ihr den Zettel, kurz bevor er gefahren ist, zugesteckt, sie gewarnt, ihn nicht zu lesen und genau das Gegenteil bezwecken wollen. Eva soll erfahren, was darauf steht, um sie zu testen. Ihre Loyalität auf die Probe zu stellen. Sie und der Zettel alleine auf dem Bahnsteig, umgeben von Kreisen aus Licht. Ihre Augen gleiten über das Papier.

Harry ist ein Chamäleon, changiert zwischen Charmeur und Despot, er liebt und hasst, küsst und beißt, umarmt und erstickt. Doch Eva trägt er auf Händen. Vom ersten Abend an ist sie für ihn etwas Besonderes, weswegen man zu ihr aufsieht und sie gleichzeitig verflucht. Er nennt sie seine Königin. Alle meinen, dass sie mit ihm schlafe, dabei hat er sie nicht einmal geküsst. Sie empfindet nichts für Harry, aber sie genießt das Gefühl, den Status, die Ehrerbietung. In welchen Kreisen er verkehrt, in welche Pläne er eingeweiht ist, hat er lange vor ihr verbergen können. Viel früher hätte sie sich sonst von ihm losgesagt, ihn verlassen, niemals zugelassen, Teil des Ganzen zu werden.

Am Ende lässt er sie alleine, damit sie herausfinden kann, ob das Gefühl ausreicht, ihm den Gefallen zu tun, das hier zu erledigen. Den Zettel in Solingen abzuliefern. Dabei zu helfen, das, was bisher nur eine unfassbar kranke Idee gewesen ist, in die Tat umzusetzen. Greta hat sie damit abgespeist, dass sie sich mit einem Typen treffen wolle, den sie über Harry kennengelernt habe. Auch wenn ihre Freundin die Lüge geschluckt hat, weiß Eva, dass sie damit die letzte Grenze ihrer Freundschaft übertreten hat.

„Gib ihm den Zettel", hat Harry gesagt. „Der Kerl weiß, was er zu tun hat, wusste der schon immer. Hab ich dir die Geschichte von dem Bunker erzählt? Nein? Der hat bei so einem bescheuerten Experiment mitgemacht. Das muss 64 gewesen sein. In ... verdammt, wo war das noch gleich ... Dortmund, genau. Im verdammten Ruhrpott. Da haben sie 144 Menschen in einen Bunker gesperrt, um einen atomaren Ernstfall zu proben. Krank, oder? Ich meine, klar, Tschernobyl ist noch nicht lange her, und seitdem wissen wir, wie wichtig diese Scheiße noch sein kann, aber wer sperrt denn 144 Menschen in einen Bunker ein, um zu testen, ob das überhaupt funktioniert? Wie die Tiere, Eva, wie die Tiere! Massenmenschenhaltung!" Er hat laut gelacht, an seiner Kippe gezogen und ist sich durch die schwarzen Haare gefahren. „Die haben da Eintopf gefressen. Jedenfalls hat er da ein junges Mädchen angequatscht. Einfach vollgelabert, mit einer seiner Horrorgeschichten, der hat die richtig verrückt gemacht. Hat erzählt, dass in den Mauern Leichen stecken würden, die man nachts flüstern hört. Das Mädel ist völlig ausgetickt. Wurde sogar isoliert. Und der hat sich belacht. Der ist halt so, ein Wichser, ein verdammter Wichser! Gib ihm den Zettel, Eva. Tu dir selbst den

Gefallen und lies ihn nicht. Gib ihm einfach den Zettel, der weiß, was er zu tun hat!“

Eva zieht ein letztes Mal an der Zigarette, lässt sie fallen, tritt den glimmenden Rest mit der Stiefelspitze aus, als sie aus der Ferne den herannahenden Zug kommen hört. Noch einmal liest sie, was auf dem Papier geschrieben steht: *Ich weiß, wo das Paradies ist. 51° 54' 36'' N, 9° 15' 9'' E.*

Sie faltet das Schreiben sorgfältig zusammen, als der Zug quietschend im menschenleeren Bahnhof im Bergischen Land zum Stehen kommt. Die Maschine stöhnt, die Türen schieben sich zur Seite. Müde Augen empfangen Eva. Scannen sie. Eva geht an einer hochschwangeren Frau zu ihrer Linken vorbei, setzt sich auf einen freien Platz, blickt aus dem Fenster in die dunkle Nacht, über der ihr eigenes Spiegelbild liegt. Sucht in ihren Augen nach einer Antwort. Einem Ausweg. Hinter ihr hört sie ein Stöhnen. Der Zettel scheint sich einzubrennen, durchfrisst Polyester und Baumwolle, zersetzt ihre Haut und hinterlässt einen nagenden Schmerz. *Du kannst das nicht tun!*

Ruckartig setzt sich der Zug in Bewegung. Ihr bleibt nicht mehr viel Zeit, eine Entscheidung zu treffen, eine Seite zu wählen. Sie kennt die Strecke, die nahende Brücke, auf der bereits so viele Menschen ihre Entscheidung getroffen haben, die über Leben und Tod entscheidet. Auch sie wird sich dort entscheiden. Auf der Brücke wird sie sie treffen. Mit einem Finger drückt sie den Zettel tiefer in die Tasche, als bestünde die Gefahr, dass er daraus hervorkriecht. *Auf der Brücke, Eva. Auf der Brücke.*

Hier, heute

Eva wundert sich, dass sie heute so oft an Harry denkt. Die Musik trägt ihren Anteil dazu bei, eindeutig, aber es scheint, als wäre die Erinnerung eine Flutwelle, die dieser Tage über die Staumauer tritt. Es sind keine guten Erinnerungen, es sind Stacheln, die sich immer tiefer in sie bohren, bei jedem weiteren Bild. *Move a little nearer you know you gotta follow your leaders ...*

Rückblickend wirkt es, als wäre sie damals eine andere Person gewesen. Eine Eva, die viel mehr mit ihrer biblischen

Namensgeberin gemeinsam hatte, als sie sich je hatte vorstellen können. Sie glaubte, zu verführen, und doch war es am Ende allein sie gewesen, die verführt worden war. Der man den verführerischen, rotgelben Apfel vor die Nase gehalten und davon vorgeschwärmt hatte, wie unglaublich süß dieser doch schmecke. Sie hatte davon gekostet. Geglaubt, es wäre ihr eigener Wunsch, ihr Wille, dabei war sie nicht mehr als eine gekrönte Marionette gewesen. Harry hatte die Fäden in den Händen gehalten, immer kürzer, immer straffer. Bis zu diesem Abend. Am Ende hatte er sich und seine Macht über sie überschätzt. *As we need you like you need us for sure ...*

Eva steuert den Wagen über die Autobahn in Richtung Süden. Sie versucht, die Gedanken an Harry aus ihrem Kopf zu verbannen. Das Loslassen ist ihr Ziel, also lohnt es sich, so früh wie möglich damit anzufangen.

Martin hat oft von diesem Ort geschwärmt. Erzählte ihr von den Bergen, dem Tal, am Fuße von Nebelhorn, Rotspitze und Entschenkopf. Da, wo er stundenlang Fachvorträgen habe zuhören müssen und dabei nur daran gedacht habe, mit ihr dort einmal Urlaub zu machen. Was, wenn Martin an diesem Ort nie irgendwelchen Fachvorträgen zugehört hatte? Wenn der Schlüssel eine Tür öffnete, hinter die sie niemals zu blicken gehofft hatte? Wenn ihr Leben, ihre Liebe, ihr Sinn nur eine einzige Lüge gewesen war? Eine Erzählung auf der Zunge einer Schlange. Wie würde sie darauf reagieren, wenn sie hier Martin und David ein zweites Mal verlöre? *We're gonna drive you, we're gonne ride you, we're gonna get right inside you ...*

Die innere Reinigung beginnt. Eva spürt, wie ihr Kopf alle Erlebnisse, alle Gedanken, alle Erinnerungen zusammenwirft und damit knobelt. Die Würfel werden fallen. Ob sie am Ende gewinnt oder verliert, entscheidet nicht sie. Alle wunden Punkte, alle Risse in ihrem Inneren sind auf Reisen entstanden. Diese Fahrt, eine ins Ungewisse, wird ihr Antworten liefern, dessen ist sie sich sicher. *And if you wanna keep going just shout out for more ...*

Eva drückt auf den Knopf rechts vom Tapedeck, und die Kassette wird aus dem Schacht geworfen. Sie lässt ihr Fenster herunter, greift nach dem Tape, auf dem handschriftlich ihr Name steht. Sie war Harrys Kassettenmädchen. Die Musik darauf beschwor sie wie die Schlange eines Pharaos.

Eva streckt ihren linken Arm aus dem Fenster, lässt die Kassette fallen. Im Rückspiegel sieht sie, wie das Plastik auf dem Asphalt aufkommt, einen wilden Tanz vollführt, in Einzelteile zerspringt. Sie schließt das Fenster. Als der Wind verstummt, atmet sie tief durch und schreit. Dann schaltet sie das Radio ein und lacht schallend, als einer der Hits des Jahres aus den Boxen plärrt: *I've been looking for freedom, still the search goes on ...*

Hier, heute

Nachdem sie lauthals die letzten Noten mit David Hasselhoff geteilt hat, fällt Evas Blick auf die Tankanzeige. Die Nadel neigt sich in den roten Bereich. Sie wechselt die Spur und steuert den nächsten Rastplatz an. Als sie an einem Wohnwagen vorbeifährt, winkt ihr ein kleiner Junge in Davids Alter aus dem hinteren Fenster zu. Eva winkt zurück, und doch fährt der Schmerz kurz seine Krallen aus. Gleichzeitig ist sie froh, dass er bisher sein Versprechen hält und sie auf dieser Fahrt in Ruhe lässt. Irgendetwas in ihr will ihn nicht gehen lassen, möchte, dass sie die Einbildung akzeptiert und sie annimmt. Doch dann ergreift die Ratio das Wort und kanzelt das Fantasiegebilde als Trugbild ab, das ihr mehr schaden als nützen wird.

Sie lenkt den Wagen an eine freie Säule. Der Benzinpreis ist in den letzten Wochen aufgrund der fragilen gesellschaftlichen und politischen Zeiten in die Höhe geschossen. Um den Kalten Krieg zu beenden, braucht man wohl eine Menge Öl.

Im Verkaufsraum der Tankstelle empfängt sie ein Gemisch von verbrauchter Luft, Diesel und Automatenkaffee. Doch Eva spürt die Müdigkeit in ihren Knochen. Die Aufregung, das erste Mal wieder selbst hinter dem Steuer eines Autos zu sitzen, hatte sich zwar, zu Evas eigener Überraschung, rasch gelegt, doch pulsiert die Narbe an ihrem Bein. Sie streckt sich, wirft Münzen in den Automaten und sieht dabei zu, wie sich der braune Plastikbecher mit einer dunklen Brühe füllt, die niemals einer echten Kaffeebohne begegnet ist. Eva nimmt den Becher und stellt ihn auf einem Stehtisch neben sich ab. Aus dem Kühlschrank nimmt sie eine Flasche Wasser und schnappt nach zwei Riegeln Schokolade und einer BiFi Roll. Als sie sich wieder ihrem Kaffee zuwenden will, fällt ihr Blick auf ein Regal neben dem Kühlschrank. Dort stehen, Rücken an Rücken, Bücher aus den unterschiedlichsten Genres und von namhaften wie unbekannten Autoren. Eva liest den Zettel, der an der Seite des Regals mit Klebestreifen befestigt wurde. *Ich bin ein öffentlicher Bücherschrank. Wenn du mir eines deiner ausgelesenen Bücher überlässt, schenke ich dir eines aus meinem Bestand. Kostenlos und unverbindlich. Aber Achtung: Lesen gefährdet die Dummheit.*

Eva nimmt die Wasserflasche, die Süßigkeiten und die Salami und schlendert auf die Kasse zu. Sie legt die Sachen ab, die Kassiererin tippt wortlos auf der Ladenkasse herum, schaut Eva aus riesigen Brillengläsern an und fragt: „Getankt haben Sie auch?"

„Ja, ich hatte die Fünf." Sie wartet ein bisschen ab, dann schiebt sie nach: „Eine schöne Idee, das mit dem Schrank."

„Bitte?", fragt die Kassiererin mit den hochgesteckten Locken und lackierten Nägeln.

„Der Bücherschrank", antwortet Eva und dreht sich in die Richtung. Sie erstarrt. Davor steht ein älterer Mann, studiert die Bücherrücken, fährt einzelne Titel mit dem Finger nach. Das weiße Hemd, die helle Leinenhose – obwohl sie ihn nur von hinten sieht, erkennt Eva ihn sofort wieder. Er greift nach einem der Bücher und schiebt selbst ein anderes in die entstandene Lücke. Eva kennt den Titel des Buches genau, erinnert sich an die Bleistiftzeichnung, die roten Buchstaben. *Der Prozess.*

„Die Schnapsidee hatte mein Chef. Aber auf mich hört ja keiner. Ich habe ihm gesagt: Welcher Mensch liest denn heute noch Bücher? Ich meine, es gibt doch jetzt dieses Privatfernsehen. Und nun steht das Ding da, obwohl wir dringender einen zweiten Kühlschrank brauchen." Die anstrengende Stimme der Verkäuferin, die Eva an die der Sekretärin aus *Ghostbusters* erinnert, weicht einem tiefen Rauschen, als der Mann sich langsam zu ihr umdreht. Er greift nach dem Becher Kaffee und kommt auf sie zu.

„Hier, nicht, dass Sie dieses köstliche Getränk vergessen."

„D ... da ... danke", stottert Eva.

„Ich wollte Sie nicht belauschen, und doch habe ich mitbekommen, dass Sie sich auch für den Bücherschrank interessieren?"

„Das macht dann zusammen 45,77", nervt die Kassiererin.

Eva zieht wie in Trance einen Fünfzig-Mark-Schein aus ihrem Portmonee und legt ihn auf die Anrichte.

„Es mag ein wenig antiquiert klingen, aber ich lese weiterhin sehr gerne. Nach anstrengendem Stoff brauche ich aber immer etwas Populäres." Verschmitzt streckt er Eva das Cover des Buches entgegen. *Friedhof der Kuscheltiere.*

„Ich habe es vor gar nicht langer Zeit schon einmal gelesen. Ein wirklich gruseliges Buch, in dem ein Mann seinen Sohn, nachdem der von einem Lastwagen überfahren wurde, auf einem alten Indianer-Friedhof beerdigt, da er weiß, dass alle, die in dieser Erde begraben werden, wiederauferstehen."

Eva spürt, wie ihr schwindelig wird. Sie stützt sich auf der Eistruhe ab.

„Und 4,33 zurück."

„Alles in Ordnung mit Ihnen?", fragt der Mann.

„Vielen Dank und eine gute Fahrt." Die Stimme der Kassiererin dröhnt in ihrem Kopf.

„Ich ... waren Sie nicht heute Morgen in dem Bus?"

„Welcher Bus?", fragt die Kassiererin. „Ich bin seit acht Uhr heute Morgen hier. Auch so eine Schnapsidee von meinem Chef."

Irritiert dreht sich Eva zu der Kassiererin um. „Nicht Sie, ich meinte ..." Sie verstummt, als ihr Blick auf den Kaffeebecher fällt, der auf dem Stehtisch steht.

„Doch, genau ich. Ich schiebe hier Zwölf-Stunden-Schichten, und keine Sau interessiert das. Dabei müsste ich hier nicht arbeiten. Nötig habe ich die Kohle nämlich nicht."

Evas Blick wandert durch den Raum. Doch von dem Mann fehlt jede Spur.

Woanders, heute

Der Wolf schnaubt. Die Fahrten werden von Mal zu Mal schwieriger. Nicht nur die gefährliche Situation vor Ort, die Menschen auf den Straßen, das Militär, auch die Grenzkontrollen bereiten ihm mehr Sorgen als zuletzt. Und dann werden die Jungen immer schwieriger. Früher war alles einfacher.

Sie sind schon immer vorsichtig gewesen, mussten vorsichtig sein, aber wie lange das hier noch möglich sein wird, steht völlig in den Sternen. Das weiß der Wolf, und die Gewissheit zehrt an seinen Kräften und an seinem Willen. Er spielt mit dem Gedanken, dass das hier heute die letzte Fahrt sein wird. Dass er den Scheiß zukünftig sein lässt, auch wenn er gerne die Kohle mitnimmt. Aber die Gefahr ist nicht zu unterschätzen. Oder sein Partner muss ihm eine Zulage zahlen. Eine gewaltige Zulage.

Sein Magen schiebt Stress. Er öffnet die Flasche Cola und nimmt einen tiefen Schluck. Das Zeug wird ihn umbringen, irgendwann. Der Zucker, das Koffein, die Musik – das sind die Zutaten, die notwendig sind, um auf der eintönigen Strecke nicht die Konzentration zu verlieren.

Er hämmert mit der flachen Hand an die Rückwand der Fahrerkabine. Die Jungen sollen ruhig ein bisschen wachbleiben, Angst haben. Denn so etwas wie eben darf nicht wieder passieren.

Einmal, nur einmal ist ihm einer der Jungen da hinten drin krepiert. Das hat ihm vielleicht einen Ärger eingebrockt. Das Schlimmste daran war, dass sein Partner ihm weniger für die Lieferung gezahlt hat.

Der Wolf fragt sich, ob es richtig sei, ihn überhaupt als seinen Partner anzusehen. Partner klingt gleichberechtigt. Am Ende ist er doch nur der Kurier. Der, der die Fracht von A nach B liefert. Die Anforderungen werden ihm mitgeteilt. Ungefähres Alter, Größe und die Anzahl. Er sucht die Jungen aus, bringt sie zum verabredeten Treffpunkt, der seit Jahren derselbe ist.

Zu Beginn hat er keine Fragen gestellt. Als der Deal eingefädelt wurde, kam es ihm nur darauf an, dass es sich dabei nicht um irgendeinen kranken Missbrauchskack handelt. Ethos ist wichtig.

Irgendwann wollte er dann doch wissen, was die mit den Jungen machen. Vorher hat er sich gefragt, ob es irgendetwas ändern würde, ob das, was er erfahren würde, ihn davon abhalten könnte. Ethos eben. Doch legt man Geld und Ethos in die Waagschalen, dann wiegt Geld eindeutig schwerer. Nur bei Missbrauch nicht. Das hat er ihnen direkt am Anfang gesteckt.

Sonst ist er nicht so nervös. Seine Gedanken sind wirr. Eigentlich ist er ein rationaler Mensch, überlegt, denkt nach. Doch heute fällt ihm das alles schwer. Mit der rechten Hand knetet er seinen Nacken, gähnt. Es ist nicht mehr weit. Aber die Zeit, die Zeit sitzt ihm im Genick. Er braucht das Geld. Dringend.

Die Straßen werden schmaler, es geht in Richtung Berge. Bald liegt hier alles voll mit Schnee. Dann pilgern die Menschen hierher, zum Skifahren, um zu rodeln. Es ist so friedlich hier. Der Baumbestand nimmt ab. Der Wolf beruhigt sich. Atmet. Dreht die Musik etwas leiser. Dann hört er das Scharren.

Hier, heute

Als die Berge die Straße einfassen und Wolken wie Wattebäusche die Gipfel zieren, verfliegen die Gedanken an die verwirrende Begegnung in der Tankstelle endlich. Eva knüllt das Papier des letzten Schokoriegels zusammen und stopft es in die Seitenablage der Fahrertür.

Nachdem sie den Verkaufsraum verlassen hatte, war ihr der Mann noch einmal begegnet, und zwar als Fahrer des Wohnwagen-Gespanns, aus dem ihr der kleine Junge zugewunken hatte, weiterhin an der Heckscheibe sitzend und David weitaus ähnlicher sehend als zuvor. Wie in einem Rausch hatte sie sich in ihr Auto gesetzt, den Pseudo-Kaffee in einem Zug geleert, sich dabei den Gaumen verbrüht und den ganzen Rasthof so schnell wie möglich hinter sich gelassen.

Ein braunes Schild begrüßt sie im höchsten Ski- und Bergdorf Deutschlands. Eva lenkt den Wagen durch den kleinen Ort, parkt ihn auf dem Parkplatz einer Berghütte, die Fremdenzimmer anbietet, und verlässt das Auto. Die kühle Bergluft erfasst sie, und sie schnürt ihre Strickjacke enger um sich. Als ihr die vielen Vogelhäuschen, die um und an dem Gebäude hängen, auffallen, bemerkt sie eine seltsame Stille. Als wäre alles Leben darin tot.

Eva stapft die Treppenstufen hinauf und klopft an die schwere Holztür. Nach wenigen Momenten vernimmt sie im Inneren schlurfende Schritte. Als die Tür aufgezogen wird, strömt ihr warme Luft und der Duft nach einem Braten entgegen.

„Ja, bitteschön?", fragt eine gebeugte Frau in Schürze.

„Hallo, ich heiße Eva. Ich wollte fragen, ob die Möglichkeit besteht, bei Ihnen zu übernachten?"

Die alte Frau runzelt die Stirn, mustert Eva und setzt eine Brille auf, die an einem Band um ihren Hals hängt.

„Jetzt? Heute? Ich weiß gar nichts von einer Buchung."

„Ja, ich weiß, entschuldigen Sie bitte. Ich habe nicht im Vorhinein gebucht, ich bin spontan hierhergereist."

„Um diese Jahreszeit kommen nicht so viele Menschen hierher. Die Zimmer sind gar nicht hergerichtet." Der bayerische Akzent in ihrer Stimme und die Berge um den Ort herum erinnern Eva an die Fernsehserie *Heidi*.

„Das macht mir nichts aus. Ich brauche nur einen Ort, an dem ich übernachten kann. Ich habe keine Ansprüche."

„Ein Frühstück, das kann ich Ihnen machen. Ich hab Eier da und Speck. Für einen Tee wird 's auch noch reichen."

„Das klingt ganz wunderbar", antwortet Eva und lächelt. Die Dame gefällt ihr, und es fühlt sich an, als wäre hier die Welt noch in Ordnung. Die Stille, die ihr eben einen Schauer über den Rücken jagte, wandelt sich zu einer Art Frieden. Die Hütte wirkt, als wäre sie von der Zeit vergessen worden, die sonst den Alltag bestimmt und von den Menschen fordert, ständig und überall zu funktionieren.

„Dann kommen Sie mal herein in die gute Stube." Mit kleinen Schritten macht ihr die Dame Platz. „Haben Sie gar kein Gepäck?"

„Doch, einen Koffer, im Auto. Ich hole ihn gleich, zeigen Sie mir einfach das Zimmer, dann störe ich Sie nicht weiter."

Hinter einer mit Intarsien reichlich verzierten Tür liegt ein rustikales Zimmer. Bett, ein schwerer Holzschrank, Nachttische und ein kleiner Schreibtisch mit gepolstertem Stuhl davor sind aus Eiche gebaut und tragen jeweils die gleichen Verzierungen.

Die rot-weißen Vorhänge umrahmen das große Fenster, das einen beeindruckenden Panoramablick bietet.

„Wow“, entfährt es Eva.

„Ja, ist schon schön hier bei uns.“ Die ältere Frau zieht die Vorhänge zurecht und stößt eine schmale Tür neben dem Schrank auf. „Da ist das Bad. Es ist etwas klein, aber ich denke, es reicht.“

„Es ist alles wunderschön hier, meine Liebe.“

„Greta“, antwortet die Frau.

„Sie heißen Greta?“

„Ja, mein Leben lang schon.“

Eva weiß spätestens jetzt, dass sie genau heute hier sein soll. Alles scheint für und auf sie vorbereitet zu sein. Hier können die Wunden heilen, die so tief in ihrem Inneren schmerzen. Dieser Ort führt Martin und sie noch einmal zusammen, näher werden sie sich nie mehr sein. Hier, wo die Berge den Himmel berühren, wird sie Abschied nehmen. Von Martin. Und dann von David. Eva spürt, wie ihr Gesicht heiß wird und Tränen in ihre Augen treten.

„Die Bettwäsche liegt im Schrank. Frühstück gibt es um acht Uhr.“

„Danke ... Greta.“

Woanders, heute

Die Dunkelheit verschlingt das Licht des Tages, die Berge werden zu schwarzen, hockenden Riesen, der Asphalt ein Farbfleck im spärlichen Licht der verdreckten Scheinwerfer. Der Wolf kurbelt die Seitenscheibe herunter, die Kälte schwappt in das Wageninnere und lässt ihn erzittern. Die Müdigkeit ist aus ihrem Flakon entwichen und breitet sich in ihm aus. Doch jetzt ist das Ziel so nah, die Zeit fast eingeholt.

Das Geräusch ist nahezu verschwunden. Der Wolf weiß, dass der alte Mercedes seine beste Zeit hinter sich hat. Die Reifen tragen kaum mehr Profil, der Rost frisst sich durch den Unterboden und der Auspuff hängt am seidenen Faden. Nicht nur für ihn selbst könnte dies die letzte Fahrt sein. Ein weiteres Jahr TÜV wird es nicht geben, und der Wagen zieht mittlerweile zu viele Blicke auf sich. Insbesondere dann, wenn dieses Geräusch hinzukommt.

Der Wolf greift nach einer neuen Flasche Cola. Sie gleitet ihm aus den Fingern, rutscht über die Kante des Beifahrersitzes. Er richtet sich auf, legt sich dann so weit es geht nach rechts und tastet mit dem ausgestreckten Arm nach der Flasche. Mit den Fingerkuppen berührt er den Korpus. Es fehlen nur Millimeter. Sein Hals kratzt, er räuspert sich, alles in ihm schreit nach Flüssigkeit und Koffein. Nur ein bisschen fehlt. Ein Zentimeter.

Der Wolf beugt sich noch weiter, löst den Gurt, greift die Flasche, zieht sie nach oben, als er seinem Namensgeber begegnet, so nah wie nie im Leben zuvor. Er steht da. Mitten auf dem Asphalt. Das größte Raubtier aus der Familie der Hunde. Der Mythos aus den Märchen der Gebrüder Grimm. Schlank, lange Beine. Dunkler Rumpf, helle Flecken um die Augen, die im Licht der Scheinwerfer glänzen. Wolf und Wolf, Auge in Auge. Der Wolf hinter dem Lenkrad lässt die Flasche zwischen seine Beine plumpsen und steigt auf die Bremse. Das Geräusch, fast verschwunden, oder doch nur im Laufe der Zeit zur Gewohnheit geworden, erwächst zu einem schleifenden Scharren. Nichts passiert. Der Wagen verliert nicht an Fahrt, der Wolf weicht nicht von der Stelle. Hechelnd steht er auf der Straße und wartet.

Der fahrende Wolf reißt am Lenkrad, der Wagen gerät aus der Spur. Er hört die Jungen im Laderaum schreien, spürt, wie sie von einer Wand zur anderen geworfen werden.

Der rechte Kotflügel berührt den Schwanz des Tieres, das sich plötzlich aus der Starre löst und in das Dunkel rennt. Der Sprinter neigt sich verdächtig zur Seite, die Jungen im Inneren knallen gegeneinander, Knochen an Knochen, Schädel an Schädel. Das Lenkrad wirbelt herum, der Wolf kann es nicht mehr greifen. Der Wagen prallt seitlich gegen einen schweren Stein, von da ab zurück auf die Straße. Der linke Scheinwerfer versagt den Dienst, und das wenige Licht nimmt sich die Nacht.

Der Wolf sieht die Sterne, schimmernde Glanzlichter am tiefschwarzen Firmament. Funkelnd wie die Augen des stolzen Tieres. Dort, wo die Straße aufhört, greifen die abgefahrenen Vorderreifen ins Leere. Der Wolf wird nach vorne ins Lenkrad gedrückt, die Luft aus seinem Brustkorb gepresst, und das

Fahrzeug rauscht ins Nichts. Einen Moment lang schweben sie. Der Wolf und die Jungen. Der Kurier und die Fracht. Nur einen ganz kurzen Augenblick, dann zieht der Motor die Nase des Mercedes nach unten, und als sie sich in ein Gewühl aus Brocken gräbt, schleudert der Druck den Wolf durch die Scheibe nach draußen. Doch den Schmerz, als er, zahlreiche Knochen in seinem Körper bereits gebrochen, auf den Steinen aufschlägt, spürt er nicht mehr. Die Sterne strahlen. Glanzlichter.

Der Fond des Wagens kippt zur Seite, landet krachend. Das Echo des Moments löst sich langsam auf. Es knistert, Metall dehnt sich, das Fahrzeug versucht, die gestauchten Gebeine zu strecken. Die Dunkelheit greift nach den letzten Geräuschen. Der Tod spielt seine lautlose Musik. Dann herrscht Stille.

Wolken ziehen auf, nehmen den Sternen das Licht. Vereinzelt rieseln Schneeflocken zur Erde. Sanft. Weiß und rein. Die Natur bereitet sich auf den nahenden Winter vor. Als der Schnee zunimmt, erste Flecken auf dem Boden bildet, heult in der Ferne ein Wolf.

Das hier ist sein Revier.

Hier, heute

Der Anblick verschlägt Eva die Sprache. Über Nacht sind um die zehn Zentimeter Neuschnee gefallen. Das weiße Puder bedeckt Straßen, Wege und Gras. Die Gipfel tragen Winterkronen. Eisblumen zieren die Butzenscheiben.

Eva öffnet den Koffer, den sie bei noch wolkenlosem Himmel aus dem Kofferraum ihres Autos geholt hat, und schnappt sich Thermowäsche, Mütze, Schal, Handschuhe daraus. Die dicke Jacke liegt auf dem Rücksitz des Wagens. Sie wäscht sich, steigt in ihre Kleidung und öffnet dann die Tür zum Flur. Sie riecht Tee, Eier und hört das Fett in der Pfanne brutzeln.

„Guten Morgen, Greta."

„Ja, guten Morgen, Eva. Wie war die Nacht? Sie haben Schnee mitgebracht. Der ist früh dran in diesem Jahr."

„Draußen sieht es toll aus. Wunderschön."

„Bitteschön." Greta zieht einen Stuhl vom Tisch weg und

platziert auf einem gestickten Deckchen einen Teller mit Rührei und Speck darauf. „Guten Appetit."

Der Duft lässt Eva das Wasser im Mund zusammenlaufen. Die erste Gabel schmeckt einfach nur köstlich.

„Was haben Sie heute vor?"

Eva schluckt das Ei herunter. „Hm, ich denke, ich werde die Gegend hier ein bisschen erkunden. Vielleicht können Sie mir dabei helfen? Ich suche nach einer Art Saal, eine Halle oder so etwas in der Art, in der sich Mediziner zu einem Kongress treffen. Das findet hier wohl seit Jahren immer mal wieder statt."

„Ärzte?", fragt Greta.

„Ja. Mein Mann Martin war oft hier. Er hat mir von Oberjoch erzählt. Davon, wie schön es hier ist."

„Von Ärzten weiß ich nix. Nach Oberjoch kommt man zum Skifahren, zum Rodeln und zum Wandern. Aber Ärzte? Nee, davon weiß ich wirklich nix. Da musst du dich verhört haben."

Eva schluckt. Greta mag den Ort kennen, aber weiß sie wirklich, was hier alles passiert? Eine Fachtagung von Medizinern wird sicher nicht so beworben wie etwa das Trainingslager eines Fußball-Bundesligisten. „Gibt es hier vielleicht ein Hotel mit einem Tagungsraum oder so etwas?"

Die alte Dame wendet sich von der Spüle ab, tritt an Eva heran und legt ihr die runzelige Hand auf die Schulter.

„Ich weiß nicht, was Ihnen Ihr Mann erzählt hat, Eva. Es geht mich auch gar nichts an, aber wenn er jemals in Oberjoch gewesen ist, dann nicht, um sich hier mit irgendwelchen anderen Ärzten zu treffen. Wenn hier so etwas stattfinden würde, dann wüsste ich davon. Mein Mann ist jahrelang hier Bürgermeister gewesen, und jetzt ist es mein Sohn. Ich weiß genau, was in Oberjoch los ist und was nicht. Wir haben hier keine Ärzte, und es sind auch niemals welche hier gewesen, um zu tagen. Ein paar Kilometer von hier gab es mal ein Pharmazieunternehmen, die haben da Medikamente hergestellt. Aber da arbeitet heute keiner mehr. Wenn du hier Geld verdienen willst, dann geht das nur mit den Touristen."

Der Hunger ist verflogen. Eva stochert verloren auf ihrem Teller herum. Martin hatte von Oberjoch gesprochen, von den Bergen, von den Kollegen. Seine Erzählungen waren so ausführlich, so detailliert gewesen, dass Eva meinte, einige von den Menschen schon selbst zu kennen, obwohl sie ihnen nie begegnet war.

„Ich verstehe nicht ganz, er hat ..." Eva bricht ab und vergräbt das Gesicht in ihren Händen. Die Gewissheit, dass Martins Erzählungen eine Lüge waren, breitet sich wie ein Lauffeuer in ihr aus. Greta drückt ihr die Schulter leicht. Eva weint. Weint hemmungslos.

Schnell wird ihr bewusst, dass sie seit dem Unfall nicht ein einziges Mal den Schmerz so sehr zugelassen hat wie hier in diesem Moment. Sie musste stark sein, funktionieren, die schmerzhafte Physiotherapie über sich ergehen lassen, auf die Beine kommen, in den Alltag zurückkehren. Ihr Leben leben, in dem ihr alles genommen worden war, was wichtig erschien. Martin. David.

Der Moment, als die eigene Wahrheit ihre Verkleidung ablegt und als Lüge ins Scheinwerferlicht tritt, übermannt Eva. Warum hatte Martin ihr diese Lüge aufgetischt? Wo war er jedes Mal gewesen, wenn er von dem Wochenende in Oberjoch erzählt hatte? Mit wem war er wo? Zu was? Warum?

Das Geheimnis spürt sie wie ein Signum des Verrats auf ihrer Haut. In Form eines Schlüssels hängt es an einem Lederband um ihren Hals. Der Schlüssel aus dem Buch scheint zu mehr Erkenntnis zu führen, als sie sich eingestehen will, scheint mehr preisgeben zu können, als ihr lieb ist. Sie muss hier raus. Allein sein.

Plötzlich wirkt die süße Berghütte wie ein heruntergekommenes Loch im Nirgendwo. Greta wie eine runzelige, alte Frau, die nicht mal mehr merkt, dass ihr der Speck anbrennt. Eva steht so heftig auf, dass ihr Stuhl nach hinten kippt. Sie greift nach Schal, Handschuhen und Mütze, läuft auf den Flur hinaus, durch die Tür ins Freie. Die Kälte legt sich wie ein Mantel um sie, der nasse Schnee schmilzt in ihren zu knappen Stiefeln. Sie reißt die Autotür auf, schnappt sich ihre Jacke und stapft los. Ziellos. Sinnlos. Die Realität ist ein Ungeheuer. Es hat Hunger.

Hier, vor vielen Jahren

Das monotone Rattern des Zuges lässt Eva schnell müde werden. Sie legt ihren Kopf an die Seitenscheibe, setzt ihre Kopfhörer auf und startet die Kassette in ihrem Walkman. Harry ist ein mieses Arschloch, das ist ihr mittlerweile klar geworden, aber eins muss man ihm lassen. Mixtapes zusammenstellen, das liegt ihm wie keinem anderen. Er liebt es, thematisch passende Songs aneinanderzureihen, sodass das Mixtape am Ende in sich geschlossen einen Sinn ergibt. Wie ein Buch aus mehreren Geschichten, die in sich abgeschlossen Sinn ergeben, aber am Ende, wenn man alle Geschichten gelesen hat, gemeinsam als Ganzes einen neuen Horizont eröffnen.

Das Mundharmonika-Intro zu Beginn, das die Geräusche eines in die Gänge kommenden Zuges thematisiert, erklingt in ihren Ohren, und Rickey Medlocke singt: *Well, train, train, take me on out of this town ...*

Der Zug nimmt Fahrt auf, und Eva spürt die Vibration in der Scheibe. Die schwangere Frau hat sich wohl die Beine vertreten müssen, jetzt taumelt sie an ihr vorbei und sucht sich einen Platz ein paar Reihen vor ihr. Dem Umfang ihres Bauches nach zu urteilen, steht sie kurz vor der Entbindung. Eva wundert sich, dass sie jetzt – und dann auch noch um diese Uhrzeit – eine Zugreise unternimmt.

Die Frau dreht sich um, ihre Blicke treffen sich kurz. Eva glaubt, sie zu kennen. Ihr schon einmal begegnet zu sein. Die Schwangere lächelt gequält. Sie sieht müde aus, traurig. Eva nickt ihr kurz zu und schließt dann die Augen. *Oh, take that midnight train to Memphis, Lord, leave me if you can ...*

Sie erwacht, als ein Raunen durch die Passagiere geht. Einige von ihnen sind aufgestanden, sie hört ein sorgenvolles Stimmengewirr. *Nein! Oh, Gott! Bitte!*

Eva braucht einen Moment, um sich zu orientieren. Neben ihr auf dem Gang steht ein Mädchen. Eva schätzt sie auf neun oder zehn. *I get the same old dreams, same time everynight, fall to the ground and I wake up ...*

Das Mädchen starrt nach vorne. Ein Mann schwankt an ihr

vorbei, rempelt die Kleine fast um. Eva reißt sich den Kopfhörer herunter, erhebt sich von ihrem Sitz. „Hey!", ruft sie dem Typen hinterher. Dabei fällt ihr Blick auf die schwangere Frau, ein paar Reihen vor ihr, die sich hilfesuchend umblickt. *Da ist was auf den Gleisen! Genau vor uns! Hilfe! Gott schütze uns!*

Schreie. Panik. Chaos.

Eva schaut aus dem Fenster, versucht, irgendetwas zu erkennen. *Die Brücke.* Der Ort, an dem sie eine Entscheidung treffen will. Instinktiv tastet sie nach dem Zettel. Findet ihn nicht. *Vielleicht wird mir die Entscheidung einfach abgenommen?*

Der Zug befährt gerade das erste Drittel der knapp 460 Meter. 950.000 Nieten halten die Stahlkonstruktion zusammen. Eva erinnert sich plötzlich an den Mythos der letzten Niete. Eine aus purem Gold, die zum Abschluss der Arbeiten in das Metall gehauen worden sein soll und auf deren Jagd sich schon Unzählige begeben haben. Der Zug rattert, und dann wird Eva bewusst, was hier passiert. *Da ist was auf den Gleisen! Genau vor uns! Hilfe! Gott schütze uns!*

Ein Fehler. Versagen. Schicksal. Auf ihrem Weg, auf den Gleisen steht etwas. Sie werden damit zusammenstoßen. Sich verkeilen. Metall in Metall. Sie vergisst alles, den Zettel, die Entscheidung, denn das Jetzt fordert sie, jeden Funken Aufmerksamkeit. Eva tritt auf den Gang, kniet sich vor das Mädchen, hilft der Kleinen wieder auf die Beine. Zieht sie zu sich in die Bank, als es anfängt.

Das Kreischen. Das Schleifen. Das Quietschen. Die Menschen um sie herum brüllen und schreien durcheinander. Die Augen des Mädchens weiten sich vor Angst, sie reißt sich von Eva los, taumelt zurück auf den Gang, als Eva ihren Arm schnappt. Eine Welle durchpflügt den Waggon, Menschen fallen übereinander, Eva reißt mit voller Kraft an dem dünnen Arm, schlägt selbst mit dem Kopf hart gegen die Scheibe, an der sie eben noch gedöst hat. Aber ihr bisheriges Leben läuft nicht wie ein Film vor ihrem geistigen Auge ab. Da ist nichts. Einfach nur nichts.

Ist das der Tod?

Nein.

Hier, heute

Eva steht im Wind und spürt doch nichts. Nicht die Kälte, nicht die nassen Füße, nicht einmal den Schmerz. Sie hat jegliches Gefühl für die Zeit verloren, weiß nicht, wie lange sie schon durch den Schnee bergangestapft ist, die Füße taub. Sie greift in die Innentasche der Daunenjacke und zieht ihren Geldbeutel daraus hervor. Sie klappt ihn auf und fummelt mit zittrigen Fingern die beiden Bilder heraus. David. Martin.

Sie sucht in seinem Gesicht nach Anzeichen von Untreue, von Lüge, von Verrat. Aber er blickt sie von dem Foto aus an wie immer. Mit seiner netten, unaufdringlichen, ruhigen Art. So wie er sie damals behandelt hat, nach der Geschichte im Zug. Mit einer kleinen Taschenlampe in ihre Augen leuchtete, den Cut an ihrer Stirn abtupfte und ihr sagte, dass alles in Ordnung sei und ihr nichts passieren werde.

Wo sind die Tränen, wenn man sie braucht? Wo ist die Wut? Da ist einfach Liebe in ihr. Liebe für diesen, ihren Mann. Sie hat ihn auf dem Gewissen. Sie hat in das Lenkrad gegriffen. Sie hat ihre eigene Familie zerstört, und jetzt sucht sie hier nur nach irgendeiner Form von Absolution. Doch die Berge und der Schnee werden sie ihr nicht geben. Hier oben ist der Welt egal, was ihr widerfahren ist. Sie ist nur ein Mensch. Ihr Schicksal ist eine Tragödie, aber auf die gesamte Welt bezogen, ist es nicht mehr als Fliegendreck. Unbedeutend.

Eva zerreißt das Bild, die einzelnen kleinen Stücke weht ihr der Wind aus den Fingern, und sie sieht sie davonwirbeln, in die Vertiefungen, die Schluchten. Eine Bö erfasst Davids Bild ebenfalls, und ein Stoß trägt es hinauf zum wolkenverhangenen Himmel. Eva schreit. Flucht, stapft los, verliert den Halt, fällt in den Schnee. Es kommt ihr ewig vor, bis sie sich aufgerichtet hat. *Du wolltest doch loslassen ...*

Sie dreht sich um die eigene Achse, sucht im grellen Weiß nach dem Bild, als wäre es wahrhaftig David selbst. Da sieht sie es, kurz vor dem Abgrund. Eva läuft los, sie stapft durch den nassen Neuschnee, die Knochen sind kalt und müde. Sie greift danach, es fehlt doch nicht viel. Nur ein Zentimeter.

Dann schnappt der Wind erneut zu und hebt es über einen Steinhaufen hinweg. Eva lässt den Kopf sinken, stapft auf die Steine zu, krabbelt darauf, setzt sich. Sucht die Umgebung ab, und dann sieht sie es noch einmal. Wie es nach unten schwebt, dem Weiß entgegen und ... *was ist das?*

Zwischen Schnee, Steinen und vereinzelten grünen Flecken erkennt sie schwarzes Gummi und rote Rücklichter. Es dauert einen Augenblick, bis ihr Gehirn die Einzelteile zusammensetzt und versteht, was sie am Fuße des Abhangs sieht. Dort liegt ein zerbeulter, weißer Kastenwagen auf der Seite.

Davids Foto schwebt zu Boden. Nur wenige Meter entfernt erkennt sie eine Gestalt, Beine und Arme unnatürlich abgewinkelt, halb mit Schnee bedeckt. Eva schaut sich um. Die Wand sieht gut aus. Halb rutschend, halb kletternd, macht sie sich auf den Weg zu dem Wrack. Sie spürt weiterhin keine Kälte, der Schmerz weicht der Neugier und dem Drang, zu helfen.

Eva verliert den Halt, greift ins Leere, rutscht ab, schlägt mit dem Knie hart gegen einen Stein. Eine Mischung aus Fluch und Schmerzensschrei entfährt ihr. Nur noch wenige Meter, dann hat sie das Fahrzeug erreicht. Sie meint, Benzin zu riechen. Kurz formt ihr Gehirn den Hollywood-Gedanken, der Wagen könne explodieren. Sie verdrängt ihn rasch.

Vor ihr im Schnee liegt eine gefrorene Flasche Cola. Sie robbt sich zu der Person, die gekrümmt zwischen den Felsen liegt. Evas Kleidung saugt sich voll, kalter Matsch haftet an ihrem Körper.

Sie hat ihn erreicht. Leere Augen starren sie an. Die Wimpern gefroren. Verkrustetes Blut verklebt die Haare. Eva weiß, dass es sinnlos ist, trotzdem kontrolliert sie den Atem. Doch der Körper ist steif und kalt. Selbst dem Tod müsste es hier zu ungemütlich geworden sein.

Eva wendet sich von der Leiche ab und humpelt auf den Transporter zu. Ihr Knie schmerzt, sie glaubt zu spüren, wie es anschwillt. Das lädierte Bein pocht. Die Narbe zieht und beißt. Durch die geborstene Scheibe erkennt sie schnell, dass sich in der Fahrerkabine keine weitere Person befindet. Der Wind zieht an ihr. Ihre Kräfte lassen nach. Sie fühlt, dass sie weg, dass sie zurückmuss, sonst droht auch ihr hier der Tod. Nur Davids Bild will sie noch aufheben. Es liegt neben dem Wagen im Schnee. Sie greift danach, schiebt es in ihre Jackentasche, dann sucht sie mit den Augen nach einem Weg zurück. Nach dem Weg zur Straße.

Kurz stützt sie sich an dem Wagen ab, geht daran vorbei, sieht die Heckklappe. Sie umschließt den Griff, zieht. Verschlossen. Vielleicht auch verkeilt. Es ist egal. Sie muss zurück.

Der Verzweiflung nah, hämmert sie gegen die Heckklappe. Wendet sich ab. Geht los. Gegen den Schmerz. Will ihr Blut in Wallung bringen, sich motivieren, als plötzlich ein Schlag ertönt. Eva taumelt einen Schritt zurück.

„Hallo?", ruft sie. Der Wind verweht sofort das Wort in seine Silben.

Doch da ist es wieder. Ein Klopfen. Eva stiefelt zurück zu dem Sprinter. Kniet sich vor die Heckklappe, zieht erneut an dem Griff. Stemmt sich gegen die Tür. Setzt sich auf den Boden, reißt mit aller Kraft daran, doch es tut sich nichts. Das Klopfen wird intensiver. Schneller. Lauter.

„Es tut mir leid!", schreit Eva gegen den Wind an. „Ich kann sie nicht öffnen!" Wieder klopft es. Verzweifelter. Panischer. Eva kratzt sich am Kopf, zieht die Mütze zurecht. Schlingt den Schal enger um ihren Hals, als die Erkenntnis sie packt. Alles um sie herum scheint für einen Moment stillzustehen. Raum und Zeit halten inne, als sie den Schal lockert, dahinter greift und den Schlüssel aus ihrem Kragen zieht. Wie eine Fata Morgana schaut sie ihn an, bis das Klopfen sie wieder in das Jetzt zurückholt. Sie lässt sich auf das schmerzende Knie fallen, schreit auf. Mit behandschuhten Fingern fummelt sie das Mittelstück in das verrostete Schloss. Mehrmals setzt sie an, bis die Zähne des Schlüssels, nach einer für sie endlos wirkenden Zeit, endlich im Schlossinneren packen. Eva schreit auf. Dreht den Schlüssel. Es klackt, sie reißt an dem Griff, und die Tür fliegt so schwungvoll nach außen auf, dass Eva zurückstolpert. Sie sieht Beine. Arme. Durcheinander. Dann erscheinen Augen. Sie erheben sich aus dem Gewirr. Dunkle Pupillen, zusammengekniffen, wirres Haar, blutiges Gesicht. Unter Körpern kämpft sich ein Junge ans Licht hervor. Eva streckt ihm die Hände entgegen, zieht ihn aus dem zerbeulten Innenraum. Blickt ihn an, sieht den unendlichen Dank in seinen Augen und erkennt darin ihn. Es ist ein Wunder. Ja, sie hat ihn wieder. Sie schließt die Arme um ihn, zieht ihn ganz nah an sich, sinkt mit ihm zu Boden. Küsst ihn auf den Kopf. *David. David.* Sie weint vor Glück. Er ist zurück. Wieder vereint. *Ich dachte, du wärst ... Mein David. Ich liebe dich so sehr. Oh, mein Gott, wie sehr habe ich dich vermisst!*

Hier, damals

„Eva, das, worunter Sie leiden, lässt sich am ehesten dem Fregoli Syndrom zuordnen." Frau Doktor Johnen sieht sie direkt an, wartet einen Moment, bevor sie weiterspricht. „Es ist eine Form einer monothematischen Illusion. Eventuell mit der Prosopagnosie verwandt, der so genannten Gesichtsblindheit." Sie tippt mit ihrem Bleistift auf den Notizblock. Trinkt einen Schluck Wasser und räuspert sich kurz. „In gewisser Weise sind auch Anteile des Cotard-Syndroms nachweisbar, wobei Sie es eher auf Ihren Sohn beziehen, nicht, wie eigentlich üblich, auf sich selbst." Eva sitzt in dem braunen Ledersessel und starrt ins Leere.

„Eva? Hören Sie mich?"

Eva nickt. „Ja, ich höre, wie Sie mit Begriffen um sich werfen, die Sie in irgendeinem Ihrer verschissenen Fachbücher gelesen haben und von denen Sie meinen, dass sie erklären, worunter ich Ihrer Meinung nach leide. Aber ich verstehe Sie trotzdem nicht. Weil das, was Sie da erzählen, überhaupt keinen Sinn ergibt."

„Nicht für Sie. Nicht jetzt", setzt Frau Dr. Johnen an.

„Niemals! Da gibt es keinen Sinn!", schreit Eva. „Nie, hören Sie! Ich bin gesund! Ich habe meine Familie verloren! Meinen Mann, meinen Sohn! Nur weil ich mir eingebildet habe, eine Person falle vor uns von einer Brücke! Nur deswegen habe ich Martin ins Lenkrad gegriffen, nur deswegen ist er gegen den Pfeiler gefahren! Nur deswegen ist David ..."

„Eva, es geht hier nicht um das, was Sie vermeintlich bei diesem Unfall glauben, gesehen zu haben. Es geht hier auch nicht um Martin. Es geht um David! Einzig und allein um Ihren Sohn!"

Eva greift nach einem der Tücher aus der Spenderdose, putzt sich die Nase und stopft es in ihre Hosentasche. Sie verlagert ihr Gewicht, um ihr heilendes Bein zu entlasten.

„Eva, Menschen, die unter dem Fregoli-Syndrom leiden, glauben, dass sich Leute aus ihrem Umfeld optisch verändert haben und als andere Personen auftreten, während Patienten, die am Cotard-Syndrom erkranken, davon ausgehen, dass sie selbst tot sind oder nicht existieren."

„Was zur Hölle hat das alles mit mir zu tun?"

„Sie, Eva, sind der Überzeugung, dass nicht nur Martin bei dem Autounfall ums Leben gekommen sei, sondern auch David."

„David ist tot."

„Nein, das ist er nicht!"

„Warum sagen Sie so etwas?" Eva verschränkt die Arme vor ihrer Brust.

„David lebt, Eva. Er hat den Unfall überlebt. Nicht nur Sie können ihn sehen. Wir alle sehen ihn, weil er tatsächlich da ist. Weil er lebt." Frau Dr. Johnen steht auf, geht auf Eva zu.

„Bleiben Sie stehen!", faucht Eva. „Kommen Sie keinen verdammten Schritt näher." Sie steht auf, schnappt nach ihrer Jacke und öffnet die Tür. „Ich wollte nicht zu Ihnen! Ich bin nur hier, weil irgendwelche Ärzte meinen, dass es gut für mich sei und weil meine Mutter sonst wahrscheinlich nie mehr aus meinem Haus verschwindet. Wir sind fertig, Frau Doktor! Mein Sohn ist tot, ich habe ihn umgebracht! Sie können hier ihre verfluchten Syndrome aufzählen, so viel Sie wollen, aber die Wahrheit ist, dass ich akzeptieren muss, dass David tot ist!"

Dann knallt sie die Tür hinter sich zu und hastet so schnell aus der Praxis, dass ihr Bein zu zerplatzen droht.

Hier, jetzt

Eva wacht in ihrem Schlafzimmer auf, spürt Davids Gewicht auf ihrem Arm, sofort schmerzen ihre Zehen, gerade die, die nicht mehr da sind. Sie hat keine Erinnerung daran, wie sie und der Junge es zurück ins Tal geschafft haben, wer sie aufgelesen, wer die Rettungskräfte verständigt hat. Nur an die Stunden danach ...

... denn später erwachte sie aus einem Dämmerschlaf, in einem Krankenhaus in Bayern. David saß an ihrem Bett, spielte mit dem Bären.

„David?“, krächzte sie.

„Mama? Mama, Mama!“ Er hatte sie unter sich begraben, bevor ihre Mutter aufstehen und ihn davon abhalten konnte.

„Eva, Schätzchen, du hast uns einen ganz schönen Schrecken eingejagt.“ Ihr Stiefvater trat in ihr Blickfeld, strich ihr übers Bein. „Was in Gottes Namen hattest du da oben auf dem Berg verloren?“, fragte er.

„Ich ... ich wollte eigentlich zu diesem Ort, von dem Martin erzählt hatte ...“

Die Tür schwang auf und eine Schwester, gefolgt von einem weißhaarigen Mann, betrat das Zimmer.

„Guten Tag zusammen, hier ist wohl jemand aufgewacht. Schön, Sie bei uns zu haben. Es wird auch Zeit, dass Sie mal mitbekommen, was für eine Heldin Sie eigentlich sind.“

„Heldin?“, fragte Eva.

„Sie haben einen Jungen vor dem sicheren Kältetod gerettet, meine Liebe. Ihn aus einem Lieferwagen befreit.“

David.

„Da waren noch mehr ...“

„Ja, die beiden anderen Jungen sind leider beim Unfall des Transporters ums Leben gekommen. Der überlebende Junge hat sich mit ihren Sachen gegen die einbrechende Kälte geschützt und ausgeharrt. Ein unfassbarer Zufall, dass Sie dort vorbeigekommen sind und ihn retten konnten! Bei dem Wetter!“ Der Arzt trat an sie heran und leuchtete ihr in die Augen.

„Da war noch der Fahrer.“ Eva blinzelte.

„Ebenfalls verstorben. Ein niederes Subjekt. Soweit bekannt ist, hat er die Jungen aus Rumänien verschleppt, wollte sie hier nach Deutschland bringen. Die nutzen die politischen Unruhen dort schamlos aus, sammeln die Straßenkinder da einfach ein. Die Polizei ist an der Sache dran, sucht nach den Hintermännern.“

Eva schluckte. „Aus Rumänien?“

„Ja, der Junge hat alles erzählt. Hat den Fahrer den Wolf

genannt. Er sei häufiger gekommen, habe immer andere Jungen mitgenommen."

„Das ist ja schrecklich!", rief Evas Mutter.

„Grausam", fügte ihr Stiefvater an.

David kuschelte sich an Eva und strich ihr über die linke Wange.

„Da ist aber jemand froh, dass er Sie wiederhat." Der Arzt deutete auf David.

„Ja, sehr froh", antwortete Eva. Sie hob sein Kinn an, schaute ihm in die Augen. „Und wie froh ich erst bin, dass ich dich wiederhabe."

„Du ... du ...", stotterte ihre Mutter. Sie griff nach Evas Hand.

„Ja", flüsterte Eva, und Tränen traten in ihre Augen. „Ja, Mama, ich sehe ihn, ich sehe ihn wirklich. Es ist vorbei, Mama. Ich weiß, dass er lebt!"

Ja, er lebt. Und sie sind wieder zu Hause. David schmatzt und dreht sich, während Eva versucht, ihren Arm unter seinem Körper hervorzuziehen. Dann steigt sie aus dem Bett und decktihn sanft wieder zu. Leise schleicht sie aus dem Schlafzimmer, bindet ihren Bademantel zu und stapft in die Küche. Es fühlt sich komisch an. Zwei Zehen hat sie verloren. Erfrierungen.

Auf der Anrichte liegt die Zeitung. Mit großen dunklen Lettern berichtet sie von dem Medizinskandal, der im Lauf der Ermittlungen durch die Polizei aufgedeckt worden ist. Jahrelang hat eine Bande Krimineller Straßenkinder aus Rumänien nach Deutschland entführt, um dort Medikamente an ihnen zu testen. Martin hatte als Arzt dabei die aufkommenden Nebenwirkungen behandelt, mehr oder weniger dafür gesorgt, dass die armen Jungen am Leben blieben.

Der Mann, den Eva so sehr geliebt hatte, war ihr mit einem Mal unfassbar fremd geworden. Was an ihm echt war, was falsch, traut sie sich nicht mehr zu beantworten.

Der Polizei versucht sie dabei eine Hilfe zu sein, auch wenn diese ihr nicht immer Glauben schenkt, meint, Eva müsse doch vom Doppelleben ihres Ehemannes etwas mitbekommen haben.

Liebe scheint am Ende dann doch die Macht zu haben, Sinne zu verblenden.

Eva zieht eine Schublade auf, greift nach dem Kaffee, als es an der Tür klingelt. Die Polizei oder ihre Mutter. Beide Optionen versprechen unangenehme Fragen und wieder einen Tag, den sie nicht allein für sich und David hat.

Frau Doktor Johnen erklärt die Gesundung mit einer Art doppeltem Trauma. Der Unfall im Westerwald und die Nachricht, dass Martin dabei verstorben war, hatte Eva zu der Annahme verleitet, auch David sei tot. Sie sah ihn, aber erkannte ihn nicht, meinte eine Art Illusion, Geist oder Erscheinung vor sich zu haben, die nur sie sehen würde. Dabei war er die ganze Zeit echt.

Die Erlebnisse an der deutsch-österreichischen Grenze und die Rettung des rumänischen Jungen, den sie zunächst fälschlicherweise für David hielt, lösten das zweite Trauma aus. Nach Frau Dr. Johnen ergaben Minus und Minus Plus, und so ließ Eva David zurück in ihr Leben.

Seit einigen Tagen lebt sie nun wieder alleine mit ihm im Haus. Ihre Mutter ist zurück nach Hause gezogen, kommt aber weiterhin sporadisch vorbei, als traute sie der ganzen Sache noch nicht.

Eva schließt die Flurtür hinter sich, prüft, ob der Bademantel auch alles verdeckt, was verdeckt werden soll und wettet gegen sich selbst, ob nun die Polizei oder eben ihre Mutter vor der Haustür steht. Als Eva sie öffnet, bleibt ihr die Begrüßung im Hals stecken.

„Hallo, Eva. Schön, dich wiederzusehen. Ist ganz schön lange her."

Sie kennt das Gesicht, auch wenn es merklich gealtert und etwas fülliger geworden ist.

„Ich dachte, ehrlich gesagt, dass ich dich für immer verloren habe, doch als ich dein Gesicht in den Zeitungen und im Fernsehen sah, da habe ich dich gleich erkannt."

„Harry ... ich ..."

„Shhhhh", macht er nur und legt einen Finger auf seine Lippen.

„Du hast dich anders entschieden. Kann passieren. Ehrlich

gesagt, habe ich damit gerechnet." Er schaut sich um, greift in seinen Mantel. „Du hast den Zettel gelesen, stimmt's?"

Eva nickt.

„Ich habe dir gesagt, du sollst ihn nicht lesen. Woher wusstest du, was wir vorhaben?"

„Ich ... ich ..."

Harry hebt abwehrend beide Arme. „Ja, ich weiß schon, was du sagen willst. Du hattest eben schon immer deinen eigenen Kopf, warst nicht so wie die Hohlbirnen, die wir sonst so dabeihatten. Du hast das Ganze durchschaut. Warst eben meine Königin. Aber ich bin ehrlich zu dir. Ich habe diesen Perversen nur den Platz besorgt. Ich habe nie da mitgemacht. Das schwöre ich. Die brauchten eben einen Platz. Geschäft ist Geschäft."

Erst jetzt erkennt sie die Waffe, den langen Lauf, den Schalldämpfer. Sie denkt an David. Und jetzt sieht sie doch ihr ganzes bisheriges Leben als eine Art Film, millionenfache Sequenzen ihres Daseins spulen sich in Bruchteilen von Sekunden ab. *Oh think twice, it's just another day for you and me in paradise, think about it ...*

Sie muss an die Brücke denken, an den Zug – als sie plötzlich hinter Harry auf der Straße einen Mann sieht. Er trägt eine Uniform. Winkt ihr zu.

Harry versucht, Evas Blick einzufangen, der durch ihn durchzugehen scheint, als würde sie etwas hinter ihm erkennen. Er dreht sich um, aber da ist nichts.

Der Mann in der Uniform salutiert, Eva bemerkt ein großes, schwarzes Tattoo auf seiner Hand. Sie erkennt ihn. Dieses Tattoo hat sie schon einmal gesehen. Es ist eine der Sequenzen ihrer Vergangenheit. Ein Bild. Verschwommen. Vergilbt. Aber es hat sich tief in ihre Erinnerung eingebrannt.

Sie bemerkt, dass Harry zu erkennen versucht, was sie sehen kann, und nutzt diesen Moment, um sich auf ihn zu stürzen. Überrascht geht er zu Boden. Er ist lange nicht mehr so fit, wie er es einmal war. Sein Hinterkopf schlägt auf den Steinen auf, für einen kurzen Moment rutscht ihm die Zunge in den Rachen. Er würgt.

Eva greift nach der Waffe, mit beiden Armen schnappt sie danach. Harry reißt sie zurück, schlägt nach ihr, als sie seinen Arm packt, ihm in die Hand beißt. Er schreit vor Schmerz auf.

Vier Hände umschließen das Metall.

Vier Arme drücken den Lauf von sich weg.

Dann löst sich der Schuss.

David wacht auf.

„Mami?"

ENDE

Roukan

Either I've seen the light
Or I'm losing my mind
There's something 'bout you
That's got me dazed and confused
Led Zeppelin, Dazed and Confused

Jesus, I don't wanna die alone. My love wasn't true.
Now all I have is you
Jesus, if you hear my last breath
Don't leave me here to die a lonely death
Johnny Cash, Spiritual

Eine Nacht

Leise, leise!

Die Stiefelabsätze stechen in den Kies. Zu laut. Zu schnell.

Langsam, langsam!

Doch was ist schmerzhafter? Der jammernde Boden im Hof oder der Blick der anderen? Nein, die Nacht regiert längst. Alles schläft.

Sie ducken sich in die Finsternis.

Weiter, weiter!

Da, die Scheune, wo die Kälber wohnen. Er wird sie schlachten, bald schon.

Es raschelt hinter alten Mauern.

Sophie blickt sich um. Hält inne. Schaut zum Himmel hinauf. Der Mond, eine Sichel nur, stiehlt sich hinter dürren Fichtenkronen hervor. Sie lehnt sich an die Wand. Legt ihre kleinen, weichen Hände flach an den verwitternden Putz. Ihr linker unterer Schneidezahn nagt sanft auf ihrer Unterlippe. Wieder. Und wieder.

Ann sieht ihr zu. Dann in ihre grünen Augen. Aufregend, wild, frei.

Sophie, du Wunder.

Aber die Angst packt ihr ins Genick. Sie dreht sich um. Los, weiter, will sie rufen, wir wohnen im letzten Haus. Da, da hinten! Doch ihre Lippen bleiben versiegelt. Nur ihr Blick verrät Angst.

Nein! Jetzt! Und hier, mein Schatz!, frohlocken Sophies Augen. Sie bewegt sich nicht.

Ann hält inne und schluckt. Es schmerzt kurz, heftig. Sie folgt Sophies Finger, der sie zu sich holt.

Nah. Näher.

Sie kennt diese Nähe noch nicht. Nicht so. Aber sie will sie.

Sie will sie seit diesem ersten Moment, als ... sie erinnert sich nicht mehr. Sie irrte wieder einmal umher, spätabends, fuhr mit dem Nachtbus durch Gummersbach, stieg irgendwo aus, ließ sich treiben. Entdeckte diese kleine, dunkle Bar. Fühlte sich sicher. Ging hinein.

Musik, die sie nicht kannte. Hart. Rau. Gitarren. Düstere Stimmen. Zigarettengeruch. Frauen und Männer, meist in Schwarz.

Warfen Dartpfeile. Stießen Billardkugeln. Drehten Kickerstangen. Imitierten die kratzigen Stimmen aus den Boxen. Wippten zu schweren Drums.

In einer Ecke ein Wolf. So groß, so echt. Er thronte auf einem Podest, als wachte er über die Bar und ihre Besucher. Fasziniert betrachtete sie seine Schnauze, die stechenden Augen.

„Keine Angst, Süße, der beißt nicht."

Ann zuckte zusammen. Sophies tiefe, rauchige Stimme, das erste Mal. Gleich hinter ihr. Sie drehte sich um und erlebte das erste Wunder dieser Nacht. Groß, echtes, rotes Haar, volle Lippen, grüne Augen. Und dieser Wunder-Blick.

„Das erste Mal hier."

Das war keine Frage. Ann lächelte vorsichtig, wie jemand, der auf keinen Fall etwas verkehrt machen möchte. Sie weiß noch genau, was sie damals trug: einen Rock, natürlich, eine der dunkleren Blusen, keine Haube. Trotzdem war es ihr anzusehen.

„Und du glaubst, du bist hier richtig."

Ann ließ den Blick durch die Bar schweifen. Vorbei an den anderen, die es nicht interessierte, in was für einem Outfit sie hier hereinspaziert war. Sie betrachtete den Wolf. Spürte, wie sie langsam im Takt des Songs mitwippte, den sie nicht kannte. Oder doch? „Ja, ich glaube schon. Ein Bier."

Da schenkte Sophie ihr das erste Mal jenes Lächeln, das Ann seitdem so wohlig schaudern lässt.

Sie kam wieder. Sie veränderte ihr Outfit, kaufte sich heimlich schwarze Klamotten, schminkte sich. Alles für Sophie, aber das wusste sie anfangs nicht. Durfte es nicht. Immer setzte sie sich direkt zu ihr an die Bar. Wenn der Laden voller wurde, schaute sie ihr bei der Arbeit zu, Stunde um Stunde. Sie lernte die Musik besser kennen, die Songs, immer öfter tanzte sie, später, wenn es wieder leerer wurde. Nach Mitternacht, wenn den Vernünftigen schon der nächste Arbeitstag in den Kopf schoss, tanzten sie manchmal beide. *Hells Bells.*

Tanzten länger. Wilder. Sprachen wenig. Verstanden einander mit Blicken.

Dann hat Falk am Ende eine Ballade eingestreut. Sophies Idee?

Sie weiß es nicht. Sie erinnert sich allein an den Moment: Wie Sophie, die kurz zuvor noch wild ihr schulterlanges Wunderhaar um sich geworfen hat, just innehält. Wie sie ihre Arme um Anns Schultern schlingt, sich an sie schmiegt.

Was ihr das alles gibt.

Wie sie in Sophies Auto kaum Worte wechseln. Ihre Hand auf Sophies. Bis zum Jakobshof, wo sie mit ihrer Familie lebt. Wo sie sich mit einem Winken verabschieden will. Wo Sophie mit aussteigt. Mit der Unterlippe sanft an ihrem unteren Schneidezahn nagt.

Die linke der makellosen, weißen Hände löst sich jetzt von der Wand, gleitet über Anns schulterlanges, dunkles Haar, über ihren Nacken, den Hals, die Wange. Die Zeigefingerspitze touchiert sanft ihre Unterlippe und verbleibt dort.

Ann spürt, wie diese Lippe heiß wird, wie alles in ihr Feuer fängt. Ihre Zungenspitze wagt sich vor, zaghaft, vorsichtig, berührt die Fingerspitze, tanzt mit dem langen, dunkelroten Nagel. Der Finger entwischt ihr ein Stück, kommt wieder näher, spielt mit ihr.

Die andere Hand löst sich von der Wand, legt sich auf ihre Schulter, schleicht sich von dort über das weiche Leder ihrer schwarzen Jacke, der Schauder lässt sie leise lächeln, und das Kribbeln beginnt. Die Hand erreicht ihren Po, umrundet die Wölbung, fasst entschlossen zu, und Ann entfährt ein unerwartetes Seufzen, das ihr ein bisschen peinlich ist.

„Schschscht“, macht Sophie leise und legt den Zeigefinger auf ihre eigenen Lippen. Sie zieht Ann zu sich heran, noch viel näher, ihre Augen schließen sich im selben Augenblick, da ihre Lippen sich zum ersten Mal berühren. Dann ihre Zungen. Dann alles.

Doch Sophie ahnt nicht, was wahr ist.

Zu nah, zu schnell ... zu viel.

Ihre linke Hand will weg von Anns Po, will woanders hin, und Ann will das auch, nur kann sie das ja nicht wissen. Und als Sophies Hand sich so furchtbar verirrt, springt Ann zurück, voller Ekel, voller Schmerz, beißend quillt die Luft aus ihren Lungen, als hätte Sophie sie verätzt.

„Nein! Nein! Neiiiiinn!"

„Ist ja schon gut, Ann, was ist denn ..."

„Neiiiinnnn!"

In einem der Häuser leuchtet es hell auf. Ann starrt in das Licht. Ihr Körper beginnt zu zucken. Ihre Stimme, jetzt schrill, verzerrt, keift Sophie nur an: „Lauf! Lauf!"

Sophie, die Schöne, die Geheimnisvolle, das Wunder, die alles hätte sein können in dieser Nacht, rennt davon. Ihre Sohlen stechen in den Kies, tief hinein, kratsch-kratsch-kratsch, als sie über den Innenhof entkommt, und die Kälber blöken hinter verwitternden Mauern, als wäre der böse Wolf hinter ihnen her.

Doch es ist nur Ann, die einsame Wölfin. Sie bleibt zurück. Sie starrt in die Nacht, bis Sophie so weit weg ist wie der nächste Morgen.

„Scheiße, Sophie, ich liebe dich. Und es darf nicht sein", weint sie leise in die Oktobernacht.

Doch was sie jetzt sieht, ist Feuer. Alles brennt. Der Hof, die Menschen. Sie sieht nicht, wie Sophie davon rennt, sie sieht … Flammen. Die alles erfüllen. Jemand … brennt! Und stürzt. Als Feuerball in die Tiefe.

Ann schließt die Augen. Öffnet sie wieder. Keine Flammen. Nur der Hof in der Nacht.

Nur …

„Da ist ja die kleine Hofnutte. Bleib stehen."

Ann erstarrt. Niemand flüstert wie er. Drohend. Fast schreiend.

Sie spürt, wie sie zittert. Nicht vor Kälte. Sie möchte rennen, doch ihre Schuhe stechen in den Kies. Kratsch-kratsch.

Er tritt hinter sie. Sie weiß nicht, wo er jetzt herkommt, um diese Zeit. Warum er nicht schläft. Hat er sie gesehen mit Sophie? Hat er sie gehört? War er *im* Stall, bei den Kälbern?

Sie spürt seinen Atem im Nacken, das Kratzen des alten Wollpullovers, als er ihr mit der rauen Hand über die Haut fährt, während er langsam um sie herum schleicht.

„Was machst du hier? Wo kommst du her?"

„Ich …"

„Und was hast du da überhaupt an?"

Sie will etwas sagen, doch die Worte verenden, ehe sie den Mund aufbekommt. Sie weiß, dass alles, was sie sagt, verloren ist. So wie sie.

Während er sie an den Haaren hinter die Scheune zerrt, die andere Hand auf ihren Mund gepresst, wehrt sie sich nicht, schließt nur die Augen. Lauscht auf das, was tief in den Wäldern lebt, die sich in den Höhen hinter dem Hof dem schwarzen Himmel entgegenstrecken. Etwas heult dort auf. Sie fühlt sich verstanden, doch zugleich furchtbar allein gelassen. Niemand kann sie retten, auch nicht der Wolf, an den hier außer ihr niemand glaubt. Sie hat ihm sogar einen Namen gegeben. Roukan.

Als es beginnt, schaltet sie alles in sich aus. Wie jedes Mal. Vergisst Sophie. Vergisst die Flammen, die ihr erschienen sind. Vergisst den Wolf.

Sie braucht Liebe. Aber danke für den Schmerz.

Ein Tag

Agnes zieht ihren Rock über die Knie. Richtet die Bluse. Heute trägt sie die mit den kleinen, beigefarbenen Blumen auf reinem Weiß. Sie legt das Haar zu einem Dutt zusammen. Vater sind sie zu dunkel.

Mit einer feinen Klammer befestigt sie die Haube.

Sie betrachtet sich im Spiegel. Wie sehr sie ihrer jüngeren Schwester Ann doch ähnelt. Dieselben Augen. Derselbe Mund. Und doch sind sie beide so unterschiedlich. Ann ist sicher wieder ... sonst wo. Ann wird bezahlen dafür, wie sie ist. Vater wird sie bestrafen, eines Tages. Er wird …

„Kind, das Essen!“

„Ja, Mutter“, antwortet sie. Auch das unterscheidet Agnes von ihrer Schwester, die ihre Mutter manchmal Ellen nennt. Vor allem, wenn sie über sie spricht. „Ellen hat wieder …“ So macht sie es auch oft bei Vater. „Wenn Johann …“ und so weiter. Agnes sagt nur „Mutter“.

„Ach, du“, flüstert Agnes ihrem Spiegelbild zu.

Letzten Monat ist sie dreißig geworden.

„Kind, du schläfst zu lange“, ermahnt ihre Mutter sie, ohne sie anzuschauen. Als hätte sie es aufgegeben und sagte das nur, um ihre Pflicht zu tun. Dabei stimmt es nicht, Agnes ist oft als Erste wach. Sie hat ihren festen Platz. Ihre festen Aufgaben auf dem Hof. In der Familie. In der Gemeinschaft.

Samuel sitzt am Tisch und lächelt sie stumm an, er hat die Hände schon gefaltet. Das dunkelblonde Haar steht ihm fettig vom Kopf ab. „Hallo, kleiner Bruder", flüstert Agnes. Sie weiß, er kann sie hören. Nur spricht er nicht. Sie beugt sich an sein Ohr. „Du musst D-U-S-C-H-E-N."

„Was sagtest du?" Die Mutter, wieder ohne hinzusehen. „Sprichst du bitte das Tischgebet?" Wie wäre es, wenn Ann das mal machen würde, denkt sie und nickt. Legt eine Hand auf Samuels Hände, drückt sie behutsam, dann faltet sie ihre eigenen.

Ann ist offenbar schon aus dem Haus. Und Vater irgendwo auf dem Hof unterwegs.

Sie hat ihn heute früh schon von draußen gehört, ihn und seine beiden Brüder, ihre Onkel. Die ersten eisigen Nächte sind über Häuser, Stallungen und Weiden des Oberbergischen Landes gekommen, die Familien müssen alles winterfest machen.

Der Sommer war durchwachsen, die Ernte ordentlich, ein gutes Jahr. Ein heißer September, dann ein schwacher Frost schon zum Ende der ersten Oktoberwochen.

„Der Herr hat unsere Gebete erhört, Kind", murmelt die Mutter, als hätte sie ihre Gedanken gelesen. Samuel lächelt verträumt, als hätte er nichts verstanden. Was, wenn sie ehrlich ist, ja auch so ist. Über seine Behinderung spricht hier niemand. Als dürfe sie nicht sein. Samuel lebt im Schatten.

Agnes betrachtet ihre Mutter schweigend. Sie verändert sich. Sie vergisst Dinge. Sie … aber Vater will nicht, dass sie zu einem Arzt gehen. Also kümmert sich Agnes. Um Mutter. Um Samuel. Um die Tiere auf dem Hof. Um die Kinder der anderen Familien, wenn sie von der Schule kommen. Lange Tage sind das.

Diese Woche muss sie auch noch die Kurzpredigt für den Sonntag vorbereiten.

Die anderen werden da sein. Aus Engelskirchen, Wipperfürth, Bergneustadt. Sie weiß nicht, von wo überall. Alle kommen sie auf den großen Jakobshof bei Gummersbach, den die Familien vor einigen Jahren bezogen haben, seit sie aus Remscheid weg sind.

Sie hat es dort gemocht. Verbrachte ihre ganze Kindheit auf den Feldern und Weiden rund um Lennep.

Bis ...

Doch die Erinnerung stirbt für den Moment, weil die Mutter erstarrt. Eben hat sie noch Teller abgetrocknet, jetzt steht sie da. Fixiert ihre Tochter. Nein, sie schaut durch sie hindurch. Auf Samuel? Was ist mit ihm? Die Mutter beginnt leicht zu schwanken. Das ist es, was mit ihr passiert. Diese *Veränderung*. Aber ... *was?*

Sie hält sich an der hölzernen Anrichte fest. Verloren inmitten brauner Eiche.

„Und wenn es dann bald zu Ende ist ..."

Agnes zuckt zusammen. „Was? Was, Mutter?"

Ihr jüngerer Bruder starrt sie aus angstvollen Augen an. Sein Mund öffnet sich leicht, wie um zu sprechen, aber er bleibt stumm.

Agnes springt auf, läuft zu ihrer Mutter, nimmt sie in den Arm. Hält sie. Die Mutter verliert die Fassung. Verliert alles, was Haltung ist. Sie weint, rotzt, schnieft. Murmelt vor sich hin. Woher dieser Ausbruch?

Die Tür springt auf. So heftig, dass sie gegen die Wand knallt und die Scheibe in ihrer Mitte knistern lässt.

„Was ist? Hast du dir was getan?" Der Vater. Mit tiefer, rauer Stimme. Zu tief. Zu laut.

Ihre Mutter stößt sich von ihr ab wie von einem beißenden Fremdkörper, wischt sich mit der Schürze die Tränen, richtet ihre Haube. Nickt verstohlen.

„Und was hast du dir getan?" Der Vater, noch lauter.

„Sie hat sich ... geschnitten ... mit dem Messer."

Wie um die Lüge ihrer Tochter zu verbergen, dreht sich die Mutter zur Spüle um und stellt Wasser an.

„Hol deiner Mutter ein Pflaster", befiehlt der Vater.

Agnes weiß nicht, ob er sie oder Samuel meint. Samuel, der immer etwas länger für die Dinge braucht, erhebt sich langsam. „Ist gut." Sie nickt ihm nur zu und läuft selbst Richtung Bad.

„Und dann kommst du raus. Die Kälber. Roland hat sich den Fuß verletzt."

Sie bleibt kurz stehen und starrt ihren Vater wortlos an. Es ist das erste Mal, dass er sie auffordert, ihm beim Schlachten zu helfen. Sie selbst hat die Tiere erst ein paar Monate zuvor mit auf die Welt gebracht, Anfang Mai war das. Hat sie gepflegt. Hat sie ... und jedes Jahr sticht es ihr ins Herz, wenn ihr Vater oder einer der beiden Onkel das Bolzenschussgerät ansetzt.

Der Vater stemmt die Hände in die Hüften. „Ja?"

„Ich ..."

„Deine Mutter blutet. Hilf ihr. Und dann komm."

Er dreht sich um und stapft nach draußen.

Schlachten ist eine Männerarbeit. Und ihr Vater macht keine Kompromisse, wenn es darum geht, was Männer und Frauen dürfen und was nicht. Das sagt er oft sonntags, wenn er alleine predigt. Wenn sie wieder alle kommen. So wie sie auch heute Abend kommen werden.

Agnes schluckt die Angst herunter, aber sie bleibt kurz überm Kehlkopf stecken. Die Mutter starrt wieder. Setzt sich an den Tisch, den Agnes noch abräumen muss, Vaters Ungeduld hin oder her. Sie rückt den Stuhl zurecht. Und starrt.

„Bald, Kind, bald ... das Ende."

Agnes schließt die Augen. Warum fragt ihr Vater nicht Ann? Soll sie die Kälber schlachten. Sie mag die Tiere ohnehin nicht leiden. Wo ist sie überhaupt? Agnes möchte ihre Mutter fragen, aber sie weiß: Über Ann spricht sie nicht gern. Sie hat es einige Male versucht. Die Mutter hat nur den Kopf geschüttelt. Ann, die Geduldete. Die Verhasste? Ja, vielleicht ... und ... das darf ihr nicht passieren.

Und so ...

... hält sie das Kalb. Hält es, während draußen wilder Regen peitscht. Hält es, während die anderen Kälber, die als Nächstes an der Reihe sein werden, blöken, schreien, wimmern. Hält es, während die alte Scheune im aufziehenden Herbststurm müde ächzt.

Hält es, während der Vater sie anschreit, sie solle sich mehr Mühe geben, denn so treffe er nie. Hält es so fest, dass es sie innerlich zerreißt. Hält es, bis zu jenem dumpfen, schrecklich nüchternen Geräusch, mit dem der Bolzen ins Hirn des fünf Monate alten Tieres eindringt und es zucken lässt. Hält es eine Ewigkeit und möchte sterben, so wie das Kälbchen stirbt, so elend und so lang. Hält es, bis es Ruhe gibt. Hält es, um ihm Trost zu spenden und sich selbst. Hält es, bis der Vater die Geduld verliert. „Ist gut jetzt. Los, das nächste."

Sie nickt. Ja, Vater, ich halte dir das nächste Kalb. Und das übernächste. Ich weiß, Samuel kann es nicht. Wird es nie können. Ich mache das. Und alles andere.

Denn ich bin nicht Ann. Ich bin die, die du liebst. Lieben musst. Schon immer.

Ein Tag

Das letzte Flüstern verstummt. Die Älteren ermahnen die Jüngsten, jetzt still zu sein. Agnes blickt sich im Gebetsraum um. In der ersten Reihe ihre Eltern mit Samuel. Und ihre Onkel mit deren Familien. Paul und seine Frau Elena. Ihre drei Kinder, zwei Jungs, ein Mädchen. Roland, der vor ein paar Tagen nicht schlachten konnte, weil er sich morgens den Fuß verstaucht hatte, mit seiner Frau Katja und ihren beiden Kindern.

Dahinter die Familien, die wie jeden Mittwoch und jeden Sonntag auf den Hof kommen zum Gebet in den großen Gemeinderaum, den Vater mit seinen Brüdern oben in eine der alten Scheunen gebaut hat. Oben beten sie, unten finden sie zum Essen zusammen, singen Lieder, feiern ihre Feste. Sie freut sich schon auf die Weihnachtszeit, wenn sie drei ganze Tage hier verbringen werden, mit selbst gemachten Speisen. Die Kinder werden ihre auswendig gelernten Gedichte vortragen, dazu ein kleines Krippenspiel. Agnes liebt diese Tage, weil ... dann immer alle zusammen sind.

Die ganze Familie.

Viele sind auch heute zum Sonntagsgebet gekommen. Über dreißig Menschen lauschen der beginnenden Stille. Warten.

Später werden sie gemeinsam essen, reden. Über das, was Agnes ihnen erzählt hat. Vater hat sie gebeten, die Täufergeschichte in eigenen Worten wiederzugeben. Es ist erst ihre zweite Gastpredigt an einem Sonntag. Sie wird vom römisch-katholischen Priester Menno Simons aus dem Friesland berichten, der von 1496 bis 1561 lebte. Einem Helden. Dem Begründer ihrer Religion, weil er der Täuferbewegung beitrat, obwohl sie in Deutschland damals verfolgt wurde. Menno Simons, der ein führender Prediger war.

Vater wird anschließend nach vorne kommen und Julius taufen, den ältesten Sohn von Paul und Elena. Er wird die Worte sprechen, die er bei jeder Taufe spricht. Agnes kennt sie auswendig.

Katja, Rolands Frau, wird anschließend Lieder auf der Gitarre spielen. Sie werden gemeinsam singen.

So wie jeden Mittwoch. So wie jeden Sonntag.

Agnes wartet ab. Wann öffnet sich die Tür und Ann kommt herein?

Der Vater nickt ihr wohlwollend zu. Die Mutter starrt vor sich hin.

Agnes ist sicher: Sie kann es nur schwer ertragen, wie sehr sich Ann in letzter Zeit von allem abwendet. Aber sie sprechen nicht davon.

Der Vater nickt erneut, diesmal mit forderndem Blick. *Fang schon an.*

Agnes nickt zurück. „So begrüße ich euch heute zu unserem gemeinsamen Gebet. Und zur Taufe von ..."

„Ich liebe dich! Küss mich! Bleib, bitte bleib doch! Die Kälber sind tot! Seit Tagen schon! Du hast sie für uns getötet. Die Scheune ist nun frei! Küss mich, du Wunder!"

„Kind ... geht es dir gut?" Die Mutter.

„Mach weiter, fahr nur fort." Der Vater.

Agnes nimmt die Worte der Eltern nicht wahr. Auch nicht, wie ihr Kopf unkontrolliert hin und her zuckt. Wer hat da gesprochen?

Sie kommt zu sich. Blickt in die Runde. Alle Augen ruhen auf ihr. All die Mädchen und Frauen in ihren Blusen und Röcken.

Mit all ihren Hauben. All die Jungen und Männer in ihren weißen Hemden.

„Ihr seht alle so gleich aus."

Ihre Hand schnellt an ihren Mund. Als wollte sie die Worte wieder reinschieben, aber die sind jetzt in der Welt, und der Blick des Vaters verfinstert sich.

Agnes atmet einmal tief ein und aus. Versucht ein Lächeln. Beginnt von Neuem. „... zur Taufe von Julius, der ..."

„Spürst du die Zunge auf deiner Haut? Wie sie dich zärtlich liebkost? Wie sie auf dir tanzt, so leicht, so sanft? Lass mich deine Zunge sein, für immer, mein Schatz. Ich bin dein Wunder."

Agnes zuckt zusammen. Wer spricht da zu ihr? Sie hat diese Stimme noch nie gehört.

Julius wartet auf ihre nächsten Worte, doch sie bleiben stecken. Sie schaut den Jungen, der mit seinen sechzehn Jahren und dem zum Scheitel gekämmten, dunklen Haar nicht älter ausschaut aus zwölf, hilflos an. Schüttelt den Kopf. Eine Träne tritt in ihr linkes Auge. Sie will sie wegblinzeln, da fängt ihr Blick jemand anderen ein.

Jan. Er sitzt in der letzten Reihe, mit seinem Bruder und seinen Eltern. Groß, schlank, schwarzes Haar, tief sitzende Augen, kurzer Bart. Der Einzige mit Bart.

Er schaut sie nicht nur an. Er ... fixiert sie. Er ... durchdringt sie. Er ...

Spricht zu dir. Jetzt, hier. Er will dich. Schon immer. Du gehörst zu ihm. So ist es vorgesehen. So muss es sein. Eine andere Stimme.

Agnes lächelt hilflos. Ahnt, dass Vater es gern sähe, sie und Jan. Was Mutter gern sähe? Sie weiß es nicht.

Ihre starrende Mutter sitzt in der ersten Reihe wie abgestellt. „Kind ...", entfährt es ihr erneut. Gleichgültig klingt das.

Ihr Blick schweift wieder durch die Menge in diesen ewig langen Sekunden vor ihrer Predigt, die sie nicht halten wird.

Jan. Wie er sie provokant betrachtet. Wie kann er zu ihr sprechen? In Gedanken? Das ... kann nicht möglich sein, das ...

Jan hebt die Rechte wie zum Gruß. Lächelt wissend.

Ihr Vater dreht sich jetzt ebenfalls um. Erblickt Jan. Nickt stumm, zugleich verstehend. Falscher Zeitpunkt. Gütig lächelnd steht er auf, tritt zu ihr nach vorn, legt ihr einen schweren Arm um die Schulter, der sie erdrückt und schrumpfen lässt, wendet sich an die Gemeinde und sagt mit seiner tiefen, rauen, stets zu lauten Stimme: „Sie hat neulich die Kälber schlachten müssen. Das läuft ihr nach."

Ein Raunen. Erschrockene Blicke der Mädchen und Frauen, die das noch nicht wussten.

Und Jan, dessen Augen funkeln, während sich sein Gesicht zu einem Grinsen verzieht.

„Setz dich nur. Setz dich." Der Vater lässt den Arm von der Schulter über ihren Rücken gleiten und schiebt sie sanft zur Bank in der ersten Reihe.

Agnes nimmt Platz. Der Vater beginnt mit der Predigt. Sie schaut sich verstohlen zu Jan um. Sucht seine Augen. Aber Jan lauscht nur gebannt den Worten ihres Vaters und würdigt sie keines Blickes.

Agnes driftet ab, während er die Geschichte des Täufers mit eigenen Worten erzählt. Wie er sie ins Heute überträgt. Wie er von Zusammenhalt und den wahren Werten predigt in einer Welt, die alle diese Werte mehr und mehr verliere. Die auf das große Ende zusteuere. Dass es kommen werde, dieses Ende, schon bald, aber sie sich nicht sorgen müssten. Denn der Glaube an die Kraft und die Stärke Gottes halte sie zusammen.

„Ja, meine Wunderfrau, das Ende kommt! Die große Null ist ganz nah. Worauf wartest du? Gib dich hin. Lass endlich los. Ich warte auf dich."

Agnes zuckt zusammen, dreht sich schnell um. Sucht Jans Blick. Doch Jan hat die Augen fest geschlossen, die Hände gefaltet. So wie alle. Sie hat nicht bemerkt, wie sie zum Gebet übergegangen sind. Auch Samuel, dessen Hand sie bis eben noch gehalten und sanft gestreichelt hat.

Der Vater nickt ihr auffordernd zu. Sie senkt den Blick und faltet die Hände. Samuel summt die Worte mit, was ihr jedes Mal das Herz wärmt. Er ist um so viele Jahre jünger. Für immer ein Kind. Aber er ist da für sie. Anders als Ann.

Am Abend, nach dem Abwasch, hat sie mit Ann reden wollen. Aber ihre Schwester hat ihr nicht geöffnet. Ihre Tür, ihr Leben – einfach verschlossen. Jetzt sitzt sie an Samuels Bett. Sie hat ihm vorgelesen, und schon nach ein paar Seiten hat er leise und gleichmäßig geatmet. Sie betrachtet ihn einen Augenblick. „Wenn du meine Bestimmung bist, meine Aufgabe, dann ist es gut. Dann ergibt es Sinn, mein Schatz." Sie küsst ihn sanft auf die Stirn.

Eine Nacht

Als Ann den Wald betritt, fressen die Kronen der noch immer belaubten Buchen so viel Mondlicht auf, dass sie nur erahnen kann, wie der Weg als schmale Schneise die Bäume trennt. Sie setzt vorsichtig einen Fuß vor den anderen, stolpert über eine Wurzel, zuckt zusammen, weil ein eisiger Schmerz in ihren linken kleinen Zeh fährt, und fängt sich.

Hält inne. Lauscht. Dem Knistern und Knacken. Dem Rascheln und Ächzen. Dem Knirschen und Krächzen. So viel Leben erfüllt die Nacht. Das Knistern kommt näher. Wird rhythmisch. Leise Schritte in der Finsternis.

Und das Heulen. So laut, so klar, so nah, dass es sie wohlig schaudert. Doch Ann verspürt keine Angst, nur Liebe für diesen unsichtbaren Geist.

Sie tastet sich Stück für Stück vor, dann leicht zur Seite. Sie weiß, hier breitet sich ein riesenhafter Teppich aus weichem Moos aus. Er federt jeden ihrer Schritte ab.

Wo bist du? Doch der einsame Wolf heult nicht mehr. Oder ist es eine Sie? Roukan, das kann für beides stehen.

„Da ist ja die kleine Hofnutte." Wie aus dem Nichts packt sie eine raue Hand am Nacken. Kratzender Stoff brennt auf ihrer Haut.

Sie fährt herum. Johann, der Vater. Er muss ihr in den Wald gefolgt sein. Er trägt nichts, außer seinem alten grünen Wollpullover. Die Haut schält sich von seinem Gesicht wie alte Tapete. Das Haar halb versengt. Zwischen fauligen Zähnen quillt ein Lachen hervor. Aber Ellen, die Mutter, die hinter ihm in Flammen steht und zuckend verbrennt, lacht noch viel lauter. Viel schrecklicher.

Als sie erwacht, stirbt der Traum, aber die Angst bleibt.
Davor, dass jemand ihr Schreien hört.

Zaghaft erhellt die kleine Nachttischlampe Anns alten Schreibtisch. Nach ihrem Albtraum hat sie sich übergeben müssen, hat eine Zeitlang gebraucht, da gesessen, an Sophie gedacht. Sie ist immer bei ihr gewesen, die ganze Zeit seit jenem 13. Oktober. Seit sie sich geküsst haben. Seit sie fort musste. Seit Ann das erste Mal die Flammen sah. Seit *er* …

Und jetzt fließen wieder Worte aus ihr heraus.

Der Bleistift knirscht auf hellgrauem Papier.

Wann hat sie angefangen, Lieder zu schreiben? Sie kann es nicht sagen. Zuerst hat sie gelauscht, in der kleinen, düsteren Kneipe, dem *By the way*, mit Sophie. Den Songs, den Stimmen, den Texten. Sie hat sie gebeten, die Stücke zu wiederholen, die etwas in ihr bewegen. Sie kann sich die Namen der Bands so schlecht merken. Eine heißt Creed, das weiß sie. Glaubensbekenntnis. Ja, das passt. Und der Refrain, der so schmerzt.

Hurray for
A child that makes it through
If there's any way
Because the answer lies in you

Sie hat sich ein halbes Glas Rotwein eingeschenkt. Wenn das hier jemand wüsste. Sie muss bitter lächeln. „Was ihr alles nicht wisst ...", flüstert sie niemandem zu.

Sie legt den Stift weg. Betrachtet das geschriebene Wort.

Die Strophen. Den Chorus.

Ihren ersten Song.

Burning Skies
Tired of ...
... losing all the faith in me
... pretending what I'll never be
... believin' that my mind feels free
The sun get's cold, let's take a bow. Celebrate the Apocalypse ... now

Chorus
So ...
come close to me, look in my eyes
Are you ready for our last goodbyes?
and we'll sink into the burning skies

So ...
It's time for us to make a stand
Trust your heart and take my hand
We fly into the darkness land

Hopin for ...
... no reason left for us to worry
... a new chapter in this wicked story
with frowning words of gloomy glory

Sky crashes down from high above
Let's write the bitter end, my love

Chorus
So ...
come close to me, look in my eyes
Are you ready for our last goodbyes?
and we'll sink into the burning skies

So ...
It's time for us to make a stand
Trust your heart and take my hand
We fly into the darkness land

Sie hat aus dem Feuer einen Song gemacht. Wo kommt die Flammenvision her? Dieser Schrecken, der Fragen wie Türme baut. Aber keine Antworten. Und jetzt all diese Worte, die in ihr herumtanzen. Ann hat einen Song geschrieben. So, als hätte sie ihn schon immer in sich getragen. Er muss gehört werden.

Sie nimmt das Blatt in die Hand, steht auf und singt.

So ...
come close to me, look in my eyes
Are you ready for our last goodbyes?
and we'll sink into the burning skies

Ja, es muss gehört werden. Sie muss zu Sophie. Jetzt.

Sie schaut auf die Uhr. Kurz nach elf. Die Eltern gehen jeden Abend lange vor zehn Uhr hoch. Aber sie weiß, das muss nichts bedeuten. Sie muss schnell sein. Sie spürt ihr Herz jetzt schon klopfen.

Ann schleicht über den Knarzboden ihres Zimmers zum dunkelbraunen Kleiderschrank. Hinter Blusen, Röcken und Strickjacken hat sie die Nächte versteckt. Ihre enge, schwarze Kunstlederhose. Das dunkle Oberteil, das ein wenig mehr aus ihren kleinen Brüsten macht. Die Lederjacke mit den Nieten. Sie schminkt sich die Lippen dunkelrot, lässt das Haar offen.

Barfuß läuft sie über den Flur, die High Heels wird sie erst draußen anziehen. Hinter dem Haus.

Sie wirft einen Blick in Samuels Zimmer. Der Arme hat die Decke wieder bis zu den Füßen runtergestrampelt. Sie schleicht zu ihm rein, deckt ihn zu, gibt ihm einen Kuss auf die Stirn, hinterlässt einen roten Mund ... denkt an Sophie ... und wischt ihn mit einem Tuch ab.

Was immer du tust, wo immer du bist, du triffst mich im By the way *in Gummersbach. Ich bin da. Bist du es?* Das hat Sophie ihr ins Ohr geflüstert, schon kurz, nachdem sie sich dort kennengelernt hatten. Als dieses Neue, Andere begann, das so schrecklich schnell endete.

Ann ist hinten raus entwischt, läuft ein paar Schritte um den Hof herum, bis zum Beginn des Asphalts. Vorbei an Traktoren, Pflügen, alten Autos. So weit, wie die Weiden reichen, kann sie den Blick nicht werfen. Aber sie weiß, die Weide, die am Ende des Horizonts vom Mondlicht angestrahlt wird, zählt dazu. Die Familien teilen sich eine furchtbare Riesenwelt. Bis oben zum Wald auf der Anhöhe.

Etwas tritt aus dem Schatten ins Mondlicht.

Etwas Großes, Geheimnisvolles.

Bist du es? So wie die letzten Male? So wie in meinem Traum?

Sie hat Sophie gebeten, es zu recherchieren, im Internet. So etwas haben sie auf dem Hof nicht, sie in der Stadt schon. „Das hast du dir eingebildet", hat sie gesagt und sanft gelächelt. „Sie sind in Polen unterwegs, das ist so weit weg von hier. Irgendwann kommen sie nach Ostdeutschland, bestimmt. Sie kehren zurück. Aber bis sie hier sind, im Oberbergischen ... dann bist du schon nicht mehr ganz so knackig wie heute, das schwör ich dir."

Ann ist rot geworden und hat den Gedanken weggetanzt. Aber nur für eine kurze Zeit. Sie weiß, was sie gesehen hat. Sie werden die Schafe schützen müssen. Und die nächsten Kälber. Und die Kinder? Ann bleibt noch einmal stehen. Fixiert den Lichtstrahl des Mondes auf dem Feld.

Wo bist du?

Aber Roukan, der Wolf, verharrt in der Finsternis ihrer Einbildung, während Ann weiter ins Tal wandert.

Mit dem Abendbus sind es nur ein paar Stationen bis in die Stadt.

Riesenhaft und voller Lichter erstreckt sich das Gelände der Firma Steinmüller in die Nacht. So viele Menschen arbeiten dort, beim größten Arbeitgeber der Region. Auch einige aus ihrer Gemeinde.

Sie haben Angst, all diese Menschen, hat Sophie ihr erzählt. Ihre Eltern arbeiten beide dort, und seit das Unternehmen von der Firma Babcock übernommen wurde, weiß niemand, wie es weitergeht. Gummersbach ohne Steinmüller, das wäre eine alternative Wirklichkeit, hat Sophie gesagt. Das darf nicht sein. Wird nicht sein.

In Höhe der Kaiserstraße steigt sie aus dem Bus. Sie war der einzige Fahrgast, und der Fahrer schaut ihr verstohlen nach.

Als sie das *By the way* erreicht, hält sie kurz inne. Ihr Herz klopft bis unters Kinn. Es ist kurz vor elf, ihr bleiben zwei Stunden mit Sophie.

Wenn sie denn ...

„Die hat sich heute freigenommen", nuschelt ein dicklicher Kerl mit ungepflegtem Vollbart und langem Zopf. Er schaut sie nicht einmal an, sondern zapft weiter Bier. Die Lautsprecher plärren einen Song von Guns'n'Roses, seltsam übersteuert.

Sie kennt den Zopfmann, er hat hier schon ein paarmal ausgeholfen. Sie hat ihn stets nur halb wahrgenommen, ihre Augen hatte sie nur auf Sophie.

„Sie hat von dir gesprochen, letztens." Er redet weiter nur mit dem Bierglas.

Sie zögert. „Ja ... und?"

„Dass ihr besser alle da bleibt, wo ihr herkommt. Auf eurem Hof. Bei euren Bibeln."

Der Roses-Song fadet aus, die Nine Inch Nails übernehmen.

I hurt myself today, to see if I still feel.

„Kann ich ... darf ich telefonieren?"

„Kein Handy?" Kurz schaut er zu ihr auf. Dann die Erkenntnis. „Ach nee, klar. Haben eh noch nicht viele und ihr sicher schon mal gar nicht." Er dreht sich um und reicht ihr ein schnurloses Telefon. „Hier. Die Nummer ist an dritter Stelle eingespeichert. Aber es ... könnte sein, dass sie schon ..."

„Nein, sie ist wach."

Sophie lebt nicht in der Stadt, das hat Ann gewusst. Aber wie weit draußen sie wohnt, das hat sie nicht geahnt. Sie war noch nie in Däinghausen. Von Gummersbach aus einmal auf den Berg und wieder runter ins Tal. Ins Nichts. Aus dem sie selbst vorhin doch erst entkommen ist. Der Taxifahrer macht sich in einer Geschwindigkeit durch die Nacht davon, als wollte er fliehen.

„Nicht, was du gewohnt bist. Von der Größe her", entschuldigt sich Sophie, als sie Ann die Tür zu ihrer kleinen Dachgeschosswohnung öffnet. Eine Tigerkatze schnurrt auf einem Kratzbaum sitzend, wagt einen großen Sprung, landet elegant auf ihren Samtpfoten und schleicht über dunkelgrauen Teppich lautlos davon.

Es duftet angenehm. Auf einem Teller am Fenster qualmt ein Räucherstäbchen. Eine Buddhafigur in der Ecke, schwarze Couch und passender Sessel, ein Wolfsbild an der Wand.

Wieder der Wolf.

„Hat ein Freund von mir gemacht. In Kanada." Ann nickt stumm.

„Was trinkst du?"

„Was hast du da?"

Sophie hat Rotwein. Weißwein. Gin. Bier. Alles, was Ann nicht darf. Nicht soll.

Musik. Die böse ist. Von düsteren Mächten erdacht.

Sophie hat eine Led Zeppelin-Platte aufgelegt. Ann besitzt einen Plattenspieler, wenigstens das haben sie gemeinsam. Nur die Platten nicht.

„Die Alte unter mir ist verreist. Sie vermietet mir die Hütte und ist selbst kaum da. Gut für uns." Sie dreht am Lautstärkeregler.

Die ersten tiefen Basstöne von *Dazed and Confused* beginnen. Robert Plant drückt die Vocals raus: *Been dazed and confused for so long, it's not true. Wanted a woman, never bargained for you.*

Sophie zündet zwei Kerzen an, dimmt das Licht. Sie lassen sich wortlos auf ihre Couch fallen und lauschen.

Sophie hebt ihr Rotweinglas. „Worauf trinken wir?"

Ann schluckt. Schaut verstohlen zur Seite. Ins Leere. „Ich ... muss mich bei dir ... ich ... muss ..."

„Schschscht." Wieder Sophies Finger auf ihrem Mund. Wie neulich. Vor wie vielen Jahrhunderten?

„Also?"

„Darauf, dass ich nicht hier sein darf."

„Das ist doch mal ein Grund."

„Machst du ... mal kurz die Musik aus?"

„Gefällt sie dir nicht?"

„Doch, doch ... aber ich ... hab da was mitgebracht." Ann faltet den Zettel mit ihrem Songtext auseinander.

Sophie stoppt den Plattenspieler und setzt sich wieder zu ihr. „Was ist das?"

Und Ann fängt mit leiser, zittriger Stimme an zu singen. Doch Sophies Augen beginnen sofort zu leuchten, also fährt sie fort, wird mit jeder Zeile sicherer. Singt den ganzen Song mit einer

Melodie, die ihr just in den Sinn kommt. Verstummt dann. Lässt den Zettel sinken. Spürt ihr Herz klopfen.

Sophie beugt sich zu ihr rüber, küsst sie auf den Mund, flüstert ihr ins Ohr. „Das ist großartig, Ann. Beides. Der Text. Und deine Stimme. Mach damit weiter."

Ann schluckt und zuckt die Schultern, spürt die Hitze im Gesicht. „Ich … weiß nicht …"

„Doch, du weißt es", antwortet Sophie und lächelt.

Led Zeppelin spielen wieder den Soundtrack dieser Nacht und Ann nimmt einen großen Schluck Rotwein. Sie spürt, wie ihr schnell wohlig warm wird. Jimmy Page streut ein Solo ein, es kommt so plötzlich und genau richtig, sie versucht noch einmal Struktur in diesem Song zu erkennen, gibt auf. Der Song mäandert dahin, so scheint es.

Ich bin benommen und total verwirrt.

Sie nippt noch einmal am Weinglas und schaut Sophie unsicher an. „Was bin ich für dich? Die Verrückte vom Bibelhof? Ein süßes kleines Abenteuer?" Die Worte sind kaum in der Welt, da bereut sie sie.

Doch Sophie lächelt nur versonnen. „Ich weiß es nicht. Du bist … ein Geheimnis. Wie du singst. Wie du tanzt. Was die Musik mit dir macht. Wie sie in dir steckt. Und … wie du mich anschaust … und alles in mir kribbeln lässt. Ich stehe auf Geheimnisse."

Sophie schwingt langsam ihr Glas im Rhythmus. Holt Zigarettenpapier hervor. Ein Päckchen mit Gras. Dreht einen Joint, zündet ihn an, zieht. Der süßliche Duft erfüllt den Raum. Ann schluckt, als sie ihr die Tüte reicht.

Alles so leicht, so selbstverständlich. Sie versteht es nicht. Sie hat Sophie doch vom Hof gejagt, weil ... und sie dann eine gefühlte Ewigkeit nicht gesehen. Nichts von ihr gehört. Diese Ewigkeit von ... wie vielen Tagen? Wochen? Und wie lange kennen sie einander jetzt schon? Seit dem Spätsommer, oder?

Ich bin benommen und total verwirrt.

Sophie scheint ihr die Unsicherheit anzusehen. Sie setzt sich auf, stellt das Glas ab, zieht noch einmal am Joint. „Hör zu, Süße.

Das wird jetzt hier keine Tut-mir-leid-was-da-gelaufen-ist-Nummer, okay? Scheiße passiert. Und mir ist schon klar, dass du es da draußen in eurer Kommune nicht so leicht hast mit deinen ganzen Bibeltreuen. Aber hey, du bist doch auf dem Weg der Besserung. Entdeckst endlich die dunkle Seite. Huuuuuh!"

Sie macht eine verschwörerische Geste. Ann lächelt, diesmal fällt es ihr leichter, und sie verliert sich in Sophies leuchtenden, grünen Augen. „Danke."

„Jetzt nimm und lass endlich los."

Sie lässt los. Von allem, was sie gekannt hat. Zuerst ein röchelndes Husten, aber sie gewöhnt sich schnell an den Joint. Die Angst schält sich von ihr ab wie verbrannte, tote Haut.

Wann hat sich Sophie an sie herangeschlichen? Wann hat sie damit begonnen, ihre Zunge sanft über ihren Hals kreisen zu lassen? Über ihren Nacken? Schneeweiße Zähne knabbern an ihren Ohren, weiche Lippen tasten sich über ihre Wange bis zu ihrem Mund.

Ann hat vergessen, was sie nicht kann. Was nicht sein darf. Sie fühlt. Wie Sophies Zunge sanft die ihre streichelt. Wie sich ihre Lippen umeinander schließen. Wie Sophie ihr das dunkle Shirt mit dem silbernen Totenkopf auszieht, ihren BH öffnet, ihre kleinen, festen Brüste entblößt, mit den Lippen langsam zu diesen Brüsten wandert, sie küsst. Wie ihre Hände überall sind, sie kann unmöglich nur zwei davon haben. Ann spürt sie im Gesicht, auf dem Rücken, im Haar, zwischen den Beinen ... zwischen ... ihre Schenkel verkrampfen sich ... nein ... nein, das darf nicht sein ... darf nicht ...

„Schschschscht ..."

Sophie lässt kurz von ihr ab, reicht ihr den Joint, der in einem Aschenbecher mit der Aufschrift *Only the dead will die* vor sich hin qualmt, steckt ihn ihr vorsichtig zwischen die Lippen, beugt sich an ihr Ohr und flüstert: „Was immer dir geschehen oder widerfahren ist, ich werde dir niemals wehtun."

Ann spürt, wie ihr Tränen in die Augen steigen, sie lässt sie zu, lässt sie laufen, zieht noch einmal an dem Joint, ihr Kopf fällt nach hinten, und Sophies Gesicht verschwindet zwischen ihren Schenkeln.

Jimmy Page spielt das Intro des nächsten Songs.

Whole Lotta Love.

Und Ann stirbt einem neuen Leben entgegen.

Ein Tag

All das Blut. Die Eimer quellen über voll hellroter Suppe. Agnes nimmt jedes Mal gleich drei davon mit, damit sie sie nicht ständig auskippen muss. Die Schweine sind ausgeblutet, verarbeitet, portioniert. Das Blut ist geblieben. Diesmal musste sie bei der Tötung nicht dabei sein, das haben Vater und seine Brüder wieder selbst erledigt. Sie weiß nicht, ob sie es ertragen hätte. Dieses Schreien ... dieses Zucken ... sie schiebt den Gedanken weg und konzentriert sich auf die Arbeit.

Mit dem Schlauch hat sie das Gröbste entfernt, aber sie muss das kleine Schlachthaus anschließend schrubben. Das Blut setzt sich immer zwischen den Fliesen ab. Sickert in die Fugen.

Agnes hat in der Nacht so unruhig geschlafen, so wild geträumt, dass ihr fast die Augen zufallen. Ihre Mutter hat sich nach dem Frühstück ins Bett gelegt, es gehe ihr nicht gut. Wieder hat sie vom Ende gefaselt. Vom Ende, das so bald komme.

Vaters schwere Schritte nähern sich von draußen. „Wie lange brauchst du noch?"

Agnes setzt den Schrubber ab und schaut ihn aus müden Augen an. „Gleich fertig."

Er tritt in das Schlachthaus. „Sieht aber nicht so aus."

Die dunkelbraunen Gummistiefel hinterlassen Kleckse aus Stroh und Schlamm, dort, wo sie frisch gewischt hat. Er nimmt sich einen zweiten Schrubber, der an der Wand lehnt. Beginnt wortlos zu wischen, auszuwringen, zu wischen. Leert die Eimer, füllt Wasser nach.

„Wenn du eher schlafen gehen würdest, hättest du auch mehr Kraft für die Arbeit am Tage", murmelt er, ohne aufzuschauen. Er senkt seine tiefe, immer zu laute Stimme so weit ab, dass sie es so eben versteht. Aus dem Augenwinkel nimmt sie ihren Onkel Paul wahr, der auf das Schlachthaus zusteuert. Vater hebt die Hand in die Richtung seines Bruders, und er driftet ab.

Ihr wird kalt. Sie versteht nicht, was er meint.

Ja, sie liegt nachts manchmal wach. Hat zuletzt seltsam geträumt, von Samuel, von Ann, aber ...

„Du bist erwachsen, du musst wissen, was du tust." Er wringt das Schrubbertuch aus.

Sie sieht zu, wie das rote Wasser in den Eimer tropft. Es sind die Worte, die er an Ann richten muss, denkt sie. Warum ich? Was habe ich denn ...

Liebe mich, Vater. Liebe mich. Bitte.

„Aber du siehst, was mit deiner Mutter passiert. Sie ist krank."

Ja, sie weiß das, natürlich. Mehr als jeder andere hier. Die Mutter driftet ab in eine Schattenwelt.

„Sie vergisst die Dinge." Kurz schaut der Vater zu ihr auf. „Irgendwann wird sie auch dich vergessen."

Agnes zuckt zusammen. Sie sucht nach Worten. „Sie ... spricht oft vom Ende ... so wie du neulich in der Predigt. Was ... hat das zu bedeuten?"

Ein schiefes Lächeln entstellt sein von all den Jahren an der herben oberbergischen Luft tief zerfurchtes Gesicht. „Ja, es wird kommen, Agnes. In der Stadt reden sie auch davon. Es steht in den Zeitungen. Viele haben Angst davor. Millennium. Wieder so ein Zauberwort."

Sie nickt schweigend. Er wringt den nächsten Lappen aus. „Angst ist ein schlechter Begleiter. Der Herr wird uns einen Weg weisen, mach dir keine Sorgen." Sie nickt wieder. Der Vater marschiert zur Tür, leert den letzten Eimer. Dreht sich um, tritt in das kleine Schlachthaus. Lässt den Blick schweifen. Über die Klingen auf den metallenen Tischen. Über den sauberen Boden.

Auf sie.

Lächelnd schließt er die Tür. Durch den schmaler werdenden Spalt sieht sie, wie Samuel mit einer Schubkarre über den Hof stapft. Sie hebt die Hand zum Gruß. Der Vater dreht sich kurz um, legt den Kopf schief. Kümmert sich nicht weiter.

Klack. Die Tür im Schloss.

Er setzt sich auf einen der metallenen Tische. Blitzblank. Öffnet seine schwere, schmutzige Arbeitshose. Lässt sie an seinen Beinen herunterrutschen. Zieht die lange, weiße Baumwollunterhose herunter.

Agnes stellt den Schrubber ab.

„Komm schon. Komm her, kleiner Bastard."

Langsam schreitet sie auf ihn zu. Willenlos. Als hätte er eine unsichtbare Schnur an ihrem Bauch befestigt und zöge daran.

Er hält sie gefangen.

Seit über zwanzig Jahren.

Er wird sie nicht freilassen. Niemals.

Ein Tag

Mutter geht es nicht besser. Das darf Agnes jetzt nicht denken, sie muss es aber. Der Schlüssel im Schuh. Das Nudelholz im Kühlschrank. Ihre Frage, bevor sie sich hingelegt hat: Wo ist das Bad? Und wie sie vom Ende spricht. So wie der Vater. Jetzt immer häufiger, seit der Oktober in den November übergegangen ist. Die Kinder bereiten die ersten Gedichte für die Adventszeit vor, basteln Kränze und Dekoration. Sie hat all das noch vor sich, aber die Arbeit auf dem Hof ist wichtiger.

Außer heute Nachmittag.

„Du bist dran, Agnes!" Ann tippt ihr auf die Schulter und rennt davon. Nicht so schnell, denkt Agnes, deine Haube! Aber sie trägt sie ja nicht. Wieder mal.

Und es macht Agnes nichts aus, sie ist so froh, Ann bei sich zu haben, endlich einmal, nach ... keine Ahnung wie langer Zeit. Vielleicht wird sie ja wieder die Alte.

Jetzt holt sie Samuel ein, der wie so oft schon vorgelaufen ist, nimmt ihn an die Hand und zieht ihn mit sich.

Eine Herbstsonne stiehlt sich hervor, lässt die vom Morgen noch feuchten Weiden den Nachmittag über trocknen. Bis der Abend kommt.

Sie rennt den beiden nicht nach, nicht sofort.

Zu schön ist der Anblick der Zwillinge, die so verschieden sind. Die nichts gemein haben außer der Liebe füreinander. Sie spürt sie, jetzt, hier, und verzeiht Ann, wie sehr sie sich vom Hof und von der Gemeinde entfremdet hat.

Die verlorene Tochter ist nicht verloren. Noch nicht. Vielleicht wird sie es nie sein.

Die Felder und Wege hinter dem Hof sind in ihrer Weite noch unbegreiflicher als damals in Remscheid, wo sie an manchen freien Tagen mit den Kindern der anderen Familien von Talsperre zu Talsperre gelaufen ist. Damals, als Ann und Samuel noch gar nicht auf der Welt waren.

Jetzt könnten sie rennen und rennen, immer weiter, bis zur Aggertalsperre, wenn sie wollen, und sie einmal umrunden. Kleine, große Kinder, die ...

Weit vor ihr, unter einer alten Buche, die einsam auf einer Weide in den Himmel wächst, bleiben Ann und Samuel stehen. Agnes sieht etwas Schwarz-Weißes im Gras liegen. Mit schnellen Schritten schließt sie zu ihnen auf.

„Ah-ah", macht Samuel aufgeregt und zeigt auf die in Stücke gerissene Ziege. Tränen steigen in seine Augen. Ann nickt wissend. Agnes kniet sich nieder, berührt ein Stück Fell auf dem Kopf. Kalt.

Sie weiß nicht, ob Vater eine Ziege vermisst hat, oder einer der beiden Onkel. Sie haben eigene Herden. Aber sie weiß, dass das Tier vom Hof geflohen sein muss. Die Marke am Ohr lässt keinen Zweifel.

Samuel dreht sich um und durchpflügt das hohe Gras. Zeigt auf eine Spur, die zu einem schmalen steinernen Weg Richtung Wald führt. Ein buntes Gemisch aus Laub- und Nadelbäumen streckt sich in die Höhe. Bald wird ein Teil von ihnen kahl sein. Wie totes Gerippe.

„Ah-ah!", macht Samuel wieder. Er kniet sich hin und zeigt auf Spuren im feuchten Gemisch aus Stein und Erde.

„Roukan ... er ist hier." Ann lächelt, als sie das leise sagt. Wieso nur? Agnes spürt, wie ihr ein Schauder über den Rücken jagt.

„Das kann nicht sein. Und sag nicht wieder, du hast ihn gesehen."

„Was glaubst du denn?"

Wenigstens glaube ich überhaupt etwas, will sie sagen, weil sie wieder Zorn verspürt auf ihre jüngere Schwester. Dieser Zorn ist nicht angebracht, sie weiß es. Aber sie weiß auch, dass es keine Wölfe gibt. Nicht hier. Irgendwann womöglich, in einer Zukunft, die ...

... es nicht geben wird, weil das Ende kommt.

Die Stimme ihrer Mutter, von fern, aus ihrem Bett, doch nah, lebendig, mitten in ihrem Kopf.

„Wir müssen es sagen." Agnes dreht sich um und deutet auf das zerfetzte Tier. „Vielleicht waren es die Wildschweine."

„Wildschweine? Agnes ..."

Samuel tritt zu ihr und nimmt ihre Hand. Agnes hält sie fest. Ann nimmt seine andere Hand, sie nehmen ihren Bruder in die Mitte. Von der Anhöhe aus lassen sie den Blick über den Hof schweifen.

Heimat.

Was für eine?

„Ich ... möchte vielleicht gerne, dass es ein Wolf ist", sagt Ann leise. „Weil ..."

„Wölfe sind böse!", ruft Agnes, reißt sich los und rennt alleine zurück ins Tal.

Ein Tag

Die Ziege hat Onkel Paul gehört. Er hat seine Kinder zurechtgewiesen, denn es ist ihre Aufgabe, auf die Ziegen aufzupassen. Agnes hat mit ihnen am Abend aus der Bibel gelesen. Ihre Nichten und Neffen haben kaum ein Wort gesagt. Ihr Vater hat sie verstummen lassen. Jetzt liegen die Kinder längst im Bett, es ist nach acht. Der Vater ist nach dem Abendbrot noch einmal in die Stadt gefahren. Besorgungen machen. Es werde spät, hat er gesagt.

Vielleicht holt ihn ja der Wolf!

Agnes fährt herum. Wer hat da gesprochen? Es klang wie Ann, aber sie ist wie immer nicht da.

Ihr Blick fällt auf Samuel, der am Tisch sitzt und in einem Buch blättert. Ein Bildband über Tiere. Er betrachtet eine Seite mit Hoftieren, Schafen und Ziegen. Streicht mit der Hand über die Seite. Streichelt die Papierziege. Gähnt. Reibt sich die Augen.

Die Mutter sitzt im Wohnzimmer. Sie hat Musik aufgelegt, eine Platte mit Volksliedern dreht sich um sich selbst. Sie wiegt sich im Takt, summt leise mit, lächelt. Wendet sich zu Agnes um und wirkt überrascht, als hätte sie sie tagelang nicht gesehen. „Kind! Komm, setz dich einen Moment zu mir. Hast du alles erledigt? Wo ist der Vater?“

„Er musste noch einmal in die Stadt.“

Sie nickt wissend und senkt den Blick. „Ja, das Ende. Er sieht es auch.“

Agnes packt ihre Mutter fest an den Schultern. Sie zuckt zusammen, als würde sie gleich zerbrechen. Samuel blickt erschrocken von seinem Buch auf.

„Was meinst du, Mutter? Was heißt das? Wann kommt das Ende? Und wie?“

Die Mutter nimmt Agnes' Hände in die ihren. „Wenn das Jahr sich neigt ... aber der Herr weist uns den Weg, mein Kind. Du wirst nicht verloren sein. Wir alle werden errettet. Dein Vater ist unser Hirte, er weiß den Weg.“

Die Mutter spricht weiter, doch Agnes hört sie nicht. Flammen züngeln vor ihren Augen. Sie sieht einen Feuerball, er stürzt herab, entfaltet sich, vermenschlicht sich, ein brennender Körper. Er stirbt ihr entgegen. Die Hitze versengt Haut, Haar und Knochen.

Und sie schreit.

„Kind! Kind! Was schreist du denn so! Lass mich los!” Agnes öffnet die Augen. Was ist das für eine Vision? Wieso sieht sie plötzlich Flammen? Sie kommt zu sich und merkt jetzt erst, dass sie ihre Mutter auf dem Sofa halb unter sich begraben hat, die Finger tief in ihre Oberarme gebohrt.

Sie spürt, dass Samuel von hinten an ihr zerrt, sie von der Mutter befreien will. Agnes lässt nur zögernd von ihr ab. Die Mutter setzt sich auf, richtet ihre Bluse, ihre Haube, starrt Agnes entsetzt an. „Was ist nur los mit dir, Kind?“

„Tut ... tut mir leid.“ Sie dreht sich zu ihrem Bruder um.

„Tut mir leid, Samuel.“

Der Kopf ihrer Mutter zuckt unkontrolliert. „Wer?“

Agnes seufzt tief und schließt die Augen. Ist es so weit? Erkennt die Mutter ihren eigenen Sohn nicht mehr? Agnes traut sich nicht, es auszusprechen. „Komm, ich bringe dich ins Bett.“

Sie hilft der Mutter vom Sofa hoch, führt sie in den Flur und sieht aus dem Augenwinkel, wie Samuel leise weint.

Eine Nacht

„Komm, bleib im Bett. Bleib einfach ... hier.“ Ann sitzt auf der Bettkante, zieht sich ein T-Shirt über, und sie weiß, dass Sophie recht hat.

„Wir ... wir könnten gehen. Jetzt. Ich mach den Laden zu. Soll der alte Brocks sich einen neuen Pächter suchen. Was ich gespart hab, reicht fürs Erste. Und dann ...“

Ann dreht sich zu ihr um, beugt sich über sie und schaut ihr tief in die Augen. Langsam, aber bestimmt schüttelt sie den Kopf. „Ich ... kann ... nicht ...“

Sophie schiebt sie von sich weg. „Doch, Ann. Du bist eine erwachsene Frau. Und wie auch immer du da aufgewachsen bist, welches Weltbild man dir vermittelt hat und ...“

„Du klingst wie eine Lehrerin. Wie eine Mutter. Nicht meine, aber ...“

Oder doch?

„Hast du mir zugehört? Ich mache hier keinen Spaß. Ich kann den Laden auch für ein paar Tage schließen, und wir fahren weg. Niemand kann dich dort einsperren auf deinem Hof. Du bist nicht das Kalb im Stall, Ann. Nicht das Schwein, nicht die Ziege. Und ... sorry ... auch nicht dein geistig behinderter Bruder, von dem du immer erzählst. Er kommt sicher auch mal alleine klar. Und auch nicht deine dienstbeflissene Schwester, die in dem ganzen Gemeindeding ja scheinbar aufgeht und dich so nervt, dass du ihr am liebsten gar nicht erst über den Weg läufst. Ann, du kannst da weg.“

Anns Miene verfinstert sich. „Ich kann ihn nicht alleine lassen.“

Sophie setzt sich auf und zieht sich die Decke über ihre nackten Brüste wie in einer dieser seichten, amerikanischen Komödien.

„Wen? Deinen Bruder oder ... oder deinen ..."

„Du kannst dir dieses Leben nicht vorstellen, Sophie. Es ... ist so anders als alles, was ... so weit weg von deiner Welt."

„Du bist in meiner Welt. Und ich möchte, dass du bleibst."

Ann nickt versonnen. Sie spürt, wie es sie innerlich zerreißt. Dass ein Teil von ihr sofort wieder ins Bett will, zu Sophie, und dass dieser Teil bleiben will, für immer. Und dann ist da etwas anderes in ihr, das sie nicht erklären kann, aber ... es zerrt sie zurück auf den Jakobshof, zurück in die Gemeinde, zurück zu ...

„Nicht heute Nacht, Sophie. Es tut mir leid, aber ... nicht heute."

Es geht nicht. Jetzt nicht. Und nie.

Aber diese Worte bleiben stumm.

Ann gibt dem Taxifahrer zwanzig Mark, er schaut sie irritiert an.

„Reicht das nicht?"

„Sie wohnen ... hier?"

„Geht Sie nichts an."

Der Fahrer zuckt mit den Schultern. Während Ann die lange Kiesauffahrt zum Hof hochstapft und den Kies heiser singen lässt, schaut er ihr noch eine Zeitlang hinterher.

Aber nicht lang genug.

Als sie eine der Scheunen passiert, hat er seinen Mercedes gerade gewendet.

Als sie sich durch die Tür ihres Elternhauses stiehlt, fährt er die schmale Zufahrtsstraße Richtung Tal bereits wieder runter.

Als der Vater, der vom Dieselmotor des Mercedes aufgeschreckt und heruntergeschlichen ist und ihr hinter der Haustür aufgelauert hat, sie anspringt und sie an den Haaren zu Boden zieht, biegt er unten im Tal schon auf die Hauptstraße ab.

Und als der Vater, den Ann nur Johann nennt, sie durch den Hinterausgang ins Hofinnere zerrt, sie an die Hauswand drückt und grunzend seine Hose öffnet, ruft der Taxifahrer seine Frau an, um ihr mitzuteilen, dass er endlich Feierabend macht.

Es ist kurz nach halb zwei, als Johann sie wimmernd im Hof zurücklässt.

Er hat es wieder getan. Wieder, wieder, wieder.

Ann denkt an Sophie. An Samuel. An Agnes. An den Schweigesee, der so oft zwischen ihnen liegt. Macht Johann mit der Mutter dasselbe? Und mit Agnes? Und mit … Wenn sie alle schlafen?

Sie wünscht sich diesen Schlaf.

Und dass sie nie wieder daraus erwacht.

Ein Tag

Die Mutter spricht kaum noch ein Wort. Schleicht wie ein Geist durch das Haus. Weint sich einem Ende entgegen, das Agnes nicht versteht. Samuel nimmt sie überhaupt nicht mehr wahr.

Agnes macht, was sie kann. Arbeitet mehr als je zuvor. Ann lässt sich immer weniger auf dem Hof blicken. Sie hat gesagt, sie helfe jetzt in einer Kneipe in der Stadt, und dass Vater es auf keinen Fall wissen dürfe. Merkt sie nicht, wie ihre Mutter immer schwächer wird?

Manchmal wünschte sie, es gäbe Ann gar nicht. Nur sie und Samuel. Der ist auch anstrengend, aber lieb. Und vor allem ist er da. Und hilft. Jeden Abend hat sie ihm vorgelesen in letzter Zeit. Bis er neben ihr eingeschlafen ist.

Sie ist mit der Mutter zum Arzt in die Stadt gefahren. Warum sie nicht schon viel, viel früher gekommen seien, hat er gefragt. Sie hat nur mit den Schultern gezuckt.

Sie solle sich um ihre Mutter kümmern. Agnes hat bitter gelächelt.

Als wenn sie das nicht schon so lange täte. War es jemals anders? Wer ist hier das Kind? Wann war sie es ...?

Aber natürlich hat sie nur zustimmend genickt.

Ich kümmere mich um alle und alles. Um meine Mutter, um meine Geschwister, um meinen Vater.

Ja, und er kümmert sich um dich, mein Schatz.

Plötzlich ist diese Stimme da gewesen, so wie der schreckliche Feuerball. Gott, bitte nimm mir nicht auch noch den Verstand, hat sie abends gefleht, als sie ihre Mutter zu Bett gebracht und sich selbst schlafen gelegt hat.

So wie sie sich jetzt in ihr Zimmer verkrochen hat, an einem kalten Abend Anfang Dezember. Sie schaltet das Licht aus, lauscht der Stille.

Vaters Schritte auf dem Flur. Schwer. Klumpig. Stoppen vor ihrer Tür. Es klopft.

„Ja?"

Wortlos drückt er die Klinke runter und tritt ein. Lehnt die Tür an. „Sie ... wird sterben."

Agnes setzt sich in ihrem Bett auf. „Ja ... früher ... oder später ... man weiß es nicht. Wir können nur ..."

„Ich kann überhaupt nichts. Es ist noch so viel zu tun. Und sie ist deine Mutter."

„Ja, aber ..."

Er schreitet durch das Zimmer auf ihr Bett zu. Setzt sich auf die Kante der Matratze. Lässt seine Hand über der Decke kreisen. In Höhe ihrer Beine. Wandert hoch. Verharrt unter ihrem Bauchansatz.

„Unser Gott ist ein gerechter, Agnes."

„Wie ... meinst du das?"

Er nimmt die Hand von der Decke und schaut aus dem Fenster. „Damals ... habe ich ihn um Rat gefragt ... damals, bevor wir aus Remscheid weggegangen sind ... was soll ich mit euch machen, habe ich ihn gefragt."

Sie beugt sich vor. Legt ihre Hand auf Vaters rechten Arm. Alter grüner Wollpulloverstoff kratzt an ihrer Haut. „Mit uns ... machen?"

„Nach jener Nacht ..."

Da blitzt es in ihr. Und sticht in ihre Schläfen. Bilderfetzen ziehen vorbei. Schrille Töne. Ein Taxi. Gleise. Ein Zug. Eine Brücke. Schmerz. Dunkelheit.

Sie kommt zu sich.

„Es wird besser, hat er mir gesagt. Geht weg von hier. Mit den Familien. Auf einen neuen Hof. Versuche es nur, Johann, hat er gesagt. Du wirst ein Vater werden. Eines Tages."

Sie schüttelt verständnislos den Kopf. „Aber das bist du doch! Vater! Du hast drei gesunde ... Vater?"

Er presst die Zähne aufeinander, schlägt die Hände vors

Gesicht. Sie hat ihn nie schwach gesehen. Er zittert. Sie legt ihm die Hand auf die Schulter. Wieder kratzt der Stoff. Doch er reißt sich los, springt auf, fährt wild herum.

„Es hätte dich treffen sollen, nicht deine Mutter! Dich ... du ... Teufelskind!"

Ihr stockt der Atem, alles zieht sich zusammen. Sie holt die Decke hoch bis ans Kinn. Wartet. So wie er. Sie schauen einander tief in die Augen. Tränen treten in ihre. Sie schlägt die Decke weg. Spreizt die Beine. Zieht ihr Nachthemd hoch.

Er schaut zwischen ihre Schenkel. Dann in ihr Gesicht. Noch einmal zwischen ihre Schenkel. Schüttelt den Kopf. „Nein, du Bastard. Nein. Nie wieder."

Er fährt sich durchs Haar, dreht sich weg und rennt aus dem Zimmer. Als er die Tür zuschlägt, hat sie das Gefühl, das gesamte Haus bräche gleich zusammen. Sie bräche gleich zusammen, so heftig erschüttert sie der Weinkrampf.

Liebe mich. Liebe mich, Vater, bitte.

Ich verstehe so wenig von allem.

Will sie verstehen?

Warum denkt sie jetzt an Samuel? Sorgt sie sich, dass er wach geworden ist von dem Krach? Sie springt aus dem Bett und läuft in sein Zimmer.

Als sie eintritt, erstarrt sie. Er sitzt wimmernd in seinem Bett. Blickt auf das, was zu seinen Füßen liegt. Sie tritt näher heran. Briefe. Alt. Vergilbtes Papier. Dazwischen Notizbücher. Manche zu, andere aufgeschlagen. Sie setzt sich zu ihm und nimmt einen der Briefe in die Hand. Erkennt Mutters Handschrift.

Liest den Namen der Empfängerin.

Liest das Datum.

Liest den Namen des Absenders. Es ist nicht Vater.

Sie überfliegt die erste Seite. Die zweite. Nimmt den nächsten Brief. Greift zum ersten Tagebuch. Liest die Seiten quer. Spürt, wie ihr Atem schneller geht. Wie das Herz im Hals klopft. Blättert. Liest. Dreht sich zu Samuel um. „Hast du das gelesen? Hast du davon irgendwas ... gelesen?"

Kannst du lesen?

„Mhmhmm ...“, macht er. Und nickt.

„Wo hast du die her?“

Samuel legt den Finger auf den Mund. „Schschscht.“

Er springt aus dem Bett, nimmt sie an die Hand. Die Geschwister schleichen durch den Flur. „Was ist mit Ann? Sie muss das sehen, sie muss ...“

Doch er schüttelt den Kopf. Er wirkt verändert. Er wirkt ... wissend. Das ist ihr schon aufgefallen, als sie gemeinsam auf dem Hügel hinterm Hof unterwegs waren. Er hat die Überreste der Ziege entdeckt. Und die Spuren, die Ann ihrem Wolf zuschreiben wollte. Als übertrüge sich das, was Mutter an Geist verliert, Tag für Tag auf ihn, als ...

„Da, schau, Agnes. Der Schrank.“

Ihr ist, als schnürte ihr jemand die Luft ab. Sie fasst ihn an den Schultern. Dreht ihn zu sich. „Du ... sprichst! Du ...“

Er nickt. „Vater ist noch mal draußen. In der Scheune. Wo die Kälber ... und ... er ... macht was.“

Agnes schüttelt den Kopf. „Ich verstehe nicht.“

„Er macht da was ... Mutter wollte, dass ich ... sie wollte ... sie ... aber dann schlief sie wieder.“

„Mutter wollte, dass du ihr etwas holst? Aus ihrem Schrank? Ein Medikament? Und dann hast du die Briefe gefunden? Das Tagebuch?“

Samuel nickt und öffnet die Tür zum Schlafzimmer der Eltern. Die Mutter liegt da wie tot. Auf dem Rücken, den Mund leicht geöffnet. Doch die Zudecke bewegt sich langsam und stetig auf und ab, ein leises Schnarchen füllt den Raum.

„Schschscht“, macht er wieder.

Sie treten ein. In der Ecke, neben einem kleinen, weißen Schränkchen, steht eine niedrige Tür einen Spaltbreit auf.

„Hast du ...“

Ja, hat er. Er hat gesucht. Wonach auch immer, sie weiß es nicht. Weiß nicht, was im Kopf ihres großen kleinen Bruders vorgeht, warum er Türen öffnet, die verschlossen bleiben müssen. Oder hat die Mutter ihn gebeten, sie zu öffnen, weil ...

... es Zeit ist für die Wahrheit. Aber bist du bereit dafür, Kind?

„Was? Samuel ... hast du ... was zu ihr gesagt?" Samuel schüttelt den Kopf und hält den Schlüssel wie eine Trophäe hoch.

„Aber woher ..."

„Schschscht ..."

Sie bücken sich, um sich an der Schräge über der Tür nicht die Köpfe zu stoßen. Samuel holt eine Taschenlampe hervor, er muss sie vorher von seinem Nachttisch geholt haben. Aber hat sie da gelegen? Warum kommen ihr all diese Fragen in den Sinn?

Sie krabbeln auf allen Vieren in die Abstellkammer. Es stinkt muffig, nach allem, was alt ist. Sie entdeckt eine Lampe, die ihre Mutter damals, in Remscheid, in der Küche stehen hatte. Zerfledderte Bibeln, zigmal durchgeblättert. Bibeln schmeißt man nicht weg. Dann eine Kiste mit alten Kleidern. Dann ihr Schaukelpferd.

Bevor er dich geritten hat, weißt du?

„Wer ... redet da?"

„Hier." Samuel deutet auf eine große, dunkelblaue Schatulle. Agnes öffnet sie. Noch mehr Notizbücher. Und Fotos. Sie zeigen einen gutaussehenden, kräftigen, jungen Mann. Auf einem steht er neben Mutter auf einer Brücke. Dahinter ein ... See. Gefroren, so scheint es. Vergilbender Schnee bedeckt unscharfe Bäume. Sie dreht eines der Fotos um. *Richard und ich, Winter 1968.*

„Richard ..."

Schritte im Flur. Schwer. Klumpig.

„Oh Gott. Samuel, raus hier!"

Die Schatulle zittert in ihren Händen. Sie nimmt wahllos eines der Notizbücher heraus und klemmt es sich in den Rocksaum. Sie krabbeln rückwärts aus der Kammer. Samuel schließt die Tür, steckt den Schlüssel ins Schloss, dreht und ...

„Steh auf." Die tiefe, zu laute Stimme schreit flüsternd.

„Samuel, geh. Geh! Raus hier!"

Der Vater nimmt Samuel gar nicht wahr, wie er sich an ihm vorbeistiehlt. Er fixiert nur sie. Die Mutter nuschelt, wacht für den Bruchteil einer Sekunde auf, aber nicht richtig, sie dreht sich zur Seite, schnarcht weiter.

Agnes erhebt sich.

Liebe mich. Liebe mich. Ich weiß, das kannst du nicht mehr nach ... vorhin ... nach jetzt ... aber ...

„Liebe mich."

Der Vater legt den Kopf schief. „Was sagst du?" Er sieht die Fotografie, die sie immer noch in der Hand hält. Tritt auf sie zu und reißt sie ihr aus den Fingern. Betrachtet das Foto. Dreht es um. Wird leichenblass. Würgt und erbricht sich direkt vor Mutters Bett. Sein Würgen klingt wie ein Fluch.

„Vater ... was ..."

Er wischt sich den Mund mit dem kratzigen Wollpulloverärmel ab, packt Agnes am Hals, führt sie aus dem Schlafzimmer in den Flur, den Gang entlang, vorbei an Samuels Zimmer. Sie späht durch den Türspalt und sieht ihn weinend auf seinem Bett sitzen. Sie laufen vorbei an Anns Zimmer, das wie immer verschlossen ist, bis zu ihrer Tür. Er schiebt sie hindurch. Packt sie am Nacken und stößt sie so hart auf die Kommode unter ihrem Spiegel, dass sie benommen und blutend zusammenbricht.

Sie hat das Kalb vor Augen und das Bolzenschussgerät und wie es ihm das Hirn zerschießt.

Der Vater beugt sich über sie. Als er den Mund öffnet, wabert ihr der stinkende Geruch von Erbrochenem entgegen. „Geh nie wieder in dieses Zimmer, du ... Teufelsweib!" An der Tür dreht er sich noch einmal um. „Doch ... du gehst noch einmal in dieses Zimmer. Wisch es gefälligst weg."

Bing!, macht der kleine Wecker auf ihrem Nachttisch. Es ist halb zehn und sie möchte wie eines der Kälbchen sein.

Nicht mehr da.

Nie mehr da.

Eine Nacht

„Scheiße, Ann, was ist mit dir?"

„Frag nicht, okay? Bitte."

Sie setzt sich zu Sophie an die Bar, stützt den Kopf auf die linke Hand und schließt die Augen. Sie spiegelt sich in einem schmalen Streifen Glas auf der hinteren Wand. Der Lippenstift verrutscht, der Lidschatten unordentlich aufgetragen, die Haare hängen ihr wild ins Gesicht, bedecken ihre Stirn wie ein schlampig geschnittenes Pony.

„Ann, du musst ..."

„Sterben. Irgendwann müssen wir das alle."

So wie die Kälber. So wie Mutter. Nur er nicht. Er nie.

Sie schreckt hoch, wie aus eine Trance, und starrt Sophie an. „Hast du ..."

„Nein, ich habe wie immer nichts gesagt. Ich sag doch, du hörst Stimmen."

Ann verdreht entnervt die Augen.

Sophie nimmt ihre Hand. „Tut mir leid, ja? Mein Tag war auch lang. Ich musste zwar keinen Hof bewirtschaften, mich nicht um meine schwerkranke Mutter kümmern und um meinen stummen Bruder und um ... Ann, ich kann mir kaum vorstellen, wie du dort oben leben musst. Mit einem Vater, der ..."

„Was? Was redest du denn da?"

„Ich? Wieso? Ich gebe nur wieder, was du mir erzählt hast. Nachdem wir ...", sie lächelt versonnen. „Du hast dich endlich fallen gelassen. Wir haben stundenlang geredet, hallo? Erinnere dich mal! Ich glaub, du hast in dieser Nacht gar nicht geschlafen. Ich frage mich, wie du danach den Tag durchgestanden hast."

„Ich ... was ...?"

Sophie stellt ihr ein großes Bier hin. „Hier, trink. Du bist nicht nur ein bisschen drüber. Ich mache gleich Feierabend. Was hältst du von Kino?"

Ann nimmt einen großen Schluck, lässt den kalten Gerstensaft die Kehle hinablaufen, stößt leise auf, stellt das Glas ab. Tötet die seltsamen Gedanken. „Das war gut. Mein Gott."

„Den lassen wir jetzt mal schön draußen auf dem Land. Also?"

Ann zuckt mit den Schultern. „Das letzte Mal im Kino war ich ... mit der Schule?"

„Lass mich raten: *Wir Kinder von Bullerbü?* Nee, das lief im Fernsehen, oder?"

„Sehr witzig. Haben wir auch nicht." Ann leert das Halbliterglas mit dem nächsten Zug.

„Dann ... gehen wir doch glatt in die Vollen. Im Burgtheater gibt es eine Orson-Welles-Nacht. Oder ... *Fight Club*. Geht auch. Gibt noch eine Spätvorstellung um kurz vor elf."

„*Fight Club* ... du willst mich in einen Boxfilm schleppen?"

„Nicht ganz. Aber geprügelt wird da auch. Es treten an: Brad Pitt und Edward Norton. Und ..."

„Ist okay. Keine Ahnung. Ich möchte einfach nur ..."

„Fliehen, ich weiß."

Ann nickt und spürt, wie ihre Augen feucht werden. Sie versteht nicht, warum. Und weshalb.

Aus den Boxen des *By the way* plärren Led Zeppelin.

Dazed and confused. Wie bestellt.

Die letzten zehn Minuten des Films realisiert Ann nicht mehr.

Als eines der unmöglichsten Pärchen der Filmgeschichte Händchen haltend der Welt beim Untergang zuschaut, wird ihr schwarz vor Augen. Sophie bekommt es nicht mit. Und sie stößt Ann auch nicht mit dem Ellbogen an, wie sie es jetzt machen müsste, um ihr zuzuflüstern: „Hey, ist das nicht Wahnsinn?" Sophie will diesen Moment für sich allein haben. Sie liebt Filme mit solchen Enden. Und sie hat es geliebt, wie Edward Norton diesen schleimigen Blonden zu Mus verarbeitet hat.

Ann starrt genauso zur Leinwand wie Sophie.

Nur, dass ihr Blick so entsetzlich leer ist. Sie sieht nur die Flammen. Wieder den Feuerball. Wie er auf sie zurast. Erst rund, dann vermenschlicht. Ein brennender Mensch. Wie er aus einem offenen Fenster fällt. Auf sie zu. Und auf Samuel. Und auf Agnes ... oder wer steht da neben ihr? Die Flammen verschlingen sie, ehe sie klare Konturen erkennen kann.

Dann hört sie Roukan, ihren Wolf. Oben, in den Wäldern, wie er den Mond anheult, der so voll und rund und nah ist wie eine gigantische Himmelsleuchte.

Aber sie sieht noch mehr. Ein Kind. Einen Zug. Gleise. Eine Brücke. Hoch über einem tiefen Tal. Eine junge Frau.

„Mutter."

Jetzt neigt Sophie ihr den Kopf zu, ohne den Blick von der Leinwand zu nehmen. „Was? Welche Mutter? Mensch, Ann, in was für einem Film bist du denn? Schau, sie halten Händchen, während alles im Chaos versinkt. Ist das süß."

Sophie nimmt Anns linke Hand in ihre. Hält sie jetzt wie das Paar im Film.

Mit der anderen fasst Ann gedankenverloren in ihre rechte Jackentasche. Sie ertastet ein Notizbuch. Einen Briefumschlag. Eine Fotografie. Holt alles hervor.

Und die Welt geht unter.

Es ist kurz nach eins, und Ann zieht Sophie durch die Gummersbacher Nacht. Als sie das *By the Way* erreichen und Sophie die Tür aufschließt, schiebt Ann ihre Freundin hinein, sucht sich den erstbesten Tisch in einer Ecke, legt Brief, Notizbuch und das Foto darauf ab.

Es zeigt einen jungen Soldaten. Allein vor einem Waldstück. Auf der Rückseite steht: *Richard, meine Liebe. Bis zum Mond und zurück, wenn es sein muss. Sommer 1969.*

„Wie hast du die gefunden?", fragt Sophie.

Ann stützt ihren schweren Kopf auf die Hand, betrachtet die Fotografie, den ausgefalteten Brief, das Notizbuch. „Ich ... Samuel hatte es ... und mehr davon ... in seinem Zimmer, auf seinem Bett verstreut ... er muss sie gefunden haben, er ..."

„Was steht denn drin?"

Ann reicht ihr den Brief. „Kannst du ihn mir vorlesen?"

„Remscheid, im März 1969

Richard, meine Liebe.

Ich habe Gewissheit. Wir beide. Ich werde ein Kind bekommen. Dein Kind. Es kann nicht anders sein, ich habe es zurückgerechnet. Es war jene Nacht im Dezember, in deinem kleinen Haus in Beyenburg. Ich habe in jener Zeit auch mit Johann geschlafen, aber ich weiß, es ist nicht von ihm. Er ... kann nicht. Und er weiß es.

Seitdem hat er mich nicht angerührt, er gibt mir die Schuld daran, dass es nicht klappt. Ich habe dir erzählt, wie wichtig ihm eigene Kinder sind. Wer in der Gemeinde kinderlos bleibt, gilt als schwach. Mit dem stimmt etwas nicht, sagt Johann immer. Mit ihm selbst stimme also etwas nicht. Seine beiden Brüder haben Kinder, und weitere werden kommen. Er kann es nicht ertragen. Deshalb musst du jetzt eine Entscheidung treffen. Ich bin bereit zu gehen. Alles aufzugeben. Die Gemeinde. Die Familie. Geschwister habe ich keine. Meine Eltern sind früh verstorben. Es ist nicht viel, was ich zurücklassen muss. Ja, der Hof, ja, mein Mann, dem ich ... dem ich mich verbunden fühle, aber ... es ist nicht dasselbe wie bei dir. Wir hatten nicht viele Tage und Nächte während Johanns Abwesenheit. Aber sie haben mich verändert.

Ich weiß auch, du bist ein Reisender. Du hast vom Krieg erzählt und was er mit dir gemacht hat. Dass es dir schwerfällt, irgendwo Heimat zu finden. Dass du das Bergische Land sicher bald verlassen wirst. Womöglich wiederkommst. Wer weiß es schon. Ich weiß auch, du hattest schon viele vor mir und das ... ist für mich am schwierigsten zu akzeptieren, wie du dir sicher vorstellen kannst. Hier kann ich nicht aus meiner Haut. Noch nicht.

Ich weiß, du hast es mit der Musik. Möchtest deine eigene Band haben. Ich kann damit nicht viel anfangen, das weißt du, aber ich respektiere, wenn es dir damit ernst ist. Und wenn du es als Musiker wirklich und wahrhaftig versuchen möchtest, so werde ich dich unterstützen, wie ich kann. Mit dir reisen, wenn du es willst. Sie gibt dir Kraft, deine Musik, um die Dämonen des Krieges auszublenden, das weiß ich. Mir gibt der Glaube Kraft gegen die Dämonen, die Johann in mein Leben bringt. Da haben wir wieder beide etwas gemeinsam – wir kämpfen gegen etwas an, etwas Dunkles, Bedrohliches. Ich weiß, du sprichst nicht gerne über das, was du im Krieg erlebt hast, damals im Hürtgenwald. Wie oft du dort nur knapp dem Tod entronnen bist. Wie andere um dich herum gestorben sind. Wie du Dinge gesehen hast, die so grausam sein müssen, dass ich es mir kaum vorstellen mag. Du weißt: Ich bin immer offen, wenn du darüber sprechen möchtest, auch nach all den Jahren, seit der Krieg zu Ende ist. Ich werde dir eine gute Zuhörerin sein. Dich auffangen, wann und wo immer wir sein werden. Hauptsache zusammen.

Du siehst: Ich bin bereit, mit dir zu gehen. Bist du es? Bitte sei offen und ehrlich mit mir. Sag mir, wie du wirklich für mich emp-

findest. Und wenn es nicht so ist, wie ich es mir erhoffe ... werde ich damit leben.

Aber dann wird sie sein Kind sein, Richard. Ja, ich bin sicher, es wird ein Mädchen, schon jetzt, nach den wenigen Wochen.

Ich werde es Johann schenken und er wird es als sein Kind akzeptieren. Vielleicht hält er es für ein Geschenk Gottes. Vielleicht wird es ihm die Verzweiflung nehmen und die Traurigkeit und ... all das Dunkle.

Bitte schreibe mir bald, Richard. Lass uns in Ruhe über alles sprechen. Und dann finden wir einen Weg. Ich gehe ihn mit dir, wenn du es willst.

In Liebe Ellen"

Sophie lässt den Brief sinken und blickt in Anns tränennasse Augen. Anns Lippen beben und sperren Worte ein, die sie nicht zu sagen wagt. Nicht darf.

Aber Sophie darf es. „Dann ist er nicht Agnes' Vater? Und auch nicht dein ... oder doch? Und sie ist ... deine Halbschwester?"

„Und was steht hier Schönes?", sagt Ann schnell und furchtbar lapidar, damit Sophie es nicht aussprechen kann.

Sophie blättert durch das Tagebuch. Das Stück, das leise im Hintergrund lief, fadet aus und wird vom Intro eines Blind-Guardian-Songs abgelöst. Ann nimmt es kurz wahr, hört dann nicht mehr hin.

„Was ... schreibt sie?"

Sophie lässt die Seiten durch ihre Finger gleiten, bis zur Mitte. Dann stockt sie.

„Was, Sophie?"

„Leere Seiten ab hier. Sie hat mittendrin aufgehört. Hier: *Dies wird mein letzter Eintrag sein.* Da, das Datum. *14. Oktober 1979.*"

Anns Hand schnellt an ihre Schläfe. Sie kneift die Augen zu, beißt die Lippen aufeinander. Der Blitz. Er brennt alles in ihr nieder.

Die Nacht. Der Zug. Die Gleise. Die Brücke. Das Quietschen. Der Schmerz. Mutter ... Als sie wieder zu sich kommt, spürt sie Sophies Hand auf ihrer Schulter.

„Hey, ist ja gut. Was hast du wieder gesehen?"

Ann öffnet die Augen, nimmt Sophies Hand. „Lies vor, bitte. Was schreibt sie?"

Sophie liest:

„Ich habe es versucht.

Richard, du, der das nie lesen wirst, sei gewiss. Ich wollte weg von ihm. Weg von allem. Wir wollten weg.

Das Kind hat das alles doch nicht verstanden. Sie liebt ihren Vater, der er nie war.

Sie weiß nichts von dir. Kennt die Wahrheit nicht.

Aber er lässt uns nicht ziehen.

Und jetzt, nach dieser Nacht, nimmermehr.

Nimmermehr, nachdem er ... ich kann es nicht schreiben.

Aber vielleicht ist es ja recht so! Ja, er hat uns bestraft für das, was wir ihm antun wollten. Wir haben es verdient. Dieses Leben, das er nun für uns vorgesehen hat.

Der Herr hat einen Plan mit uns. Ja, es ist gut so.

Er ist unser Hirte.

Uns wird an nichts mangeln."

Sophie hält inne. Ann hat den Kopf auf die Hand gestützt und wiegt ihn hin und her.

„Sie wollte weg. Mit Agnes. Mutter wollte weg von ihm."

„Weg von ..."

„Und dann wäre alles anders geworden. Es ... gäbe mich gar nicht. Und Samuel. Nicht so, nicht von ... ihm."

Genau, du kleiner Bastard. Jetzt hast du es. Du hast es, Bastard, du bist so nah dran!

„Wer war das?"

Sophie stutzt und kneift die Augen zusammen. „Wer? Ann, hier ist niemand außer uns."

„Jemand hat ... mich Bastard genannt." Die Stimme war so deutlich. So klar.

Sophie schließt die Augen und atmet tief durch. Beugt sich nah an Ann heran. „Ann. Hier ist keiner. Aber du solltest vielleicht ..."

„Was?"

„... ich mache mir Sorgen, okay? Das ist alles. Du hörst immer wieder irgendwen reden. Stimmen. Manchmal, wenn ... danach, dann habe ich Gefühl, du bist nicht mehr du selbst."

Ann schüttelt den Kopf. „Du hältst mich für verrückt."

„Nein, du ... du bist nur ..."

Aber Metallicas *Unforgiven* beginnt, und Ann springt auf. Um den Tisch herum. Sie zerrt Sophie aus dem Stuhl. Schlingt die Arme um sie. Küsst sie. Zu fest. Zu heftig. Sie will das wegküssen, was Sophie gelesen, was sie gesagt hat.

Dass ihre Mutter wegwollte. So wie sie wegwill.

Dass sie gescheitert ist. Dass sie aufgegeben hat.

Dass es sie, Ann, nur gibt, weil die Mutter gescheitert ist.

Weil sie zurück musste von ... was auch immer.

Eine Nacht. 1979

Kalt. Feucht. Sie greift sich an den Hals. Die matschige Papierkugel klebt an ihren Fingerspitzen. Sie schüttelt sie ab. Die Kugel bleibt am Stuhlbein hängen. Kriecht dann langsam hinab. Ihr wird schlecht, aber sie reißt sich zusammen. Schaut nach vorne. Was hat die Lehrerin gesagt?

Klatsch. Wieder wird es kalt. Und feucht. Sie dreht sich um. Kalle in der letzten Reihe nimmt aufreizend langsam das Spuckrohr vom Mund und feixt. Steckt sich das nächste Papierbällchen in den Mund. Lutscht es. Weicht es ein. Steckt es wie eine winzige Kanonenkugel in seinen Strohhalm.

„Agnes! Hier spielt die Musik!" Sie zuckt zusammen. Dreht sich nach vorne. Zittert. Sie hat nicht zugehört. Sie ...

„Also, kannst du die Frage beantworten? Die Quadratwurzel aus 169 lautet ...?"

Sie schluckt. Zögert. Die Lehrerin schüttelt den Kopf.

Versagt, versagt, du hast versagt!

„13, du kleine Bibeltussi!", grölt Kalle hinter ihr.

Sie springt auf, rennt durch die Stuhlreihen von vorne nach hinten, stürzt auf Kalle zu, holt aus ...

„Nackidei, Nackidei! Habt nichts anzuziehen auf eurem Bauernhof, was?" Nicht Kalles Stimme. Es ist die Lehrerin, die laut lachend hinter ihr steht. „Schaut sie euch an, die arme Kleine! Aber Hauptsache, die schöne Haube hat sie auf!“

Ihre Hand schnellt an ihren Kopf. Die Haube. Sie blickt an sich hinunter. Erfasst nur nackte Haut. Schlingt die Arme um sich selbst, doch sie kann sich vor nichts schützen. Die Lehrerin, die immer lauter lacht. Die anderen Schüler, die dieses Lachen zu einer eisigen Welle anwachsen lassen. Kalle, der ihr fasziniert zwischen die Beine glotzt. Zielt. Das Spukrohr in den Mund steckt. Und spuckt.

„Wach auf, Kind! Wach ... wach auf!“

Hände an ihren Schultern, sie sanft wiegend. „Was ...?“

„Leise, leise. Steh auf.“

Sie schaut sich um. Kein Spuckrohr. Kein Kalle. Sie hebt die Decke leicht an, schaut an sich hinab. Ihr Nachthemd. „Mutter ... wie spät ist es?“

„Viel zu spät. Und deshalb ist es jetzt Zeit. Komm, zieh dich an.“

Wortlos setzt sie sich auf, reibt sich die Augen. Blickt sich in ihrem kleinen Kinderzimmer um. Auf ihrem Holzschreibtisch liegt noch das Schulheft. Sie hat die Ferien fast durchgelernt.

„Aber ... warum?“

„Hier, ich habe alles für uns gepackt.“ Ihre Mutter deutet auf zwei große Ledertaschen am Fuß des Bettes. „Los jetzt, sonst verpassen wir das Taxi!“

„Welches ...“

Die Mutter fasst sie wieder an den Schultern. Fester. „Agnes, jetzt.“

Agnes schüttelt verständnislos den Kopf. Die Mutter nennt sie immer nur Kind. So wie der Vater. Nie bei ihrem Namen. Sie hält kurz inne, blickt sich im kargen Zimmer um. Der Schreibtisch. Ihre Puppe auf dem Stuhl in der Ecke. Die Taschen. Ihre ganze Habe, die auf einer Anrichte liegt. Agnes nickt langsam. Lächelt schüchtern. Die Mutter lächelt zurück. Sie trägt ihre Haube nicht.

Als die Mutter die Zimmertür langsam öffnet, die ein entsetzlich langes Knarzen von sich gibt, greift Agnes wie automatisch zur Haube. Die Mutter nimmt ihren Arm. „Nein, Kind, lass. Lass sie hängen. Die bleibt hier."

Jeder Schritt über alte Holzbohlen. Jeder Atemzug. Jede Bewegung. Sie fühlen sich an wie nie endender Lärm. Der Weg vom ersten Stock des Hauses bis zur Tür zieht sich wie eine ewige Reise. Die Mutter hält ihre Hand. Zieht sie mit sich. Raus hier.

Ein Husten durchschneidet die Dunkelheit. Er ist es. Sie erstarren beide. Blicken nach oben. Undeutliche Laute. Er spricht im Schlaf. Grunzt. Röchelt. Schnarcht.

Schläft weiter.

„Schnell jetzt!", flüstert die Mutter. Sie schultert die beiden Taschen, öffnet langsam die Haustür. Betritt den Hof.

Stille. Aber Agnes weiß, gleich werden die beiden Hunde bellen. Sie riechen, wenn jemand unterwegs ist. Und sie begreift, dass sie sie zurücklassen wird. Die Hunde. Die Rinder. Die Lämmer. Die Hühner. Die Hasen.

Den Vater.

Das Leben.

„Los, lauf!"

Die Mutter drückt ihr eine der beiden Taschen auf den Arm, sie geht kurz in die Knie und zieht sie mit sich. Sie laufen vom Hof, über die dunkle Straße in Buchholzen, durch Felder, vorbei an alten Bäumen, eine Anhöhe hinauf. Agnes kommt schnell außer Atem, so schwer ist die Tasche.

Dann Lichter. Zwei. Sie blenden sie.

„Da, das Taxi."

Der Fahrer sagt kein Wort. Er blickt ab und an zur Mutter rüber, die auf dem Beifahrersitz ausharrt und sich die Beine reibt. Er schaut in den Rückspiegel, sieht Agnes' Hinterkopf, weil ihre Augen an der Heckscheibe kleben. Der Fahrer nickt wissend. Da machen sich zwei davon. Wird einen Grund haben.

Genauso wie das Versagen des tuckernden Mercedes-Motors, kurz nachdem das Taxi die Altstadt von Lennep hinter sich gelassen hat. Der Fahrer probiert es ein paar Mal, vergebens.

„Wie weit?", fragt die Mutter, ohne den Fahrer anzusehen.

„Ich kann ein anderes Taxi rufen lassen."

„Wie weit es ist!" Jetzt starrt sie ihn an. Aus Angstaugen.

„Ein paar hundert Meter ... da links den Berg hoch."

„Los, komm Agnes, schnell!"

Die Mutter springt aus dem Auto, dann Agnes, der Fahrer ist kaum ausgestiegen, da hat die Mutter schon die beiden Taschen aus dem Kofferraum geholt. Sie reicht dem Fahrer einen Zehn-Mark-Schein.

„Sie kriegen noch ..."

„Ist gut. Komm, Kind."

So sieht der Taxifahrer die Mutter und ihre Tochter durch die Lenneper Dunkelheit laufen, einen Berg hinauf, weg. Ja, denkt er, sie haben es wirklich eilig.

Eine Nacht

Sophies Balkon ist so schmal, dass zwei Menschen hintereinander darauf kaum Platz finden. Müssen sie nicht, Ann ist allein. Sie hat sich Sophies Bademantel übergezogen, er reicht nicht aus gegen die Dezemberkälte.

Sie schließt die Augen, legt den Kopf zurück und lässt sich den Schnee ins Gesicht schneien. Spürt jede einzelne der kleinen, weißen Kristalle auf ihrer Haut.

Ein Winter ist über das Land gekommen, er wird bleiben. Bis Weihnachten. Und dann herrscht wieder Frühling. Jetzt, um kurz vor fünf Uhr morgens aber legt sich ein weißer Riesenmantel über alles. Er wird dicker, Flocke für Flocke, Zentimeter für Zentimeter. Er deckt den Wald hinter dem kleinen Örtchen Däinghausen zu, die Felder, die Wiesen.

Aber nicht die Wahrheit.

Nicht das, was sich in ihrer Jackentasche verbirgt. Der Brief. Das Tagebuch. Das Foto. Was hat das zu bedeuten?

Etwas heult in der Ferne. Ann muss lächeln, als sie seinen Ruf hört. „Ich bin hier", flüstert sie. „Immer bei dir, mein Freund."

Keine Antwort. Dafür ein Frösteln. Die Kälte durchdringt den tiefschwarzen Frotteestoff.

Einen Moment hält sie aus. Lässt Gedanken zu.

Agnes. Samuel. Vater. Mutter. Feuer. Tod. Wald. Wolf.

Ein Zug, ein Zug, ein Zuuuuug!

Sie fährt herum. Stille. Ann geht hinein, legt sich wieder zu Sophie und flüstert, fast unhörbar: „Ich werde verrückt. Sie hat recht." Und doch fängt sie der Schlaf, hält sie fest, in all der Düsternis ihres Unterbewusstseins.

Eine Nacht. 1979

22.09 Uhr zeigt die Bahnhofsuhr an diesem 13. Oktober an, als der Müngstener quietschend einrollt. Er kommt aus Wuppertal, fährt bis Solingen. Außer ihnen sind kaum Menschen hier. Die Mutter schaut sich immer wieder um, auch als sie bereits im Zug sitzen, bis sich endlich die Türen schließen.

Sie lässt den Kopf in die Lehne zurückfallen und kann die Tränen nicht mehr halten. Jetzt sind sie schon ein bisschen weg.

Auf einem der gegenüberliegenden Sitze entfaltet sich eine Wochenzeitung. Agnes entnimmt ihr ein paar Überschriften.

Breschnew kündigt Abzug von Soldaten aus der DDR an.

Bremer Grüne Liste zieht erstmals ins Landesparlament.

Ein leises Grunzen lässt sie aufblicken. Links hat sich ein dicker, alter Mann tief in den Sitz vergraben und döst vor sich hin. Er streckt sich kurz und nickt wieder weg. Agnes lässt den Blick ein wenig schweifen.

Zwischen dem schmalen Spalt der gegenüberliegenden Sitze entdeckt sie einen Mann in Uniform. Soldat? Polizist? Sie zieht an Mutters Ärmel. „Da, schau mal!"

Die Mutter starrt suchend durch den Spalt. „Der kann uns nichts, Kind. Schließ einen Moment die Augen. Wir fahren noch ein paar Minuten."

Aber sie kann die Augen nicht schließen. Der Zug erreicht den Remscheider Hauptbahnhof, dann die Station Güldenwerth. Ihre Mutter starrt unentwegt aus dem Fenster und lässt die Lichter der abendlichen Großstadt an sich vorüberziehen.

Der Uniformmann lächelt Agnes immer wieder freundlich zu, sie schaut verstohlen zur Seite. Als der Zug quietschend in Güldenwerth abfährt, hält sie das Schweigen der Mutter nicht mehr aus. Sie traut sich auch nicht, etwas zu sagen, außer: „Mutter, darf ich ... rumgehen?“

Wie aus einer Trance erwacht zuckt die Mutter zusammen. „Was? Ja ... Aber nur kurz. Gleich kommt die hohe Brücke, da ruckelt es ein bisschen.“

„Ist gut.“

Behutsam setzt Agnes Schritt für Schritt durch den Gang. Zaghaft. Vorsichtig.

Sie ist erst einmal mit dem Zug gefahren, vergangenes Jahr war das, bei einem Tagesausflug mit der Schule in den Wuppertaler Zoo. Ihr Vater hat sie nur mitfahren lassen, weil die Schüler anschließend einen Aufsatz darüber schreiben mussten, der benotet wurde. Die Mutter hatte ihn tagelang überreden müssen.

„Diese Familie steigt in keinen Zug“, befiehlt er, seit Agnes denken kann. „Ihr wisst, was passiert ist.“ Und dann erzählt er die Geschichte vom furchtbaren Zugunglück in Radevormwald im Jahr 1971, bei dem so viele Menschen starben. Agnes war damals erst anderthalb Jahre alt. „Der Teufel hat diesen Zug gelenkt“, sagt der Vater immer.

Sie hört seine tiefe, leicht kratzige Stimme in Gedanken.

Zu tief. Zu laut.

Wird sie sie je wieder wahrhaftig hören?

Der Uniformmann lächelt sie an. Ein Soldat, glaubt sie. Oder ein Polizist? Es ist ein gütiges Lächeln.

Sie erreicht die Zweiersitze und schaut immer verstohlen nach links und rechts, um zu entdecken, wer dort wie sie in den Abend hineinfährt. Oft ist es niemand, und die Sitze sind verwaist.

Und dann hocken da doch immer wieder Menschen.

Eine Schwangere streichelt sanft über ihren runden Bauch, blickt zu ihr hoch und strahlt sie an. Schaut dann wieder in die Nacht. Eine alte Dame blickt von einem Buch auf, scheint sich gestört zu fühlen. Agnes liest die Worte *Kafka* und *Verwandlung* auf dem Titel des Buches, aber beides sagt ihr nichts.

In der nächsten Reihe sitzt eine dritte Frau, nicht viel älter als ihre Mutter, wie die anderen alleine und am Fenster. Ihr Gesicht wirkt seltsam vertraut. Agnes sieht nicht oft Menschen außerhalb der Familie, außerhalb der Höfe, aber ihr ist, als hätte sie diese Frau schon einmal gesehen. Sie schaut auf. Ihre Blicke treffen sich. Und kurz glaubt Agnes, in den Augen der Frau dieselbe Verwunderung zu erblicken. Aber auch Angst. Sorgen. *Kennen wir uns?* Doch die Frau wendet das Gesicht wieder zum Fenster und sieht dabei so verloren aus wie ... alle hier in diesem Zug, oder? So wie sie selbst.

Agnes beobachtet die Frau noch einen Moment lang verstohlen, doch die heisere Stimme eines jungen Mannes lässt sie zusammenzucken. Er sitzt links von ihr und wirkt völlig entrückt. Zittert. Spricht mit sich selbst. Kaut auf seinen Nägeln, die blutrot leuchten. Redet Kauderwelsch. Sie vernimmt nur Bruckstückhaftes.

Gottverdammt. Gottverlassen. Scheiß auf Gott. Scheiß drauf.

Plötzlich starrt er sie an. Die Augen glasig. Er streckt ihr den rechten Arm entgegen. Sie erblickt die vielen Einstiche, ohne sie deuten zu können. Sinnlos schreit er sie an, und Speichel rinnt ihm aus den Mundwinkeln: „Scheiß auf Gott! Scheiß auf Gott!"

Agnes weicht zurück, wendet sich angewidert ab, will zurück zu ihrer Mutter und stolpert über ihre eigenen Füße.

Ein Zettel. Hat der eben auch schon auf dem Boden des Gangs gelegen? Schief zusammengefaltet, ein bisschen geknickt. Hat den jemand verloren? Die Frau, die ihr so vertraut vorkommt? Der Gottverlassene? Agnes kniet sich vorsichtig hin und greift nach dem Zettel. Sie erkennt große, dunkle Buchstaben, die durch das Weiß hindurchschimmern. Sie will ihn auseinanderfalten, doch ...

... der Zug schreit plötzlich markerschütternd auf. Quietschend. Polternd. Knirschend. Gleichsam schlägt die Fliehkraft erbarmungslos zu – und Agnes fällt nach vorne. Auf die Knie. Auf die Hände. Aufs Gesicht.

Den Mann hinter ihr nimmt sie kaum wahr, weil das Quietschen immer lauter wird. Sie spürt nur ihre Stirn. Dann ihren Arm. Wie er gepackt wird. Von der so vertrauten Frau. „Vorsicht, Kind!", kreischt sie. Sie zerrt Agnes zu sich. Und der dicke Alte, der ihr vorhin noch dösend gegenübersaß und jetzt als monströse Kugel durch den Zug fliegt, trifft das Mädchen nur an der Schulter, bevor er mit einem schmatzenden Geräusch auf den Gang klatscht. Agnes starrt den Dicken an, dann die Frau, und begreift, dass er auf ihr gelandet wäre, sie unter sich begraben hätte .... wenn nicht ... diese Frau ...

Kennen wir uns?

Doch die Fliehkraft schlägt wieder zu und fegt den Gedanken aus ihrem Kopf, weil der Zug hoch oben auf der Brücke noch viel stärker bremsen muss. Agnes entgleitet der Frau, knallt mit dem Rücken gegen einen der Sitze, spürt, wie der Schmerz durch ihren Körper rauscht, verliert den Halt. Dann wieder die Hand der Frau, wie sie zupackt, zieht, zerrt. Wie etwas bricht. Und die nächste Schmerzwelle rollt an. Sie nimmt Agnes fast die Sinne. Sie geht benommen in die Knie und nimmt die Rufe ihrer Mutter kaum wahr, ebenso wenig die Schreie der anderen im Zug. Schreie aus Angst, aus Schmerz. Ihr Arm zerspringt.

Sie kommt wieder zu sich, als sich eine Hand sanft auf ihre Schulter legt, und öffnet langsam die Augen. Der Uniformmann beugt sich über sie. Schaut auf sie herab. Dann auf den Dicken, der sich direkt hinter ihr am Boden windet. Und zu der Frau, die Agnes den Arm gebrochen, aber wohl das Leben gerettet hat. Er nickt sanftmütig. „Komm her, Mädchen. Komm, ich helfe dir." Sie lässt sich hochhelfen und wundert sich gleichsam, dass er perfekt Deutsch spricht. Er hat so amerikanisch ausgesehen. All das denkt sie, während der Zug mitten auf der Müngstener Brücke, der höchsten Eisenbahnbrücke Deutschlands, zum Stehen gekommen ist. 107 Meter über dem Tal, das Jahr um Jahr für so viele Menschen zum Tal des Todes wird. Schon immer ist es so. Und es wird immer so sein. Während unten, in einem alten Fachwerkhaus, die ersten Gäste eintreffen. Sie trinken. Sie feiern. Sie lieben. Neben dem Fluss, der seit Jahren stinkend dahinsiecht.

All das geschieht, während Agnes zitternd und wimmernd ihrer Mutter um den Hals fällt, die sich den Kopf hält. Die Mutter schwankt, der Uniformmann hilft ihr auf einen Vierersitz. Agnes nimmt neben ihr Platz, hält ihren gebrochenen Arm.

Ein Schaffner rennt durch das Abteil, er weiß, was geschehen ist. Dass da noch ein einzelner Waggon auf der Brücke steht, der dort nicht sein darf, am Ende, auf demselben Gleis. Wie knapp es war, wird er nie erfahren und auch niemand sonst, außer ...

Und er wirft wilde Blicke nach rechts und links, beugt sich hier und da zu den Fahrgästen, erreicht die schwangere Frau, die jetzt direkt vor Agnes sitzt.

„Oh Gott“, entfährt es dem Schaffner, als er das nasse Kleid der Frau und die Pfütze auf dem Boden entdeckt. „Ihr Kind ...“

„Es kommt ...“, schluchzt die Frau.

Der junge Mann zwei Plätze weiter, auf der anderen Seite des Zuges, blutet ebenfalls am Kopf, aber das spürt er kaum, so heftig haben ihn die Drogen lahmgelegt. Er faselt weiter Unverständliches, also lässt ihn der Schaffner allein, dreht sich um, erblickt die alte Dame mit dem Kafka-Buch. Sie ist aufgestanden, hat das Fenster geöffnet, atmet schwer ein und aus. Sie scheint unverletzt zu sein. „Geht ... es Ihnen gut?“, fragt er leise.

Die Frau starrt wie hypnotisiert aus dem Fenster in die Finsternis. Ins Nichts. „Hallo?“

Dann der Schrei. Er zerreißt die anbrechende Nacht, schrill, verzweifelt, quälend laut, doch schnell leiser werdend, als klänge die Stimme leise aus, als drehte ihr jemand den Ton ab, weil alles Leben entweicht.

Der junge Mann, der Gottverlassene, er stolpert rückwärts Richtung Gang, auf den Schaffner zu, den Arm Richtung Fenster ausgestreckt: „Da! Jemand fällt, jemand fällt von der Brücke!“

Ein Tag

„Das Ende! Das Ende, Kind! Spürst du, wie es kommt? Spürst du seine Kraft? Es ist soweit! Ich bin soweit, mein Kind!“

Zuerst ein Funken. Dann die Flamme, die alles erstickt. Sie wächst. Sie rast. Macht rasend vor Schmerz. Ein Feuer jetzt.

Die Flammenkugel. Der brennende Mensch, er stürzt. Schlägt lodernd auf. Erhebt sich. So menschlich im Tod. Und dieser Tod marschiert. Sticht in den Kies. Kratsch-kratsch, kratsch-kratsch.

Ann weiß nicht, wie lange sie schon schreit, als sie endlich zu sich kommt. Wieder die Flammen-Vision. Wieder die Bilder der Vernichtung. Ihr Gesicht nass von kaltem Schweiß, ihr Haar zerzaust, der Körper ein zitterndes Gerippe, zusammengehalten nur von Sophies Armen. Sie hält ihre Freundin, wiegt sie sanft, befreit sie so aus diesem Albtraum, der keiner ist.

Sie spürt, wie alles in ihr zuckt, und kommt doch langsam zur Ruhe.

„Wie spät ist es?"

Sophie dreht sich zum Wecker auf ihrem Nachttisch. „Kurz nach zehn."

„Die Predigt. Oh Gott. Oh Gott, Sophie!"

„Aber du ..."

„Johann ... er wird ... das Feuer entzünden ... er wird … und Mutter ... und Samuel …"

Sie fasst Sophie so fest an den nackten Schultern, dass sie kurz zusammenfährt. „Ich ... muss zum Hof. Muss zu Samuel ... und ..."

„Und Agnes?"

„Ja ..."

„Deine ... Schwester ... Agnes."

Ann nickt nur abwesend. „Ja ... ich muss ... kannst du mich fahren? Jetzt?"

„Hast du mal rausgeguckt?"

„Bitte. Vielleicht kann ich sie noch retten."

„Was? Wieso retten? Ann, du machst mir Angst! Was redest du denn da? Wen willst du retten?"

„Alle."

Ein Tag

Sie sieht ihn, als Sophies alter Fiat sich durch knöchelhohen Schnee kämpft. Wie er neben ihnen durch das weiß leuchtende Dickicht streift.

Sie sieht ihn, kurz bevor sie auf die Hauptstraße Richtung Gummersbach fahren und der Wald sich verabschiedet.

Sie sieht ihn, als der Fiat, leicht schlingernd, den langen stetig ansteigenden Weg zwischen Wiesen und Feldern zum Jakobshof erklimmt.

Und sie möchte es ihr sagen. Schau, da, Sophie, der Wolf! Aber es schneit so stark, dass Ann sie auf keinen Fall vom Fahren ablenken will. Außerdem ... ist es ihr Wolf, nicht wahr? Roukan ist ihr gefolgt, in der Nacht, zu ihrer Freundin. Er begleitet sie jetzt, auf dem Weg zurück, auf der Reise ins Feuer.

Sophie lenkt den Wagen an den Wegesrand kurz vor der Hofeinfahrt, hinter das letzte von acht Autos, die dort bereits stehen. Die Gemeinde ist zu Besuch. Sonntagsgottesdienst. Vater steht sicher vorne und predigt. Oder wer immer er sein mag. Agnes sitzt in der ersten Reihe neben Samuel. Und Mutter, die ...

Ann steigt aus und zieht die Kapuze ihrer schwarzen Jacke tief ins Gesicht. Die Wagentür lehnt sie nur an und legt gleichsam den Finger auf die Lippen, bevor sie durch den Schnee auf das Hoftor zumarschiert. Auf der Fahrt hierher haben sie kein Wort gesprochen.

Sophie hat es nicht gewagt zu hinterfragen, was in Ann vorgeht. Was es ist, weiß Ann selbst nicht. Nur, dass hier etwas geschehen wird. Etwas Furchtbares. Es versteckt sich hinter der weißen Stille, die über das Land gekommen ist.

Die Stille deckt alles zu, aber das Furchtbare wird sie nicht begraben können. Das Feuer ...

Sophie greift nach ihrer Schulter. Zieht sie zu sich. „Ann! Was machen wir hier? Was mache ... ich hier? Was hast du gesehen?"

Ann hält inne. Den Blick starr auf den Hof gerichtet. „Das Feuer. Das Ende. Mutter hat recht. Es geht zu Ende."

Sophie stellt sich vor sie, dreht ihren Kopf so, dass sie Ann endlich in die Augen schauen kann. „Was geht zu Ende? Was geht da drin vor? Und woher ... woher ..."

Ann, für einen kurzen Moment klar und im Jetzt, zögert. „Sophie, ich kann es dir nicht sagen. Ich habe etwas gesehen ... Feuer ... jemand brannte ... immer wieder habe ich das gesehen... und es passiert jetzt. Hier. Ich weiß nicht, warum. Du wartest besser ..."

„Was?"

Ann reißt sich los und rennt. Ihre Absätze bohren Löcher in die Schneedecke. Knarsch-knarsch. Knarsch-knarsch. Sophie bleibt stumm zurück.

Ann will das große Hoftor aufdrücken, doch es wird für sie

geöffnet. Sie bleibt irritiert stehen. Der muss doch frieren, ist ihr erster Gedanke, als sie den älteren Mann erblickt, der die Türklinke noch in der Hand hält. Sie hat ihn noch nie gesehen. Er trägt weiße Leinensachen, fast so hell wie der Schnee leuchten sie, das graue Haar ist mittellang und streng zurückgekämmt, im dichten, hellgrauen Bart sammeln sich Schneeflocken.

„Wer ..."

„Nur ein Gast", antwortet der Mann mit tiefer, sonorer Stimme.

Sie tritt in den Innenhof, wirft einen Blick zurück. Doch der Alte folgt ihr nicht. Er schlendert, als gäbe es den Schnee gar nicht, mit leichten, kleinen Schritten ins Nichts, und verschmilzt mit dem Weiß aus Himmel und Erde.

„Da! Hilfe!" Sie fährt wieder herum. Unter einem kleinen Vordach links entdeckt sie Samuel. Er wagt sich hinter einem Strohballen und dem großen Sitzmäher hervor, den nur Vater fahren darf.

„Samuel, was machst du denn da? Wo sind die anderen? Im Gottesdienst? Warum du nicht?"

„Versteckt ... das Feuer ... es ... ist fast da ..."

Ihr Zwillingsbruder winkt sie rasch zu sich. Je näher sie kommt, desto stärker steigt ihr der Geruch in die Nase. Benzin. Gleich hinter dem Aufsitzmäher stapeln sich Kanister. Ann nimmt sie hoch. Sie sind alle leer. Sie schluckt. Dreht sich zur großen Scheune, die der Vater und seine Brüder so aufwändig in einen Gebetsraum verwandelt haben.

„Lauf! Lauf weg!", ruft sie Samuel zu. Doch Samuel rührt sich nicht. Und sie bemerkt es nicht. Denn sie rennt. Die Schneedecke im Innenhof, durchzogen von schmalen Furchen, an denen das Benzin den Schnee getaut hat, verschluckt ihre Schuhe, sie streift sie ab und läuft auf Strümpfen weiter. Eisig beißt die Kälte in ihre Fußsohlen und kriecht an ihren Waden empor auf diesen paar Metern Ewigkeit.

Sie hört die ersten Schreie, das erste Weinen und Wimmern der Kinder, noch ehe sie die schwere Tür aufreißt. Die verzerrten Melodien der Angst schwellen an, mit jedem Schritt über die Holztreppe. Und der Benzingeruch, der alles erfüllt, raubt ihr fast den Atem. Sie nimmt die Schlieren wahr, an den Wänden und auf dem Boden. Es ist überall.

Die Tür zum Gebetsraum steht halb offen.

Sie bleibt dahinter stehen und wagt sich zaghaft hervor. Aber Johann hat sie längst gehört.

„Die verlorene Tochter! Komm nur herein! Du darfst das letzte Gebet sprechen! Wir warten alle auf dich." Seine Stimme. Zu kratzig. Zu laut. Fast schreiend.

Ann schiebt die Tür weiter auf und tritt in den Gebetsraum. Starrt in die Angstaugen der Menschen darin. Auf Mütter in Kleidern, die ihre schreienden Kinder im Arm halten. Auf Väter in weißen Hemden, die schweißnass vor Angst auf ihren Stühlen schlottern.

Auf ihre Mutter, die allein in der ersten Reihe sitzt. Neben ihr ein freier Platz. Wo ist Agnes? Und warum haben sie heute keinen Stuhl für Samuel hingestellt?

Und ihr Blick fällt auf ihn. Wie er vorn an der Kanzel aus Buchenholz steht, die er mit den Brüdern selbst geschreinert hat. Er wartet auf sie, im schwarzen Anzug. Das Gewehr auf die Menge gerichtet. Auf sie.

„Komm nur näher, Agnes. Du hast gerade noch gefehlt! Schick hast du dich wieder gemacht, du kleiner Bastard. Seht sie euch an: Die Stadthure von der Kaiserstraße."

Either I've seen the light

Or I'm losing my mind

Was macht Robert Plant in ihrem Kopf? Und warum nennt der Vater sie Agnes?

Ann setzt einen Fuß vor den anderen, langsam, stetig, durch den Mittelgang, zwischen den Stuhlreihen. Sie spürt die Blicke aller auf sich, doch die Schreie und das Wimmern verstummen, während sie auf den Vater zugeht. Je näher sie der Kanzel kommt, desto tiefer senkt sich sein Gewehr, bis es genau auf ihren Unterleib zielt. Sie hebt die Hände halb hoch und bleibt stehen.

„Wo ist meine Schwester? Wo ist Agnes? Hast du sie ..." Wieso fragt sie das jetzt? Sonst ist ihr Agnes meistens egal.

Nur umgekehrt nicht, das weiß sie.

Gemurmel. Ein Raunen. Der Blick ihrer Mutter auf ihr. So ... verzweifelt.

Der Vater grinst nur, was das Schlimmste ist. Es ist dieses widerliche Grinsen des Wissenden, der es schon immer besser gewusst hat. Und jetzt endlich erhört wird.

Sie spürt, wie eine Wutwelle anrollt. „Was ist so lustig? Was hast du mit ihr gemacht? Samuel hat mir die Kanister gezeigt. Willst du ... hast du ... es ... überall verteilt? Hast du Agnes ... eingesperrt?"

Genau! In das Zimmer, das es nie gegeben hat! Und jetzt brennt er ein großes Nichts nieder! Lauf schnell zur Wunderfrau, vielleicht rettet dich das ja! Hier wartet nichts als der Tod!

Sie schüttelt die Stimme in ihrem Kopf ab.

Der Vater grinst immer noch. Das Gewehr kreist jetzt auf Brusthöhe.

„Antworte mir!"

Sein Grinsen stirbt einem finsteren Blick entgegen. Er geht langsam auf sie zu, als sie aus dem Augenwinkel sieht, wie die Mutter sich aufrichtet. Sie hebt die Hand. Und lächelt ebenfalls. Doch gütig, liebevoll, fast ein bisschen melancholisch.

„Agnes, mein Kind. Du ..."

„Warum nennst du mich so?" Ann spürt, wie ihr Tränen in die Augen steigen. Wie sie ihr heiß über die Wangen laufen. „Ich heiße ..."

„Weil du doch die Agnes bist."

Samuels Stimme, von der Tür her. Sie dreht sich um und schreit: „Samuel, lauf weg! Was machst du denn hier? Ich hatte dir doch gesagt, du sollst ..."

„Agnes! Kind, mit wem sprichst du denn? Da steht niemand an der Tür."

Ann spürt, wie die Holzplanken unter ihren Füßen schwanken. Auf und ab und auf und ab. Sie dreht sich wieder nach vorn. Mehr Tränen. Ihre Stimme, jetzt schwach, brüchig. „Mutter! Ist es so schlimm mit dir? Dass du deinen eigenen Sohn nicht mehr erkennst? Meinen Bruder? Samuel?"

Die Mutter, so klar wie seit Wochen nicht, blinzelt ihrerseits die Tränen weg und tritt auf ihre Tochter zu. Nimmt ihre Hände.

Der Vater, nur ein Stück und doch so weit entfernt, schweigt, das Gewehr im Anschlag. Er zielt auf sie beide. „Es gibt keinen Samuel. Es gibt auch keine Ann. Du bist krank, Agnes. So wie ich. Nur anders. Aber die Erlösung ist da. Das Ende. Und keine Angst, denn Vater ist da. Er ist unser Hirte."

Ann schüttelt zuckend den Kopf. Gedanken formen sich, brechen auseinander, fliegen heran, entfliehen, Worte bauen sich auf, zerspringen in Fetzen.

Either I've seen the light
Or I'm losing my mind
There's something 'bout you
That's got me dazed and confused

Die Mutter faltet ihre Hände vor der Brust und wendet sich an den Vater. Der hebt den Blick. Seine beiden Brüder sitzen in der letzten Reihe. „Roland, schließ die Tür. Es ist soweit. Wir sind alle beisammen." Roland erhebt sich langsam, seltsam automatisiert, seine Frau starrt ihn fassungslos an. Die Kinder beginnen wieder zu weinen. Anns Onkel tritt auf die Tür zu, erfasst die Klinke, die andere Hand greift den Schlüssel im Schloss. Langsam drückt er sie zu und ...

„Wer sind Sie denn?", fragt Roland, als er noch einmal durch den Türspalt zur Holztreppe blickt.

„Was geht hier vor? Wollen Sie hier alles abfackeln?" Sophies Stimme von der Treppe.

„Sophie! Lauf weg!", schreit Ann hilflos.

„Roland, schließ die Tür!" Der Vater hinter ihr. Ann spürt, wie er näher an sie herantritt. Aus dem Augenwinkel nimmt sie wahr, wie das Gewehr ein Stück nach unten sackt. Im selben Moment knallt Roland die Tür zu.

Sophies Schritte auf der Treppe.

Vaters schwerer Atem hinter ihr.

Und dieser eine, kleine Moment.

Ann fährt herum und springt ihn an, wie eine Wölfin, weit, hoch, weil sich alle Kraft in ihr entfaltet. Er stürzt mit ihr nach hinten, das Gewehr fliegt davon, die Mutter schreit verzweifelt auf. Der Vater knallt auf den Rücken, ächzt blechern, Ann versetzt ihm einen Schlag, der ihre Hand mehr schmerzt als ihn im Gesicht, sie springt von ihm herunter und greift sich das Gewehr.

Der Vater liegt immer noch am Boden, das Gesicht schmerzverzerrt vom Sturz. Er kommt langsam zu sich.

„Bleib liegen!", schreit sie. Ihr Blick fällt auf den Onkel an der Tür, der nach etwas in seiner Tasche greift. „Hände hoch!"

Ann hält das Gewehr mit zitternden Händen vor sich. Zielt abwechselnd auf den Vater und den Onkel. Schaut in alle ihre Gesichter. In ihre angstvollen Augen.

„Lasst mich rein!" Sophie von draußen. Sie rüttelt an der Tür.

„Nein, lauf weg! Lauf, Sophie!"

„Ich hol dich da raus!"

„Nein! Du kannst nicht ... bitte!"

Ann hat die Mutter nicht gesehen.

Wie sie sich hinter die Kanzel gestohlen hat. Wie sie dort den letzten Benzinkanister in die Hand genommen hat. Erst jetzt, als sie ihn hochnimmt und die Schreie im Gebetsraum aufbranden wie ein Orkan, dreht Ann sich um. Sieht, wie die Mutter den Kanister über ihren Kopf hält. Das Benzin über sich ergießt.

Das Feuer. Die Flammen. Mutter.

„Nein! Mutter, nein!"

Doch als das selig-entrückte Grinsen ihr Gesicht entstellt, da begreift Ann, dass es zu spät ist. Allein die Verzweiflung in ihr spuckt letzte Worte aus: „Ich weiß es, Mutter! Er ist nicht Agnes' Vater. Ich weiß es." Sie starrt den Mann am Boden an. „Wessen Vater bist du überhaupt? Du ... du bist ... ein ... ein ..." Und sie dreht sich wieder zu ihrer Mutter. „Und du trägst keine Schuld! Er ... Nur er allein ... und es gibt dieses Ende nicht, von dem Johann da die ganze Zeit faselt. Das ist alles nicht wahr! Es wird ein neues Jahr kommen. Das Jahr 2000. Und es wird alles gut werden!" Sie wendet sich an die Gemeinde, das Gewehr starr auf den Mann am Boden gerichtet. Ihre letzten Worte. Ihre einzige wahre Predigt. „Ich kann nicht mehr glauben, was ihr alle glaubt. Es ist vorbei. Für mich hat ein anderes Leben begonnen. Lebt ihr eures, es ist an jedem von uns, zu tun und zu lassen, was er will. Nur glaubt bitte nicht, was Johann und seine Brüder euch erzählen. Was meine Mutter euch erzählt. Ja, sie ist krank. Vielleicht bin ich es auch. Aber das hier ... das ist ... das ist ...!"

„Das Ende! Das Ende!" Die Mutter lässt den leeren Kanister fallen, entzündet die Flamme am Streichholz in ihrer Hand und entfesselt das Feuer.

Die wenigen, die es überleben, werden ihre Todesschreie mit ins Grab nehmen. In zehn, zwanzig, fünfzig Jahren. Sie werden ihr eigenes Leben irgendwann aushauchen und mit ihm diesen einen letzten Schrei, der sich tief in all ihre Seelen eingräbt.

Der Feuerball torkelt, an der Kanzel vorbei, auf das große Fenster an der linken Seite des Gebetsraums zu, das nur angelehnt war, stößt es auf und stürzt in die Tiefe. Bleibt dort kurz liegen, erhebt sich, vermenschlicht sich, schwankt lodernd über den Hof und trägt das Feuer in jedes Haus.

So, wie er es vorgesehen hat.

Die Flammen verschlingen den Gebetsraum wie ein unersättliches Monster, erfassen Kleider, Haut und Haare.

Raus hier.

Ann rennt, das Gewehr in der Hand, zum Fenster. Schaut kurz hinaus. Zu hoch.

Die Flammen wüten durch die benzingetränkten Gänge, zerfressen Kinder, Mütter, Väter.

Sie tastet sich an der Außenwand entlang bis in die Ecke, dann bis zur Tür. Der Onkel tritt ihr entgegen.

„Mach auf."

Er schüttelt schweigend den Kopf, während das Feuer mit lodernden Klauen seine eigenen Kinder fängt.

„Öffne die Tür!" Sie schreit so laut, dass ihre Stimme sich in ein schrilles Quieken überschlägt.

Als er nach dem Gewehr greifen will, schießt sie. Trifft seinen Arm. Roland reißt es zurück. Er stöhnt heiser auf, die Schreie der anderen werden immer lauter. Ann stürzt auf die Tür zu, öffnet sie, die Flammen rasen nach draußen.

Unten an der Treppe steht Sophie. „Oh Gott, oh mein Gott!"

„Lauf!" Ann stürzt die Treppe hinunter, stolpert das Gewehr rutscht ihr aus der Hand, fällt zwischen die Stufen. Egal, weiter.

„Nein, der Bastard darf nicht entkommen! Sie ist der Teufel!" Johanns Stimme. Er muss es wie sie bis zur Tür geschafft haben. Er ruft nach seinem zweiten Bruder. „Paul, wo steckst du? Paul?"

„Er schafft es nicht." Rolands Stimme, schmerzverzerrt.

„Dein Arm." Wieder Johann. Und ihrer beider Schritte, die Treppe runter.

„Sie war es", krächzt Roland, „los, lauf. Hinterher."

Ann und Sophie erreichen die große, schwere Tür der früheren Scheune, reißen sie auf und stürmen nach draußen in den Innenhof. Eiskalt schneidet ihnen der Schnee ins Gesicht. Eine riesige Schneise durchzieht das Weiß. An ihrem Ende lodert das Feuer. Die Strohballen. Der Aufsitzmäher. Das Haus dahinter. Das Benzin ist überall. Und so sind es die Flammen. Die Mutter verkohlt dort, wo sich Samuel so eben noch versteckt hat. Wo ist er jetzt?

„Sami", entfährt es ihr leise. Doch Robert Plants Stimme in ihrem Kopf stellt den Gedanken ab.

Either I've seen the light
Or I'm losing my mind

Die Vernunft kehrt zurück, als sie den brennenden Aufsitzmäher fast erreicht haben. Abstrakt und wie ein Embryo zusammengekrümmt verkohlt in den Flammen der tote Körper ihrer Mutter.

Der Mäher gibt ein erstes dumpfes Knallen von sich.

„Lauf, Sophie, das Ding fliegt gleich in die Luft!"

Doch Sophie schafft nur einen Schritt. Dann trifft sie die Gewehrkugel in der linken Wade. Ächzend bricht sie zusammen, Ann stürzt zu ihr hin. „Nein! Nein! Los, stütz dich auf mich."

„Schieß noch mal, schieß!" Johann hat seinen Bruder überholt, ist nur wenige Meter von ihnen entfernt. Ann zerrt Sophie aus dem Schnee empor, stützt sie, zieht sie mit sich, rennt auf das Hoftor zu, das nach draußen führt. Ein zweiter Schuss löst sich, Holz zersplittert über ihren Köpfen, doch sie schaffen es raus, als die Explosion alles um sie erschüttert.

Sie laufen noch ein paar Meter, dann halten sie inne. Drehen sich um.

Ein riesiger Feuerball steigt aus dem Hofinneren auf.

Ann und Sophie bekommen kaum Luft, die Kälte, die Hitze, das Feuer, alles.

Und sie erstarren, als sich die Tür langsam öffnet und eine rußgeschwärzte Gestalt heraustritt. Johann.

„Nein, bitte nicht!", schreit Sophie.

Er macht ein paar Schritte auf sie zu. Er ist unbewaffnet. Sophie geht in die Knie.

„Ich ... kann nicht mehr ... ich ..."

Ann dreht sich um, während Johann weiter auf sie zu humpelt. „Schaffst du es bis zum Auto?"

Sophie nickt weinend.

„Dann geh. Und dann fahr ... weg", sagt Ann leise.

„Was wird aus dir?"

„Ich finde dich."

„Aber ..."

„Vertrau mir. Und ihm." Sie schaut versonnen zum Wald. Zeigt ins Nichts. Lässt Sophie zurück. Und läuft los.

Der Wind drückt Ann die Flocken brennend ins Gesicht, als sie über den verschneiten Weg zwischen den Feldern auf die Bäume zu rennt. Die letzten Schreie der brennenden Menschen verstummen. Die wenigen, die es über die Treppe oder aus dem Fenster ins Freie geschafft haben, werden für immer ihre Stimmen verlieren. Nur die Tiere blöken, grunzen und kreischen noch, weil die Flammen jetzt ihre Stallungen erfassen.

Einer schreit. Johann. Er schreit einen Namen, der nicht ihrer ist. „Agnes ... Agnes ..." Er wiederholt diesen Namen immer wieder, mal leiser, mal lauter werdend, während er durch den Schnee hinter ihr herstapft, schwarz wie ein Rabe durch das reine Weiß des frühen Winters.

Ann spürt ihre Füße nicht mehr, als hätte die Kälte sie mit einem scharfen Beil von ihren Beinen abgetrennt. Doch sie rennt immer schneller. Gewinnt Meter um Meter.

Der Wald empfängt sie voller Güte.

Sie läuft auf das Moos zu, das sich unter dem weißen Teppich versteckt. Legt falsche Spuren im Schnee. Macht kehrt. Schleicht rückwärts und verwischt, was ihn zu ihr führen könnte. Hockt sich ins Dickicht.

Lauscht der Stille. Hört Schritte. Es sind nicht die des Mannes hinter ihr. Sie weiß, wer da im Verborgenen umherschnürt, und das lässt sie für einen Moment lächeln. Für diesen einen kurzen Augenblick, in dem die Zeit stehen bleibt.

Denn Ann sieht, wie sie ...

... den Kopf eines kleinen Kälbchens hält ...

... das erste Mal mit Sophie tanzt ...

... im Schlachthaus auf den Mann im grünen Wollpullover zugeht, der keine Hose trägt ...

... vorsichtig an Sophies Joint zieht ...

... sich die Haube aufsetzt und mit ihren Nichten und Neffen Hausaufgaben macht ...

... sich das Gesicht schminkt, die Haare öffnet und ihre schwarze Lederjacke anzieht ...

... der Mutter beim Spülen hilft und einen Teller auf einen leeren Platz stellt ...

... mit ihrer Zunge sanft Sophies Hals streichelt ...

... in einem leeren Zimmer auf einem verwaisten Bett hockt und niemandem vorliest ...

... mit Sophie im Kino sitzt und einen seltsamen Film sieht ...

... mit einer Taschenlampe in der Hand in eine Abstellkammer im Schlafzimmer der Mutter krabbelt ...

Sie sieht, dass es immer nur sie war, die all das getan, gesehen, gelebt hat. Sie ist Agnes. Und sie ist Ann. Denn es gibt nur sie. Sie allein.

Johann, der nie ihr Vater gewesen ist, nur ein Peiniger, kennt keine Ann. Er kennt sie nur als Agnes. So kam sie zur Welt. So wurde sie getauft. So saß sie einst in einem Zug, der sie und ihre Mutter Ellen in ein neues Leben bringen sollte. Weg von ihm.

Doch er hat sie sich zurückgeholt.

Um sie zu zerstören.

Eine Nacht (1979)

Das alte Bauernhaus, so groß, so kalt. Die langen Flure ins Nichts. Leere Zimmer für Kinder, die nicht kommen werden. Nur sie ist da. Wieder da.

Die Nacht erbricht sich über Buchholzen, diese kleine falsche Landidylle am Rande von Remscheid. Sie haben die Idylle verlassen für ein paar Stunden. Haben ihn verlassen. Agnes hat nicht gefragt, wieso. Dabei hat sie so viele Fragen. Zu der Art, wie sie hier leben. Zusammen mit Vaters Brüdern, die ein paar hundert Meter weiter weg wohnen. Er hätte sie gerne noch näher bei sich. Alles müsse eins sein, sagt er immer.

Martin, der nette Arzt im Lenneper Krankenhaus, hat ihr ein Schmerzmittel gegeben, sie weiß nicht, ob Vater ihr das erlaubt hätte, aber ihn haben sie erst wiedergesehen, als er sie wortlos, mit Augen aus kaltem Stein, an der Klinikpforte abgeholt hat. Die Stirn mit einem dicken Verband umwickelt, den Arm von der Schulter abwärts in einem Gips – so ist Agnes ihm entgegengetreten. Für die Mutter hat ein großes Pflaster gereicht.

Aber nichts, um die Tränen zu stoppen.

Sie haben kein Wort gesprochen auf dem kurzen Weg nach Hause in Vaters altem Ford. Kein Wort, als er ihre beiden großen Ledertaschen im Flur auf die harten Dielen hat fallen lassen. Kein Wort, als er seine Frau am Arm gepackt und die Treppe hochgezerrt hat. Agnes ist ihnen stumm hinterhergeschlichen.

In ihr Zimmer. Auf ihr Bett. Das Schmerzmittel lässt schon ein wenig nach, der gebrochene Arm wummert unter dem Gips. Sie nimmt es kaum wahr, weil sie nur lauschen kann.

Auf ihrem kleinen Nachttischchen liegt der aufgeklappte Zettel, den sie im Zug gefunden hat. Er ist in ihrer Hosentasche verschwunden, bevor ... sie starrt auf ihren eingegipsten Arm. Und wieder auf den Zettel. *Ich weiß, wo das Paradies ist*, steht darauf. Darunter Koordinaten, mit denen sie nichts anfangen kann. Sie nimmt den Zettel in die Hand. Liest den Satz leise vor. Versteckt den Zettel in der Schublade.

Wo ist das Paradies?

Sie denkt eine Zeitlang über den Satz nach und merkt nicht,

dass sie wieder mit ihrer halbtoten Puppe spielt. Ole, der schwarze Riesenschnauzer, der nur draußen und in der Scheune lebt, hat sie ihr vor ein paar Monaten beim Spielen stibitzt und den Kopf halb abgebissen.

Wenn die Puppe sitzt, lässt sich der Kopf wieder gerade draufsetzen; sobald sie sie von der Anrichte nimmt, sie nur ein bisschen bewegt, purzelt der Kopf herunter, hängt nur an einem winzigen Stück Plastik.

Jetzt wiegt Agnes das kleine Plastikbaby hin und her. Kopf dran. Kopf ab. Kopf dran. Kopf ab. *Und gleich beiß ich dir den ganzen Hals ab, Puppe.*

Aber die Puppe kann die wehrlosen Schreie ihrer Mutter nicht abstellen.

Nicht das Rumpeln aus dem Schlafzimmer, das am Ende des Flures und doch so nah liegt. Schreie aus Angst. Schreie aus Schmerz. Durchkreuzt vom Hecheln, Ächzen, Grunzen des Vaters.

Agnes steht leise auf, die Puppe baumelt in ihrer Hand.

Kopf dran. Kopf ab.

Sie schleicht sich auf den Flur. Über die Dielen. Warum ziehen diese Schreie sie an? Sie muss ... helfen ... muss ...

„Ich mach dir mein Kind! Wirst schon sehen, du feige Sau! Du mieses Stück mit deinem kleinen Bastard! Ich mach dir mein Kind! Mein Kind! Mein Kind! Jetzt ... komm her!"

Es rummst immer lauter. Immer schneller. Agnes erreicht die Tür zum Schlafzimmer. Die Mutter wimmert nur noch. Abgehackte Worte kriechen unter dem Türschlitz nach draußen. „Bitte, Johann, bitte, bitte nicht ... bitte ... es tut so weh ... bitte ..."

Agnes spürt nicht, wie sie zittert. Wie ihr Atem rasselt. Wie sich die Hand öffnet und die Puppe fällt.

Klack.

Das Rummsen stoppt sofort. Etwas raschelt. Das Bett quietscht, als er von ihr ablässt. Dann Schritte. Schwer auf harten Holzdielen.

Die Stimme der Mutter. „Nein! Nicht Agnes! Nein!"

Er reißt die Tür auf. Steht vor ihr. Trägt seinen alten grünen

Wollpullover. Den sieht sie nicht. Sondern nur, dass er sonst nichts trägt.

„Agnes, Agnes! Kind!", schreit die Mutter, sie würgt die Worte unter Kreischen hervor. Der Vater schließt kurz die Augen, dreht sich um, stürzt zum Bett, packt seine Frau.

Ein Schlag. Mitten ins Gesicht. Und Stille.

Er kehrt zurück zu Agnes. Zieht sich nichts an. Beugt sich herunter und hebt die Puppe auf. „Hier." Sie nimmt sie weinend. Er starrt sie an, dann seine Frau, die bewusstlos und blutend auf dem Bett liegt. Er hat sie dort getroffen, wo das Pflaster prangt. Das Weiß läuft tiefrot an.

Agnes dreht sich um und stolpert wie ferngesteuert zurück durch den Flur.

Sie spürt Vaters Atem hinter sich. Nimmt seine Schritte wahr.

Alles ist Angst.

Sie erreicht ihr Zimmer, stiehlt sich durch die halb offene Tür. Dreht sich um und sagt leise und wie auswendig gelernt: „Gute Nacht, Vater."

Sie zittert immer weiter. So wie ihre Puppe. Kopf dran. Kopf ab. Kopf dran. Kopf ab.

„Ich bin es nicht", antwortet der Mann tonlos, tritt in ihr Zimmer und schließt die Tür von innen.

Sie versteht seine Worte nicht. Begreift nicht, warum er die Tür geschlossen hat. Und auch nicht, warum er immer noch nichts trägt, außer seinem alten grünen Wollpullover.

Als es vorbei ist, fängt sie der Schlaf. Er kommt tief in der Nacht, mit großen, dunklen Schwingen.

Am nächsten Morgen erwacht sie zum ersten Mal nicht allein. Ann und Samuel sind bei ihr. Sie hat sie erschaffen. Aber das weiß sie nicht. Und dass das, was der Stiefvater ihr angetan hat, und was er ihr noch antun wird, so entsetzlich viel mehr ist, als ihre kleine Seele je wird verkraften können, ebenso wenig. Er hat etwas in ihr getötet. Er hat sie gespalten.

Von nun an hat Agnes zwei Geschwister.

Doch sie glaubt, dass es immer schon so ist.

Weil sie nie wieder allein sein will, kann sie sich gar nicht daran erinnern, es je gewesen zu sein.

Agnes, Ann und Samuel.

Wie schön das ist.

Ein Tag

Bevor Ann ihn sieht, spürt sie sein weiches Fell. Er schmiegt sich sanft an sie, sie lehnt ihren Kopf an seinen Hals, während sie noch immer im eisigen Schnee kniet, und legt einen Arm auf seine kraftvollen Schultern. Krault ihn sanft.

Mit der anderen Hand wischt sie sich die Wahrheitstränen aus dem Gesicht.

„Ich bin sie alle, weißt du. Sie alle sind ich. Und er ist nicht mein Vater", flüstert sie weinend. Durch die Zweige des Buschwerks beobachtet sie den Mann, der sie nicht erschaffen hat, aber all das, was in ihr passiert ist. Der sich selbst nicht verkraften konnte und seinen Glauben in Hass verwandelt hat. Sie schaut diesem wandelnden Tod zu, wie er besessen im Wald umherirrt. Lauscht seiner zu rauen, zu lauten Stimme, die, immer leiser werdend und röchelnd, wieder und wieder den falschen Namen ruft.

Denn sie will keine Agnes sein. Sie ist eine Ann.

Sie hätte es viel eher sein können, wenn in diesem Zug damals nicht ... was auch immer geschehen wäre. Wenn sie nie zurückgekehrt wären. Wenn er nicht ...

Sein rußgeschwärztes Wrack stapft, in der rechten Hand einen dicken Stock haltend, im Zickzack durch den Schneewald, es wird schwächer, beginnt zu humpeln. Kommt zum Stehen. Direkt vor dem Dickicht, dass Ann und ihren Wolf vor ihm verborgen hält.

Sie streichelt den Wolf noch einmal und küsst sein dichtes Fell.

„Danke, Roukan", sagt sie mit sanfter Stimme und erhebt sich aus dem Schnee. „Du musst weiter. Ab hier schaffe ich es allein."

Der Wolf gibt ihr einen leichten Stupser mit der Nase, dreht sich um und trabt auf leisen Pfoten ins weiße Nichts davon.

Ann schaut ihm einen Moment lang nach und zieht dann das lange Schnitzmesser hervor, das sie vorhin, bei ihrer Flucht vom

Jakobshof, neben den brennenden Strohballen gefunden hat. Es hat Samuel gehört. Aber nein, natürlich nicht.

Sie tritt Johann ein letztes Mal entgegen.

„Ich bin hier. Und du bist tot", sagt sie mit klarer Stimme.

Es ist Zeit.

Ein Tag. 13. Oktober 2000

Father
Fading pictures with shades of pale
No proof of life without real memories
Laughing faces, camera smile
Hold you in my hand for a little while

Found you without really searching
Nighttime made me spin around
Fortune led me all the way
I'll never know why you didn't stay
Something's missing in my life
Sometimes I feel so incomplete
Someone out there feelin' the same?
Anyone that I can blame?

Chorus
You couldn't leave me, cause you were never here
Father, tell me, who's your dear?
Another daughter, another son?
Or am I the only lonesome one?

So many letters that I've written
Stopped counting them some time ago
Wastin' time with thoughts and words
Can't stop it, 'though it really hurts

So this one's not for the drawer, dad
Yes, I admit, I'm full of doubts

But this little one will make its way
And maybe you'll write me back someday

Chorus
You couldn't leave me, cause you were never here
Father, tell me, who's your dear?
Any daughter, any son?
Or am I the only lonesome one?

Ann nimmt die Kopfhörer ab, dreht sich zu ihrem Gitarristen um, der die Akustische herunternimmt und aufmunternd lächelt, und blickt dann stumm fragend durch das große Glasfenster des Aufnahmeraums zu den dreien, die hinterm Mischpult sitzen.

Der alte Bob, der neben Sophie an den Reglern dreht, nimmt ebenfalls seine Kopfhörer ab. Harry, sein Tonmeister, zögert noch. Hört sich die Aufnahme noch einmal an. Schweigt.

Bob streicht sich kurz durch sein mittellanges, fast weißes Haar, kratzt sich den dichten Bart. Nachdenklich. Ann wippt nervös auf ihren Zehenspitzen. Der Alte streicht sich durch das silbrige Brusthaar, das oben aus einem viel zu großen Leinenhemd herausquillt, das er ein bisschen zu weit geöffnet hat für ihren Geschmack.

„Great, really. Äh ... das war wirklisch gut, Ann." Er spricht wieder mit seinem leiernden amerikanischen Akzent. Besser als dieser Rico, der ihnen heute Mittag geöffnet hat. Sein sächsisches Geschwurbel haben sie beide kaum verstanden.

„Wirklich? War das okay? Ich kann auch noch einmal ..."

„Isch hab dir jedes Wort geglaubt, honey. Darauf kommt es an. Isch mag es, wenn du disch zurücknimmst. Wie du beim Refrain von *Burning Skies* explodierst ... Ann, das passt. Aber *Father* ist nun mal eine Ballade. Das war absolut okay! So, und jetzt es ist verdammt spät, und ich brauch was zu trinken. Also Feierabend für heute."

Auch Harry nickt zustimmend, sagt aber nichts. Sein Lächeln ... kann alles bedeuten. Sie hat ihn in diesen drei Tagen hier im Studio fast nur so gesehen. Still lächelnd. Sie kennt ihn kaum, aber sie ahnt: Etwas verbirgt sich dahinter. Und hinter seinen tiefen, dunklen Augen.

Gut, dass Sophie dabei ist. Sie wirft Ann eine Kusshand zu, die sich zum Glück nicht nur echt anfühlt.

Die Digitalanzeige am Mischpult springt um. Ein neuer Tag bricht an in diesem neuen Leben. 13. Oktober 2000. Null Uhr.

Nachdem sie mit Bob und Harry noch was getrunken haben, und Bob ihnen ein paar Schauergeschichten über Harry erzählt hat, der sogar mal angeschossen wurde und ja früher mal ein verdammt Wilder war und so weiter und so fort *und das glaubst du nicht!,* fährt Sophie sie beide durch die Nacht.

Die Leipziger Lichter rauschen an ihr vorbei, werden kleiner und weniger, je weiter sie aus der Innenstadt herauskommen.

Sie halten einander an der Hand, schweigend.

Sie haben sich für die Zeit der Songaufnahmen ein kleines Zimmer im Grünen gemietet, unter ihnen wohnt eine alte Dame, die kaum noch was hört. „Wie damals in Däinghausen. Manche Dinge ändern sich nie", hat Sophie gefrotzelt, als sie ihre Koffer ausgepackt und als erstes Anns neuen Discman an einen Lautsprecher angeschlossen haben. Manche Dinge ändern sich für immer.

Sophie legt ihr die Arme auf die Schultern, zieht sie zu sich, küsst sie sanft.

„Ich liebe dich, Ann."

„Ich liebe dich auch."

„Wart's nur ab. Bald hast du deine eigene Band. Kannst dir ja schon mal einen Namen ausdenken. Und dann erobern wir die Welt. Ich manage eure Tour. Und überhaupt alles."

„She-Wolf. Irgendwann habe ich eine Band, die She-Wolf heißt. Und wenn ich darüber fünfzig werden muss, ganz egal."

„War ja klar. Ann und der Wolf. Bin dabei. Und dann ... erobern wir die Welt."

Aber zuerst erobern sie einander.

Während Sophie anschließend in einen tiefen Schlaf fällt, spürt

Ann wieder diese innere Unruhe. Spätabends und nachts schreiben, singen und aufnehmen, das hält sie wach. Oft schläft sie erst in den Morgenstunden ein.

Hilft Rotwein? Sie schleicht sich aus dem Bett und gießt sich ein halbes Glas ein. Tritt auf den kleinen Balkon hinaus. Dahinter nichts als Wald. Wildnis. Und die Gewissheit: Ihr seid da. Da draußen. Gar nicht weit weg. Und ihr werdet mehr. Als sie vor Kurzem von den ersten Welpen gelesen hat, die in den Wäldern Sachsens frei geboren wurden, spürte sie, wie sie feuchte Augen bekam vor Glück.

„Aber ihr seid in Wahrheit schon so viel länger hier, nicht?", flüstert sie. „Ihr wart da, als ..."

Sie weiß, heute ist ihr erster Kuss mit Sophie auf den Tag genau ein Jahr her. Und die erste Vision von ihrer brennenden Mutter. Sie hatte sie zuerst als Ann. Und später als Agnes.

Als Agnes kam sie zur Welt. Das Kind eines Vaters, den sie nie getroffen hat, vielleicht nie treffen wird. Und einer Mutter, die ihr die Wahrheit nie erzählt hat.

Sie hat die Lüge ihres Lebens mit in die Flammen genommen.

Ann hat nicht lange überlegen müssen, welchen Namen sie behalten wird. Sie ist keine Agnes, wird nie das ewige Kind mit der weißen Haube sein.

Sie ist Ann. Eine Frau. Eine Songschreiberin. Eine Sängerin.

Eine Wölfin.

„Es ist gut so, dass Sie diesen Namen tragen, Ann", hat ihre Therapeutin gesagt. Seit einem knappen halben Jahr ist sie jetzt in Behandlung. Es tut ihr gut, über das zu sprechen, was war. Über die Zeit auf dem Jakobshof. Über dieses lange, falsche, so fragmentierte Leben, das sich mit jeder Sitzung immer mehr zu einem Ganzen zusammensetzt. Zu Anns Geschichte.

Ann ist nach jenem Tag nie wieder auf den Jakobshof zurückgekehrt, der bis auf die Grundmauern niedergebrannt ist. Sie hat das Bedürfnis nie verspürt, denn dort war nichts, was sie hätte retten wollen. Retten können.

Sie hält inne. Was war das? Hat ihr dort draußen gerade ein Wolf geantwortet? Hat sie ein fernes Heulen gehört?

Streift da ein guter Geist umher, der ihr Flüstern vernommen hat? Roukan ...

„Und du, mein alter Herr? Wo treibst du dich herum?“ Ann schaut in den Himmel. Kein Stern ist zu sehen, kein Mond, nur Schwärze. Sie weiß: Wenn ihr Vater noch lebt, dann ist er jetzt 87 Jahre alt. Wie er wohl aussieht. Gestern wollte sie fast den Alten im Studio fragen, ob er es sei. Auch ein Amerikaner, aber ein anderer Name. Und doch sah er fast genauso aus wie der seltsame Gast, der ihr an jenem verschneiten Dezembertag die Tür zum Hof geöffnet hat.

„Was für ein Quatsch“, sagt sie leise zu sich selbst.

Er kann überall sein auf dieser Welt. Oder nirgendwo.

Ann wird diese Welt bereisen, bald schon. Kanada. Amerika. Ihre Songs sind gut. Sie ist gut. Stumm lächelnd schüttelt sie den Kopf vor Glück.

Sie leert das Glas, stützt die Arme auf das Balkongeländer, spürt den kühlen Wind im Gesicht und auf der Haut. Denkt an Sophie.

„Ja, mein Schatz, lass uns die Welt erobern. Und nie wieder zurückschauen.“ Aber wer weiß.

Ich weiß, wo das Paradies ist. Den Zettel hat sie behalten. Sophie weiß nichts davon, Ann bewahrt ihn in einer kleinen Schatulle auf. Sie wird eine Visitenkarte dazulegen, die sie zuvor in der Kneipe gefunden hat. Sie muss diesem Harry aus der Tasche gefallen sein.

Einladung ins Paradies.

Entdecke den schönsten Ort im Teuteburger Wald.

Darunter steht eine Telefonnummer.

Ann hätte den stillen Tonmeister nicht für einen Camper gehalten. Und sie hat ein bisschen Angst davor, morgen an Sophies Rechner die Koordinaten einzugeben, die auf dem zwanzig Jahre alten Zettel stehen.

Warst du damals auch in dem Zug, Harry? Oder wem gehört dieser Zettel?

„Oh Gott, Ann“, murmelt sie leise. „Mach dich doch einfach mal aus.“

„Mhmmhm“, macht Samuel und lächelt sie an. Es klingt wie eine leise Zustimmung. Sie hat ihn gar nicht bemerkt. Wie lange sitzt er hier schon auf dem Balkon, auf dem kleinen Plastikstuhl, und schaut in die Ferne?

Heute ist einer der Tage, an denen er nicht spricht. Nur versonnen guckt. Und lächelt.

„Keine Sorge, ich verrate Sophie nicht, dass du da bist“, flüstert sie und legt den Finger auf den Mund. Er tut es ihr nach, dreht langsam den Kopf und lässt den Blick wieder schweifen. In die Ferne. Ins Dunkel.

Ann betrachtet ihren Zwillingsbruder eine kleine Weile. Natürlich weiß sie, dass dort niemand sitzt. Dass Sophie, stünde sie jetzt neben ihr und schmiegte sich sanft an sie, nur einen leeren Stuhl sehen würde. So wie jeder andere.

Neulich hat sie es ihrer Therapeutin erzählt. „Ich sehe ihn ab und zu. Und dann lächelt er.“

„Macht Ihnen das Angst?“

„Nein, es tröstet mich. Es … tut gut.“

„Dann lassen Sie es ruhig zu.“

Samuel ist das einzig Gute, was Ann vom Jakobshof geblieben ist. Und so hat sie beschlossen, dass es ihn geben darf.

ENDE

Wie es endet

Seine Hände greifen nach dem kalten Stahl. Immer wieder. Immer höher. Immer schneller. Immer schwerer. Er spürt sich nicht mehr, das Adrenalin pumpt all das raus aus seinem Körper, was schmerzen könnte.

Nur nicht ... anhalten.

Nur nicht ... nach unten blicken.

Lionel bellt, immer verzweifelter vor Einsamkeit am Fuße der Brücke. Doch sein Bellen wird leiser, je höher Richard sie erklimmt.

Hände auf kaltem Stahl. Schwere Schuhe, die Nischen suchen. Sein Wille, den niemand brechen wird. Unter ihm Lichter eines alten Fachwerkhauses. Er war selbst einmal dort. Hat sich da eine gegönnt. Hätte er lassen sollen. All das ist ihm vorhin durch den Kopf gegangen, als er noch Boden unter den Füßen hatte und seinen Fünfundsiebziger Jeep CJ 5 ans Ufer der Wupper gelenkt hat. Bevor er und Lionel den Berg hinaufgerannt sind. Zum riesigen Fuß der Brücke auf der Solinger Seite. Wo er Lionel festgemacht hat. Was der Hund nicht verstehen konnte. Ob die Musik aus dem alten Fachwerkhaus seine Bellerei übertönt? Und wenn nicht? Kommt dann jemand und macht ihn los?

Wo kommen all diese Gedanken her? Er muss sie jetzt denken, oder? Denn der eigentliche Grund, warum er an seinem 66. Geburtstag um kurz vor halb elf in der Nacht die Müngstener Brücke hochklettert, ohne Seil, ohne Schutz, ohne irgendwas, ist so undenkbar, dass er sofort umkehren müsste.

Aber er kann nicht. Weil ...

Richard hält kurz inne und starrt nach oben. Zwanzig Meter noch? Schwer zu sagen. Im fahlen Licht des Mondes thront der Stahlgigant über dem Tal. Ein metallenes Monster, das die Zeit überdauern wird, komme, was wolle. Das Städte und Menschen verbindet. Das Flucht und Heimkehr schenkt. Das Anfang und Ende ist. Wer macht den ersten Schritt auf der 107 Meter langen Reise in den Tod? Und wer setzt den letzten Zug?

Der Zug. Der verfluchte Zug.

Doch er hat zu lange innegehalten, muss weiter. Der nächste Griff schmerzt. Als würde sich der alte Stahl in seine nicht viel jüngere Haut brennen. Wieder hört er Lionel bellen. Dann Jaulen. Er kann dieses Jaulen jetzt nicht haben. „Halt die Klappe", schreit er die Nacht an. Doch er hätte dabei nicht halb nach unten schauen sollen. Die linke Hand, die mit der 13 und der zehn drauf, rutscht ab. Ein reißender Schmerz in der Handfläche lässt ihn zucken, er verliert den Halt, starrt hilflos in die Finsternis des Tals, taumelt, spürt, wie das Ende kommt, doch die Tattoohand findet eine Nische, packt zu.

Die Rechte kommt ihr zu Hilfe. Richard fängt sich. Atmet tief durch. Spürt, wie Blut durch den Kopfverband sickert.

Er muss mit dem Kopf angestoßen sein, als er abgerutscht ist. Genau an der Stelle, wo er vorhin ... zu Hause ... und er hat es nicht einmal gemerkt.

„Oh Gott ... oh Gott. Was machst du hier?" Nein, das ist die falsche Frage. Was machen sie alle in dem verdammten Zug? Und wer sind sie wirklich? Und warum weiß ich, dass sie da drin sitzen? Das sind die richtigen Fragen. Auf die er nie eine Antwort finden wird.

Muss er auch nicht, weil er die eine, die alles entscheidende Antwort schon kennt. Deshalb ist er hier. Deshalb muss er weiter. Deshalb hat er nur noch ein paar Minuten ...

... nein hat er nicht, antwortet die Brücke. Es sind Sekunden. Denn sie stöhnt ratternd auf, als sich der Abendzug, von Remscheid-Güldenwerth kommend, aufmacht, sie zu überqueren. Es sind fast 500 Meter. Aber das darf er nicht! Er darf nicht, weil ... am Ende, nur wenige Meter hinter einer Kurve, da ... da steht etwas ... da ... und er muss jetzt da hoch. Muss diese letzten Meter schaffen. Muss ... retten ... aber wie? Nein! Kein Wie! Das Wie kommt gleich! Ich muss jetzt auf diese Scheiß-Brücke, weil sie sonst alle sterben, denn ...

Alles nass. Wie ein Lappen, der ihm durch das Gesicht fährt. Wie ... Lionel. Wer sonst? Der Lappen muss weg. „Ist gut, Hund. Hau ab."

Richard schiebt die hellbraune Labrador-Boxermischung zur Seite. Warum hat er dem Hund nur erlaubt, ins Schlafzimmer zu kommen? Marie hat ihn noch gewarnt. „Regeln setzen, hörst du? Wenn du nicht willst, dass er in deinem Bett schläft, dann ... lass ihn nicht ihn dein Bett."

Marie. Sie bringt ihm einen Hund aus dem Tierheim mit, weil er bei ihrem zweiten Treffen erwähnt hat, dass er ja Hunde mag, und schenkt ihm die Bedienungsanleitung gleich mit. Sie hat ihn Lionel getauft, nach dem Typen, der in *Hart aber herzlich* den Haushälter spielt. Er hätte Max besser gefunden, aber was soll's.

Er hat den Hund behalten, und der Hund auch seinen Namen, aber keiner Marie. Sie war ein Übergang. Viel zu früh.

Letzte Woche ist sie davongerannt. „Du kranker Veteran! Und den blöden Köter kannst du behalten!", hat sie gebrüllt, bevor sie weinend durch halb Beyenburg gerannt ist. Damit auch jeder im Dorf wusste, dass Richard die Nächste vor die Tür gesetzt hat. Nein, hat er diesmal nicht, sie hat sich selbst rausgeschmissen.

Er wollte ihr noch hinterherrufen, wie viele ehemalige US-Soldaten, die nach dem Krieg in diesem bekloppten Land geblieben sind, sie sonst noch kennt. Doch er hat nur gedacht: Gott sei Dank bist du weg. Der Hund ist super, du bist es nicht.

Aber von seiner Schlabberzunge geweckt zu werden, das ist überhaupt nicht super. Richard streckt sich, die Schulterknochen knacken bedenklich. Wie spät es wohl ist?

Zu spät! Viel zu spät, mein Freund.

Er muss weggenickt sein. Wo ist ... die Nachttischlampe? Wo ist ... oben und unten? Erst mal die Decke weg. Ein Kissen, okay. Die Wand, alles klar. Nachttisch. Geht doch. Schalter? Da.

Fuck, ist das hell. Wie lange hat er ... er wollte sich doch nur kurz hinlegen, verdammt. Was? Kurz nach halb zehn?

So kann man den Abend seines Geburtstags auch verbringen. Nicht, dass er feiern wollte.

Mit wem?

Er hat sich selbst ein paar Songs gespielt, auf der Akustischen, daran erinnert er sich. Auch an die große Flasche Bier. Sie steht fast leer auf der Kommode. Er hätte heute auftreten sollen, irgendwo in Wuppertal, aber der Laden hat ihm am Morgen abgesagt, weil sich kein Mensch angemeldet hat. „Die Leute stehen im Moment nicht so auf Rentner, die englischsprachige Songs der 60er und 70er spielen." Ob er auch deutschen Schlager könne? Richard hat wortlos aufgelegt.

Er setzt sich langsam auf. Jetzt erst bemerkt er, wie unruhig Lionel ist. Der Hund ist drei oder vier, genauer weiß er das nicht, aber er führt sich auf wie ein zappelnder Welpe. Jankt, dreht sich um sich selbst, rennt durch die Tür in den Flur, kehrt zurück, bellt, jammert.

„Ist doch gut, Junge. Musst du mal, oder was? Gib mir ... fünf Minuten, ja? Gib mir ..."

Lionel bellt. Wieder. Und wieder. Laut. Und lauter.

„Was ..."

Und noch lauter. Rennt wieder in den Flur. Und zurück ins Schlafzimmer. Knurrt. Hechelt. Bellt noch einmal.

„Okay, ist gut. Ich ziehe mich an."

Ja, das bist du, denkt Richard, als er im Bad vor dem Spiegel steht.

Ein Mann starrt ihm entgegen, dem jedes Jahr ins Gesicht geschrieben steht. Und noch ein paar Jahre mehr. Vorzeitig gealtert. Gut, er müsste sich keinen dichten Bart stehen lassen, der fast weiß schimmert. Er könnte das dünne Haupthaar auf wenige Millimeter herunterkürzen, statt es halblang nach hinten anzuklatschen.

All die Jahre.

All die Frauen.

All die Enden.

All die Narben.

„Warum hast du mich nie gefunden?“, fragt er leise sich selbst und all jene, die gegangen sind.

Lionel rennt immer noch wie ein aufgescheuchtes Huhn durch die Wohnung. Soll er verdammt noch mal in den Flur kacken, egal, Richard braucht jetzt diesen Moment. Nur wofür? Um sich selbst zu bemitleiden?

Mit 66 Jahren, da fängt das Sterben an.

13. Oktober 1913. Sein erster Schrei. Zwei Weltkriege entfernt. Er hat sie beide überlebt. So eben. Wieso kommt ihm das jetzt in den Sinn? Weil er wieder gedankenverloren mit seiner Marke spielt, die er seit jenem Tag nicht mehr abgelegt hat? Weil sie zum Talisman geworden ist an diesem Tag des Sterbens, den er überlebt hat? An diesem 13. Oktober 1944? Wieder war es sein Geburtstag. Im doppelten Wortsinn. Denn er hätte sterben sollen, allein, im Hürtgenwald. *Hurt-genwald* haben sie ihn genannt.

„Aber du bist nicht verreckt, damals. Nur alle anderen.“

Damals, als ...

... und Lionel bellt.

... und Richard starrt auf seine linke Hand, die sich auf den Waschtisch stützt.

... und auf das Tattoo mit der Zahl 13 und den vier Buchstaben darunter. Z-E-H-N.

... und Lionel winselt.

... und Richard fällt. So wie damals, vor fünfunddreißig Jahren, im Lazarett. In seiner Vision. Er stürzt, tiefer und tiefer.

... und der Boden macht sich davon, entzieht ihm jede Grundlage. Richard wankt, kippt, fällt, knallt mit dem Kopf auf die harte Kante der Keramikschüssel, weil er wie immer den Klodeckel nicht heruntergeklappt hat.

... und er verliert das Bewusstsein, als alles schwarz um ihn wird.

Doch er ...

... sieht!

Eva, mein Gott. Eva, mein Kind. Du bist ... erwachsen. Du bist ... heute so alt, wie ich es damals war. Ich weiß, es war falsch ... nur warum siehst du so verloren aus? Warum ist Nacht um dich herum?

Und wer bist du? Sitzt da und faselst seltsames Zeug? Ich habe dich noch nie gesehen, warum jetzt? Und ... du hast meine Augen. Warum nur?

Und wieso schreist du dieses Mädchen so an? Was hat die Kleine dir denn getan? Und ... wer ist dieses Kind überhaupt?

Und da hinten ... Ellen? Meine Ellen? Die beste von allen? Warum weinst du? Ist das Kind etwa ... meine Tochter? Aber ich konnte es doch damals nicht ... so wie ich es nie konnte ... all deine Briefe ...

Und wessen Hand ist das? Wie sanft sie sich bewegt, wie zärtlich streichelnd. Dieser Ring ... er ist von mir, oder? Ein Geschenk, ich weiß es ... du bist ... du bist ... du streichelst ihn, nicht wahr? Meinen Sohn, der bald kommen wird. Und ich werde nicht in seinem Leben sein.

So wie ich in keinem eurer Leben bin, weil ich ... es nicht kann. Weil ich ... die Liebe so sehr fürchte wie nichts sonst ... weil ich ... zu oft gestorben bin im Krieg.

Was habe ich euch allen nur angetan?

Was macht ihr alle ... an diesem einen Ort? Zusammen, aber nicht gemeinsam? Wo ... seid ihr? Wo nur?

Lionels Bellen. Fern. Dumpf. Unter einem Traumfilter.

Wo bin ich?

Blut auf der Stirn. An der Hand.

Schmerz. Im Kopf. Überall.

Der Raum, der sich wieder manifestiert. Die Dusche, aus einem seltsamen Winkel. Er liegt da, komplett verrenkt, die Hand berührt den klaffenden Riss an seiner Stirn. Noch mehr Rot. Noch mehr Blut.

Wieder das Bellen seines Hundes.

Aber nein, er darf nicht zurück in die Wirklichkeit. Da ist noch etwas, verbirgt sich im Vorbewusstsein dieser Schreckensvision, er muss es denken, muss es spüren.

Wo seid ihr? Warum sehe ich euch alle?

Doch die Vision schwimmt davon wie ein Totenfloß auf seinem Weg zum Wasserfall. Er will sie greifen, aber ...

Und Richard rafft sich mühsam auf, öffnet halb die Augen, das Bad nimmt verschwommene Konturen an. Er hält sich den Schädel, torkelt durch den Flur ins Schlafzimmer, zum Verbandskasten.

Lionel rennt noch immer hin und her, bellt ununterbrochen. Richard fragt sich kurz, wann der Nachbar wohl wütend an der Tür klopft, und verbindet sich die Stirn. Er hat sich schon so oft irgendwelche Wunden verbunden, es ist in wenigen Sekunden erledigt.

Er atmet schwer, sieht sich im Schlafzimmer um. Sein Blick fällt auf die Kommode.

Auf die mittlere Schublade. Er reißt sie auf.

Der Umschlag. Ihre Handschrift. *Komm mit mir, Richard. Lass uns verreisen. Nur wir beide. Nein, wir drei.* Er öffnet das Kuvert und zieht das Ticket heraus, das sie ihm geschenkt hat. *Lass uns in die Berge fahren. Lass uns weggehen. Wir nehmen den Nachtzug nach München. Und von dort ... mal schauen.* Das waren ihre Worte vor ein paar Wochen Ewigkeit. Bevor Richard die nächste falsche Entscheidung seines Lebens getroffen hat.

Bevor er sich mit Marie trösten musste. Die ihm nach zwei Wochen einen Hund schenkt und sich dann verpisst.

Crazy stupid fuckin life.

Richard hält das Ticket ins Licht und beginnt zu zittern. Zuerst zittert seine linke Hand, die mit dem Tattoo. Er hat es sich nach seinem neuen, zweiten Geburtstag stechen lassen, jenem Tag im Oktober 1944, als er eigentlich hätte sterben sollen. Sterben müssen.

Die Schrift wackelt vor seinen müden Augen, so sehr bebt die Hand, dann erbebt alles in ihm. Die Augen erwachen, die Lider öffnen sich zu einem entsetzten Starren, als er das Datum entdeckt. 13. Oktober 1979. Der Nachtzug von Solingen nach München. Aber ... da sitzt du gar nicht drin, oder? Noch nicht. Nein, du steigst in einen anderen Zug. Der dich dort erst hinbringen muss. Und er fährt über ... eine Brücke ... und du bist nicht allein, denn ... es sind andere mit dir ... Eva ... und dieser seltsame, junge Mann ... und ... das Mädchen ... mit Ellen. Dieses Mädchen, das ... meine Tochter ist ... und der junge Mann, das ist ... das ist ...

Du hättest sie dir nicht gönnen sollen in jener Nacht, Richard, denn was du ihr damals eingepflanzt hast, das wird sicher kein gutes Ende nehmen ... schau ihn dir nur an ... aber viel Zeit bleibt dir dafür nicht, denn bald schon ...

„Rast dieser Zug in eine Katastrophe."

Die Worte stolpern ächzend aus Richards Mund, und die Knie sacken ihm weg. Er plumpst auf sein Bett, schließt die Augen, sein Oberköper sackt nach hinten. Alles dreht sich, als die Finsternis ihn erfasst.

Aber das darf sie nicht, und Lionel weiß es. Der hellbraune Mischling mit der schneeweißen Brust stürmt in das Schlafzimmer, springt aufs Bett, zerrt an Richards dunkler Cargohose, wenigstens hat er die schon an. Der Hund bellt und zerrt und bellt und zerrt, und Richard schreckt hoch.

„Der Zug! Die Brücke! Lionel! Wir müssen los! Jetzt! Sie sterben! Sie sterben alle!"

Und könnte sein Hund ihm mit Worten antworten, dann schrie er jetzt: „Ja, du alter Trottel, das versuche ich seit einer Ewigkeit, dir klarzumachen, aber ihr Menschen kapiert ja immer alles erst, wenn es schon fast zu spät ist. Und jetzt komm!"

Richard zieht sich ein Hemd über, rennt zur Tür, durchs Treppenhaus, Lionel ist ihm immer einen Schritt voraus, und er fragt sich kurz, wie der Hund ihm gleich nur helfen soll, aber das spielt jetzt keine Rolle. Hauptsache, er ist einfach nur da.

Ja, er war da. Saß auf dem Beifahrersitz des Jeep, während Richard von Beyenburg aus durch halb Remscheid gebrettert ist. Mitten durch Lennep, wo Ellen kurz zuvor noch mit ihrer kleinen Agnes in den Abendzug gestiegen ist. So wie vorher, in Oberbarmen, eine schwangere Frau. So wie in Elberfeld seine Tochter Eva und ein junger, gottverlassener drogensüchtiger Mann. Doch das alles weiß Richard nicht, als AC/DC im Autoradio über den Highway der Hölle rasen und er auf den Müngstener Brückenweg einbiegt.

So wie vor ihm schon all die Feiernden und Liebenden, die in einem alten Fachwerkhaus die Nacht zum Tage machen. Dort, wo er sich einst eine gegönnt hat, die dann ...

Und jetzt ist Lionel weg, so weit weg, während Richard, der seine Hände nicht mehr spürt, nur noch drei oder vier Meter überwinden muss. Aber der Zug ist schon so nah, er kann die Lichter sehen, er hört das Rattern, und er bekommt kaum Luft auf seinem Weg ins Verderben. *I'm on the highway to hell.*

Er streckt mit letzter Kraft die Hand aus, findet Halt, zieht das Bein nach, dann die andere Hand, sie klammert sich an den Stahl, an das Leben.

Und das zweite Bein. Und nach oben drücken.

Ich muss. Ich muss!

Richards Oberarme brennen wie Feuer, schweißnass klebt das Hemd an seinem Rücken.

Der Abendzug von Wuppertal über Remscheid nach Solingen rauscht heran. Er hat ein Drittel der Brücke schon hinter sich. Und die vier Kinder von vier verschiedenen Frauen in diesem Zug, von denen Richard nur eines kennt und ein weiteres erst in dieser Nacht zur Welt kommen wird, werden sterben. Sie werden ins Verderben rasen, denn am Ende der Brücke steht, verlassen von allem, ein einsamer Waggon, auf demselben Gleis. Der Zugführer ahnt es nicht, er sieht ihn nicht, weil dieser Waggon direkt hinter einer Kurve am Brückenende abgestellt wurde. Vergessen in der Dunkelheit.

Richard weiß nicht, wer ihn dort stehen gelassen hat, aber er hat ihn gesehen in seiner Vision, er *weiß*, dort lauert der Tod. Nur, dass er das niemandem erklären kann. Weil er niemanden hat, weil er niemanden kennt, mit dem er sprechen könnte, weil ihm das niemand glauben würde, diesem armen, alten, auf ewig traumatisierten Soldaten.

Mit 66 Jahren, da fängt das Sterben an.

Nein, das Rennen.

Richard erklimmt die Brücke, erreicht die Gleise, richtet sich auf und rennt in das Licht hinein. Rennt, winkt, gestikuliert, ächzt, schreit: „Haltet den Zug an! Haltet ihn an!“

Kurz nachdem die Scheinwerfer ihn erfassen und der Zugführer fassungslos die Notbremse zieht, beginnt das Quietschen. Metall auf Metall. Das Chaos bricht aus, Menschen reißt es aus ihren Sitzen. Sie purzeln übereinander, wissen nicht, wie ihnen geschieht.

Richard rennt weiter ins Licht. Der Zug, jetzt deutlich verlangsamt, aber immer noch ein Geschoss, saust ihm klirrend entgegen. Er wird geblendet, er erkennt nichts, sieht nicht den schreienden Zugführer, wie er ihn anfleht, die Gleise zu verlassen, er sieht nur das Licht, und für einen Moment glaubt er, in diesem Licht zu ertrinken, sich in seinem Schein zu verlieren, einfach weg zu sein.

Doch er öffnet die Augen, als der Zug, immer lauter quietschend und scheppernd, nur noch wenige Meter von ihm entfernt ist. Es donnert, rauscht, grollt so ohrenbetäubend, dass Richard glaubt, ihm fliege gleich das Hirn aus dem Schädel.

So wie damals. So wie im Krieg.

Alles ein schreiender, keifender, sterbender Wahnsinn.

Hört er Lionels Bellen im Moment des Untergangs? Ja, er hört ihn. Und er fasst sich.

Er springt zur Seite, als der Zug ihn beinahe zermalmt. Erreicht das parallel verlaufende Gleis. Jenes, auf das der Waggon eigentlich gehört hätte, den der Zugführer gleich sehen wird.

Richard verliert den Halt, sinkt in die Knie, sein entsetzter Blick folgt dem Zug, der jetzt immer langsamer wird. Kurz bevor er das Ende der Brücke erreicht und noch bevor der Zugführer den schrecklich deplatzierten Waggon entdeckt und womöglich begreift, dass der Wahnsinnige, der ihm da eben fast vor den Zug gerannt ist, ihnen allen das Leben gerettet hat, da tritt endlich Stille ein. Der Zug steht.

In ihm haben Menschen Knochenbrüche erlitten, Quetschungen, Prellungen. Aber niemand stirbt auf der Brücke.

Richard hat seinen Kindern das Leben gerettet.

Und den Müttern, die bei ihnen waren. Den Frauen, die ihn geliebt haben.

Und er?

Einen Augenblick lauscht er der Stille. Betrachtet etwas ungläubig den Zug, der keine hundert Meter von ihm entfernt am Ende der Brücke steht. Noch immer hoch über dem Tal. Dann hört er Lionel, der wieder zu bellen anfängt.

„Du musst dich noch ein bisschen gedulden, alter Junge", sagt er mit einem Lächeln. „Ich werde diese Scheißbrücke jedenfalls nicht wieder runterkraxeln."

Und so macht sich Richard auf den Weg zum Zug, den er hätte nehmen sollen. Mit der Mutter seines jüngsten Kindes, das noch nicht einmal auf der Welt ist. Aber er weiß jetzt, dass sie dann alle ins Verderben gerast wären.

Jetzt erst? Wirklich?

Hat er das nicht schon damals gewusst? Schon vor fünfunddreißig Jahren, als er schwer verwundet im Hürtgenwald in einem Lazarett zu sich gekommen ist und gesehen hat, wie er fällt? Er hatte diese Vision immer in sich. Hat sie jedoch tief vergraben. Heute, an seinem 66. Geburtstag, hat sie sich hervorgewagt aus der Finsternis.

Sie hat ihn und Lionel hierhergeführt. Um sie alle zu retten. Um neu anzufangen? Ja, vielleicht. Denn er wird zu ihnen in den Zug steigen, gleich hier oben auf der Brücke oder kurz danach, denn weiterfahren wird der Zug erst einmal nicht, solange dieser verdammte Waggon dort steht.

Und während Richard in der Finsternis dieses 13. Oktober 1979 Schritt für Schritt über die Gleise stapft, 107 Meter über dem Tal, und der Wind ihm erfrischend das Haar und den Bart zerzaust, da denkt er nicht mehr an all die Fehler, die er begangen, an die Herzen, die er gebrochen, an die Kinder, die er verlassen hat.

Er denkt nur an das, was kommen wird. Er wird ihnen ein Vater sein. Ein alter, kaputter, guter Vater. Ein Vater, der ...

... einen einzigen falschen Schritt macht. Weil er die Liebe spürt, sie plötzlich empfindet, zum ersten Mal seit einem halben Leben. Und weil diese Liebe zu viel für ihn ist. Sie lässt ihn weinen. Sie lässt ihn lachen. Sie lässt ihn losrennen, wo er es niemals darf. Und so bleibt er mit dem rechten Fuß an einem der Gleise hängen, gerät ins Stolpern, kippt nach links, will sich halten, doch der linke Fuß, der nach einem Bänderriss, den er zu Beginn des Zweiten Weltkrieges erlitten hat, schon immer etwas instabil war, knickt weg wie ein Grashalm unter einem schweren Soldatenschuh.

Das lädierte Fußgelenk hat beim Aufstieg nach oben alles gegeben. Jetzt kapituliert es vor Richards Körper, der komplett den Halt verliert, so als wehte ihn ein Todeswind vom Himmel herunter.

Er schlägt am linken Brückenrand auf, spürt, wie sich die spitzen Kieselsteine, die zwischen den Gleisen liegen, durch Hemd und Hose in seine Haut bohren, doch nur kurz, denn er überschlägt sich, die Hand mit dem 13zehn-Tattoo sucht Halt, findet ihn nicht, greift ins Leere. Die Rechte versucht es, doch versagt ebenfalls, und Richards Oberkörper baumelt hilflos über dem Nichts.

Seine Beine haben keine Chance. Sie finden keinen Halt, keinen Anker, nichts, wo sich seine Schuhe verkeilen könnten.

Nichts, um ihn am Leben zu halten.

Als seine Beine das Kiesbett zwischen den Gleisen verlassen, schafft Richard es, noch einmal aufzuschauen. Keine dreißig Meter von ihm entfernt steht der Zug.

Er hat die Menschen darin vor einer Katastrophe bewahrt.

Er wird ihn nie erreichen.

Mit 66 Jahren, da fängt das Sterben an.

Sein erster Sohn, den Richard nie kennen gelernt hat, weil er die Eine, die er sich einst im Tal gönnte, nie wiedersah, wird im Zug der einzige Zeuge seines Todes sein. Aber das wird er morgen schon nicht mehr wissen.

Richard schreit nicht einmal, während er abstürzt. Er bringt nur ein leisen Ächzen hervor. Es drückt keine Angst, eher eine enttäuschte Form von Gewissheit aus. Er schließt die Augen und lässt es geschehen. Seine letzte Reise. Seine letzten Sekunden. Eine kleine Ewigkeit.

Er sieht nichts und doch alles.

Er sieht, was war.

Wie er im Hürtgenwald einsam seine letzte Schlacht schlägt.

Wie er liebt, verspricht, bricht, verlässt.

Wie er hofft, verzweifelt, vereinsamt, verkümmert.

Wie er Songs schreibt, verwirft, singt, spielt, scheitert.

Wie er immer weiterzieht, durch Deutschland, durch halb Europa, durch die Welt. Und wie er, dieser Scheiß-Ami, immer wieder zurückkehrt in dieses seltsame Bergische Land, zu diesem schroffen Flecken Erde mit seinen schroffen Menschen.

Er sieht, was ist.

Lionel, wie er einsam die Nacht anbellt. Danke für die kurze, schöne Zeit, mein Freund. Jemand wird dich finden und sich um dich kümmern.

Die Menschen im Zug, wie sie zu sich kommen, einander helfen, nicht verstehen, aber fühlen und wissen: Was immer hier geschehen ist, wir leben noch.

Er sieht, was sein wird.

Und das kann er nicht verstehen, während die Nacht um seine Ohren saust und das Tal unter der Müngstener Brücke immer näher rückt.

Er sieht, wie er aus den Händen eines großen, traurigen Mannes ein kleines, totes Mädchen entgegennimmt.

Er sieht, wie er einer wunderschönen, jungen Frau in Schwarz ein Hoftor öffnet, bevor er in reinem Weiß verschwindet.

Er sieht, wie er fällt. Zweimal ... von ... anderen Brücken ...

Und er sieht Musik. Songs. Die seine Kinder einst singen, schreiben, hören, fühlen werden. Das macht ihn glücklich in jenem kleinen, spürbaren, letzten Augenblick.

Aber was hat all das zu bedeuten? Wie soll all das jemals geschehen, wenn er doch ...?

Es endet an diesem 13. Oktober ohne eine Antwort.

Aber mit einem Song. Mit einer letzten Melodie.

Richard hat sie im Ohr, während er in den Tod stürzt, weil er seinen vier Kindern das Leben gerettet hat.

Sie lässt ihn lächeln.

And she's buying a stairway

... to heaven.

Ich bin im Himmel.

Das muss noch gesagt werden

13zehn war von Beginn an mehr als ein Buch. Auf der Reise von der Idee hin zum Drucktermin haben uns zahlreiche Erlebnisse erstaunt, unterstützt und geprägt. Zuerst wollten wir es zu viert machen, doch verließen im Laufe der Zeit Martin Kuchejda und Michael Schreckenberg dieses Projekt – für ihre Mitarbeit am Plot und den kreativen Austausch sei ihnen an dieser Stelle trotzdem gedankt.

Als wir, die beiden Daniels, dann entschieden, es einfach alleine durchzuziehen, kam die Idee auf, das Buch als Crowdfunding-Projekt zu starten und somit dürfen wir heute stolz den zahlreichen Supportern danken, die unser Projekt geteilt und unterstützt haben. Vielen Dank an euch alle. Ohne den Fragenhagel von Elena Broch und Sandra Juhr wäre das Video nicht so charmant, nicht so unterhaltsam und die Kampagne nicht so erfolgreich geworden, dafür euch auch vielen Dank.

Danke auch an das Team der Kreativpiloten vom Berliner U-Institut, die unser Projekt entdeckt und gefördert haben – mit Pitching-Ideen, Workshops und Netzwerk. Wer weiß, was noch draus wird.

Auf den Fotos von Thorsten Kohlhaas, die über den Dächern von Aachen entstanden sind und uns Aus- und Einblicke boten, auf die wir nicht gefasst waren, sehen wir viel toller aus als in echt, also gebührt auch dir ein großer Dank.

Solltet ihr als findige Lesefüchse doch noch auf Fehler gestoßen sein, liegt das weder an Volker Maria Neumann, unserem Lektor, noch an dem Korrektorat von Susanne Stierhofer, Nadja Biermeyer, Jessica Reif und Harry Cremer, sondern einfach nur daran, dass wir ihre Anmerkungen nicht richtig gelesen haben. Vielen Dank euch allen. Der Inhalt kann aber noch so gut sein – wenn die Verpackung nicht stimmt, schlägt es keiner auf, daher geht ebenso ein gewaltiger Dank an Stefan Heilemann von Heilemania für die Erstellung des Covers. Dass unser Goldstück nun an Leserinnen und Leser kommt, liegt an der tollen Verkaufsarbeit der zahlreichen Buchhändlerinnen und Buchhändler, gerade auch in unserer Heimat, im Bergischen Land, und an den Menschen, die uns bei sich live lesen lassen. Da hört man nicht nur uns, sondern auch Tom Kautenburger, der unser Intro mit seiner tollen Stimme veredelt hat. Wir können auch euch allen nicht genug danken.

Was Daniel Kohlhaas noch loswerden muss ...

Dass ich überhaupt Zeit zum Schreiben habe, liegt vor allem daran, dass mich ein Mensch darin unglaublich unterstützt, mir in Stressphasen den Rücken freihält, sich die vielen Worte in Ruhe anhört, mitdenkt und weiterdenkt. Nadine, danke für deine Geduld, deine Ideen und deine Liebe. Du hast mich so oft schon aufgefangen, und ich bin sehr glücklich, dich an meiner Seite zu wissen. Schön, dass ich dich hier verewigen darf und ich freue mich auf die kommenden Nachworte mit dir und darauf, in Zukunft dir ganz allein etwas zu widmen. Danke, dass du dir damals den „Roman" geangelt hast, und seitdem mein Leben bereicherst.

An zweiter Stelle danke ich meinem Kollegen, Daniel Juhr, der mich wieder zum Schreiben zurückgebracht hat, der so ein unglaublich toller Autor und auch Verleger ist, der so viel Herzblut in unser Projekt gesteckt hat und den ich als kreativen Partner an meiner Seite nicht mehr missen möchte. Danke dir. Zu Daniel gehört auch das Team von JUHRmade. Liebe Elena, liebe Sandra, danke für eure Unterstützung. Lieber Bastian, danke für die tollen Momente mit dir bei unseren Lesungen. Ich freue mich jetzt schon darauf, wenn du David aus „Rattenkinder" live liest.

Ein großer Dank geht auch raus an meine Familie: Mama, Papa, meinen Bruder Thorsten mitsamt seiner Familie, an alle

Verwandten, die uns unterstützt haben und an meinen kleinen Sonnenschein Aline. Meine Bücher eignen sich noch nicht fürs Vorlesen, aber ich hoffe, du bist irgendwann so stolz auf deinen Papa wie ich schon jetzt auf dich. Danke dafür, dass du mich so oft daran erinnert, wie schön unsere Welt, unser Leben eigentlich doch ist.

Das Jahr 2019 war für mich ein ganz besonderes. Es war kreativ, anstrengend, aber vor allem geprägt von einem unglaublichen Austausch mit lieben Freunden, mit Bekannten und anderen Künstlerinnen und Künstlern. An dieser Stelle danke ich Sarah Leyendecker für die beste (lebenslange) Freundschaft und deine Stimme, die meinen Geschichten noch mehr Leben einhauchen wird, meinen beiden Musikliebhabern Marcell und Mario, die ich viel zu wenig sehe und deren weekly classics ich dann doch irgendwie vermisse. Wir müssen auf mehr Konzerte gehen, definitiv! Lieber Koral, danke für deinen wunderbaren Gesang und dafür, dass du uns mit der Vertonung von „Regenbogenkind" eine Gänsehaut beschert hast. Ich danke Josef Ferger für seine Studiozeit und seine Musik in unseren Trailern, Jan-Hendrik Nitsche für die kommende Studiozeit und die Bereitschaft, einfach uns und unser Hörbuch zu unterstützen. Den Schreibweisen sei für die gemeinsamen Leseabenteuer in der Vergangenheit gedankt und Martin Sabel für seine Stimme, die ihr dann hoffentlich auch bald hören könnt.

Sehr intensive und wertvolle Gespräche durfte ich mit dir führen, lieber Harry Cremer, meinem zweiten Papa. Du bist ein Wahnsinniger im ganz positiven Sinne, und ich bin froh, dass wir zwei Freunde sind.

Liebe Annette und lieber Burkhard, ihr habt mich aufgenommen, seid da, helft und unterstützt, wo ihr nur könnt, vielen Dank für diese Wohlfühloase. Ein großes Dankeschön geht an Sebastian Fitzek und Markus Michalek für das, was ich in Berlin erleben durfte und für das, was alles noch kommen wird.

Diese Liste ist jetzt schon so lang, und trotzdem gibt es noch ganz viele Menschen, die neu oder schon länger in meinem Freundeskreis sind, die kreativ, verrückt, lustig, kritisch und entspannt sind und mein Leben bereichern, ich denke, ihr wisst, wer ihr seid und wenn ich euch in Gedanken nicht auf dem Zettel hatte, so habe ich euch zumindest nicht vergessen, haha. Ebenso geht ein Dank an meine Lieblingskolleginnen und -kollegen, die mich jeden Tag gerne zur Schule gehen lassen, vor allem geht ein persönlicher Dank an Nadja, die mich im Jahr 2019 beruflich unglaublich unterstützt hat, aber auch privat ein Mensch ist, den ich als Ratgeberin und klugen Kopf nicht mehr missen möchte. Da draußen gibt es Schülerinnen und Schüler, die mir einerseits das Gefühl geben, dass ich einen ganz guten Job mache und andererseits mir Vertrauen entgegenbringen und ihren kritischen Geist zeigen, es gibt viele Tage im Jahr, an denen ich mir keine Sorgen um die Zukunft mache, danke.

Ich stelle fest, während ich das hier gerade so schreibe, dass ich ein ziemlich gutes Leben führen darf. Das war nicht immer so, aber ihr alle, die ihr da an meiner Seite seid, macht es jeden Tag ein Stück lebenswerter. Danke für mein Leben.

Was Daniel Juhr noch loswerden muss ...

Im Frühjahr 2019 war es wieder soweit. Der Arschtritt. Geh in ein Hotel, sonst wird das nie was. Schotte dich ab, oder du kriegst deine Geschichten niemals zu Ende. Sandras Worte, wie bei jedem meiner Bücher. Sie weiß, wie ich ticke, wie ich schreibe, sie kennt mich seit über 15 Jahren. Und sie weiß auch: Wenn man so etwas Komplexes erschafft wie 13zehn, dann geht das nicht mal eben zwischendurch. Danke, Sandra, dass du an mich glaubst, dass du einfach weißt, ich muss immer auch schreiben, um glücklich zu sein. Und danke, dass du mich nimmst, wie ich bin. Das ist oft anstrengend genug, ich weiß. :-) Es ist auch gut zu wissen, dass bei JUHRmade alles läuft, auch wenn ich mal wieder im Sauerland bin. Danke dafür auch an dich, Elena. Fürs Lesen unseres Buches und deine Hinweise. Und fürs Buchhandlungen abklappern. Du wirst deinen Weg machen.

Mein Herz schlägt für das Sauerland? Seit diesem Jahr schon, ja. Denn ich habe mich ein bisschen in Willingen und mein Schreibhotel verliebt, in dem fast drei Viertel meiner beiden Geschichten entstanden sind. Danke ans Team des Best Western plus für so ein geniales Essen. Und dafür, dass wir unsere Leseproben auslegen durften. Ich komme wieder! Mit dem nächsten Buch.

Letztlich war ich im Jahr 2019 nicht nur zweimal zum Schreiben dort, sondern auch noch zwei weitere Male mit meinem Sohn. Dem besten Vorleser der Welt. Der sich nach der Schule hinsetzt und in seinem Zimmer zwei Stunden lang Harry Potter laut liest und das mit dem iPod aufzeichnet, einfach, weil er das Vorlesen liebt. Und der natürlich auch ein wenig für die Figur des Luca in Regenbogenkind Pate gestanden hat. Von ihm werdet ihr noch hören. Spätestens auf einer unserer Leseshows. Danke, Bastian.

Aber nochmal zurück ins Sauerland: Ich danke auch dir, Enrico. Da triffst du am Bahnhof in Willingen einen, der wie du auf den Zug wartet und ans andere Ende des Landes will, der Zug kommt nicht, also teilt man sich ein Taxi, kommt ins Quatschen und entdeckt: Wow, beide Stephen-King-Fans. Und dann begeistert sich Enrico total für unser Buch, supportet uns auf startnext und trommelt für uns. Genial. Allein deine Story wäre eine eigene Geschichte wert. Und du hast meinen Blick auf die Wälder noch einmal verändert ...

Besonders danken möchte ich meinen beiden Testzuhörern Andrea und Jörg – zwei Abende mit jeweils über zwei Stunden Vorlesen, wow. Ich war danach alle, der Wein war köstlich, das Finger Food auch, und ihr seid fürs nächste Buch schon fest eingeplant.

Dieses wird dann sicher nicht wieder in einem alten Haus in Hückeswagen spielen so wie meine Geschichte „Regenbogenkind“. Ja, es ist in weiten Teilen euer Haus, liebe Ully und lieber Werner. Du wirst diese Geschichte sicher nicht lesen, Ully, dafür ist sie dir zu gruselig. Werner, die Kellerlesung bei euch steht. :-)

Und apropos gruselig: Die Tatsache, dass Ully am selben Tag Geburtstag hat wie die Hauptfigur in Regenbogenkind und dass dies natürlich der 13.10. ist und ich das vorher nicht wusste (auch nicht, als ich euer Haus schon als Schauplatz auserkoren hatte), ist eine der mysteriösen Anekdoten rund um unser Buch, die diese gesamte Reise so spannend und unvergesslich gemacht haben.

So wie die vielen Menschen, die sich von unserer Idee haben anstecken lassen. Die Flyer ausgelegt, Poster aufgehängt, Lesungen gebucht, T-Shirts entworfen und Rätsel entwickelt haben, einfach so, weil sie das Projekt 13zehn geil finden. Wahnsinn.

Ja, und dann ist da ja noch der andere Daniel. Der Kohlhaas. Der die genialsten Wendungen in großartiger Sprache erzählt und sich mit mir ins Abenteuer gestürzt hat. Wir haben einen WhatsApp-Sprachnachrichten-Weltrekord aufgestellt. Morgens früh und spät am Abend, immer wieder haben wir Ideen ausgetauscht, uns gegenseitig gepuscht, konstruktiv kritisiert, stark gemacht. Wir sind als Autoren-Duo zusammengewachsen in einer Weise, wie ich das noch nie erlebt habe, und ich hoffe, wir setzen das gemeinsam fort. Mann, was freue ich mich auf die ganzen Live-Leseshows. Und für das, was für dich im Jahr 2020 kommen wird, lieber Daniel, wünsche ich dir, dass du ordentlich die Hütte rockst.

Auch für mich ist dieses Jahr besonders, mit all seinen Höhen und auch mal Tiefen. Ich habe viele neue Ideen entwickelt, auch für so viele Projekte jenseits von Büchern, und eine Menge spannender Menschen kennen gelernt. Auf einem Weg, der nie zu Ende ist. Und ich habe nach fast drei Jahren ohne eine neue Geschichtenproduktion endlich wieder zum kreativen Schreiben gefunden. Wir hatten dieses Jahr einiges auf dem Tisch. Imagetexte, Magazine, Konzepte, Projektleitungen. Aber das Schreiben dieses Buches, all dieser Seiten, sie immer wieder zu verändern, zu verbessern und ganz und gar in die wunderbare Welt von 13zehn einzutauchen, das hat mich in diesem seltsamen Jahr 2019 erfüllt wie nichts sonst. Dafür bin ich dankbar.

Daniel Kohlhaas

Liest gern Stephen King.
Und John Ajvide Lindqvist.
Hört gern Musik.
Oft rockig, manchmal elektronisch.
Schaut gern Thriller, Science Fiction oder Dramen,
manchmal auch Komödien.
Wichtig ist, dass es unter die Haut geht.
Hofft, dass es Aliens gibt.
Liebt den Fußball, den die Eintracht aus Frankfurt zelebriert.

Ist ein Drauf-Los-Schreiber, bei dem sich die Figuren
und der Plot während des Schreibprozesses verselbstständigen.
Schreibt gerne im Dunkeln und zur Musik der Nine Inch Nails.
Die besten Ideen kommen ihm kurz vor dem Einschlafen.
In Gedanken schreibt er den Text und liest ihn sich selbst vor,
um ihn nicht zu vergessen.

www.daniel-kohlhaas.de

Daniel Juhr

Liest gern Jonathan Frantzen. Und Carlos Ruiz Zafon.
Lauscht gern Stephen King. Wenn David Nathan ihn spricht.
Hört den ganzen Tag Musik. Beim Schreiben. Beim Lesen.
Wenn er mit den Hunden draußen ist. Meistens Rock und Metal.
Aber auch Cohen, Cave und Cash. Kommt immer drauf an.
Auf den Moment. Und auf die Stimmung.
Schaut gern US-Dramaserien. Die zählt er jetzt nicht alle auf.
Liebt Filme von Christopher Nolan. Und von David Lynch.
Glaubt, dass die Wölfe gar nicht zurückkommen.
Weil sie nie weg waren.

Schreibt immer erst, wenn das Ideenfass schon fast überläuft und sein Kopf kurz vom Platzen ist. Trägt Geschichten gerne lange mit sich rum. Kaut darauf herum.
Und dann raus damit.

www.juhrmade.de

Und nach dem Ende ...

... ist es Zeit für einen Neuanfang. Zeit, um noch viele weitere Geheimnisse zwischen den Zeilen von 13zehn zu entdecken. Also: Buch zuklappen. Noch nen Kaffee kochen. Und neu beginnen ...

... und wenn du alles entschlüsselt hast, dann gehe auf www.juhrmade.de/13zehn. Und sei gespannt.